每一次邂逅，
都写在星星里。

爱在
星云流转时

〔澳〕明妮·达克——著
杨蔚——译

四川文艺出版社

果麦文化 出品

致我最爱的天蝎：P.T.

星座就像地心引力。

你不必相信，可它却始终影响着你的生活。

———

《佐拉尔星座伴侣》

水瓶篇

♒

尼古拉斯·乔丹没有出生在漫天繁星下，而是在伊登维尔医院里。那是一栋中规中矩的红砖房，坐落在小镇边缘，镇上有四家酒吧、一个游泳馆、六家服务社，以及叫人深恶痛绝的夏季限水令，没有银行。明艳的粉色三角梅和干涸的长方形草坪环绕在医院周围。小尼克出生的那一刻，滚烫的铁皮屋顶上方，是南半球二月正午那湛蓝、灼热的天空。

尽管如此，星星还是在的。在对流层无云的热浪之外，在平流层的臭氧包裹之外，在中间层、热成层、电离层、外逸层和磁层之外的，是茫茫群星。成百上千万颗星，在黑暗的底色上排列组合，循着各自的轨道运转，绘制出精妙的、必将永远投影在尼古拉斯·乔丹灵魂上的图画。

乔安娜·乔丹，白羊座，伊登维尔“拳击手美发店”的老板兼实际经营者，出手精准无匹的伊登维尔无挡板篮球队“星队”主攻，两届“伊登河谷小姐”称号得主。在儿子出生后的若干个小时里，她完全没有想起过任何关于星星的问题。她躺在医院唯一的产房里，欣喜若狂，披头散发，专心致志地盯着小尼克的脸，此刻掌控大局的，更多的是陆地生物的本能。

“他的鼻子像你。”她对丈夫喃喃道。乔安娜说得一点不错。她的宝贝拥有一个完美的微缩复制品，原型就是那个长在她熟悉并深爱的面孔上的鼻子，马克·乔丹的鼻子。马克·乔丹，金牛座，厚背阔肩的澳式橄榄球后卫，身穿马球衫的财务规划师，芝士蛋糕爱好者，不可救药的长腿女人迷恋者。

“耳朵像你。”马克说着，伸手将尼克新生的小脑袋上一绺茸茸的黑色软毛轻轻往后抚，感觉自己的手掌突然间大到不可思议。

就这样，乔安娜和马克细细研读他们的儿子，寻根究底，追本溯源，脸颊、前额、手指、脚趾。这对新手爸妈在他们宝贝的双眼间距上找到了马克哥哥的影子，在他饱满生动的双唇上找到了乔安娜妈妈的痕迹。

然而，他们找不到（或者说压根就没想过要找）掌纹中的印记，它来自远在五百三十七光年外燃烧发光的黄色超巨星，虚宿一。他们也从未想起那温柔施以无微不至触抚的螺旋星云，抑或恣意伸展的水瓶星座里任何一个切切实实的天体成员。正是在它们的庇护下，太阳被定格在了这个小婴儿出生的那一刻。

如果有哪位占星师曾细细探查小尼克命盘中的蛛丝马迹，或许在他出生当天就能告诉你，这个孩子长大后会有些骨子里带来的小古怪，但绝不缺乏创造力和同情心，只是太过争强好胜，以至于他的兄弟姐妹宁愿吃球芽甘蓝，也不愿和他玩上一局大富翁。他会热爱化装舞会，还总是把半路上遇到的饿狗或长满虱子的猫带回家。

还是这位占星师，会露出一个温柔的笑容，预言这位尼克，从青春期开始就将成为一名忠实的星座信徒。他会以身为水瓶座而自豪，因为这意味着他与“创新”“创造性思维”这类字眼密不可分，就像“夏日”和“音乐节”总离不开火辣热情、青春洋溢且散发着广藿香与性爱气息的嬉皮士一样。

可惜，尼克出生时没有占星师在场，当天唯一能做出些占星预言的，只有乔安娜·乔丹的朋友，曼蒂·卡麦可尔。曼蒂，双子座，长着小酒窝的地区电视台甜心，天气预报员，容光焕发的新嫁娘，阿巴合唱团的铁杆拥趸。一下班就直接赶到医院的她，宛如一位善良的仙女。她脸上还敷着厚厚的妆，脚上还蹬着高跟鞋，双手抱了个巨大的蓝色泰迪熊，外加一束超市里买来的菊花，一路上艰难地维持着平衡。很快，泰迪熊倚在了椅子上，菊花插进了福乐罐头的敞口瓶子里，曼蒂赤脚站在床边，小心翼翼地抱着她好朋友的第一个孩子，轻轻摇晃。

“一个小水瓶，哈？”她眼神迷蒙地说，“可别指望他像你或者马克，对吧，乔乔？水瓶座是与众不同的。对不对，小家伙？”

“噢，但愿他喜欢运动。”乔安娜悄声说，“马克已经为他买好网球拍了。”

“所以他才更可能长成一个艺术家，或者舞蹈家。对不对，我的宝贝？”

曼蒂伸出一根手指，探进婴儿尼克握紧的小拳头里，有那么一会儿，她一个字也说不出来。这可不寻常。

过了会儿，她才说：“乔，他真漂亮，真漂亮。”

当曼蒂走出医院时，暮色已经降临了。她拎着鞋子横穿过有些扎脚的草地，抄近路走向停车场，一阵渴望袭来，恰如暮色中微凉的轻风。西边的天空泛着雾蒙蒙的蓝，几缕云低低飘过，晕起几分桃红。而东面，几颗性急的星星已经钻出渐渐深沉的夜幕。曼蒂钻进车里，坐在方向盘前，久久地凝望着那些星。婴儿的气息仍然在她的鼻腔中萦绕。

柯卢巷是一条死巷，位于伊登维尔那充斥着水泥马路牙子、彩钢屋顶平房、规规整整的草坪和圈在塑料围栏里的桉树苗的新区中。接下来的那个星期五，就在这条巷子里，德鲁·卡麦可尔重重地往后一仰，叹道："哇哦！"

他躺倒在邻居家的蹦床上，身旁是一个空的百利甜酒瓶子，两个残留着酒渍的平底杯，和他那甜美的、微笑的、半裸的妻子。德鲁，天秤座，农业顾问，航空爱好者，平克·弗洛伊德乐队的狂热粉丝，卧室穿衣镜里疯狂的空气摇滚吉他手。他刚刚结束了为期两周的出差，回家还不到一个小时，自我感觉已经被彻底榨干，就连骨子里的精气神儿都被抽干了。

幸运的是，邻居一家正在黄金海岸度假。

"嗯——"曼蒂哼叹，冲着漫天繁星露出微笑。

德鲁一手屈肘，支起身子，看着他的妻子。他能看到她左颊酒窝的阴影，能嗅到她泛着水汽的皮肤上微妙的不协调。

"怎么了？"他问，一手抚上她袒露的、柔软苍白的小腹，"嗯？"

"抱歉，"她拍开他的手，脸上却咧出一个大大的笑，嘴里说着，"我是有夫之妇了。要是承担不起后果，就别碰我。"他伸手胳肢她，她咯咯地笑。

"你在干什么？"

"干什么？"她说，"干什么呢？我在看星星。"

德鲁已然微醺，满心快乐地交叠起双臂枕在脑后，学着她的样子看天。

二月的夜空下，卡麦可尔夫妇埋下了一粒小小姑娘的种子，她将在十一月的某个清晨出生，带着射手座的印记。她生来娇小，模样无可挑剔，漂亮的浅棕色头发覆在头顶，注定要打着卷儿，修饰她线条锐利的面庞。她会有榛子色的眼睛和尖尖的下巴。她的双唇会像母亲，宛如一张会说话的丘比特之弓。她浓黑的双眉会像父亲，挺直得近乎严厉。

占星师多半可以预言，这个婴儿将成长为一位品行正直的人，不乏幽默感，却也多少有些完美主义。她会钟爱文字，九岁就能在儿童电视拼写比赛中崭露头角（并一路赢到最后），耳朵上总爱卡着一支笔。她的床头柜时常发出不堪重负的呻吟，因为上面永远堆满了书（读过的、正在读的、准备读的），你也大有机会从书堆深处翻出一本霍华德家居世界或宜家的商品目录，要知道，衣柜整理癖是这女孩一生的负罪之乐。她的电脑硬盘仿佛闪闪发亮的不锈钢文件柜般天衣无缝，就连短信也会一条条删减标记得完美无缺。

多半，这位占星师还会伤感地摇摇头，准确地预言出，这个孩子长大后将对星座不屑一顾。坦白说吧，在她眼里，占星术就是一堆毫无道理可言的狗屎。

“嘉斯汀。”曼蒂低喃，更像是自言自语。

“什么？”德鲁问。

“嘉——斯汀。”曼蒂这次说得更清楚了些，“喜欢吗？”

“嘉斯汀是谁？”德鲁一头雾水地问。

你会知道的，曼蒂心想。你会知道的。

双鱼篇

♓

时光流逝。月亮围绕行星转动，行星拱卫最亮的恒星，银河系旋流成涡。随着时间一年年过去，越来越多的人造卫星加入其中。终于有一天，仿佛魔法一般，她出现了：嘉斯汀·卡麦可尔，二十六岁，在三月的一个星期五上午，捧着一堆摇摇欲坠的外卖咖啡，走在绿意盎然的城郊街头。她穿着一条明快活泼的绿底白波点亚麻大摆裙，脚上蹬着一双白色的胶底运动鞋。阳光铺洒在人行道上，树影轻浅斑驳，两相交错着映在她的身上。

这条街名叫伦尼大街，距离伊登维尔差不多两小时车程，是亚历山大公园区的外围主干道之一。这个区里挤满了联邦政府大厦、装饰艺术风格的公寓楼、精品花店和咖啡馆，是那种随处可以找到维也纳咖啡的地方。嘉斯汀要去的是她工作的地方，亚历山大公园星刊总部。说到她的工作，正式称谓是“杂志助理”，当然，那位舌灿莲花的主编绝不会把他做新闻时的简洁尖锐用在这里，他更喜欢称她为“我们亲爱的候补记者宝贝”。只不过，要是落到笔下，那就变成了“打杂的”。

星刊总部坐落在一栋外墙隔板结构的住宅楼改造的建筑里，大门面对大街，微微向内凹陷。嘉斯汀转过身，一步不停地穿过大门，头顶是亚历山大公园最富争议的地标。亚历山大公园有许多地标，唯独这一个丑得让人无法忽视，那是一座马赛克雕塑，《星刊》之“星”本尊。它足有集装箱卡车轮子大小，由一个柱子模样的支架顶着，摇摇晃晃地高悬在人行道上空。作为一颗星星，它胖了些，圆了些，不甚匀称的五个尖角上潦草地贴着柠檬黄的小瓷片，出自同一把茶壶的碎片拼出了黄色的玫瑰。

三十年前，当这颗星冉冉升起，本地住户便给它安上了“黄色灾星”的称号，想方设法在市政委员会的条例里动手脚，试图推倒它。那时候，几乎所有亚历山大公园区的居民都将《星刊》视为低俗肮脏的街头垃圾，将它年轻的编辑杰瑞米·伯恩视为卑鄙的长发败类。他们坚定地认为，威妮弗蕾德·伯恩那放荡的长子无权把这么一份追腥逐臭的八卦小报安置在他过世母亲曾经居住过的高贵的伦尼大街上。

可亚历山大公园区还是渐渐学会了与杂志社以及它俗丽的街头标志共处。如今，《星刊》俨然一份颇具声望的体面杂志，内容涵盖时事、体育与艺术。每个月期待着新刊出版的读者遍布城市的每个角落。即便嘉斯汀的职位只算得上是金字塔的最底层，仍然不乏年轻聪明的新闻系毕业生琢磨着要取而代之。

入职第一天，嘉斯汀就由杰瑞米·伯恩亲自领着在楼里兜了一圈，在那疯狂而臃肿的黄色星星下站定。“我希望你把它看作一个法宝，代表无畏和绝对中立的新闻从业原则，这是我们这间勇敢的小小杂志社得以立身的根本。”他将那颗星称作“启迪之光”，甚至双手举过她的头顶模拟光辉洒落的样子，弄得嘉斯汀十分尴尬。

正如主编所说，星刊的确是家了不起的公司。人人努力工作，却也不忘享受快乐。每一场圣诞晚宴都是酒神式的餐饮界狂欢，每一篇刊登在杂志上的报道都水准不俗。可问题恰恰在于星刊这个雇主太好了，好到从来没有人辞职。总部办公室有三名专职记者，堪培拉还有一个，全都在职十年以上。嘉斯汀的前任在助理位置上苦苦等了三年，最终心灰意冷，另谋了一份公关的工作。

和杰瑞米·伯恩一起站在星星雕塑下那天，红着脸的嘉斯汀打心眼里相信，前任已经替她熬过了所有等待，一份真正的工作就在转角等着她。然而，两年过去了，这个弯始终没有转过去的迹象，嘉斯汀开始担心，是不是要等某位在职人士老到入土，她的名字才会第一次登上《星刊》。

前院的小路两旁长满了薰衣草，嘉斯汀匆匆前行，边走边调整了一下东倒西歪的咖啡，好腾出一只手来收拾散落在地上的邮件。她登上几级台阶，背转身用屁股顶开了门。还不等身后的大门合上，一个甜腻的声音就飘进了门厅。

“嘉斯汀，是你吗？”

声音的主人是巴贝尔·维斯，广告部经理。这套房子在前厅有两间漂亮的会客室，窗户正对海湾。其中一间就是巴贝尔的，打理得十分精致。嘉斯汀走进去。巴贝尔坐在办公桌前，穿着一身暗粉色裤装套装，金发盘得一丝不乱。她没有起身，只是举起一张单子挥了挥。

“亲爱的，把这个送到楼下设计部去，好吗？告诉他们，布拉辛顿的广告我要这个字体。这里，我圈出来了。”

“没问题。”嘉斯汀挪到桌子边，好让巴贝尔可以把传单放到她那一大堆东西上面。

“噢，”巴贝尔这才看到嘉斯汀的咖啡“军火库”，眉头微微皱了皱，“刚从拉斐罗回来啊。你不介意再跑一趟吧？二十分钟后有个客户到，马卡龙应该不错，就要……覆盆子的。谢了，嘉斯汀。你真是个天使。”

对面的会客室属于主编，与巴贝尔的风格迥异，一摞摞外国报刊堆到齐膝高，书架上塞满了法学教材、政治家传记、《威斯登板球年鉴》和罪案纪实类图书。杰瑞米身穿一件颇为商务风的衬衫，不知怎么透着一种土耳其长袍的气息。他正在讲电话，看到嘉斯汀推门送上他的豆奶茶，便张开一只手掌冲她晃了晃。意思是，五分钟后再进来。嘉斯汀露出一个热情的微笑，点点头。

沿着走廊往前，主编室隔壁就是采编部。听到嘉斯汀的脚步声，洛玛·沙普尔斯从电脑屏幕前转过头。她是出了名的坏脾气，傲慢专横，快七十了也没一点要退休的意思。

“谢谢。”洛玛接过她的大杯美式，转手撕下一张便利贴，塞给嘉斯汀，“把这个地址给拉多斯劳，告诉他，十一点准时在那里会合。还有，嘉斯汀，把车开到前门停着，没问题吧？”

星刊的体育记者马丁·奥利弗，五十多岁，考虑到个人生活习惯，他或许是嘉斯汀最大的希望。嘉斯汀递上他的超甜特浓卡布其诺时，马丁正在打电话，跟平时一样，浑身散发着酒臭和烟味儿。他用胳膊肘顶了顶嘉斯汀，抓过桌上的便笺簿写了起来：打印机卡纸了。下一句：电脑又不能存PDF了，找安汶来。“得了吧，选人的都是蠢蛋，连旋转投球手和圆形礼帽都分不清。”他冲着电话里说，一边在“又”字下面重重地画了一笔，画出一道深沟。嘉斯汀抽出他手中的笔，在他的字迹下回了个笑脸。

接下来是一个狭小的办公间，说不定原来只是个壁橱。办公桌后面坐着小林夏绘，编务经理。夏绘天生拥有高雅的着装品位，看不出年纪的脸总能让人在得知她已经有三个孙辈时大吃一惊。每天午餐过后，她都会为可爱的孙子孙女们打上一会儿毛衣。此外，夏绘在一心多用方面还有着超乎寻常的天赋。她眼睛瞄着支在电脑旁的文件架，手上一刻不停地录入着读者来信剪报，嘴里说：“早上好啊，嘉斯汀。噢，你的裙子太可爱了！卡哇伊！”

“白咖啡。”嘉斯汀报上“菜名”。

夏绘继续打字，嘴里说：“我看到你已经拿到今天的信了？等你分拣好以后，能马上把我那份送过来吗，真是太谢谢你了。”

“当然。”嘉斯汀说。

设计部办公室仁慈地空着，总算没人再往她的待办事项里加料了。嘉斯汀放下巴贝尔的广告单，匆匆留了个字条，赶紧溜之大吉。走道对面就是信息技术部，星刊的常驻技术天使安汶·科贝特似乎睡着了。安汶是个夜猫子，经常趁着没人，大半夜地跑到办公室来摆弄电脑。这会儿，她正趴在办公桌上休息，拖着长辫子的脑袋枕在一本厚厚的电脑说明书上，电线、线路板和星刊的人形公仔摊了一桌子，简直是灾难现场。

“安汶，”嘉斯汀说，“安！”

安汶猛地抬起头，眼睛还闭着。“嗯嗯，都好，很好。”

“马丁的电脑又不能转存 PDF 文件了，他要你去看一下。”

安汶脑袋一垂，落回到她的临时枕头上，呻吟着说：“告诉他，那是PICNIC。”

“PICNIC”是安汶最喜欢的缩略语：不是电脑的问题，是人的问题。（Problem in chair not in computer.）

“我那里有咖啡。”嘉斯汀诱哄她。

“真的？”安汶眨着浮肿的眼皮问。

“大杯玛奇朵。你去看一眼马丁的电脑，马上就给你。”

“太残忍了。”

嘉斯汀咧嘴笑了，“可是管用啊。”

走廊的下一站是摄影部。嘉斯汀往门框上一靠，说：“早，拉多斯劳。洛玛让我告诉你，有个十一点的活儿她需要你一起去。地址在这儿。”

星刊这位摄影师活像矮脚斗鸡，一下子就从他硕大的电脑屏幕后面蹦了起来。他手里抓着一罐红牛，短袖格子衬衫的扣子扣到颈口，直抵他收拾得整整齐齐的黑色胡子。

嘉斯汀知道，洛玛之所以要让她把车开到前门停好，就是因为拉多斯劳的驾驶技术。拜他所赐，那辆凯美瑞两侧都被剐蹭过，路边栅栏上也有好几处白色的车漆印子。尽管如此，拉多斯劳依旧坚持要自己开车出门工作。就连洛玛也拿他没办法。

“噢，告诉洛玛，叫她滚蛋。”他完全没有要压低声音的意思，“我今天上午有活儿了，要跟马丁去赛马场，该死的他们就不能通个气吗？去他的耶稣基督。他们俩就在一间屋子里，见鬼。”

对于拉多斯劳来说，以这样的方式回复消息实在是再正常不过了，好在他这辈子还从没出过一张坏片子，真是老天保佑。

终于，嘉斯汀成功抵达了自己的办公桌。它位于这老房子背后的一间坡顶小屋里。房间的墙面裸着，只简单刷了刷。墙上靠着一辆自行车，是马丁·奥利弗的，他最后一次骑大概是七个月以前的事了。自行车的轮子间突然钻出一副脏兮兮、毛茸茸的白色口鼻，接着是一对湿漉漉的深棕色眼睛。它们属于一只蓬着满身毛的马耳他狸，这小家伙正在努力撕扯一条豹纹皮带。

“法拉费，”嘉斯汀说，“你怎么在这里？”

狗狗只知道摇它的尾巴。不过答案就在嘉斯汀的桌上，是美术总监格林的便笺条，张牙舞爪的笔迹透着自负的语气：“我猜你一定能带费儿去趟宠物美容院吧？上午十点前。如果再迟到，美容师铁定要发火。多谢！”

法拉费绕着嘉斯汀的脚边直打转，着急地叫唤个不停。

嘉斯汀给了自己几秒钟，站定，深呼吸。不要失控，还不至于，她告诉自己。人人都希望自己的事能立刻得到处理，你要做的只是排出轻重缓急。虽说杰瑞米叫她五分钟后过去，但在他的世界里，五分钟可以意味着一切，从十分钟到六个小时，都有可能。所以，她至少可以先把信件整理好，送到夏绘手上，接着赶去拉斐罗买巴贝尔的小点心，回来时经过宠物美容店，把法拉费留下。然后，她就去对付卡纸的打印机，先修好机器，再去把凯美瑞开出来。接下来是马丁和洛玛的战争，她要用简明扼要的话把拉多斯劳的意思传达给洛玛，当然不必原样复述。

“嘉——斯汀！”

噢，见鬼！是杰瑞米，他的声音兴冲冲地从走廊那头冒了出来。

“乖一点，”她对法拉费说，“乖。”

来到杰瑞米的办公室门外，嘉斯汀缓下步子，理了理衣服。“专业，能力，镇定。”她叮嘱自己，然后迈步进门。

“亲爱的！”杰瑞米说。他微笑着，爆裂的毛细血管争抢着占据了他的面颊和鼻头，“坐，坐下。”

杰瑞米热衷于扮演大家长的角色。他认为，自己作为主编和（自封的）她的精神导师，定期安插一些小小的谈话是职责所在。

“亲爱的，”他倾身向前，开启了今天的随机主题演讲，“关于三权分立，你都知道些什么？”

“唔……”嘉斯汀一开口就犯了个错误。在和杰瑞米谈话时，用没有意义的字眼开头就是犯蠢。

“感谢法国的启蒙运动，”他打断她，“他们提出了三权分立的概念，涵盖政府的三大分支机构——立法、行政、司法……”

就这样，嘉斯汀坐在杰瑞米对面，听他自说自话了半天。她双手藏在波点裙摆里，努力做出专心聆听并且有所受益的样子，而不是满脑子想着马卡龙、侧巷的宽度、马丁的电脑，以及法拉费有没有吃掉她的午餐。她打包了一份午餐放在包里，包就扔在办公桌边。

终于，杰瑞米的电话响了。他给了嘉斯汀一个遗憾的笑容，“下次再接着说。”

解放了。嘉斯汀来到走廊，只听一阵喧闹传来，肯定是拉多斯劳等不及嘉斯汀传话给洛玛了。

马丁也扯起嗓子喊：“嘉——斯汀！我要打印！今天就要！”

嘉斯汀看一眼手表。法拉费已经迟到了。

巴贝尔靠在办公室门口，妆容精致的眉头皱了起来。“我的马卡龙呢？”可除了一个虚弱的微笑，嘉斯汀什么也给不了她。

真是完美的一天。

当天工作全部结束时，已经是傍晚六点半了。嘉斯汀的头发半卷不直地粘在脸颊上，一副无精打采的样子。她脸色透着灰白，裙摆上斑斑点点的全是咖啡渍，肚子还饿得要命。她的咖喱鸡肉卷虽然没有真给法拉费啃掉，却也被它当成玩具弄得下不了口了，她又没时间再去另外买一份午餐。

经过大门口那颗顶在柱子上的马赛克星星时，嘉斯汀愤愤地抬头瞥了它一眼。

“启迪之光。”她轻声嘟囔着，踏上伦尼大街。

走过三个街区，左转拐进杜弗伦街。“妓女和酸黄瓜”酒吧里挤满了下班后的酒徒，一直挤到店门外的人行道上。嘉斯汀穿过马路，突然在亚历山大公园东门停下了脚步，回身望着街对面那一溜迷人的老仓库，如今的市场。

很难说得清，究竟是什么让她刚好在这个时刻做出这样一个举动。也许是处在双鱼宫的太阳刚巧走到某个位置，与她形成了特别的夹角，也许是月亮和金星坐在它们水瓶宫的双人小沙发上，一起把手伸进她的意识里拽了一把。又或许，是木星踏着沉重的脚步在处女宫里踱来踱去，投下了某种氛围。也可能，只不过是潜意识给了嘉斯汀一个微妙的提示：有这么个办法，可以让她晚一点推开家门，晚一点对着空荡荡的公寓，守着节目表等待英国广播公司最新一集的《爱玛》，懒洋洋地想着要给自己最好的朋友塔拉打个电话，可到头来也不过是倒在沙发上，就着蔬菜咸酱吃几口吐司便权当晚餐了。

嘉斯汀静静地站在马路上，琢磨起来。来得及吗？市场七点关门。她看了看表，嗯，可以，来得及。

再扫一眼胳膊上的编织挎包，嘉斯汀高兴地看到她的锐意牌黑色记号笔果然在，正老老实实地躺在它的专用口袋里，随时待命。她拉下架在头顶的墨镜，向市场进发。

说到亚历山大公园市场，嘉斯汀很少为了买食材进去。更多时候，当她走进那处高大凉爽的空间时，是怀着一种逛美术馆的心情。她喜欢在鲜花摊前细细审视洋溢着异国风情的奇异花朵，看它们在广口玻璃罐里团团簇簇，挤挤挨挨。她还喜欢巡视鱼摊，欣赏冰床上闪着微微鳞光的海洋造物。

忽略鲜花区，走过肉摊和面包摊，嘉斯汀直奔果蔬角。她悄悄来到堆满西瓜的木条箱子跟前，推起墨镜，打量哈斯牛油果展区。水果堆里插着一根塑料棍子，就在那上面。扎眼的招牌。

牛由果

这人怎么永远都学不会呢？毫无疑问，这个水果摊的老板很能干。他能把石榴摆得仿佛来自遥远异国的皇冠上的宝石，总是能挑出最漂亮的苹果，让葡萄一整天都水灵灵的，看着就诱人。没道理偏要一根筋地坚持把“牛油果”这个词写错，还死不悔改。可他就是这样。

一周又一周，嘉斯汀不断纠正他的错误，这位摊主就不断丢掉改好的招牌，换上另一块该死的“牛由果”，实在叫人恼火。不过，嘉斯汀已经下定决心，绝不认输。

她在等待机会。终于，趁柜台后的伙计一个分神，她立刻掏出锐意笔，瞄准“由”，飞快地加上三点水。“牛油果”，哈，好极了！这就对了。

世界终于归位。嘉斯汀心满意足地转过身，瞄准通往杜弗伦街的出口，打算来个冲刺。可还没等她走出几步，就迎面撞上一条巨大的鱼。

很难说那条鱼到底是个什么品种。它通体银灰色，唇边镶一圈粉红缎带，黄黄的大眼睛向外凸起，活像一剖两半的乒乓球被涂上了颜色。它的背鳍笔直竖起，尖矛一般依照高低顺序排列，从脑后一直绵延过整个背脊。它还有一对大大的银手套，算是胸鳍。它在说：“这么做合适吗？”

嘉斯汀几乎要张口争辩起来。可就在这当口，她认出了支棱在那椭圆形银鱼图案织物上的人脸，是尼克·乔丹。

“尼克？”嘉斯汀难以置信地说。

“老天。嘉斯汀？”

“你好啊！”

“你也好啊。”

“噢，我的天哪。你简直一点儿都没变。”嘉斯汀一脸震惊地笑着说。

尼克摆出一副怀疑的表情，低头扫了眼身上的大鱼装。“这么看来，我该说谢谢。”

“得有——多久了？”

“好些年了。”尼克点点头，衣服上的织银胸鳍跟着抖动。

“十一年？十二年？”嘉斯汀提示，好像她也只是猜测似的。

“不可能那么久了吧？”他说。

可就是那么久啊。十二年零一个月，外加三个星期。嘉斯汀数得清清楚楚。

在不知哪个鞋盒或某本相册里存着些古老的照片，上面的嘉斯汀·卡麦可尔还只是个几周大的婴儿，小小的，粉粉嫩嫩，像只没长毛的小兔子，躺在小地毯上，身旁是十个月大的尼古拉斯·乔丹。相比之下，小男孩就像个穿着小熊维尼连体服的相扑手。

到了蹒跚学步的年纪，嘉斯汀和尼克挤在家庭式日托班的沙坑里，分享他们的泰迪小饼干，也分担被弟弟妹妹夺去小皇帝宝座的伤心经历。在后一项上，嘉斯汀比尼克好过一点。她的父母尝试了第二次，生下一个男孩奥斯汀之后便就此打住。可乔和马克在有了尼克的弟弟吉米之后，还掷出了第三把骰子，希望碰碰运气，得到个女孩儿。他们迎来的是派珀。

当嘉斯汀和尼克升入伊登河谷小学的附属幼儿园时，尼克正处在猴儿一般的阶段，拒绝上学，拒绝穿除了捂得严严实实的狐猴连体衫以外的任何衣服，哪怕大夏天也一样。那时候，嘉斯汀每天上午都坐在小垫子上忠诚地守着他，他则一边听故事，一边抱着自己的环纹尾巴啃，等到吃过午饭后，她就帮他梳毛，把在操场沾上的草茎木屑都梳掉。

进小学的头两年，尼克喜欢在课间踢足球，而嘉斯汀则去爬树，有时也跟女孩们玩一些过家家的游戏，这些游戏里似乎总要有个人躺在地上，又哭又叫地假装生孩子。不过，到了校外，当两人的妈妈对坐喝茶或小酌闲聊时，尼克和嘉斯汀就会在一起玩，那样的时光仿佛永远不会结束。两个小家伙都知道，乔和曼蒂时不时大声宣告的“最后五分钟”多半可以放心不去理会。嘉斯汀很清楚在乔丹家食品柜的什么地方能找到巧克力威化，尼克在卡麦可尔家有自己的牙刷。

还有一盘老录像带，录的是他俩七岁那会儿的事。尼克抱着一把老古董木吉他疯狂宣泄，嘉斯汀架着一副心形墨镜，抱着“小美人鱼”牌卡拉 OK 的话筒深情演唱。他们唱的《黄色大出租》倒不算太糟，《黄色潜水艇》也还过得去，可接下来上演的天真蹩脚版雷塞的《有些女孩》[1]，让两对父母独家扮演的听众笑得完全没了样子。直到好些年之后，嘉斯汀才明白那首歌里的“有些女孩会，有些女孩不”究竟是什么意思。不过，在那个客厅音乐会的夜晚，她不需要明白这么多，也不需要知道自己被打趣了。

至于尼克，那天晚上从头到尾都兴奋极了。音乐会之夜过后不久，他就参加了人生第一场“伊登河谷戏剧大赛”，不料从此发现了一个迷人的现实：原来，艺术和足球比赛一样，也可以是一种流血流汗的激烈比拼。从此，他的奖杯越来越多。

自从嘉斯汀参加那场著名的全国电视拼写大赛，大大抢了他的风头之后，尼克足足有三天没跟她说话。不过，到了第四天，他没能忍住脾气，动手打了贾斯伯·贝拉米，谁让他管嘉斯汀叫“书呆子”。自然，两个老朋友又和好如初。

不过，就在嘉斯汀满十周岁，尼克即将迈入十一周岁门槛时，

1.《黄色大出租》（*Big Yellow Taxi*）是加拿大歌手琼尼·米切尔（Joni Mitchell）一九七〇年发布的环保主题歌曲。《黄色潜水艇》（*Yellow Submarine*）是甲壳虫乐队的代表作之一，描绘了一艘黄色潜水艇上的人间乐土，乐队声称这是一首儿童歌曲，并无深意。《有些女孩》（*Some Girls*）是英国流行组合雷塞（Racey）于一九七九年发布的爱情主题大热单曲。

一切都变了。马克·乔丹得到一份新工作，必须到这个国家的另一头去上班。于是，乔丹家卖掉房子搬走了。尽管人人都真心想要保持联系，可曼蒂和乔的深夜电话还是越打越少，通信也简化到了礼仪性的圣诞问候，夹在卡片里，卡片上的圣诞老人穿着紧身游泳裤躺在沙滩上。

两家人倒也不至于彻底断了联系，还有澳大利亚国庆日的长周末假期呢。那年一月份，尼克和嘉斯汀都快十五岁了。按照计划，卡麦可尔一家往西，乔丹一家往东，在中间会合，然后一起前往南澳的一个海滨度假村晒太阳。一路上，嘉斯汀坐在闷热的汽车里，满心都是与童年最好的朋友重聚的情形，像电影画面一样。可事实上，看到尼克的第一眼，她就像被狗吓坏的猫一样僵住了。

她立刻意识到，尼克不再是那个有点傻乎乎的男孩了，他已经变成了大小伙子，离谱的是，还相当英俊，差不多就是那种最好远远躲开的人，除非你想尝试被拒绝的难堪滋味。要知道，这是嘉斯汀的经验之谈。于是，接下来的整个周六和周日，嘉斯汀的情绪都很不好。她总一个人躲着，不是折腾索尼随身听里刚刚得到的圣诞礼物《那么新鲜》专辑，就是锁上浴室门，把所有人都关在门外，独自发呆。再不然，就一个劲儿地换耳环，尝试不同颜色的眼影。尼克也一样冷淡，要么在沙滩上长跑，要么在泳池里晃荡。

直到周日晚上，两家父母动用家长权威，把两个气鼓鼓闹别扭的孩子拽到了海滩的临时游乐场。或许是玉米热狗和棉花糖的怀旧味道把他们打回了孩子的原形，也或许是碰碰车场地里尖利的碰撞声把他们拽出了自觉的困窘，不管怎么回事吧，总之，他们两个在沙滩上待到很晚，感受着游乐场的迪斯科节奏透过沙子传递过来。

第二天上午，嘉斯汀还没起床，乔丹一家就来道别了，全员出动，一个不少。隔着度假小屋纸板似的墙壁，嘉斯汀听得一清二楚。弟弟奥赛跟吉米两个到处疯跑，派珀因为受了忽视而号啕大哭，曼蒂和乔的声音小提琴似的忽高忽低，德鲁和马克的嗓音则是点缀其间的低音注脚。

她听到妈妈说："我敢肯定，她马上就起来了。尼克，亲爱的，我知道她是想要跟你道别的。"

曼蒂还不知道，就算她走进卧室，来到床前摇晃女儿的肩膀，嘉斯汀也只会坚持把脑袋深深埋在被子里。她太窘了，不敢把脸露出来。她毫不怀疑，不管是自己家还是尼克一家，所有人都会发现，她的双唇是如何因那些亲吻而肿胀，双颊是如何被尼克冒着小胡茬的脸磨得几乎破了皮。更糟糕的是，她确信人人都能透过外表看到她内心生出的某种东西，新鲜却叫人心慌，美味却令人羞惭，醉人却怪异难言。就像有什么东西炸开了花，五彩缤纷的爆米花。她想，她再也没办法把它们塞回去了。

他多半压根儿就不记得了。嘉斯汀的理智对她说。接着重复了一遍，一字不差，以免她没听到。

理智：他多半压根儿就不记得了。

嘉斯汀：你能安静会儿吗？

理智：他凭什么要记得呢？你一页又一页写日记的时候，他说不定早就回到家里，把所有事情都忘得干干净净了。

可哪怕是忙着同理智争辩的这么一小会儿工夫，嘉斯汀依旧努力继续着她彬彬有礼的寒暄。

"你妈妈怎么样？"她问。

“老样子，”尼克说，“简直看不出年纪来。”

“可以想象。”嘉斯汀在脑海中勾勒出美丽的乔，白皙面庞上大大的微笑，永远散发着焦糖香味的棕色长发。乔是嘉斯汀人生中的第一个发型师，她会让嘉斯汀坐在她的厨房长凳上，用蒙特卡洛小饼干贿赂她乖乖坐着不动，好让乔修剪她的刘海。“波卷”，这是乔发明的词语，专门用来称呼嘉斯汀那对天气极度敏感的、变幻莫测的头发，意思是有“波浪”，有“发卷”。也正是乔，说服曼蒂在嘉斯汀刚满七岁时就让她看《星球大战》，尽管这部电影被划为建议父母陪同观看的PG级。还是乔，在嘉斯汀因为说她的三年级导师是“泼妇”而遇到麻烦时为她辩护。嘉斯汀曾经无意中听到乔对曼蒂说：“对她放松点儿，曼兹。教女孩儿，你得抓要点。”

“吉米呢？”嘉斯汀问。

“职业踢踏舞演员，想不到吧。倒是派珀接了父亲的班。”

“噢？”

“她进了澳大利亚女子橄榄球联盟，卡尔顿俱乐部的后卫，现在就是一堵肌肉墙，我是再也背不动她了。你爸妈怎么样？”尼克问。

“一直在伊登维尔，没什么变化。”

“不要告诉我，你妈妈还是天气小姐？”

“不，她现在是市政委员会主席。你不知道她有多爱当老大的感觉。不过爸爸退休了。他给自己买了架塞斯纳天空捕手，却只是飞来飞去看庄稼。老习惯改不掉了。”

“你怎么样？住这附近吗？”

“就在公园那头。奶奶把她的老房子留给了爸爸，上帝保佑她。你呢？”

"我算是两头跑吧，不过，这座城市真不错。我得承认，这儿才是我的家。"

嘉斯汀挑剔地盯着尼克银闪闪的大鱼装看了一会儿，"这是在做什么？你是在推销，呃，鱼？"

"确切地说，是牡蛎。"他说着，目光往鱼摊子上那些铺满冰块的陈列柜一扫，"就几天，做个特别促销之类的。我只管走来走去，说些'兄弟，世界就是你手中之物，人人都知道'，'嗨，伙计，跟美人鱼来个法式深吻怎么样，你知道自己不想错过的'[1]，诸如此类。"

嘉斯汀龇了龇牙，"我听说你上了戏剧学校。"

尼克向她解释，要靠当演员谋生有多么艰难，他得靠打零工来贴补收入，做咖啡师、侍应生、发传单、当学校的假期戏剧老师、砖瓦小工……

"很多工作都比打扮成一条鱼更累，"他说，"不过没这么丢脸。你呢？这是在巡查全城的水果蔬菜牌，确保没有错别字？也是一条出路，是吧？只招电视拼写大赛获奖的孩子？"

他记得拼写大赛。嘉斯汀对理智说，带着几许得意。

"我在亚历山大公园星刊工作。"

"你给《星刊》写稿？我爱《星刊》，说不定已经读过你的文章了！"

"呃，其实我还不算……"嘉斯汀起了个头，"我只是……"她努力搜寻合适的字眼，还没等她找到，尼克就说："嘿，套着这么件鱼衣服聊天实在有点古怪。我还有十分钟就下班了。我们可

---

1. 两句均为推销牡蛎的双关语。第一句套用莎士比亚《温莎的风流娘儿们》中的台词，"世界如同我手中的牡蛎，我要用剑把它撬开"。第二句指代一个法国牡蛎品牌 Huitres cocollos，其商标为站在牡蛎壳上的美人鱼。

以……我是说，要是你不忙的话，我们可以买点炸鱼薯条，到公园里去，继续聊聊各自的近况？不要有压力，我是说……要是你刚好没什么事的话。”

嘉斯汀饿了，炸鱼薯条正中下怀。尽管如此，她还是努力忍了一小会儿，歪着头假装自己正在考虑。

“还真是赶巧了，”她微微一笑，“今晚我没有安排。”

嘉斯汀和尼克并肩穿过亚历山大公园东门的锻铁门柱，刚巧一阵清新的晚风拂过公园里高大的老树林，在树梢掀起了一波墨西哥人浪。尼克单手推着辆破破烂烂的旧自行车，大鱼装已经脱掉了，只是海腥味儿依旧固执地粘在他的短裤、印着“野兽家园”[1]的T恤和他的皮肤上。

下了班的慢跑者双脚拍打着公园小道的路面，戴着昂贵项圈的小狗们在草地上追着球跑。尼克在能够俯瞰整座城市的缓坡上挑了个地方，落日余晖洒在草地上，为它们镀上了一层铜色。他把自行车靠在一个花槽上，里面满是长着百褶裙边的观赏甘蓝。尼克在草地上舒展开身体，一手支起身子，大大咧咧地撕开他们晚餐的白色纸袋，抓了满满一大把热腾腾的薯条。

“抱歉，不太矜持，我知道。不过我好多年没吃过炸鱼薯条了。”话没说完，尼克的嘴里已经塞得半满。

嘉斯汀坐在他对面，拈起一根薯条，小心翼翼地把一头放在齿间，咬下一小块。她饿得要死，薯条堪称完美，外皮松脆微黄，内里绵密雪白。

尼克伸手抓他的第二把薯条，“那个，星刊，嗯？在那里工

---

1. 出自美国作家、插画家莫里斯·桑达克（Maurice Bernard Sendak，1928—2012）的同名绘本《野兽家园》（*Where the Wild Things Are*）。该书先后被改编翻拍为动画短片、歌剧、电影等。

作是什么样的？你最近的一篇大作是什么？”

嘉斯汀叹了口气：“没什么大作，暂时没有。到目前为止，我还只是个杂志助理。”

“那不就是……”

“是的，就是。正经说起来，我就是个专管鸡零狗碎的。今天我都还在期盼能有一份真正的工作出现，可惜……”

“说到《星刊》，这一期是不是要出了？”

“明天上架。”嘉斯汀拿出她最漂亮的广告专用嗓音说，“不过，偶尔也有可能提前拿到一本。”

她指一指自己的包，一本崭新的杂志卷成筒状，正插在里面，从袋口冒出一角。尼克睁大了眼睛，放射出孩童般真挚的光。

“可以吗？”他问。

“请便。”

他把油油的手指往T恤上不经意地蹭了蹭，这才抽出杂志，从最后一页翻开，用拇指捻动书页。相当熟练啊，嘉斯汀心想。眼看他翻到星座专栏，嘉斯汀笑了，想起他少年时代对星座的痴迷。嘉斯汀还以为他长大以后就不会感兴趣，放弃这个爱好，就像对他的狐猴装一样。

真奇怪，嘉斯汀反省。一方面，她觉得和尼克在一起非常舒服，仿佛生来就认识一样。从某种意义上来说，这话也没错。可另一方面，他对她来说完全是个陌生人。跟她记忆中的男孩比起来，他或许只是高了一点，略微结实了一点，不再那样纤瘦。问题在于他的脸。他的脸不一样了，哪里不一样呢？她追问自己，仿佛已经拿起笔，非得将这个新的、长大的尼克·乔丹身上所有最细微的变化全都圈出来不可。

最先闯进她脑海的是俄罗斯套娃。也许，眼前这个尼克就像套娃里最大的那一个，只要目不转睛地盯着他，等到稍微熟悉一些后，就能看到藏在里面那个略小一号、略有些不同的娃娃。不，不对，嘉斯汀想，不完全是那样。倒不如说，这个大一些的尼克是从年轻些的尼克身体里破茧而出的。下颌、颧骨，还有眉骨，全都更加分明，轮廓更清晰。眼睛依旧大而湛蓝，表情依旧丰富而鲜活，若是微笑起来，嘴角依旧会微微往一侧歪。

他专心致志地读着，浓黑的眉毛不由自主地缓缓蹙起。终于，他合上杂志，手指轻轻敲了敲封底。他似乎有些迷惑，但很快就摇了摇头，像是要把脑子里的东西全都甩出去似的。

“他是什么样的？”他问嘉斯汀。

嘉斯汀一头雾水，“他，谁？”

“里奥·索恩伯里。”尼克说，好像是再理所当然不过的事。

嘉斯汀花了几秒钟来对号入座。看《星刊》时，她习惯跳过那些自己觉得没什么意思的常规专栏，比如园艺，比如星座。里奥·索恩伯里是星座专栏的撰稿人，似乎是位很有名的占星师。

对于里奥·索恩伯里，嘉斯汀只知道三件事。第一，是他专栏顶上那张指甲盖大小的黑白照片，在她的印象里，这张照片从来没换过。照片上的他留一头整整齐齐的银发，额头突起，凌驾在深陷的眼窝上方，第一眼看到时她就觉得，这活脱脱就是乔治·克鲁尼和弗兰肯斯坦科学怪物的结合体。第二，他特别喜欢在星座解析里引用名人名言，作家、哲学家、智者，都在其列。第三，也是她所知道的最后一件有关里奥·索恩伯里的事，他是个有名的隐居者。

“我没见过他。”她说，“要我说的话，我们杂志社里大概就没人见过他。”

“什么，从来没有？一个也没见过？”

“唔，也许杰瑞米见过吧，他是我们主编。不过其他人应该都没有。里奥·索恩伯里连圣诞晚宴都不出席，这是所有事情里最可疑的一件。星刊的圣诞晚宴食物出了名地好，就连园艺专栏的作者都会克服她的社交恐惧症，每年出现这么一次。说不定，里奥是住在某个岛上，我估计没有人知道那个岛究竟在哪儿。”

“电话总有吧？最起码，得有人要跟他通电话吧。”

“我看未必。”嘉斯汀说，“我从来没听谁说起过这样的事。老实跟你说吧，我都怀疑他到底是不是……真人。也许里奥·索恩伯里根本就不是个人，而是……机器什么的。一台电脑，在不知什么地方的哪间屋子里拼这些句子。”

“噢，你这个犬儒。”

“犬儒？我以为我是射手。”

尼克想了一分钟说：“还真是，十一月二十四日生日。”

他记得她的生日，他记得她的生日！嘿，听到了吗？嘉斯汀对理智说，越发得意扬扬起来。*他记得我的生日*。她感觉温热的刺痛顺着脖颈一直爬上双颊，不由地暗自庆幸，还好天色已晚，尼克不会发现她脸红了。

尼克重新翻到星座专栏，昏暗的光线让他读得更吃力了。就在这时，一个不知在哪里的看不见的开关轻轻一弹，路灯亮了。亚历山大公园的路灯都是磨砂的圆球，高踞在路两旁的锻铁灯柱顶上。

“啊，不胜感激。”尼克说，“在哪儿，在哪儿？天秤，天蝎……*射手，在这儿。射手们，振作精神。今年土星将在射手宫保持活跃，深入你的信仰体系，持续引发震动；本月应做好经历微震的准备。事业方面，三月末有望更进一步，工作岗位的变动很可能是贯穿未来数月的主题。*”

尼克上下打量了嘉斯汀一番，点点头，好像她已经做出了什么让人印象深刻的成就似的。

“所以？”她问。

“噢，很好，不是吗？我觉得非常好。”

嘉斯汀嗤之以鼻，“深入我的信仰体系引发震动，这究竟是什么意思？”

“不，我是说职业发展，岗位变动。”

“在星刊，什么也不会变。最多就是杰瑞米突然穿西装打领带来上班，让我们惊讶一下。”

“不，里奥说了工作岗位会变动。里奥无所不知。”虽然尼克笑容里还带着一丝自嘲，嘉斯汀却清楚地意识到，他是认真的，至少在一定程度上是认真的。

“那么，里奥这个月对水瓶座有什么真知灼见？”

“嗯，我不太确定他究竟想说什么。”尼克承认，“上面说，水瓶座：‘多么可怕的人类啊，’斯坦贝克如是说，‘面对如此繁多的标准和浩如烟海的记载，我们所见只是微乎其微，且未必精准。’水的承载者啊，在这调整的一个月间，你将发现，非但他人的内心神秘莫测，自身亦暗藏狡黠。保持平静，用心察觉，或许能趁此机会重新理解，究竟什么才是你真正的内在驱动力。你觉得是什么意思？”

嘉斯汀耸了耸肩，“嗯……要是给那个里奥·索恩伯里引用的名人名言排个等级的话，斯坦贝克一定是‘超级’。”

“不，我是说针对我的生活，他是什么意思？”尼克问。嘉斯汀觉得这个问题真不该问她。

然而，就在她准备发表一番小小的个人演说，谈谈有关星座预言的普遍本质，以及如何运用文字技巧令它们看上去适合任何处境下的任何人之前，尼克已经有了想法。这情形就像电子邮件的收件提醒，分明地挂在他脸上。

“等等。”他说。

他从口袋里掏出手机。嘉斯汀看着他打开谷歌，输入检索词，然后飞快地下拉搜索结果。

“没错，没错，没错！”他说，“我明白了，我知道里奥想告诉我什么了！”

“哦？”

“他叫我去演罗密欧！”

嘉斯汀皱起眉头，“罗密欧？”

“是的，罗密欧。”尼克说，“里奥要我去演罗密欧。”

“嗯？你确定？”

“引文，那段引文！”

“那段话是斯坦贝克说的。”嘉斯汀提醒他。

“是的，是的，不过，”尼克激动地戳着他的手机屏幕说，“可不是随便哪部斯坦贝克，是《烦恼的冬天》。”

嘉斯汀想了想，摇摇头说：“不明白。”

“‘烦恼’的冬天。烦恼的‘冬天’。你应该知道这句话的出处吧？”

“没记错的话，是出自《理查三世》。”

“然后呢？”尼克问。

“然后什么？”

“《理查三世》是谁写的？莎士比亚写的。”尼克越发兴奋，说话都像在朗诵台词，“明白了吗？你一定能明白。”

“啊……我在努力。”

“是这样，我有个机会，接下来有人要排演《罗密欧与朱丽叶》。他们跟我说，只要我愿意，罗密欧就是我的。只不过，那个演出……不是什么大公司排的，甚至都不完全算是专业的。不过，好吧，我从来没演过罗密欧。而且导演也已经圈定了几个真正专业的演员来扮演其他主要角色。眼下工作机会太少了。”

“所以呢，你想演？”嘉斯汀说。

“噢，这是我一直想演的角色。只是钱少得可怜，或者说，可以忽略不计。演出是公益性质的，通常也就意味着，我们能得到的不过是庆功宴上的一桶葡萄酒。”

短暂的沉默过后，尼克接着说：“里奥的星座分析一向准得吓人。既然他说去演莎士比亚，那一定有充分的理由。里奥洞悉一切。我每次只要听从他的建议，事情都会变好。一个机会能带来……你知道，更多机会。”

嘉斯汀瞪大眼睛问：“你就是这么决定人生大事的？当真？”

尼克耸耸肩，“通常来说，是的。”

“像‘人们只愿接受合乎自身心意的意见’这样的话，不也是斯坦贝克说的？”嘉斯汀说。

尼克摇摇头，一副难以置信却又记忆犹新的模样。“没错，我还记得你那吓死人的记性。在我认识的人里面，唯一能这样一眼看穿真相的就只有你了。”

嘉斯汀耸耸肩，对这份恭维置之不理。“我只是觉得，你要是想演罗密欧，那就应该去演。没必要纠结于某个看星星的疯子是不是给了你许可。”

“里奥·索恩伯里才不是看星星的疯子，他是神。”仿佛有能量骤然注入一般，尼克从草地上跳起来，草坡变成了他的舞台，“莎士比亚是金牛座，脚踏实地，精力充沛。而罗密欧……他是双鱼座。”

“什么？你是说你知道罗密欧的星座？”

“是的。”

“剧本里明确提到过他的生日？”

“一看就知道。他是个梦想家，大梦想家，而且，没人能比双鱼座更具备献身精神了。”

“你今天在大鱼装里待太久了。”

“等等，轻声！那边窗户里透进来的是什么光？那是东方，朱丽叶就是那太阳……”

“也许你真的应该去演罗密欧，”嘉斯汀说着，笑了起来，“做决断也不是他的特长。”

“你就笑吧。反正里奥说了，这样是对的，他说这是我必须做的事。里奥自然有他的道理。”

尼克突然跳上身旁的花槽，小心翼翼地落脚在槽口上，免得踩坏里面的甘蓝。他握着卷成筒状的《星刊》，像擎起未点燃的火炬，对着天空摆出一副英勇的造型。嘉斯汀笑得直摇头。

“掌控命运之轮的上帝，为我指引航向吧！”尼克高声呼喊。

交界日

时近三月末，太阳乘着它的专属马车离开双鱼宫，驶向下一格白羊宫，就此完成了黄道十二宫的一个完整轮回，马不停蹄地开启下一个。午夜的时钟刚刚指向十二点，鱼与羊便分道扬镳。一个年轻女人走出她租住的两居室纤维预制板公寓，来到窄小的后院里。

她抬头仰望夜空，放任灵魂在身体里缓缓翻了个一百八十度的身，感觉自己倒悬在地面，就像一座人形吊灯，锁扣般相互勾连的砖铺路面是天花板，双脚是牢牢固定在上面的灯座。此时此刻，她再也不必死盯着这块难看的天花板了。她骋目远望，游走于璀璨群星之间。

大多数时候，她是尼可·皮特，水瓶座，自由职业美甲师，两个孩子的母亲，从今往后一切无能男人的坚定回避者，漫不经心的猫咪投喂者。猫咪是隔壁的瘾君子养的，瘦得皮包骨头，也不知道叫什么名字，她只好自己胡乱管它叫作"笨脑瓜"。屋里的海绵床垫直接扔在地板上，尼可的一对小男孩在上面睡得四仰八叉，小手小脚从被子下伸出来。

她的餐桌，好吧，就是她唯一的桌子，上面堆得乱七八糟，忠实反映出主人生活的杂乱无序。其中包括：大儿子的多动症药物；好几个差不多空了的指甲油瓶子，都是流行色，早就该补货了；一本摊开的星座年历；一台四四方方的旧笔记本电脑，屏幕已经开裂；以及《亚历山大公园星刊》三月刊，翻开在星座专栏那一页。

可眼下，身处这偷得的片刻宁静中，独自站在屋外、倒悬于众星之间的她，与尼可·皮特毫无关系。此刻，她是达维娜·迪万，不是任何人的母亲，而是私家占星师，高级床品鉴赏家，巴厘风情豪宅的主人，不时与某个鞍前马后、魅力十足的求爱者发展一段短暂而不甚亲密的情人关系。她卓尔不群，波澜不惊，穿戴着精美的衣饰，是值得信赖的星空向导，熟知每一段星途；她是德尔菲神庙的女祭司，天赋异禀，也接受过训练，深知面对盘旋的诸天之力要怎样顺势而为，又该如何力挽狂澜。

像真的一样。她想。

事实上，自从几年前收到占星师证书以后，她花了大把时间梦想自己摇身成为著名的占星大师，却没有认真地努力发展客户。

保持平静，用心察觉，或许能趁此机会重新理解，究竟什么才是你真正的内在驱动力。这是里奥·索恩伯里在这一期《亚历山大公园星刊》上写给水瓶座的。他对黄道十二宫中水的承载者做出预言，接下来的一个月是调整之月，是时候反思一下自己内心的规划了。对于里奥，达维娜是个毫不掩饰的迷妹。

里奥在告诉她：是时候回归现实了。可是，该怎么做？首先，她可以报名参加高级占星师证书的考试，然后做些广告招徕客户，可以在本地超市的公告板上张贴一些传单，也可以为亲戚朋友免费测算本命星盘，请他们把消息散出去。计划制定妥当，达维娜的思绪又不由得飘起来，开始幻想，若有一天能与里奥·索恩伯里私下会面，会是怎样一番情形？正在这时，一声大叫撞进她的思绪，大得足够把她的脑子从群星之地拽下来，让灵魂掉头面对日常生活。

她失望地发现自己依旧站在小得可怜的院子里，铺砖地面上光秃秃的，除了一副廉价的升降式晾衣绳，连半根草都没有。更叫人沮丧的是，她再一次意识到，自己什么都不是，只是尼可·皮特罢了。叫声来自一个瘦骨嶙峋的棕毛小家伙，正绕着她的脚打转。尼可伸手在猫咪斑驳的两耳间轻轻挠动，手上的指甲造型叫“美人鱼之梦”，微微泛青的紫色，点缀着亮闪闪的丝光亮片。

“嗨，笨脑瓜，”她说，“我猜你是饿了。”

尼可·皮特每周都会拎一袋打折猫粮扔进自己的超市购物车。就在她拿出勺子舀猫粮时，尼克·乔丹正走在市中心的街道上，背包里塞满了飘着鱼腥味儿的衣服，他的生活最近完全被这个味道占据了。

尼克非常清楚嗅觉的力量，了解某种特定的气味是如何瞬间将人带回人生中某个特定的时间，宛如身临其境一般。有种牌子的洗发水，能让他回到第一次同姑娘过夜后那兴奋战栗的晨浴时刻；煤油灯的气味与他童年深爱的露营时光有着密不可分的关系。因此他知道，从今往后，鱼腥味儿多半会将他带回眼下这个特别的人生阶段——尚未走出与劳拉·米切尔分手余波的这几个月，低迷，却奇妙地充满希望。

今天是尼克为亚历山大公园市场的鱼商工作的最后一天。明天是新工作的头一天，他要在亚历山大公园一家高级餐厅当服务生。这也正是他深夜奔赴洗衣房的缘故。

黑漆漆的街上，自助洗衣房的大窗户透出明亮的光辉，可走进店里，尼克隐约感到了一丝失望。里面空荡荡的，虽说还有一台滚筒式烘干机在勤劳地嗡嗡作响，但没有人坐在洗衣房的长凳上等待，没有人哗哗翻动卷了角的杂志，没有人能让他开启一段闲聊，多少减轻这地方的压抑感。

尼克兜底拎起他的旅行背包，把里面的东西一股脑儿倒在长凳上，开始逐一检查衣服口袋。妈妈一直坚持要他这么做。眼下看来，这果然是有好处的——他最好的那条黑色长裤的后裤袋里藏了一张纸巾，一次完整的洗衣过程足以让它轻松化身为纷飞的纸屑。

纸巾上还写了字。

转角之外，或许还有

一条新路，一扇秘门

出自托尔金[1]，尼克摘抄时圆珠笔坏了，蓝墨水溅到了柔软的纸巾上。这是里奥·索恩伯里在一月份的水瓶座星座解析里引用的：随着金星进入主性灵的双鱼宫，你会发现自己执着于自我价值这一棘手的问题。但请少安毋躁。水星逆行将扰乱你的心灵，此时旅行并非明智之举。利用新年伊始这几周养精蓄锐，磨炼你的直觉，正如托尔金告诉我们的："转角之外，或许还有一条新路，一扇秘门。"

当然，里奥是对的，他总是对的。那不是旅行的好时候，可行程早在一月份前就安排好了。于是，新年当天，尼克同劳拉一起北上昆士兰，在她忙着扫荡新款香水时扮演拎包的角色。尽管他们住的度假酒店很漂亮，尽管酒店游泳池的水温完美补偿了潮湿的天气，尽管泳池酒吧的"椰林飘香"好喝还不用花钱，但是对尼克来说，那场旅行依旧是悲剧。

"也许，是时候面对现实了。"一个飘着鸡蛋花香味的夜晚，劳拉在酒店房间里说。尼克永远不会忘记当时的劳拉有多美，说这话的时候，她就站在床头，奶油色的丝绸睡袍没系腰带，里面一丝不挂。"如果你到现在都还没有准备好……我是说，也许该执行B计划了。"

她从不曾恶语相向，也不曾对他这样不虑前途的状态说过什么。到二月他就满二十七岁了，好莱坞依旧遥不可及。忘掉好莱坞吧，就连本地的职业演出机构都那样高不可攀。去年一整年，寥寥几场数得出的有酬演出，也不过是在肥皂剧里跑个龙套，在健康食品展上穿着臃肿的充气外套扮成一只辣椒，在宣传病菌与洗手重要性的下乡巡演木偶剧中扮演一个名叫"鼻屎"的木偶，他要做的，

1. 托尔金（J.R.R. Tolkien，1892—1973），英国作家、语言学家。引文出自其代表作《魔戒》系列中的歌曲《行路遥》（*The Road Goes Ever On*）。

就是在几所学校的礼堂里恰到好处地擤鼻涕，好引来哄堂大笑。

“尤其是，”劳拉意味深长地补充道，“如果我们还想让关系更进一步的话。我希望我们是在往这个方向走。”

可是，躺在酒店超大号的床上盖着被子，尼克心里想的却是：“转角之外，或许还有一条新路，一扇秘门。”

“我不打算放弃。”他说，对面是迷人的劳拉，纤细的劳拉，拥有大大大长腿的劳拉。劳拉·米切尔是摩羯座，二十六岁，已经存下好几笔定期存款，拥有一套结合有价证券与收入保障保险的投资组合。

她说：“我不想失去你，尼克。可如果我们要继续走下去，你就得……好吧，你必须明白，你不再是十几岁的少年，不能永远过着吃方便面、骑自行车的日子。”

“可我要是不介意骑自行车，也不介意吃方便面呢？”

“那我们之间就有问题了。”劳拉伤心地说。

和劳拉分手不是容易的事，一点儿也不容易。可尼克这么做了，劳拉也给出了镇定而有尊严的回应。回程的飞机上，尼克只想好好安慰她，好好安慰自己。可是，他告诉自己：“转角之外，或许还有一条新路，一扇秘门。”这就够了，有了这个，他就能守住阵线。

尼克把衣服胡乱塞进洗衣机，往投币口塞了几枚硬币，心里计算着，离开劳拉的日子已经过到快四个月了。他依旧飘摇不定，没能为自己找到一个窝。眼下，他暂时落脚在一个画家家里，帮他看房子。画家到古巴为下一场画展寻找灵感去了。公寓好极了，只是不大舒服。屋里没什么大家电，床就是一张日式榻榻米，里面塞的也不知是不是混凝土，每面墙上都密密麻麻地挂着画家自己的油画作品，其中许多主角都是被砍了头的动物。有时候，置身在这些喷血的颈动脉之间，尼克觉得很难把他的新康利早餐麦片咽下去。

对尼克来说，过去几个月每天都像在走钢索。一边是对劳拉的认同，该成熟了，该放弃了，该去找一份真正的工作了；可另一边是残存的梦想，梦想中的未来依旧在，那叫人战栗的可能依旧在。

当尼克打电话表示接受邀请出任男主角时，《罗密欧与朱丽叶》的导演兴奋极了，让人不禁生出满足感。很难想象，亚历山大公园剧场的常规轮演会有任何戏剧界名人出席，更遑论有谁能在看过一场演出后就迫不及待地为尼克提供一个他所急需的机会。但尼克已经学会了相信里奥·索恩伯里。只要听从这位占星大师的指引，事情就会有好结果。

这位导演为尼克决定出演罗密欧而欢欣鼓舞，也正是他，在“丰饶角”向尼克提出了这个工作邀请，开出了高于一般水准的报酬。可这里面有些东西让尼克想不明白。“丰饶角”是亚历山大公园剧院排演厅旁边的一家餐厅，老板是德莫特·汉普希尔，《亚历山大公园星刊》的美食专栏作家，嘉斯汀·卡麦可尔就在这家杂志工作。先是在市场里偶遇了她，现在又是这个。他想知道，这意味着什么。

上一次见到嘉斯汀还是十二年前，她几乎没有变化，身材依旧苗条，榛子色的眼睛里依旧闪烁着顽皮的光。她还和从前一样敏锐机智，让他不由得反复琢磨，甚至是过度琢磨自己打算说出口的每一个字。还有她的眉毛，也完全没变，尽管浓密笔直，却毫不妨碍它们灵巧地做出各种姿态，弄得他老是怀疑，嘉斯汀是不是在偷偷嘲笑他。

在亚历山大公园时，尼克整晚都在等待一个时机，等待一个邀请，好对他们十四岁时在南澳海滩上度过的那个夜晚做出一番追忆。他们聊了太多别的事情：她的工作，他们的家人，占星术，还有莎士比亚。他问她要电话号码，她高高兴兴地给了他，却没有礼尚往来索要他的，这让尼克有些吃惊。而且她也没露出哪怕一丝最细微的迹象，表示想聊一聊许久之前的那个夜晚。

他原本觉得，或许他们能一起大笑着说说当年的事。两个人怎样从父母们身边溜开，在游乐场外的路边找到一家卖酒的小店，在尼克进去想法子弄到一瓶斯通牌绿姜汁酒的工夫里，嘉斯汀又是怎样紧张地在门口转来转去。那时候，嘉斯汀的模样还太小，明显不到十八岁，而尼克已经超过了这个年纪该有的个头，还能伪装出一把惟妙惟肖的低沉嗓音。他们聊着天，一起喝掉了大半瓶酒，渐渐放松开来，到最后，尼克显摆起他能模仿的一切声音，嘉斯汀则背起了诗。

想到那时候的自己是个多么笨头笨脑的白痴，尼克就不由得脸红。那么年轻，那么青涩。亲吻时，他大概是把她伤得够呛，自己还一无所知。也难怪第二天早上她要躲起来，不肯出来道别。一回到家，他就试图给她写信，试了好几次。可不管什么样的情感，只要落在纸上，就显得蠢极了，更别说他还是个错别字大王。

与嘉斯汀的再次相遇让尼克心神不宁，这让他回想起那个年少的自己。虽说忆起那个年轻的自己曾拥有的活力与信心很好，可心里终究还是有些不安，就像被她发现了自己的失败，发现他辜负了那个年轻尼克的承诺与潜力。她提醒了他，自己在某些方面，嗯，怎么说呢……退步了？

尼克掏出电话，意识到屏幕上再也不会显示劳拉的未接来电时，也不知是松了口气，还是感到失望。最近几周，她打过几次电话，也发了短信，说想谈一谈，看看是否还有各退一步的空间。但尼克一直提醒自己，在劳拉面前，退一步就意味着步步退让，他会被说服，然后完全改变主意去迎合她。

尼克翻着通讯录，停在了“嘉斯汀·卡麦可尔”这里。他点了点屏幕，让她的名字亮起来，变得更大更清楚。然后，他顿了顿。很晚了，这个时间打电话，也太晚了。发条短信倒是没问题。

“那晚能见到你真是太好了……”他起了个头，又删掉。

“乏味。”他自言自语。

嘉斯汀是那种毫不费力就能从脑子里拽出一整部诗集的人，对她来说，背几句斯坦贝克的名言警句跟记歌词也没什么区别。要给她发消息的话，至少也得写点儿有趣的东西。

“我在想……”他重新起头，又全部删掉。唉。

你在干什么？他问自己，最后不得不尴尬地承认，他正坐在一家冷冷清清的自助洗衣店里，搜肠刮肚地编写一条短信，在大半夜里，给一个连他的电话都不想要的姑娘，而且，没有他的存在，她的生活看起来过得也相当不错。于是，在洗衣机“唰，唰，唰”的单调伴奏下，尼克把手机放回了口袋里。

白羊篇

♈

时间从夏末滑入秋季，有结束，有开始。可在嘉斯汀·卡麦可尔的生活里，一切都很平常，早上起床到星刊去上班，傍晚回家睡觉。无论她多少次查看手机，多么期待来电铃声响起，尼克·乔丹都没有打过电话来。

对嘉斯汀而言，家就是伊夫林塔顶层十二楼的一间公寓，那是亚历山大公园的一栋公寓大楼，有传统的结婚蛋糕式波纹花边和薄荷绿装饰，有原装彩色玻璃花窗，客厅里铺着拼花地板。能住得起这么热门的地段，可以说全靠嘉斯汀的祖母。在得知位于伊登河谷的家族农场将由大儿子继承之后，弗勒·卡麦可尔便费尽心力，只为确保自己过世之后，两个小的也多少有点东西可以继承。落实到嘉斯汀的父亲德鲁身上，这点东西便是一套位于市区外圈优雅简洁的房产。

德鲁和曼蒂将这套公寓提供给嘉斯汀住，只象征性地收取一点租金。不过，这个安排也有坏处，主要来自家族成员过于频繁的造访。他们多半都不提前打招呼，总是突然出现，刚好进城来听戏啦，看橄榄球比赛啦，看网球赛啦，到一家好餐厅吃饭啦，看牙医啦。亲戚们的突然袭击往往叫人恼火，可在这个特别的星期三傍晚，嘉斯汀真心期盼能有一个人陪在身边。

她用力拉动窗帘，遮住阳台的法式玻璃对开门，尽量不朝外看。玻璃门外是一个半圆形阳台，过去，伊夫林塔三面通透的窗户和阳台都能俯瞰近旁的公园。上世纪七十年代，一栋灰砖公寓大楼硬生生挤进了伊夫林塔和旁边双子楼之间的狭窄空隙里。就这样，嘉斯汀的窗外景观成了隔壁楼的丑陋墙面，她的阳台距离对面那座微型阳台生锈的栏杆甚至不过咫尺。小阳台后面的起居室一眼就能看个通透，更叫人不自在的是，浴室也一样清楚。眼下，住在对面的是个中年男人，半边屁股上有块巨大的AC/DC[1] 文身，屋里没装浴帘。

嘉斯汀把包往厨房台子上一扔，顺便摸出手机。没有未接来电，没人期待她的关注，也没有人发短信来打个岔，把她从无所事事的境地里拯救出来。

最要好的姐妹塔拉已经离开两个月了，她放弃了城里一家新闻时事电台的工作，转投澳大利亚广播公司，成了某个偏远乡村记者站唯一的全职记者。经过这几个月，嘉斯汀才发现，自己的社交生活是多么依赖塔拉那开朗外向的无穷活力。从前，塔拉会在下班时出现在星刊编辑部的办公室，把她拽去酒吧，或在去派对的半路上突袭伊夫林塔，逼得她别无选择，只能一起出门。没了这些，嘉斯汀越来越习惯于加更多的班，到书里或DVD盒子里寻找打发空闲时间的伙伴。

嘉斯汀和塔拉从大学一年级开始就是朋友了。除了同为新闻专业的学生，两人可以说毫无共同之处。嘉斯汀更愿意钻研功课，塔拉则把大部分精力投入校园广播站的志愿活动中，而且绝不错过任何免费提供啤酒的活动。然而，这毫不妨碍她每门功课都拿优。

大学那几年，城市近郊长大的塔拉成了嘉斯汀在这座大城

---

1. AC/DC，澳大利亚著名摇滚乐队。字面意为交流电/直流电，俚语中也指代双性恋。

市的向导，嘉斯汀则是塔拉体验童年梦幻乡村生活的引路人。她们有时待在城里过周末，有时开车出城去伊登维尔，在那里，塔拉几乎把所有时间都耗在嘉斯汀伯父的农场上，学开各种农业机械，恨不得把她的布朗斯通工装靴的鞋底磨穿。

嘉斯汀始终坚守着她那渐渐显得过时的志向，一心要进出版业；塔拉不一样，她从一开始热衷的就是数字媒体。这几年，塔拉有过不少令人艳羡的工作机会，首都电视台新闻时事频道，各种五花八门的驻外站点，涉猎面广得惊人，可她统统放弃了，最终选中的是一个多媒体平台的乡间记者职位。如今，每次嘉斯汀在电视或电台里听到朋友的声音，谈的不是水力压裂技术、活畜出口，就是区域因特网速度或没完没了的干旱。

嘉斯汀拨通了塔拉的电话号码，铃响了又响。说不定，嘉斯汀心想，塔拉采访某个农民时把手机落在了小货车落满灰尘的座位上，也可能是在当地某家俱乐部里，下舞池钓帅哥去了，手机留在了吧台上。

“如果你实在不方便发短信，”最后，塔拉的声音响了起来，“请留口信。”

语气并不冒犯，只是很生硬。这就是塔拉。这么多年了，她和嘉斯汀相互都非常了解，嘉斯汀从不多心去琢磨塔拉究竟有什么言外之意。

看来，只能过一个孤单之夜了。嘉斯汀接受了现实，开始对付早餐留下的盘子，洗了一大堆东西，刮干净蔬菜咸酱罐子做了份晚餐。然后洗完澡，早早上了床，拿起一本雅顿版[1]《罗密欧与朱丽

1. 雅顿版（Arden edition）是莎士比亚作品的大型学术性系列文集，该系列将原著改写为现代英语版本，并加入长篇导读和大量注释。

叶》，这本书最近一直躺在她的床头柜上。她轻轻翻到夹着书签的那页，开始读起来。

朱丽叶在抱怨。

“我派奶妈去的时候，时钟刚指到九点。”嘉斯汀读道，“她答应了，半个小时就赶回来。或许她刚巧没遇上他。不会的。噢，她腿脚不灵便！爱的信使应当是思绪啊，它跑起来比太阳光还要快上十倍。”

真是太糟糕了，嘉斯汀想，得靠仆人带回爱人的消息。要是朱丽叶能有部智能手机该多好啊！

嘉斯汀瞥了一眼自己的手机，它正竖靠在床头柜的书堆边上。它纵然是有千般好，可即便有了这么一部能将爱意传达得比阳光还快的设备，没人肯费心借用这科技的便利，又有什么用呢？

理智说：十天了。

好像她不知道似的。

嘉斯汀努力把注意力拉回到眼前的文字上，这可是莎士比亚的文字。“你带回的消息是好，还是坏？回答我；无论哪个答案，我都会接受命运的安排，就请告诉我吧，是好消息，还是坏消息？”

理智：再跟我说一次，咱们为什么没带着他的电话号码回家？

嘉斯汀：因为，你明明知道，我很冲动。要是有他的号码，我现在肯定已经忍不住打电话给他了。

理智：那又怎样？

嘉斯汀：那我就永远不会知道我现在知道的事情了。那就是，他根本没打算给我打电话。

“亲爱的！”第二天，杰瑞米·伯恩一大早就招呼她。

时间还早，为了方便，嘉斯汀穿的是黑色七分裤配T恤，T恤上印着跳跃的野兔。她一只脚才刚踏进星刊编辑部的门厅，主编大人就突然从他的办公室里冒出来，吓了她一大跳。同样吓人的还有他的语调，非同寻常地低沉，似乎还藏着几分阴谋味道。

“有时间吗？”他问。

“当然。”嘉斯汀跟在杰瑞米身后，在走进那间堆满纸的小房间的短短几分钟内，飞快地在脑海里搜索了一圈，看看是不是有什么事情给自己惹了麻烦。工作疏忽？人际矛盾？行为不得体？没有，都没有。那他要跟她谈什么？

“亲爱的，”杰瑞米一边说，一边重重地坐进办公桌后的椅子里，然后倾身向前，十指相对支成塔尖，再把下巴搁上去，“能有你作为候补初级记者，我们很高兴，也很荣幸。虽说我希望能在今天给你带来一些更好的消息，可看起来……”

嘉斯汀的心脏被一大股肾上腺素狠狠撞了一下。什么？是坏消息？她张口想说点什么，可杰瑞米兴高采烈地说了下去。

“……我考虑得还不够周全，或者，应该说是，不够完美。如果你能接受这个想法，我们就可以——就像我说的，如果你愿意接受的话——称呼你为我们的编务经理了，这个，当然，不完全是我们真正想要提供给你的职位。就长期规划而言，不是最终目标。但至少，我们可以把它视为一步进阶，事实上，我们希望，等到合适的时候，在不远的将来，能看到……”

杰瑞米的语速忽快忽慢，使得个别字眼，比如“编务经理”，从嘉斯汀耳边一闪而过，而另一些字眼，比如“等到合适的时候”，来得又那么慢，反倒显得格外重要。

“对不起，”嘉斯汀打断他，“我没听明白。”

“噢，”杰瑞米停顿一下，换了个说法，“啊，这么说吧。夏绘要离开我们了。去欧洲，和她的，呃，家人，一起生活。我想知道，你愿不愿意接替她，担任编务经理的职务。当然，这不是候补记者常规的职业发展道路，如果你不愿意，也可以放弃这个机会，继续等待真正进入采编部的机会。相信我，再没有比现在就提拔你为初级记者更能叫我高兴的事了。我们的最终目标是希望你为《星刊》写稿，不过，这个职务有很多机会让你在杂志上留下自己的印记。为编辑筛选读者来信，校对我的社论，嗯？删减德莫特的专栏，控制版面字数，以及在电话里跟我们那位相当聒噪的美食家通通话。对了，你可以去跟夏绘取取经，学学看怎么处理最好。”

嘉斯汀努力保持镇定，两种截然相反的感受却早已在胸腔里激荡起来。

“夏绘要走了？”她说着搭配一个难过的蹙眉。

他要给我升职啦。她心里发出无声的欢喜尖叫。

“是啊，是啊。夏绘一直都是我们宁静的绿洲，我们会非常想念她的。可她很快就要离开我们了，事实上，就是下个星期五。她很愿意多留一段时间，不过我告诉她，如果她的心已经到了瑞典，那她的人当然也必须马上过去。所以，你是怎么想的，嗯？”

“我想……我做好了准备，充分的准备，迎接新的挑战。”嘉斯汀说。

“太好了，太好了，我想也是这样。”杰瑞米容光焕发。

“我还是初级记者的第一顺位候补吗？”

“毫无疑问。”杰瑞米说。

“那么，好的！”嘉斯汀说，“好的，谢谢！”

“好，好，非常好。”杰瑞米说着往后一仰，靠进椅子里。嘉斯汀努力掩饰早已雀跃的内心，只是并不太成功。

杰瑞米接着说：“那么，我今天就要寻找你的接班人了，但愿能找到一个能及得上你七八分出色的人。所有那些跑腿打杂的事情，我都知道，可以算作是一种锻炼吧。我有没有跟你说过我自己在《纽约时报》当助理的事，那时候……”

嘉斯汀连一半心思都没放在听他说话上。八分之一，最多了。尼克从里奥的专栏里读给她听的是什么来着？“事业方面，三月末有望更进一步。”嘉斯汀记得，里奥还说，“工作岗位的变动很可能是贯穿未来数月的主题”。也许，她期待已久的初级记者职位并没有那么遥不可及，也许她很快就能为《星刊》写稿了。她想象着自己的第一篇署名文章，第一个封面故事，第一次获得沃克雷新闻奖……冷静，冷静，冷静。停一停，她提醒自己，现在还只是被提升为亚历山大公园星刊的编务经理而已。在这个新岗位上，她一定要体现出专业、能力和条理性。不过，看在老天的分上，这可不等于她从此就要开始相信星座了。

接下来的一周，直到星期五下午之前，嘉斯汀一直在记录新工作的要点，已经记满了笔记本的四分之三。即便如此，夏绘还在继续补充一些重要的小细节。

“别忘了，每期新刊都要给德莫特留五本。”夏绘说，“因为他喜欢把自己的专栏文章展示在他所有的店里：丰饶角、奶酪工厂的咖啡店，还有样板厨房。”

说话时，她的双手始终在键盘上飞舞，忙着抄写一张钉在屏幕旁边文件架上的纸质信。

“这也对不上啊。”嘉斯汀说着，皱起了眉头。

“第四本，”夏绘说，丝毫没有中断手上正在敲打的快板小调，“是给德莫特个人留存的，还有第五本，一定要送到德莫特的母亲手上，这一点非常重要，嘉斯汀，除非你愿意面对焦躁的连环电话轰炸。她住在利德伍德的圣玫瑰堂疗养院。”

嘉斯汀还是不敢相信，这间方方正正还带着天窗的小办公室就要是自己的了。只要等到星期一。她喜欢它的简洁紧凑，喜欢夏绘布置办公桌的方式，都是些相当常见的东西，电脑、文件筐、文件架、文件叉、一台小巧的传真机、一筒削好的铅笔、一盆蕨类植物，不过如此。可不知怎么的，偏偏被夏绘营造出一种愉快轻松的氛围。

“你知道星刊历史上最大规模的投诉是什么引发的吗？”夏绘问。

嘉斯汀不知道。

“是一次填字游戏出的错，提示信息不小心对错了格子。”夏绘说，“天下大乱！”

这本杂志历史上第二严重的事件是纵、横两部分提示恰好弄反了。夏绘指出，尽管这些都是十几年前的事了，可对于负责编排填字游戏的多克·米拉尔来说，教训依然清晰而持久。

“所以，一定要把填字游戏的最终校样发给多克签字确认。”夏绘说，“要是他冲进办公室来亲自检查，也不要惊讶，他就是为了保险起见。他喝很浓的黑咖啡，加三块糖。”

夏绘一直谈到星刊财经作者的小毛病和问答专栏知心姐姐的偏执妄想狂，嘉斯汀不停地做笔记。

“只有两位撰稿人，”夏绘接着说，“还没有加入电子邮件的浪潮。”

“园艺作者莱斯利安·斯通，还有占星师里奥·索恩伯里。”夏绘继续道，“莱斯利安是一位反氟派活动人士，古老水仙品种的种植者，每月交来的稿子都节俭地用钝头铅笔写在用过的信封背后，要不就是撕开的种子包装袋内侧，经常还附赠一点有机认证的泥土。

“对于莱斯利安和里奥，我们最主要的工作就是文本录入。”夏绘告诉嘉斯汀，“他们都不欢迎额外的交道，也不需要样刊。莱斯利安认为印刷是对地球资源的浪费，里奥则对任何世俗事务都不感兴趣。看起来，他多半不用电话，但至少还有一台传真机。”

夏绘从文件筐里抽出一张传真纸递给嘉斯汀。那是一篇整整齐齐、密密麻麻的文章，看起来像是在一台老式打字机上打出来的。

“里奥的星座稿就是这么送过来的？”嘉斯汀难以置信，“用传真？”

夏绘点点头，“通常都是半夜发过来的。”

嘉斯汀递回传真，夏绘把它夹到文件架上。就在她开始以惊人的打字速度录入这篇文章时，前厅响起香槟瓶塞弹开的声音，紧接着传来一阵欢呼。杰瑞米出现在夏绘的门口，手里的香槟正汩汩流进玻璃杯里。

“小林桑，”他鞠了个躬说，“特此告知，你被召唤前往茶室参加酒会。立刻！”

夏绘抬眼扫了扫电脑上的时间，显示为下午四点零五分。

“可是，星座专栏……”她说，“再给我五分钟，拜托。”

“绝对不行。”杰瑞米说着举起香槟杯往前一送，表示邀请。

“我来处理星座专栏，夏绘。”嘉斯汀提议，“没问题的，你去吧。”

嘉斯汀能看出夏绘的紧张和左右摇摆的心思。

“真的，去吧。”嘉斯汀催促道，“这对我有好处，熟悉一下状况。”

“你确定？”夏绘说。

“绝对确定。”

就这样，夏绘从她的办公椅上站起来，这是她最后一次从这里站起来。嘉斯汀稍待了片刻，便幸福地闪身滑进了她的新座位。

“白羊座。”她开始阅读稿件。照里奥的说法，白羊座很容易在两性关系中受到莉莉丝[1]的影响。真见鬼，莉莉丝是什么？显然，多亏金星行进至十五度，天晓得什么意思，金牛座有望迎来一大波浪漫的际遇。嘉斯汀暗暗记下，要告诉塔拉，她就是个自豪的金牛。不过这消息大概算不了什么新闻，毕竟塔拉从来都生活在接连不断的浪漫际遇中。

双子座，根据里奥的意思，即将走出一系列麻烦的阴影，体会到清新的空气和解脱。嘉斯汀暗自冷笑，还真是那种放诸四海皆准的废话，妈妈就是双子座，看到这话肯定高兴死了。“清新的空气和解脱”，曼蒂·卡麦可尔要是看到这句，准得体会上一两天，深呼吸的感觉有多好，多自由！

啊，轮到射手座了：受困于焦躁不安的思绪，射手座可能急于寻求改变，不过，接下来的一个月，金星基本处于逆行，并非改换造型的良机。请将更换发色或更新衣橱的冲动留给五月。直觉敏锐的你或许已经感觉到，星座在主隐秘与欲望的第十二宫运行所产生的影响。

没说到工作岗位变化，唉，也没提到旧情复燃、重续前缘之类的话。她叹了口气，继续往下看水瓶座：本月进入收获季，回报你近期做出的艰难抉择。水瓶座，请下定决心，踏上新的道路吧。切记，金星逆行会放大回头的诱惑，进而引发依恋与怀旧之情。对于正在寻觅新居所、考虑对生活做出重大改变的水瓶座，本月下旬

1. 莉莉丝（Lilith）通常被认为是夜魔女的代称，最初可能出自美索不达米亚神话。在犹太教传说里，莉莉丝是亚当的第一位妻子，与他生于同一团黏土，后逃出伊甸园。

的星际条件将有利于做出明智的选择。

尼克会怎么看这段话？她很好奇。或许在他眼里，这或许刚好说出了他自己都没意识到的念头：其实他该演的是《哈姆雷特》，或者《亨利四世》。想到尼克对星座的迷信，她摇了摇头。不过她还有个想法，一个有趣的想法。

如果说，还有谁能让尼克拿起电话打给她，大概就是里奥·索恩伯里了。

耶稣受难日前的那个星期三是《星刊》的截稿日，也是嘉斯汀作为编务经理的第一个截稿日。新刊的封面是一张醒目的特写，塔里克·拉法叶困惑的脸。这位年轻导演刚刚凭借一部强硬有力的难民主题纪录片获得了一项大奖。

社论谈了拉法叶的作品，并且采访了若干民族领袖以占据道德高地。这篇文章不是杰瑞米写的，而是出自星刊驻堪培拉的记者丹尼尔·格里芬之手。为编校它，嘉斯汀很是头疼。此外，她在最后几页也花费了好几个小时，努力把德莫特·汉普希尔关于享受秋季美食的专栏文章删减到合适的篇幅，好为他的羊排配甜菜根莎莎酱菜谱腾出版面。在漫长的商讨过程中，德莫特只挂了她一次电话，大概算是个好兆头。

这天上午，嘉斯汀先花了几个小时来一一核对她所负责版块的排版尺寸。她希望它们在交到杰瑞米手里时是完美的，然后他就会将它们送出付印。接近中午时，她有了一名访客。正如夏绘事先提醒过的，是那位填字游戏的设计者多克·米拉尔。他就那么站在嘉斯汀的侧后方，水汪汪的阴郁双眼牢牢锁定她的电脑屏幕，检查，复查，再三检查每一个最微小的细节，其间一直端着咖啡杯，凑在他硬毛刷般的灰色胡髭间，小口小口喝个没完。

多克刚走（当然，阴沉沉地宣布填字游戏没有问题），桌上的电话就响了。

噢不，又来了。嘉斯汀心想，认定是德莫特·汉普希尔又打电话过来了，一定是来跟她争论，抱怨她的编辑工作。嘉斯汀伸手拎起听筒，做好再次投入战斗的准备——要冷静、专业地斗争。

“您好。”她努力在一开始就显得很坚定。

“嘉斯汀？”

不是德莫特。

“是的。您是？”

“嗨，我是丹尼尔，丹尼尔·格里芬，在堪培拉的。”

“噢。”嘉斯汀徒劳地应了一声，与此同时，大脑已经颇有效率地扒拉出这位星刊首席政治记者的画像，放在了脑海正中头排的位置。那是由丹尼尔那张文质彬彬的署名照片和嘉斯汀在最近两年圣诞晚宴上见到他的印象拼凑成的。虽说也曾被介绍给他，可嘉斯汀并不觉得自己真的认识他。在嘉斯汀的印象中，他就是那种总在交谈时越过你的肩头望向远处的人，仿佛随时都在留意屋子那头是不是有更重要的人物出现。

他打电话来做什么？说不定也是来抱怨的。也许她删改他的文章时太强硬了，她把那些带有自命不凡意味的句子都删掉了，改成简单的陈述。是不是改得太多，冒犯了他？

她绷紧了弦。

“你瞧，这就是个问候电话。”丹尼尔开口打破长长的沉默，“我只是想道谢，谢谢你对我的社论做的工作。非常周全，关注到了细节……真是画龙点睛。”

“噢，”嘉斯汀彻底乱了阵脚，“谢谢你。”

“另外，我打电话来，还有一件事。恭喜升职。我在星刊也当过很多年的助理，实话说，好几次我都以为自己要在那个位置上干到老了。我知道编务经理不算是真正的记者，不过，至少是朝正确的方向迈进了一步。”

“是的，当然，朝正确的方向迈进了一步。”嘉斯汀努力回应。上帝啊，她听起来就像一只鹦鹉。

“下次我回来时咱们再见，好吗？”

“好。”

嘉斯汀放下电话，往椅背上一靠。她揉了揉因为盯着屏幕太久而干涩的眼睛，整理了一下刚才的事。丹尼尔·格里芬打电话来向她道谢，他欣赏她的工作，居然特地打个电话给她来说这件事。

理智：也许他其实没那么自以为是。

嘉斯汀：你都不动脑子想一想的吗？

理智：我想不了，没吃东西想不了。

嘉斯汀抓起咖啡杯，从包里摸出午餐，朝茶水间走去。当杰瑞米披着他的西服外套出现时，嘉斯汀还在因丹尼尔的称赞而容光焕发，正要把奶酪三明治放进烤面包机里。

“你在这儿！你在这儿！太好了。”杰瑞米一只手冲着她的三明治直晃，“老天！把那个放下，我们被传召了。”

“传召？”嘉斯汀说。

“去吃午餐，在丰饶角。德莫特想见你。”杰瑞米解释，“看来你在电话里给他留下了很深的印象。所以，他为我们准备了一顿午餐。他请客。”

嘉斯汀和杰瑞米抵达杜弗伦街时还是大白天，可餐厅幽暗的光线却生生营造出了夜晚的私密氛围。巨大的球形灯一个个悬在深色的木头天花板下，橘色灯丝幽幽亮着，宛如小仙子的秋千。

“伯恩先生？卡麦可尔小姐？”女服务生招呼道。她松松扎着一把微卷的长马尾，两边耳骨上的耳洞很显眼。女服务生引着他们穿过迷宫般的桌椅，来到餐厅深处的一个隔间。

这间餐厅的装潢完全采用未加修饰的原木，风格硬朗。可当嘉斯汀侧身滑进她的隔间座位里时，却发现椅面上蒙着柔软的羊皮。

“德莫特说不必操心点单的事，”女服务生一边说，一边拿起水壶为杰瑞米和嘉斯汀的玻璃杯里倒上冰水，“全都安排好了。”

等她离开后，杰瑞米问：“那么，你是怎么对付他的，德莫特？嗯？”

“我想我们达成了谅解。”嘉斯汀说，“尽管费了点周折。”

“啊，”杰瑞米抱歉地点点头，“我恐怕得说，天赋从来不排斥傲慢。事实上，依照我的经验看，这两者之间倒像是存在某种紧密的关联。”

毫无疑问，德莫特·汉普希尔是位有天赋的厨师，他以精湛的技艺为嘉斯汀和杰瑞米上演了一出大师级的表演，一道道小菜与餐点行云流水般从厨房里送出来。浓郁的辣味肉汤因珍珠麦的加入而越发浓稠，裹上了面包糠的羔羊肉片搭配火候恰到好处的绿叶蔬菜，各种肉、蔬菜和烤物一一登场，无不精巧迷人。

服务生接连不断地从暗影里冒出来，上菜，收盘子，添水斟酒。丰饶角自酿的皮诺葡萄酒滋味醇厚，水准一流，很快，嘉斯汀就感受到了它的威力。双颊开始发热，她能感觉到自己正慢慢放下戒心，松弛下来，意识到自己很可能在这样的情形下说出或做出不恰当的事，她决定这顿午餐接下来都只喝水。

嘉斯汀举起葡萄酒杯送到唇边，最后一口，就一口，她告诉自己。就在这时，德莫特·汉普希尔本人现身了。他端着一大盘奶酪，外加一瓶陈年波尔图葡萄酒。奶酪微微泛着蜡质光泽，嵌在无花果酱和梨子片之间。德莫特不但是丰饶角餐厅的所有者，还创办了“飞羊优品”奶酪工厂，就在离伊登维尔不远的一个小乡镇上。

“杰萨，”德莫特对着杰瑞米大声招呼道，“见到你太好了，伙计。”

杰萨，嘉斯汀暗暗重复，杰萨？

“啊，我的好兄弟。”杰瑞米说，“卓越的一餐，毋庸置疑地卓越。”

德莫特嘲讽地歪了歪头假作谦逊，同时熟练地在桌面上清出一块地方放奶酪盘。随后，他将自己庞大的身躯安置在长条座椅上，逼得嘉斯汀不得不往旁边闪了闪。

“你喜欢这些石头吗？”他问她。

她不明白，“抱歉，什么？”

“石头。”他重复道，拿起餐刀，用刃口轻轻一敲如今只剩下面包糠的空盘子。

这盘菜很美味，应该是某种小肉块，有一点韧，但并不难嚼。

“很美味。”嘉斯汀说。

“那是羊睾丸。”德莫特宣布答案，显然自娱自乐得很高兴。

嘉斯汀的脸一下子白了。下一秒钟，血液回流，开始涌上她的面颊。

德莫特咯咯笑了起来。“既然你这么喜欢，为什么不再来点儿呢？”他打了个清脆的响指，“多莉！嘿，多儿！再来点石头！”

“谢谢你，德莫特，请不必——”

“我坚持。还有，听着，在这儿别玩那些客套花样。要是有人给你什么，你该接就接着。那话怎么说来着？少就是多？什么狗屁！在我的字典里就一条，越多越好。就拿我的专栏来说吧，我觉得配得上两页。可那位主编，啊，就是这位，非得管头管脚，把我压在一页里。你来告诉他，嘉斯汀，告诉他我需要更多版面，更多版面来发挥。”

嘉斯汀等待杰瑞米开口，可他只是兴致盎然地看着这一幕。

一声瓷盘轻轻敲在木头桌面的声响传来，“石头”送到了她的胳膊肘边。可这次上菜的不是那位浅色鬈发的女服务生，是个小伙子，黑头发，蓝眼睛，脸上的笑容永远有一点点歪。

“尼克！”嘉斯汀喊道。噢，上帝啊，她想，这一声会不会像在尖叫？她的脸越发红了，赶紧接着说下去，“你在这儿上班？鱼那边怎么了？”

“他们让我脱钩了。”他说。嘉斯汀大笑起来，也许稍微夸张了点儿，超过了这个笑话的可笑程度。

德莫特往后一靠，一只胳膊搭在椅背上，手刚好落在嘉斯汀的脖子后面。无论从哪个角度说，他都是个“大”男人，这样张扬的姿势看来就像是为了让他显得更“大”而设计的。

“你们认识吗？”他问。

“的确认识。”尼克说着收拾起桌上的空杯子，摞在臂弯里。

德莫特使劲又往后靠了靠，“那么，你也认识杰瑞米吗？”

尼克露出职业的微笑，“不，我——”

德莫特比画出一个帝王般的手势。“杰瑞米·伯恩，亚历山大公园星刊的主编。这位是尼克，我的一名新员工。”

“幸会。”杰瑞米说。

“我也是。”尼克回答，“而且我还想恭喜你，这么有眼光聘请了嘉斯汀。她从小就注定要当作家，早在拼写大赛之前，就已经有了端倪。”

“拼写大赛？”杰瑞米问。

“你是说你不知道？”尼克戏谑地说，脸上却完全不动声色，“她居然一直对自己的真本事保密？”

德莫特冲嘉斯汀挑了挑眉。尼克继续说："你们面前这位，曾经是电视拼写大赛十岁以下组别的全国总冠军。"

"是这样吗？"德莫特拖长了声音说。

"我得说，我毫不意外。"杰瑞米说。

"她一直都是那种聪明得吓人的姑娘，学校里的男孩没有不害怕她的。"

我？嘉斯汀在心里嘀咕，他们怕我？

她观察到尼克的举止略微有些刻意，在德莫特面前，恰到好处地踩在奉承与自信的中线上。

"尼克是一名演员。"嘉斯汀希望转开话题，可立刻又怀疑是不是做得太突兀了，于是加了一句，"当然，也是个好服务生。如果我没弄错的话，他就要饰演罗密欧了。"

"乐意为您效劳。"他后退半步，微微躬了躬身。

德莫特斟酌了一会儿。"噢，嘉斯汀刚刚升职，这位幸运女孩现在的工作就是管着我不许超线。"

尼克一边收拾杰瑞米用过的餐巾和一个空了的小食餐盘，一边小心地保持中立的微笑。

"升职。"尼克点点头，表示印象深刻。不过，等到他直起身子，转身朝向厨房时，嘉斯汀看见他的一条眉毛挑了挑，那是在无声地表示"我跟你说过的"。"那么，我们回头再见？"

感觉到德莫特和杰瑞米都看着自己，嘉斯汀尽可能轻松地耸了耸肩，说："你有我的电话号码。"

理智：噢，还真是兜头一盆冷水啊。

嘉斯汀：滚。

包厢里安静下来。过了会儿，德莫特叉起一片裹着面包糠的"石头"，冲嘉斯汀咧开嘴："我没弄错吧，这空气里是不是有种，该怎么说，暗潮涌动？”

嘉斯汀脸红了。

“你眼光不错，嘉斯汀。这一点我得夸奖你，他是个帅小子。不过，我的服务生全都是帅小子。所以说，你和小尼克，你们……你懂的噢？”德莫特扬起眉毛。

嘉斯汀复杂地看向杰瑞米，可后者只管一心一意地为自己再倒上一杯波尔图。“时间不早了，我们也许该——”嘉斯汀开口说。

“啊——所以你希望那样，可是并没有，暂时还没有。”德莫特说。

“杰瑞米？”嘉斯汀求助道。

德莫特凑近她说：“你该给他打电话。”

“我不认为——”

“制定个计划，小羊羔！打给他，打给他。”

嘉斯汀稳住呼吸，露出一个尽可能自信的微笑。“你这里真是个好地方，近乎完美。”

“你说‘近乎’，什么意思？”他问。

嘉斯汀拿起一份菜单，摊开在德莫特面前，手指轻轻点了点一份豪华意面的介绍。

“意大利宽面条应该是‘意思’的‘意’，不是‘义务’的‘义’。我想你会愿意知道这个。”

德莫特死死盯着菜单，不肯相信。

嘉斯汀接着说：“而且，仅供参考，我们女人有自己的计划，只是不会拿出来，挂在人人都看得到的地方罢了。”

杰瑞米发出愉快的轻笑。德莫特仔细端详了嘉斯汀一会儿，也大笑起来，狂笑，整排闪亮的白牙都露了出来。

“我喜欢你，嘉斯汀，我喜欢你。”他说。

好极了。嘉斯汀心想，看着德莫特大方地往她面前的干净玻璃杯里斟满波尔图。她抛开先前的决心，喝了一大口。

嘉斯汀和杰瑞米回到办公室时已经四点多了。两个人都红着脸，彼此的界限也模糊了些。冲好一杯浓咖啡，嘉斯汀回到自己办公室。因为德莫特的好客，她已经耽搁了好几个小时，现在离截稿只剩不到四十五分钟了。这点时间用来做什么好呢？

“最坏的情形是什么？”她自言自语地点开多克·米拉尔的填字游戏那一页。

这么单调普通的页面，没有任何亮眼的色彩，上面是星座解析，下面是两个填字游戏，一个复杂，一个简单，很难相信就是它们能在读者中引发那么大的麻烦。可是，正如夏绘警告的，这个枯燥的黑白页面下暗藏着引发山呼海啸的能量。

嘉斯汀顺着检查了一遍多克的提示，又倒过来读了一遍。没发现问题。她再顺着通读一遍，就再一遍，只求好运眷顾。最后一遍检查完，她很满意自己的小心谨慎。就在准备关掉页面的刹那间，一个念头闪过她的脑海：应该把星座专栏也再检查一下。里奥·索恩伯里在屏幕上那指甲盖大小的图框里注视着嘉斯汀，眼睛掩藏在他银色头巾的阴影里，充满神秘。

理智：这个尼克……

嘉斯汀：怎么？

理智：我还是觉得你喜欢他，很喜欢。

这大概是真的，但也不是胡乱窜改里奥稿子的理由。

理智：有谁会知道？

嘉斯汀思索起来。里奥的传真原件插在桌上的文件叉上，是嘉斯汀放上去的，就像夏绘教给她的那样。不过现在被牢牢盖住了，上面叠着莱斯利安的园艺专栏稿件和各种读者来信。甚至里奥自己都从来不看《星刊》。编辑部里没人见过里奥这个月的稿件传真，除了嘉斯汀和夏绘。可这会儿，夏绘已经在瑞典了。就算真有人给她寄去一本《星刊》四月刊，她会费心去看星座解析吗？再说，就算她看了，还会记得水瓶座原来的内容吗？逐字逐句，就凭她在嘉斯汀接手前瞥的那一眼？

不过，要是里奥看到了杂志怎么办？刚巧就在这一次？

理智：不会的。

嘉斯汀：你怎么知道？

理智：不管怎么说吧，星座这回事就不像……真的。本来就全都是些废话。这一句跟那一句有什么区别？能有什么害处呢？

嘉斯汀的办公室上空似乎正渐渐聚起一种全新的可能。她久久地注视着屏幕上的页面版式，久到它们在她眼前变成了一个个像素点，亮晃晃的。

理智：来吧……

嘉斯汀：不。我要把这页关掉，现在就关。

理智：明天这些文件就要被送走了，那可就来不及了。如果想做，现在就得动手。

不知道究竟是想做什么，也并没有下定任何采取行动的决心，嘉斯汀挪动鼠标，选中了水瓶座部分的文字。一百二十二个字。只要她改好的篇幅不要少太多，或者多太多，就不会影响整个页面的布局。

她可以写，“水瓶座，本月，来自过去的某个人或某件事将对你的生活产生重大影响……”

不，太明显了。嘉斯汀回想尼克读星座解析的方式，深入字里行间，寻找暗藏的信息。她得引导他想起自己，但不能太直接。

提一提拼写比赛？不行，太有指向性了。再说，你要怎么把这种内容塞进一段星座解析里？

就在这时，一个主意从嘉斯汀的脑海深处蹦了出来。

琼尼·米切尔的《黄色大出租》。嘉斯汀想起了她的小美人鱼卡拉OK机。尼克应该还记得他们那场著名的客厅摇滚音乐会，肯定。

她的十指在键盘上飞舞。“在水瓶座最初的岁月里，我们难道不曾被歌姬琼尼·米切尔感动，愿我们的苹果亲近尘土，愿我们的天堂未曾铺就？本月，水瓶座将经历怀旧之情的强有力冲击，它是对过往的怀想，也是指引未来的直觉。”

嘉斯汀笑了。胡说八道真是出乎意料地有趣啊。才八十一个字，太少了。她回想了一下里奥的版本，多少保留一点原版的内容应该是聪明的做法。于是，她补充道：“此外，水的承载者可能面临居所的变化，至少有望获得适度改善。”

这就有一百多个字了，完美。嘉斯汀从头读了一遍，轻轻晃动鼠标，点击保存。

“亲爱的。”门口突然响起一个声音。

是杰瑞米，因为午餐的放纵，脸还红着。但愿她看起来不会像个手还插在饼干桶里就被当场抓包的孩子。嘉斯汀露出一个大大的笑容，关闭了电脑屏幕上的页面。

“都没问题吧？”杰瑞米问，“有什么需要我帮忙的吗？”

“啊，没有，都很好。只是希望我的第一版能够，嗯，完美无缺。”嘉斯汀说。

“很好，谨慎一点好。”杰瑞米说着套上他的外套，将衬衫领子翻出来，“不过，我的告诫是，不要把完美当作目标。就像意大利人说的：期望完美的伙伴，必定没有伙伴。如果你同意的话，我希望，啊，不如现在就把文件发过来？”

“噢，杰瑞米，真是抱歉。我只是最后又检查了一遍多克的填字游戏。”

“是的，没错，非常明智，的确非常明智。”杰瑞米点点头，“检查完了吗？”

“噢，是的，全部完成了，时间刚刚好。”

“好极了。”杰瑞米退后一步回到走道上，“那我这就能把我们的新刊发出去了。接下来，封面与封底之间的部分，就交给伟大的特艺彩印了。”

她真的做了那样的事情吗？还是她以为自己做了？她做了。

当杰瑞米转身朝大厅的方向走去时，嘉斯汀听到他的华美声线歌唱般地大声说：“这，就是印刷的魔力！”

交界日

一切都是因为洋葱。应该怎样切该死的洋葱。

加里的做法是，先把每个洋葱对半切开，然后切面朝下放在菜板上，挨个直切，这样，喏，从侧面看，洋葱片全都一样大小。平心而论，这显然是切洋葱的最佳方式，可诺拉却始终坚持把洋葱拦腰切成大大小小的圈，然后堆在一起，随意剁碎。这样一来，切出的洋葱块自然就有大有小。

“承认吧，”五个星期前，他在厨房里说，“我的做法更好。”

“我这样也完全没有问题啊。”她是这么说的。每一刀剁下去，她胳膊上的肉都漾起一阵小小的涟漪。

“但不是最好的做法。”

“只不过是洋葱而已。”她说。

“是啊，但你这种做法，真是太……太罗克韦尔[1]了。”

他只是说笑一下，可她却停了手。“你说什么？”

“我说，这真是非常罗克韦尔。”

他俩都是罗克韦尔人。

刀仍然拎在她手里，细小的洋葱粒还沾在刀刃上。

“你是说我切洋葱的方式像个下等人？”

“嘿……”

“你这该死的势利小人。”她说着，刀刃剁进了厨房台板里，离他的食指只有一毫米。

“耶稣啊！你差点把我的手指切掉！”

“见鬼去吧。”她说。

接下来，就真的吵起来了。现在可好，这位加里·迪瑞恩——水瓶座，公共服务部中层经理，《厨艺大师》第一轮惨遭淘汰者，年满五十二岁却从不怯于穿橙红色衬衫的男人，一直后悔年轻时把大幅写实照“AC/DC”（大概是一九八〇年一月的事）文在左边屁股上的人——只能孤身一人住在亚历山大公园区最丑陋公寓的十二楼“狗窝”里。整套房子只有一间卧室，几乎没有家具。而与他同居四年的情人诺拉，正住在城外一套小巧整洁的双层公寓套房里，那是他们从期房开始就一起买下来的。

同大多数人际关系一样，加里和诺拉也有他们自己的潘多拉魔盒，得客客气气地藏起一些真相，不得宣之于口。洋葱之战一把掀掉了魔盒盖子。诺拉说加里在《厨艺大师》个人介绍里那段可怜兮兮的表演足以让半数澳大利亚人作呕，什么跟着单亲妈妈长

---

1. 罗克韦尔（Rokeville），澳大利亚昆士兰州图文巴市的郊区。

大，什么她除了炸鱼条之外什么都不会做。压根儿连悲剧的边都沾不上，她说，那副德行就像个怨天尤人的小屁孩儿。于是呢，加里便回击诺拉，每年情人节为她买礼物时，自己都得偷偷把内衣标牌剪掉，免得她不得不面对自己穿十八号内裤的残酷现实。这可把诺拉彻底激怒了，她立刻向加里宣称，要想在跟他做爱时达到高潮，唯一的办法就是脑子里想着利亚姆·海姆斯沃斯[1]。

就这样，狂怒之下的加里一个冲动，收拾起包裹就住进了一家汽车旅馆。他一直坚持着这份狂怒，搜罗出一堆租金低廉的出租屋，签下其中看起来最老实的一份租约，在慈善商店买下一张看着还算干净的单人床垫，再从姐姐的野营物品箱里搜罗出一个塑料盘子、一个塑料碗、一个塑料杯子、几把卷了刃的刀叉和一口平底深铝锅。

直到从房产中介手中接过这间散发着霉味的小“狗窝”的钥匙时，他的怒火才稍稍消退下去一丁点儿。在这间公寓醒来的第一个早晨，他发现从圣文森特保罗协会的慈善商店买来的床垫很不舒服，廉价的化纤被子太薄了，冷得不行。

“洋葱。”他咕哝着，摇了摇头。

五个星期过去了，一个寒冷阴沉的四月清晨，加里站在桌边，一边往麦片里倒牛奶，一边想着诺拉，她现在肯定开着空调，坐在家里的早餐椅中享受茶和吐司。她脸上一定还有睡痕，整个人暖融融的，穿着她的白色棉睡袍，像平常一样拦腰系着，在她丰硕的胸部勾勒出柔和的曲线。

不，千万别想诺拉的好处，你还在生气呢。他提醒自己，必须

---

1. 利亚姆·海姆斯沃斯（Liam Hemsworth，1990—），澳大利亚演员，曾出演《饥饿游戏》系列及《独立日：卷土重来》等。

保持生气的状态，直到诺拉打电话给他，央求他回家。

这间公寓的浴室里古怪地铺了张地毯，散发着一股潮湿发霉的长筒袜般的味道。喷头里出来的水一阵烫一阵冰。不过，加里还是咬牙走了进去，提醒自己抽时间买块浴帘回来。

靠着回忆从前吵架的情形，加里设法将适度的愤怒坚持到了午餐时间。他独自坐在茶室里，面前放着一份食堂自助餐水准的咖喱鸡蛋三明治，检查了一下手机短信，什么都没有。再检查一下电子邮箱，依然什么也没有。不过，至少诺拉还没有在社交网站上删除他，也没有更改个人状态，甚至都没有像类似情况下的许多女人那样，开始分享励志的名人名言，或是发布诸如放在《吉尔莫女孩》DVD盒子旁的冰淇淋桶之类的照片。可同样地，她也没有发表任何有关孤单或悲伤的暗示。

加里咬了口三明治，翻开一本《亚历山大公园星刊》，那是之前某个人留在桌子上的。他瞥了眼封面，是个年轻男人的特写，黑皮肤，前额上有道吓人的疤。接着，他飞快扫完一篇大惊小怪地评论澳大利亚板球队傲慢态度的文章。

“至少他们赢了。”加里嘀咕了一句，不指望有人听到。

发现没什么特别想看的内容之后，他翻开了星座专栏。并不是说他有多信星座，但至少，在某种意义上，星座是个人化的。而这一天，加里·迪瑞恩需要的，也不过是一点只对他一个人说的话，至少感觉上是。

水瓶座，他找到了：*在水瓶座最初的岁月里，我们难道不曾被歌姬琼尼·米切尔感动，愿我们的苹果亲近尘土，愿我们的天堂未曾铺就？本月，水瓶座将经历怀旧之情的强有力冲击，它是对过往的……*

如果说，加里·迪瑞恩的身体里藏着一只沙漏，曾经被愤怒的沙粒填满，那么此刻，最后一粒酸溜溜的沙穿过瓶颈，落在了表示“已消耗”的沙堆上。这一刻，他心里涌动的，唯有懊恼、尴尬和急盼一切回归正轨的强烈渴望。他深入记忆中的声音博物馆，听到了琼尼·米切尔吟唱的《黄色大出租》。看来，非要等到失去的时候，加里·迪瑞恩才明白自己拥有过什么。

诺拉爱琼尼·米切尔，加里爱诺拉，真正的爱。他爱她。

“我都干了些什么啊？”他低语道。

两秒钟后，茶室里空无一人，只剩半个咖喱鸡蛋三明治孤零零地躺在桌上。

玛吉·麦琪，水瓶座，俳句诗人，观鸟者，野生动物环保斗士，AB型阴性定期献血者，绿党长期顾问。近几个月来，她始终处于一种奇怪的状态，就好像脑子里的主屏幕朝右移动了一点点，在左边冒出一个窄条状的新窗口，里面的内容上下跳动着，不是别的，正是一列列滚动不休的数字。预测、增值、复利计算、最好和最坏的情况，所有这一切，无不依托于股票市场行情、利率和消费物价指数。可不管怎么努力寻找，玛吉也找不到那个小小的叉，可以点击关闭这个窗口。看来，在退休前她都没办法换换脑子，摆脱这些复杂的算式了。还有多少年？五年，十年，十五年？

四月末一个大风的周五上午，玛吉开车载参议员戴夫·格雷格森回他城里的办公室。这是一位以穿着打扮著称的可再生能源倡导者。他们刚刚完成一场有关全球变暖主题的新闻秀。找个远离城市的乡村风力发电厂举办这场活动，是戴夫的主意。他希望站在那里，背景是疯狂旋转的风车和随风狂舞的枝条。这本该是神来之笔。当他发出关于未来灾害性气候的警告时，视觉的冲击将大大加强这一近乎《圣经》警示言论的说服力。

可事实上，根本就没有什么视觉冲击，因为电视网压根没有人出席。为了一个小政党的参议员发表一场可想而知的高谈阔论，并不值得出城跑一趟乡下。唯一到场的记者，是一个来自当地免费小报的姑娘，还没带摄影记者。

玛吉的手指轻轻敲着方向盘，上面的指甲都被她啃秃了。与此同时，后排的戴夫腿上垫着一叠还没看过的预算委员会文件，文件顶上摊着一本《亚历山大公园星刊》。

透过后视镜，她看到戴夫竭力抚平了被风吹乱的头发，松开了领带。为了这条领带，他们花了整整四十五分钟来争论，最终达成一致用亮粉色，这是一个姿态，表示对乳腺癌患者家庭的支持。然而这些家庭没有人会看到或解读到这条以丝绸编码的信息。想到这里，玛吉感到一阵挫败的痛苦袭来。

她胡乱拨动收音机的调频钮，掠过一个又一个电台，好奇他们是不是全都在放同一首歌。

“你什么星座，玛吉？”戴夫问。

她不得不花了一分钟想了想，才回答：“水瓶座。”

戴夫发出一声轻轻的嗤笑。

“怎么？”

“很说得通。”

“这话什么意思？”

“你知道，就是你那种伍德斯托克做派。”戴夫说，“想听听你的星座怎么说吗？”

“说说看吧。”玛吉说。

戴夫开始朗读：*在水瓶座最初的岁月里，我们难道不曾被歌姬琼尼·米切尔感动，愿我们的苹果亲近尘土，愿我们的天堂未曾铺就？*

读完星座解析，他突然磕磕巴巴哼起歌来，哼的正是《黄色大出租》。到最后的合唱部分时，玛吉加入进来。他们的歌声回荡在车里，直到最后一个音符落地。

接下来是简短的沉默。玛吉的视线从公路上挪开，转向戴夫的粉红领带，转到脑海中左边那个狭窄的数字窗口。那窗口简直要疯了，一列列数字狂奔竞速一般，出现、消失、反转、崩散……她轻轻晃了晃脑袋，想让它停下，竭尽全力忽视它。

“《黄色大出租》，哈，这首歌。”玛吉试图分散自己的注意力。

戴夫又接着哼了一会儿。玛吉想起琼尼站在某个烧烤派对的后院里，抱着木吉他拨弄旋律的画面，仿佛一下子回到了那些身穿喇叭裤的青春时光。噢，琼尼，琼尼。

玛吉抬头看了眼后视镜里这张刻满皱纹的脸，脑海中闪过那个年轻版的自己，脸颊和头上都沾了灰，像个凌乱的天使，双手从不离开推土机的前格栅，双腿总是站在泥土里。是的，曾经的她是那样的。几乎和琼尼本人一样美，一样神经兮兮。

那么，那位真诚直率的森林保护者玛吉·麦琪，究竟是怎么变成现在这个只能靠研读股票市场报告做出人生重要抉择的女人的？究竟从什么时候开始，她的工作变成了操心绿党人士在新闻发布会上要打什么领带？说到这一点，又是从什么时候开始，绿党要打领带了？是时候抽身了。是时候离开办公室，把双手重新放回推土机上了，在树屋露宿，回归真实。如果她的超级基金不够用，还有养老金。万一那意味着得吃狗食，行，那就吃狗食，直到她再也受不了，到那时候，就找颗小药丸吞下去，结束这一切。她及时检查了一下自己的大脑，眼看着左边那个窗口自动最小化，失去了存在感。她决心已定。

“戴夫？”

“嗯，玛吉。”

“我不干了。”

“你什么？”

她透过后视镜冲他咧嘴微笑，“我不干了！彻底退出，再也不干了。”

不是明年，不是五年或十年后，是现在，此刻。

镜子里，戴夫目瞪口呆。

玛吉哼着《黄色大出租》最后一小段轻快的副歌，感觉到从未有过的年轻。

尼克·乔丹面对大街，坐在拉斐罗的玻璃窗前，徒劳地试图从他一刻钟前就已经喝光的杯子里再吸上一口卡布其诺。窗外的大街上，周六下午的行人深深地缩在外套里，要不就藏在伞下奋力向前，似乎都很清楚自己该往哪儿去。

尼克面前摊着好几份报纸，全都翻开在招租版面，还有一本卷了边的《亚历山大公园星刊》，沾了水皱巴巴的。这个星期，尼克一直随身带着它，试图理解里奥的话，虽然读了一遍又一遍，却始终不得要领。

水瓶座：在水瓶座最初的岁月里，我们难道不曾被歌姬琼尼·米切尔感动，愿我们的苹果亲近尘土，愿我们的天堂未曾铺就？本月，水瓶座将经历怀旧之情的强有力冲击，它是对过往的怀想，也是指引未来的直觉。此外，水的承载者可能面临居所的变化，至少有望获得适度改善。

至少，最后一句话很明确。还有一个多星期，看守房子的任务就结束了，他就要没地方住了。所以，没错，将面临居所的变化。可是，其他那些话呢？完全说不通。他注视着里奥深陷的双眼。“真的吗？”他默默地问，“你真的要我回到那里去吗？”

的确，没有劳拉的日子，尼克常常觉得孤单又沮丧。可再也不必劳心费力地跟上《服饰与美容》的时尚标准，也让他很是享受。他甚至翻出一条运动裤，他几乎忘了自己还有这样的衣服，更别说还能尽情去吃血糖健康食品表里最不推荐的红灯食物。

尼克注视着里奥，“可是你现在要我回头，回去找劳拉？”

像这样根据星座指南来做决定，是不是疯了？

嘉斯汀一定会说是。嘉斯汀，他想了想。这些话指的是她吗？十多年没见，如今一个月就遇到两次。有没有可能，里奥所说的“怀旧之情”指的是嘉斯汀，而不是劳拉？

不，不会的，尼克知道。因为里奥特意把情绪的重点落在了“琼尼·米切尔”上。这怎么看都像是在告诉他，即便经历了所有这一切，他还是应该打电话给劳拉·米切尔，再给彼此一次机会。

尼克垂下头，前额贴着咖啡桌，在木头桌面上敲了三次。相当用力。第三下时，他的额头碰到了杂志。一个女人坐在长条桌的另一头看着他，半是关心，半是警惕。

“我没事。”尼克没有抬头，只是偏过脸对她笑了笑，“什么事都没有。”

他在心里对里奥说：你知道吗，老伙计？我敬重你，并不是说我不相信你。只是，在给劳拉打电话之前，我想我可以再等一等，看看下个月你怎么说，好吗？

金牛篇

♉

新一期《星刊》刚上架那几天，嘉斯汀告诉自己，别着急抱太大希望。毕竟，尼克总需要点时间才会知道新刊上架了。然后，他不但得读完里奥的专栏，还得琢磨里奥的话可能是什么意思，有怎样的解释，还得记起他们那场“著名”的《黄色大出租》表演，之后再考虑上一阵子，决定行动方案。

可一个星期过去后，嘉斯汀的耐心无可救药地耗尽了。上班的日子固然忙碌充实，周末却漫长空虚。星期六，嘉斯汀睡了个懒觉，消磨掉一些时间。起床后重新看了英国广播公司的经典剧集《傲慢与偏见》前几集，再消磨掉一点时间。午餐叫了奶酪空心粉外卖，吃不完的留着当晚餐，她安抚自己，晚上那顿可以往里面加点豌豆。

他怎么还不打电话来？难道《黄色大出租》的暗示太过隐晦？他已经忘记柯卢巷那场“音乐会”了？还是有什么别的原因？公园那晚，他看起来无拘无束，不像有恋人的样子。印象中的尼克有一颗诚实的心灵，如果心有所系，是绝不可能装出那种姿态的。噢，上帝啊，她简直快变成莉齐·班纳特[1]了。也许她只是自欺欺

1. 莉齐·班纳特（Lizzie Bennet），《傲慢与偏见》中的女主人公，最初仅因第一印象和旁人的谈论而对男主人公达西抱有偏见。

人，自以为对尼克·乔丹的方方面面都很了解。

她那会儿究竟在想些什么，怎么会去窜改星座解析呢？要是里奥发现了怎么办？要是他写信给杰瑞米呢？要是她被开除怎么办？万一事情败露，她得为这毫无回报的冒险付出什么样的代价啊？问题这么多，只有一件事是肯定的：她短暂如斯的占星师生涯，到此为止。

傍晚时分，莉齐·班纳特正在花园里向凯瑟琳·德·包尔夫人展示她漂亮的口才，嘉斯汀察觉到对面公寓里有什么不同寻常的事正在发生。就在凯瑟琳夫人扭曲的面容填满屏幕时，她按下暂停键，踮起脚尖悄悄走到阳台玻璃门边，把窗帘掀开一条缝。隔着对面公寓的玻璃窗，嘉斯汀看到那个AC/DC男终于不是独自一人。这还是头一次。一个女人和他在一起，块头很大，穿着牛仔裤和法兰绒衬衣。

嘉斯汀发现，AC/DC男和那个女人正在打包他的东西。他们都在笑，也许还放着音乐，因为AC/DC男正一边封纸板箱一边轻轻摇摆。女人的嘴在动，口红是明亮的粉红色，也许是在哼着歌收拾衣服装箱。

眼看着AC/DC男滑步穿过起居室，将女人拥进怀里，嘉斯汀确定了，有音乐，绝对的。男人拥着她在堆满东西的起居室里跳舞。很快，他们开始亲吻，法兰绒衬衣的扣子解开了，接下来……嘉斯汀松开手，任窗帘垂下，贴上墙壁。在情场上，她甚至输给了一个大腹便便还文着糟糕文身的中年男人。

星期一早上，嘉斯汀精心搭配了一身校园风装扮，百褶裙、纽扣衬衫和格子马甲。她直视着镜子告诉自己：“尼克·乔丹不过就是个儿时的朋友罢了。”系紧靴带，她出发了，穿过公园去上班。

走到演说角时，嘉斯汀看到一块黑板架在画架上。估计就是旁边那个模样古怪的男人架的，那人面容肃穆，手里拿着一叠传单，排得像小扇子一样，嘴里嘟囔着小行星撞击与地球末日之类的话。

嘉斯汀稍稍调整路线，放慢了脚步。趁那人背过身去，她知道机会来了，尽管只有一眨眼的时间，但她还是擦着黑板走过去，略顿半步，成功抹去了“沉默即是帮凶”中多余的“是”字。带着如同西部牛仔轻吹枪口青烟一般的心满意足，她拍拍手上的粉笔灰，继续向前走。

快到办公室时，嘉斯汀看见杰瑞米站在马赛克星星底下，身边是一个面容青涩的年轻人，头发梳得一丝不苟，宝蓝色衬衫上还看得到折痕。

“亲爱的，”一眼看到嘉斯汀，杰瑞米高兴地说，“快来见见亨利·埃希伯特。亨利，这位是嘉斯汀，很快，她就要成为你的——啊，还是不要说‘前任’吧，听起来实在是不大积极。我们换个说法，你将从嘉斯汀漂亮的手里接过杂志助理的接力棒。”

“嗨。”亨利给了嘉斯汀一个强势的握手。

“你好，亨利。”嘉斯汀说，“欢迎。”

“谢谢。”亨利说完便立刻掉头望着杰瑞米。那模样，让嘉斯汀想起注视着心爱主人的小狗。

“那么，”嘉斯汀继续寒暄，“你之前是在哪里的？”

他说出的大学正是嘉斯汀的母校，不过她的直觉告诉自己，这件事并不会引起亨利·埃希伯特的兴趣。他继续自顾说：“我获得了政治学和新闻学双学位，是优秀毕业生，最高级别的。”

在吐出“真叫人印象深刻”前，嘉斯汀管住了自己的嘴。

“啊，嘉斯汀，”杰瑞米显然察觉到气氛有些冷场，“亲爱的，能到我办公室来一下吗？看看我桌上的东西。有一幅漫画，鲁斯莱斯刚发来的，首相的漫画像。我想听听你的意见，看是不是有点，呃，过头了。你知道的，用在封面上，嗯？”

鲁斯莱斯·霍克尔是位自由职业漫画师和职业酒精爱好者，偶尔会将他尖酸刻薄的果实赐予《亚历山大公园星刊》。

杰瑞米又说：“尽管我很希望亨利能保留一点他的小隐私，亨利，哦？”嘉斯汀疑惑地看向亨利。

“首相是我姐姐的教父，”他解释道，“是我父亲的校友。”

“噢，”嘉斯汀的声音放松了一些，“你一定非常自豪。”

亨利满不在乎地耸了耸肩，嘉斯汀却瞥见杰瑞米的嘴角闪过一丝戏谑。

“很高兴见到你，亨利。”嘉斯汀说完便继续往前走。她很期待看看亨利·埃希伯特如何分发邮件，修理卡纸的机器，带狗去见宠物美容师，一天里来来回回地往拉斐罗跑六趟。长年累月如此。

杰瑞米的桌上放着一张A3纸的打印样张，是首相的讽刺漫画像，画得棒极了。画中的首相身穿盖世太保制服，对着一面魔镜整理衣装，魔镜的边框是一串字：边防守卫。而镜子里的他，却穿着时髦的西装，系着鲜亮的蓝色领带，正在庆祝选举获胜。

进办公室时，杰瑞米走在嘉斯汀身后，亨利没再跟来。

“那么，你怎么看，嗯？”杰瑞米绕过办公桌，搔着下巴问。

“人们会议论纷纷，”嘉斯汀说，“写给主编的信肯定……非常多。”

“会太过分吗？”

“我熟悉的一位主编曾经告诉我，机遇青睐勇敢者。”嘉斯汀回答。

杰瑞米点点头，“啊，是的。予人建言的益处就是，当你需要时，人们有可能将它回馈给你。多谢。”

“不用客气。”嘉斯汀说着，转身朝门口走去。

“噢，在你离开之前，”杰瑞米压低了嗓门说，“告诉我，你觉得亨利怎么样？嗯？”

嘉斯汀想了想，说：“我不认为你真的能像买古龙水一样买下青年自由党人。”

杰瑞米轻轻笑出了声，“我认为，你作为编务经理干得棒极了。有了你的，嗯，敏锐，这本杂志更好了。我们这一期新刊的确相当漂亮。这份新工作很适合你。”

作为感谢，嘉斯汀对此报以了微笑，可沿着走廊往自己办公室走去时，她还是听到了远处有警钟敲响。她不知道该不该提醒杰瑞米，无论在夏绘的位子上干得如何，自己依旧应当排在记者候选人的第一顺位上。

刚一坐下，她的手机就响了起来。手机躲在背包深处的不知什么地方，等到终于被她翻出来时，一阵战栗的刺痛瞬间掠过手背。屏幕显示未知来电，是尼克吗？

理智：嘿！接电话时别忘了微笑。微笑能够透过声音被看见，记得吗？

“喂？”她说。

“嗨，城里耗子！是我。”

嘉斯汀的期望落空了。是她的死党塔拉。一时间，嘉斯汀也不知道究竟哪个更糟，是发现电话那头原来是好朋友所带来的失望的痛楚，还是发现电话那头是好朋友时竟会失望而产生的负疚感？

“噢，嘿，乡下耗子。”嘉斯汀说，努力让声音显得高兴一点，“新号码是怎么回事？”

“我总算抛弃澳大利亚电信了。”塔拉说，“你知道这事儿拖了多久，太蠢了。也不知道究竟为了什么莫名其妙的理由，要解决这么个小问题，还得排七百个小时的等候时间，在那之前，他们一定要把我新老套餐的账单一起寄过来，说什么停不了。所以，我干脆两个都不要了，啊哈！不过，听着，我现在要去一个水力压裂技术的抗议活动，不能说太久。我打过来就是说一声，这周末我来找你。BCA邀请我参加这周六晚上的庆祝活动——”

“BCA？”

“澳大利亚肉牛联合会。”塔拉说，“上帝保佑ABC[1]！他们说除非我能带回一两个精彩的故事，否则就不能参加这个活动，更别指望他们出住宿费了。”

“我家就是你家，永远都是。”嘉斯汀说。

“谢谢，宝贝儿。那，你怎么说……和我一起去吗？说不定我们会发现身边坐了一圈肉牛养殖业的青年才俊，都是大人物，头上顶着巨大的帽子。就算没有，我们也该庆祝一下你的新职位，和其他事一起庆祝。”

“什么其他……”嘉斯汀刚一开口就打住，她想起来了。

今天过后，星期六以前，有一天是幸运的好日子，五月四日，不光是星球大战日[2]，还是——“你的生日！”

“所以，你跟我一起去吗？”塔拉追问答案。

“我跟你一起去。”嘉斯汀答应了。

---

1. 即澳大利亚广播公司（Australian Broadcasting Corporation）。

2. 星球大战日是由电影《星球大战》中的名句“原力与你同在（May the force be with you）”衍生出的节日，因为“May the force”谐音“May the fourth（五月四日）”，所以在五月四日这天形成了重温星战文化的传统。

对嘉斯汀来说，要在那座富丽堂皇的大酒店里找到BCA的晚宴场地并不难，只要跟着戴高帽子的男人和穿雪纺褶裥裙的女人就行了。人们登上手扶电梯，到达二楼大厅。大厅里，一名钢琴师穿着镶水钻的匡威板鞋，坐在闪亮的小型钢琴前弹奏卡洛琳·金的歌。

嘉斯汀穿的是祖母留下的礼服，一件上世纪六十年代风格的蕾丝网面黑色紧身裙，拉链非常坚持自己的姿态，决不向她妥协。她站在那里，努力克制跟着哼唱的冲动。终于，她看到了塔拉。塔拉穿着她标志性的紧身大摆酒会礼服裙，曲线玲珑，光彩夺目。

“昨天生日快乐！”嘉斯汀说，“原力与你同在吗？”

“一直都在。”塔拉说着，上前拥抱她的朋友。不是礼貌的一触即止，而是真诚的用力拥抱，叫嘉斯汀心中不由得升起感动。

“嗨，”塔拉说，“最近好吗？”

“当然，挺好的。就是……上帝啊，真想念你在的日子。”

她们再次拥抱彼此，然后，塔拉说：“别这么多愁善感了，我们去找点喝的。”

她冲一名路过的侍应示意，从他手上的托盘里取下两杯香槟，一杯递给嘉斯汀，然后对侍应说：“稍等一下。”

只见她速度惊人地喝掉了手上的香槟，把空杯子放回托盘里，又拿起两杯。嘉斯汀开始回想，不知道家里还有没有阿司匹林。

“别拉着脸，我的姑娘，”塔拉说，“我们是来庆祝的。”

等到客人们被招呼进宴会正厅时，嘉斯汀的头已经开始晕了。宴会厅正中立着一座昂首挺胸的公牛冰雕，跟真牛差不多大小。嘉斯汀和塔拉努力挤到她们的桌前。遗憾的是，男性来宾既不年轻，也非单身。塔拉向坐在她身边的银发绅士做了个自我介绍，很快就忙着讨论起一个听起来一点也不愉快的话题：关于一种名叫弯曲杆菌的东西对牛的影响。

嘉斯汀看了看菜单，前菜的选择有半烤马鲛鱼和山羊奶酪挞，其中，山羊奶酪写作了“山羊的奶酪”。拟菜单的人大概想要表达这个奶酪是用山羊奶做的，就加了个“的”，可惜多此一举。她伸手从化妆包里掏出一支自动铅笔，把这个碍眼的字圈起来，开始在菜单空白处写下批注。

“直接说‘山羊奶酪’是更约定俗成的表达，否则，‘山羊的奶酪’听起来像是给山羊吃的——”

“宝贝，你在做什么？”塔拉问。显然，关于弯曲杆菌的谈话已经结束了。

“我只是在改——”

“不是吧！别跟我说你在编辑这份菜单。”

“我只是——”

“甜心，”塔拉丝毫没有压低声音，“你上一次做爱是什么时候了？”

银发男人露出一个茫然的微笑，扫了嘉斯汀一眼，后者顿时满脸通红。

“我是认真的。”塔拉接着说，“你有过吗？还是压根就没有？别告诉我汤姆之后你就一直旱着。太可怕了！最后一个跟你做爱的人大概连前戏时都还在谈灵长类飞行的可能性。”

“噢，厚道点吧，”嘉斯汀说，“他没那么糟。”

“哈啰，我是汤姆·克拉克内尔，”塔拉模仿起来，“正在攻读博士学位，研究果狐的皮质层和皮质——”

“皮质脊髓束。”嘉斯汀接口说完。

这是真的，跟嘉斯汀交往的时候，汤姆着实沉迷于他的博士课题。他是那种男生，能把电视剧《神秘博士》的演员表按顺序背出来，圆周率能背到小数点后好几百位。他会带嘉斯汀到偏远的河上去划独木舟，去市内的攀岩中心爬墙，还有各种其他地方，统统都在她的舒适区以外。那曾经很有趣。不过，当汤姆在美国的大西洋海岸得到博士后的位子时，谁都没有太伤心。

“所以，有多久了？八个月？怎么说……没有？完全没有？”

“没有。”嘉斯汀平静地说。

“难怪你看到什么都要校对一番了。”

“嘿，得了。我这是在履行……一项有意义的社会义务。”

“一点儿滋味也没闻到过？私会聊天也没有？哪怕是一夜情呢？”塔拉用她记者的探究眼光紧盯嘉斯汀。

嘉斯汀摇摇头。

“哈！”塔拉说，“你隐瞒了什么，我敢肯定。”

“好了，不是什么一夜情，”嘉斯汀争辩道，“我甚至不觉得那算得上半个约会。”

塔拉喝了一大口红酒。“就算是半个的半个的半个约会，也比什么都没有强。来，全部告诉我。”

于是，嘉斯汀跟塔拉说了尼克·乔丹。关于市场，关于大鱼装，在丰饶角的午餐，还有尼克如何一直以来都在努力做个演员，他又如何即将扮演罗密欧。她甚至提到了十几岁那个南澳海岸上的激情时刻。不过，说着说着，她发现自己下意识地回避了《星刊》的部分。

“好，”塔拉说，像是马上要挽起袖子似的，“那么，你现在的计划是什么？”

“计划？”嘉斯汀一脸茫然。

“你总归是有计划的，”塔拉说，“拜托告诉我，你的计划比干等着看他会不会打电话要好一点。”

“真有那么糟糕？”

“是可怜。”

“可我没有他的电话号码，就算想联系他，我也做不到。”

“胡说八道。”塔拉干脆地说，“宝贝，有时候就该不畏艰险。在社交网站上留言，联系他的父母，找个午餐时间去那家餐厅……随便怎么都行，但答应我，不管用什么办法，以什么样的方式，你会去联系那个男人。答应我？”

“好，呃，好吧。”嘉斯汀勉强答道。距离里奥发来下一期星座解析也没几天了。也许，只是也许，她可以再利用星座尝试一次？说不定也是个办法呢。

午夜的星刊编辑部里，一切都安详而宁静。电脑在暗沉的屏幕后安眠，随时待命的绿色心脏平稳地跳动着；与此同时，门厅里坏脾气的老复印机披着它的乙烯塑料外壳，也陷入了沉睡。安汶乱糟糟的办公桌上，一套星球大战人偶披红挂绿地站着，身上垂下的彩条来自庆祝五月四日的整整一盒礼花棒。

嘉斯汀的办公桌上，盆栽羊齿蕨的叶子轻轻颤抖，无风自动。同样轻颤的还有微弱的光晕，来自椅背上搭着的安哥拉羊毛开衫。透过办公桌顶上的天窗望去，除了微微泛着暗橘色泽的昏黑的城市夜空，什么都看不见。可是，当午夜零点过去，几分钟后，会不会有一道银色星光穿透天窗玻璃，照在办公桌上？会不会有一柄闪闪发亮的线芯长矛，刺入办公室的沉寂，将传真机唤醒？

机器嗡嗡响起，只待行动开启。很快，针头开始移动，从左到右，从右到左，横跨纸面。每一次移动都留下半行字迹的足印。

一个又一个点，对黄道十二宫做出的预言与建议依次拼凑成型。来到第十一宫时，传真机涂抹出如下语句：

水瓶座：帕斯卡告诫我们，“矛盾不代表谬误，没有矛盾也不意味着真理。”简而言之，本月水瓶座不得不接受金星和海王星的拉扯角力带来的广泛影响。金星要求大胆行动、主动出击，海王星主张谨慎行事、韬光养晦。在做出任何重要决定之前，深思熟虑，再三而行，方为明智之举。

数秒后，文件传送完毕，一张孤零零的纸弹出机器，飘落在收件托盘里。等到了星期一早晨，嘉斯汀会发现，它正静候她的关注。

交界日

赤道上空的昏暗机舱里，小女孩的前额在扎蒂·奥黑尔微凉的手掌下显得滚热。

“妈咪？”小女孩唤道。不过，现在可没时间纠正她。

相反，扎蒂——水瓶座，艺术院校辍学生，顺利转型的澳大利亚航空空乘，超高跟鞋收藏者兼专家级穿着者，金红色头发的药学院毕业生拉瑞莎·奥黑尔的黑发妹妹——立刻敏捷却近乎悄无声息地行动起来。

她右手果断撑开一个清洁袋，准确地送到小女孩的下巴底下。就在不到两分钟前，女孩的妈妈还断言她不可能呕吐。下一秒，扎蒂左手拢起孩子睡得蓬乱的头发，草草束成马尾。时间分毫不差。冲进袋里的棕色呕吐物冒着气泡，像是浓稠的可乐，源源不断涌出来。隔着纸袋，扎蒂的手掌感觉热乎乎的。

小女孩的妈妈这才从好几瓶迷你解百纳梅洛干红营造的盲目

乐观里猛醒过来，手忙脚乱地翻遍随身包袋，找出湿纸巾，又是关切，又是懊恼。扎蒂直起身子，擦去溅在制服裙上的水沫，封好白色小纸袋的口，像信封一样折得整整齐齐。

“你真了不起。”这位妈妈感激地说，“你是怎么知道的？”

扎蒂冲这位女士眨了眨眼，沉着而游刃有余，绝对专业。“只能说，这不是我的处子秀了。”说完，她便踏着她质地良好的海军蓝软底鞋，顺着走道大步离开了，就像走在闪闪发亮的机场大理石广场上一样，只是精心修剪的指尖上还拎着一个沉甸甸的清洁袋。

快到分隔后舱的帘子跟前时，她意识到自己有麻烦了，猛地推开洗手间的折叠门，一头撞进去，匆忙插上门闩，灯光立刻白亮到刺眼。呕吐物从她自己的喉头返上来，冲进抽水马桶里，泛着铅灰的橘色，活像飞机咖喱与劣质胡萝卜脏兮兮的私生子。

至于这个场景里的胡萝卜，扎蒂做了个痛苦的鬼脸，是个瘦瘦高高的新西兰人，名叫斯图尔特。哪个斯图尔特？斯图尔特什么？

扎蒂记不得了。事情要回溯到四月初（是愚人节那天吗？），她发现自己坐在新加坡一家酒吧的高脚凳上，空调开得很凉，身边挨着这个男人。她原本是和大学同学莱妮-简一起去的，可后者却效率极高地和一个穿大号西装的寂寞德国商人上楼去了。结果，那天晚上，扎蒂早早地落了单。她知道自己有点醉了，正危险地处在百无聊赖中，而且，自己很漂亮，脚上穿的是一双拥有致命杀伤力的弗卢沃格靴，搭配浅蓝色露背裙。所以，也就不难理解，这个斯图尔特是如何借着一杯又一杯金酒、一个又一个小故事，将他套在牛仔裤里的膝盖一点一点挤进扎蒂双腿之间的。

这个，也同样不是她的处子秀了。从这个斯图尔特过大的棕色眼睛、日渐稀疏晒枯的头发和爬上了细纹的皮肤上，扎蒂读出了男孩的焦虑，他生来英俊，却直到最近才明白一个事实：他，终究不是彼得·潘。

第二天清晨醒来时，扎蒂躺在酒店房间的床上，平日里顺滑黑亮的头发纠结成了美杜莎的经典造型，舌头肿胀，几乎失去了知觉。花了好几秒，唾液腺才恢复工作，同样，她的头脑也才意识到那些显而易见的事实：她在哪里，为什么会觉得两腿间生疼，昨晚他们究竟尝试了多少种不同寻常的姿势，还有，她是一个人躺在床上，确切地说，一个人在这间屋子里。也许他在浴室？她挣扎着起身，觑了一眼浴室门。没有人。斯图尔特已经走了。

扎蒂拉开水吧的小冰箱，取出一瓶水拧开，一口气灌下大半瓶。如释重负，她判断出了自己的感受。是的，如释重负。抬眼打量四周，她发现，这间普普通通的酒店客房里，除了揉皱的床单，唯一能看出她和那个斯图尔特有过一场幽会的，就是虫子一般躺在毛绒地毯上的避孕套了。一眼望去，她清清楚楚地看到，套子下面裂开了。该死。

扎蒂按下冲水键，飞机马桶的强烈抽吸声响起，她一只手下意识地紧紧摁在胃部。噩梦中，她将在星期四中午接受的那个“小手续”听上去就是这样的动静。“办个小手续”，电话里的女人是这么说的。他们很擅长委婉的表达方式，比如，“手续”地点叫作“生育控制诊所”。

这一定是世上最不宽容的镜子了，扎蒂对着它审视自己。头发没问题，皮肤状态却不大好，粉刺锲而不舍地试图从她敷在前额和下巴上的厚厚粉底下钻出来，内衣紧箍着她胀大的柔软胸脯，痕迹无可隐藏。上周，她不得不取消了和拉瑞莎的午餐约会。如果说有谁能警觉你生理上令人担忧的骤变，那一定是拥有敏锐观察力和出色专业素养的姐姐。她永远不可能在二十三岁的年纪站在飞机洗手间里，拖着怀孕的不适身体，试图权衡两项同样罪大恶极的罪行中，究竟哪一项稍微轻一点。

这样的事绝不可能发生在拉瑞莎身上。因为拉瑞莎会吃避孕药，而且，除了吃药，她还会在手提包里随时携带超高强度的、极限加强型的抗菌避孕套。从小到大，拉瑞莎一直谨小慎微，扎蒂却永远充满好奇心。不过，照她们的妈妈派翠西亚总喜欢说的，这很对头。毕竟，拉瑞莎是摩羯座，注定了她的聪明是审慎且脚踏实地的；而扎蒂是水瓶座，生来就是要去旅行、冒险、探索和尝试的。

可这一次，她这水瓶座的偶然需求要把她引向何方？有这样一份需要到处飞的工作，她连只猫都没法养，更别说孩子了。何况她也没什么可依恃的，唯一还算值点钱的财产，就是一部起亚两厢车、三十六双心爱的高跟鞋和一台第一代的iPad。单亲妈妈，没有工作，没有前途，深陷在某个偏僻遥远的无名死巷的尽头——如果选择留下孩子，那就是她的未来。可除此之外，她唯一的选择只剩下，星期四中午出现在那个“生育控制诊所”里。然而，作为选项之一，它根本好不到哪里去。

一阵急促的敲门声打断了扎蒂的思绪。该死的乘客，不识字吗？“有人，”她真想大吼一声，“有——人！”

“你还好吗，宝贝？”是莱妮-简。她一定看到扎蒂冲进洗手间了，不愿错过任何蛛丝马迹。她虽然是个亲切有趣又闹腾的派对伙伴，却也很可能是这世上最无法保守秘密的人。真见鬼。

“没事，亲爱的。一分钟就出来。”扎蒂说。

扎蒂打起精神，动手收拾洗手间。小女孩的清洁袋还潮乎乎地靠在台盆上。扎蒂万分小心地让它垂直落进洗手间的垃圾箱里，然后洗干净手，皂液抹得有点太多了。为了掩盖呕吐过的气味，她往脸上喷了些标着“清新喷雾”的东西。等到终于迈出这小隔间时，她整个人都散发着化学调制的薰衣草香味。

莱妮-简在备餐间等她，身子倚在储物柜上，眉毛高高扬起。她个子不高，身材圆滚滚的，有一双鸟儿般明亮的眼睛和或许是受英国歌手茜拉·布莱克影响的口音。这时，她正细细打量着扎蒂。

“确定没事？你看上去病得够厉害的。没错，就是这样。过来，坐下歇会儿。”

扎蒂听凭莱妮-简把自己安置在折叠座位上，再搭上一条毯子。她感激地接过装着苏打水的一次性塑料杯和一颗薄荷糖。她累了，太累了，好像这辈子从来没这么累过，好像她的灵魂突然冲到了最前方，或者说是身体沉重了足足四倍。她想象自己正在下坠，就像一颗保龄球，穿过折叠座位的椅面，穿过飞机地板，落在地面上，砸出一个大坑。

“好了，说说吧，究竟怎么回事？”莱妮-简歪着头问。她把鞋子踢在一边，胳膊交叉抱在胸前，看上去更加矮小敦实了，活脱脱一只高度戒备的老母鸡。

“我很好，谢谢，亲爱的。真的。就是刚才那个小女孩吐的时候，弄得我也恶心了。”扎蒂说着扯出一个微笑，“我一会儿就没事了。”

“好吧，”莱妮-简随口应了一声，怀疑地皱起眉头，“嗯——你把自己关在里面足有半个小时。那我们回头再看看你有没有好一点吧。”

莱妮-简把她宽宽的小脚掌塞回鞋子里，蓬松的金色长发甩到脑后，在踏进调暗灯光的客舱之前，将一本杂志扔在了扎蒂腿上。

“喏，这个给你消遣一下，分分心。”她建议道，有点儿太过犀利的目光似乎洞穿了扎蒂心底的需求。

接下来的事，扎蒂在未来的日子里会一直牢牢记得。她会记得印制精美的杂志那沉甸甸的分量，记得杂志封面上卡通首相红通通的鼻子。不止这些，她还会记得吉普车广告上红土地的颜色、头条大标题《离婚势成新潮》的古怪字体，以及星座专栏上方占星家黑白头像照里那张瘦削嶙峋的脸。

认真说来，星座并不合扎蒂的口味，倒是她妈妈更信。派翠西亚·奥黑尔不以星座为神秘玄妙之物，而视之为看得见、摸得着的东西。她的星座是实实在在的存在，就像她头发、眼睛和皮肤的颜色一样。从如何折叠床单（她的折法跟玛莎·斯图尔特在视频网站的短片里演示的一模一样），到随身手提包里装备齐全的急救包，她相信，一切都能从她的处女座属性中得到完美解释。

此时此刻，在这世界上，扎蒂最期望的就是能有妈妈在身边，递过来一块热气腾腾的毛巾，跟她好好聊一聊，严厉又充满慈爱。可既然派翠西亚·奥黑尔不在，扎蒂只好向里奥·索恩伯里和他那短短的一小段星座指南寻求安慰了。

水瓶座：本月，水瓶座宜开启全新的尝试。这种恰如其分的顺畅直觉延及你生活的方方面面，导向种种看似巧合的相遇和事件。然而，正如爱因斯坦所言，巧合不过是上帝不曾具名的暗示。当茫茫宇宙以机遇为语言向你发送出讯息，开门迎接，远胜于闭门不纳。

读着这段文字，扎蒂感觉自己的大脑正在飞速转动。“妈咪？”那小女孩的叫唤，仿佛是在提问。还有那份出错的邮购单，她订的是塑形内衣，收到的却是一盒足有半打的竹棉婴儿连体服。这件事发生的当天，她偏偏又刚巧收到母校发来的招生邮件，招生手册的封面上列出了为孩子筹备入学备选名单的步骤。可这些全都是巧合啊，不是吗？它们没有任何含义。是这样吗？

扎蒂闭上双眼，想定一定神。可不知怎么的，这么一来，双眼竟像是转向了身体内部，看到了一个全新的世界。她仿佛是空心的，身体里藏着一个巨大的水晶洞，水晶洞壁遥遥相对，闪闪发着光。她的内部非常阔大，是真正的空阔浩大，仿佛整个宇宙都置于这环绕着闪亮洞壁的私密洞穴之中。

“茫茫宇宙向你发送出讯息……”文字在扎蒂的内在宇宙中飘摇而过，仿佛星尘写就的天书。隐晦含糊，万花筒般变幻莫测，自顾自地组合、分散、再组合，一会儿缩小，一会儿放大。“茫茫宇宙向你发送出讯息。”此时此刻，这就是扎蒂感受到的，来自她深深的内里，肚腹最深处。并不是她“觉得”自己感受到了，而是真真切切地感受到，一股暗藏之力的爆发，一种存在之焰的巨响，一场属于个人的宇宙大爆炸。就在这一刻，别无其他，一切都等以后再说。唯一的存在是：她的孩子的生命，开启了。

夏洛特·朱尼珀，狮子座，法学和政治学专业毕业生，大多数时候都很亲切的前学生会老大，傲人的红褐色及腰长发的主人，少儿时期的体操运动员，偶尔“挂空挡”出行的夜总会玩家，此刻正一丝不挂地站在不属于自己的深夜厨房里。她打开一个碗橱，假如这套上世纪五十年代装潢风格的大公寓是她的，这里面放的就应该是酒杯，可现在只看到一堆稀稀拉拉的厨具。她试着拉开另一个橱，里面满是茶具和咖啡用具。下一个，酒。

“啊。”她打了个寒战，嘀咕一声。

夏洛特是在凌晨一点半左右醒来的，未来在脑子里左冲右突，太阳穴怦怦跳个不停，这是宿醉的警告。她的皮肤散发着桑布卡利口酒的茴香味道，干掉的汗液透着疯狂做爱后咸沁沁的味儿。今天，夏洛特收到入职邀请，得到了一份工作，一份真正的成年人的工作，绝佳少有的属于她的工作。

在她的印象中，每一个手持政治学或法学文凭踏入职场的人很快都会发现，如果想赚钱就得变成个坏家伙，而理想的工作总难免在薪酬上大打折扣。可是，由于玛吉·麦琪提前退休，机遇现身了。尽职敬业的麦琪辞去她在绿党的工作，为的却只是返回环保运动第一线。夏洛特听说，她正计划在塔斯马尼亚开展一场声势浩大的“坐树”运动。不管怎么样吧，多亏麦琪突然改变心意，如今夏洛特拥有了一份难得的好工作，报酬不错，还能继续当个好人。她可以有钱去买些好衣服，说不定还能喝到上好的瓶装葡萄酒。

夏洛特·朱尼珀，绿党顾问，主要负责为戴夫·格雷格森提供顾问服务。戴夫·格雷格森，曾经留连鬓胡子的乡村摇滚风运动家，成功转行的政治家。戴夫·格雷格森，前音乐人、现乡村和西部歌手布莱斯德·琼斯的伴侣，琼斯这会儿正在新西兰巡回宣传她的新专辑。戴夫·格雷格森，此刻就在楼上卧室里睡着，散发着桑布卡利口酒和性的气味。然而，夏洛特不知道的是，戴夫·格雷格森把手机扔在了外套口袋里，手机开了静音，里面存着好几个小时前收到的短信和语音消息，来自布莱斯德·琼斯。布莱斯德染上了流感，于是取消了余下的行程，正连夜赶夜班飞机回来。还是这个戴夫·格雷格森，显然不知道要把酒杯放在厨房的正常位置。

夏洛特拽开冰箱门，冷冷的荧光泻了满屋。干冷的空气冲出来，瞬间蒸干了锁骨窝和沉甸甸透出青色血管的乳房下的小汗渍。她拎起瓶子，直接对嘴喝了一大口橙汁。就在这时，她听到一声响动，是钥匙插进锁孔转动的声音，错不了。

门轴转动，大门敞开，露出布莱斯德·琼斯娇小的剪影。她看起来就是专辑封面上的样子，穿着收腰的超大摆连衣裙和考究的小短靴，精心做成狂野造型的鬈发上扣着一顶呢帽，一只手拎着吉他盒，昏黄的灯光为她罩上了一圈光环。夏洛特放低橙汁瓶，挡住阴部，乳头因惊吓而缩紧挺起。

布莱斯德·琼斯的剪影发出一声小小的响动，是倒吸一口冷气的声音。

“啊，你是布莱斯德·琼斯，”夏洛特绝望地说，“我很喜欢你的歌。”

砖块和木板——价钱？送货？

挂钩（粘贴式）

晾衣架（小）

水槽塞（55mm）

灯泡（卡口）

浴帘

尼克·乔丹骑着自行车去五金店，想象着，如果这张单子被吹飞在大街上，或者掉在公交车地板上皱成一团，又刚巧被人捡到，正常人会怎么看他这份清单。会不会以为这是一首实验性的诗歌？或者就只看字面意思，说不定还能重构出清单主人的居家情形？

那位发现者能否猜到，写单子的是个刚搬进出租屋的家伙，屋子和他人生中见过的其他出租屋一样，墙上连个能挂画的挂钩都没有？他们能想象没干透的白涂料的味道吗？还有底下的霉菌气息？能想象铺着乌蒙蒙绿色地毯的起居室，地毯还带着蒸汽清洗的潮气，墙边倚着一水儿齐膝高的镶框海报吗？能想象一摞摞书、CD和杂志无处安放吗？能猜到单子主人的银行余额和房子大小决定了他不得不再次用砖块和木板来代替真正的架子吗？

“阳台”，公寓广告上用了这个词。可那算不上什么阳台，就是一块突出的混凝土台子，装着生锈的金属栏杆，只放得下一个单种番茄的种植槽，或者尼克正要去买的晾衣架，两者没法兼得。很难理解建筑师为什么还要费心考虑阳台，如果设计尼克那栋卫生间高楼的人还称得上是个“建筑师”的话。那房子紧贴着旁边的装饰艺术风格公寓楼，近到尼克可以轻轻松松把樱桃核吐进对面公寓的窗户里。

广告上还说，厨房是“船舱式”的，现在尼克知道了，这种说法就是用来表达“小得离谱”。炉灶又旧又脏，方墩墩的电炉大概得花上一个世纪才热得起来。卧室小得可怜。至于浴室，尼克打定了主意，能不想就不要去想它，毕竟，在人类历史上，只有短到不可思议的一段时期里，在浴室铺地毯还勉强算得上是个好主意，这一间就是那个时期的产物。

尼克穿过十字路口，躲过一只套着多头牵引绳出门散步的腊肠犬和它的随行扈从。抵达道路对面后，他停下来，塞好耳机，拨出一个电话号码。夏令时已经结束了，他的家人又只比他晚两个小时了。骑着自行车穿行在周日上午的宁静街道上，正是和妈妈聊一聊的好时候，也正是他需要的。

拨号铃响了四声。他能想象到乔·乔丹在这个国家另一头的厨房里，拿起她搁在操作台上的手机，翻开昂贵的皮盖板。他能闻到咸咸的空气的味道，能描摹出父母厨房窗外那远处凌乱的海岸线，还有印度洋的碧蓝海面。

“亲爱的！”

“嗨，妈妈。抱歉风声有点大。”

“你在哪儿？”

“在骑车。”

“我希望你不是打算边聊天边骑车。”

“妈——妈。”

“好吧，好吧。新房子怎么样？”

“一塌糊涂，一无是处，一间陋室。还有很多‘一’打头的东西。说到这个，”尼克深吸一口气，准备单刀直入，“还有一个女朋友。”

“噢，你认识新女朋友了，”她说，“多叫人高兴啊！”

“事实上，我不确定你会喜欢这个。”

气氛冻结起来，就像有人把液氮泵进了电话线路里，可他还是坚持说下去：“劳拉和我准备重新开始。”

一阵沉默。尼克完全能想象妈妈脸上的表情，他觉得自己甚至能听到她咬下嘴唇的声音。

“我的意思是，”他接着说，“我们不会搬到一起，现在不会。我们打算从头开始，从最基本的开始。你明白的，从约会开始，一步一步来。”母亲依旧一言不发。

“她答应我不逼那么紧，我也答应她好好想想自己的工作方向。这是件需要妥协的事。我的意思是，或许，是时候开始……你知道的，爸爸总是说……你有时候也说……我从来没觉得演戏是件容易的事，但或许没想到会这么艰难。我猜，我不能永远这么一文不名地过下去。妈妈？”

他能听到她的呼吸。她在思考。

“妈妈？”

“你的路必须自己去走，尼克。女朋友，事业，所有一切，都必须是你自己的选择，不是我的选择。”

“她——”

“我明白，亲爱的。三年是一段很长的时间，你投入了很多，我能理解你想挽回的心思。可是，一段关系只要失败过一次……我的意思是，随着你的年龄渐渐增长，生活会扔给你更多挑战，尼克。你必须真的确信，自己选择的是对的那个人。这几个月我们每次聊天，你都十分肯定结束是最好的选择。现在是怎么回事？”

这回轮到尼克沉默了。

“恰如其分的顺畅直觉”，里奥是这么写的，还有“看似巧合的相遇和事件”。劳拉的面孔无所不在，无论尼克看向哪里，都能见到她，这会不会就是上帝的暗示？每转过一个街角，她都会出现在他面前，在广告牌或橱窗里无限放大。

比如，此刻她就在“故乡之路”时装店的橱窗里，比真人大好几倍，赛马般健美的髋骨、烟熏的妆容、灵动的青色丝缎，一切都放大了。她的黑发又长又直，闪闪发亮，表情……该怎么说呢？他猜“故乡之路”是想让她显得慵懒而又遥不可及，仿佛这些衣服就是通往无忧宫殿的通行证，在那里，一切令你头脑打结、面容紧缩、衣衫起皱的东西都不复存在。她不只是“故乡之路”时装的模特，还是奥菲利娅眼镜的模特。她有一张戴洋红色眼镜的广告片，头发微微打卷，在精心控制的微风下披拂肩头。这张照片被喷涂在这座城市半数公交车的车身上。

哪怕是在《亚历山大公园星刊》，里奥的星座专栏背后，翻过一页，就是整版的“机遇”葡萄酒广告，画面中，那个站在乡村景致里、葡萄酒桶前，牛仔裤紧裹住窈窕臀部、收束出不盈一握腰肢的，就是劳拉·米切尔。玫红色的衬衫扣得一丝不苟，非常贴身。淡色的完美双唇勾出魅惑的表情，精心修剪过的指尖拈着香槟杯梗。玻璃杯中的淡金色酒液被结婚戒指所蕴含的承诺映得光彩夺目，那枚戒指是点睛之笔，星钻的光芒在酒面闪耀。“把握机遇”这句广告语印成了巨大的花体字。

“当茫茫宇宙以机遇为语言向你发送出讯息，开门迎接，远胜于闭门不纳……”

尼克听得出，母亲在等待他的回答。

“我只是觉得这样是……对的。你能明白吗？”他说。

“尼克？”

“嗯，妈妈？”

“你有点儿习惯只看别人的好处，这很可爱，可是……首先要照看好你自己的心意。”

“嗨，”尼克突然想起还有事情要跟妈妈汇报，“你绝对猜不到我遇见谁了，连续两次。嘉斯汀·卡麦可尔。”

“嘉斯汀？哦，天哪！真的？她怎么样？在做什么？”

“她在一家杂志社工作。”

“当然，她一定是。”妈妈高兴地叹道，“一定是跟文字有关的事情，不是吗？”

尼克把什么都一股脑儿地告诉了妈妈，他和嘉斯汀怎样一起在公园里吃了顿晚餐，后来又怎样在“丰饶角”又遇到她，她是怎样一点儿没变。他发现自己一直喋喋不休，甚至有点太唠叨了，好像他一直压抑着想要跟谁聊一聊某个人的欲望，聊一聊嘉斯汀。

“你们两个以前是那么要好的朋友。”尼克的母亲说，“你知道吗，曼蒂和我，我们以前有个小小的梦想，关于你和嘉斯汀……算了，那都是很久以前的事了。我真想曼蒂了。”

母子俩沉默了一会儿。

“有时候，我会想，要是没有离开伊登维尔，我们的生活会是什么样子。”乔向往地说。

尼克到五金店了。“我得挂了，妈妈。”

“爱你，亲爱的。”她说，“再见到嘉斯汀的话，千万记得代我问好。”

双子篇

五月底的一个星期五下午，杰瑞米·伯恩紧急把星刊全体员工召集到休息室。他站在长条桌的一端，神情严肃。

“出什么事了吗？”嘉斯汀挨着安汶坐下。

“看着不像是好事。”安汶说。

“是有人……犯错了？”嘉斯汀问。可安汶只是耸了耸肩。

嘉斯汀抬眼环顾同事们的面孔。巴贝尔在门口转来转去，很明显，突发事件打乱了她下午的安排，让她很烦恼。新的杂志助理亨利，严阵以待地守在杰瑞米右手边。嘉斯汀悄悄给他起了个绰号叫“绿巨人”，尽管他个子很小，为人也拘谨，可她总担心他的野心一旦失控，就会彻底改变他自由党的深沉蓝色[1]，撑破他罗德冈恩衬衫的缝线。

杰瑞米清了清嗓子，开始发布通知：今天上午，洛玛和拉多斯劳开着凯美瑞去城市另一头采访，遭遇了车祸。

“什么？”马丁·奥利弗拳头紧握，像是准备给谁一拳。

嘉斯汀死死盯着杰瑞米的脸，努力不去想最坏的结果。不，至少不要是那样，不至于非这么糟糕不可。

“他们俩还好吗？”巴贝尔的关切与安汶的“噢，天哪”同

1. 澳大利亚自由党的标志色是深蓝色。

时响起。

“他们两个都在医院，”杰瑞米说，“虽说是在高速路上出的事，车速很快，不过万幸的是，两个人的伤都不算重。”

“我刚从医院回来，他俩都在医院里。”杰瑞米给下属们吃了定心丸，接着又说，“洛玛脚踝和手腕都伤得很厉害，下午会动手术。拉多斯劳的颈骨扭伤和撞伤都已经处理过了，很有希望第二天早晨就能出院。”

“虽说他额头上的肿包很惊人，”杰瑞米补了一句，“看上去实在很像白鲸。”

杰瑞米说，车祸另一方是辆老款的霍顿双子座，司机拿的是临时驾照，人基本上没受伤，不过估计吓得不轻，因为拉多斯劳跳出凯美瑞时太激动，毫不客气地对她的驾驶技术发表了一通评论。几道了然的目光交换了一下，嘉斯汀觉得大家想的多半都一样，不过，到底还是没人说出来。

“当然，”杰瑞米接着说，“这个消息让我们所有人都很担心。不过，紧要关头，我们必须展现专业性，我们自己的小小舞台还得继续。因此，为了确保摄影部正常运转，我已经打电话给金姆·维斯特莱克了。至于洛玛手头的工作，我们得共同分担。”

杰瑞米宣布，他本人将要接手洛玛跟进到一半的诉讼案，事关州检察长和被指控诽谤她的独角戏喜剧演员。另两位在职记者立刻主动提出申请，马丁·奥利弗负责一位获奖智利小说家的个人报道，詹娜·瑞伊补完有关国家芭蕾舞团预算削减后续影响的文章。

“还有一项工作。”杰瑞米说，“一篇简单的个人专访，对方是位颇有才华的年轻演员，威尔第，威尔第……海斯密斯。谢天谢地，拉多斯劳已经为这篇报道拍好了杀青照片。海斯密斯小姐才十五岁，但据可靠消息，她绝对是个值得关注的大人物。另外，她已经确定参演亚历山大公园剧团的《罗密欧与朱丽叶》了。”

嘉斯汀心念一动，《罗密欧与朱丽叶》，就是尼克那出戏？

马丁从鼻子里发出一声嗤笑。

“是的，我知道，我知道。”杰瑞米说，“这么想吧，虽然那儿上演的永远都是些没完没了的室内小喜剧，可亚历山大公园剧团的好人们才是这个社区的行吟诗人，我们必须爱他们。再说了，如果海斯密斯小姐将来真能有所成就，《亚历山大公园星刊》非常愿意在一开始就与她相伴前行。有谁想接这个小采访吗？”

理智：说不定他也会在采访现场。

嘉斯汀：谁？

理智：别装傻了，快举手。

“我去吧。”嘉斯汀说。

“非常好。谢谢你，嘉斯汀。”杰瑞米说，“这样一来，我们就全部都……安排好了。干得好，士兵们。”

“呃，杰瑞米，采访是什么时候？”嘉斯汀问。

主编看了一眼备忘录，“三点，在欢乐剧场。”

“今天？”

杰瑞米仔细看了看他的记录，“没错，今天。”

已经两点半了。

嘉斯汀一边口袋揣了支新圆珠笔，另一边放了本崭新的笔记本，就赶去了欢乐剧场。离约定的采访时间只剩下两分钟。她已经不记得最后一次来欢乐剧场是什么时候了。这个堆砌繁复、风格老旧的小剧场是亚历山大公园文物保护协会的骄傲与乐趣所在。然而，就在迈进门厅的同时，与众不同的陈旧气味充盈嘉斯汀的鼻腔，瞬间将她带回八岁那年，那段穿着自己最好的外套和有点挤脚的小漆皮鞋来到欢乐剧场的时光。她想起了圣诞假期的《胡桃夹子》、亚历山大公园青年剧团那部做作的《彼得·潘》，还有怎么也演不完的《温德米尔夫人的扇子》。

门厅里站着一个年轻人，收拾得很精致，穿着时髦的植物印花衬衫和夸张的尖头皮鞋。他自我介绍是剧院经理，嘉斯汀明白，这意味着他是剧院里唯一的固定员工。

嘉斯汀说："我是嘉斯汀·卡麦可尔，星刊的记者。"虽说还没太意识到自己会这么说，可这句话听起来真是悦耳。

"他们有点超时了，请允许我先带你去楼厅前座吧。应该不会耽搁太久，休息时间一到，威尔第就会来找你。"经理一边说，一边干脆利落地带头朝铺着红毯的楼梯走去，"你知道，这部戏还要过一阵子才上演，今天只是跟踪一下动态，做些宣传之类的。"

楼上的大厅里有一个小小的华丽酒吧，外加两扇通往楼厅前座的门，门口显得暗一些。

经理竖起一根手指放在唇前，比出"嘘"的手势，然后领着嘉斯汀走了进去。

等到眼睛适应了光线后，她才看到，剧院的天鹅绒座椅已经重新换过坐垫了，但和童年时的一样，依旧是红色。四壁没有变化，依旧是灰蒙蒙的鸭蛋青色，希腊人像壁画环绕在舞台周围，一丝一毫也没有挪过位置。观众席上方，灯光自天花板上的灯架投到光秃秃的、蒙尘的黑色舞台上，灰尘在光柱中飞舞。舞台两翼处，摄像师站在三脚架后，还有第三名摄影师手持相机来回游走。

正中央的舞台上，一位年轻女子站在聚光灯下，身穿灰黑色衣服，手里拿着剧本，一头光泽闪亮的栗色头发做成优雅的仙子造型。当灯光照亮她疏朗开阔的完美面容时，嘉斯汀有一瞬的失神。

"你是什么人，躲躲闪闪地在黑夜里偷听别人说话？"女孩微微沙哑的温暖嗓音毫不费力地传遍整个剧场。

噢，嘉斯汀立刻听出来，这是阳台场景的台词。另一位演员同样身穿黑衣，手持剧本走到灯光下。

“背负着这样一个名字，我不知该怎样告诉你我是谁，”他说，“这样一个名字，敬爱的神啊，连我自己都憎恨，因为它是你的仇敌。若是将它写在纸上，我也会把纸撕得粉碎。”

是尼克。灯光下，他的面容同样柔和，却也被勾勒得越发轮廓分明。他的眼睛显得比平时大些，嘴也更性感，面颊微微凹陷，正像个饱受折磨的年轻爱人。

“我就先失陪了，”经理说，“请自便。”

“谢谢你。”嘉斯汀悄声说。舞台上，那个显然就是威尔第·海斯密斯的女孩还在继续：“自你舌尖堵车的字眼，装进我耳朵的还不足一百……”

说到这里，台词断了。威尔第咯咯笑起来，变回了那个普通的十五岁女孩，朱丽叶离开了。

“舌尖吐出的，不是舌尖堵车的。”她说，“舌尖吐出的，舌尖吐出的，舌尖吐出的。”她又咯咯笑出了声，冲走来走去的摄影师做了个鬼脸。

“继续吧。”尼克建议道。

威尔第闭上眼睛，深呼吸，然后……朱丽叶回来了。

“难道你不是罗密欧，蒙太古家的人吗？”

“若是你不喜欢，美丽的姑娘，”尼克温柔地说，“那我就不是。”

嘉斯汀悄悄在楼厅前座的后排找了个位置坐下，不想被看到。

演员们读着台词，口齿徜徉于莎士比亚的词句之间，服饰、布景却毫不相干。即便如此，依然有什么渐渐浮现，那是语言、姿态与心意、情感编织的魔咒。

随着台词一句句道出，尼克和威尔第走动起来。这不是导演安排的场面。演员们只是缓缓绕着彼此行走，让身体自由支配他们的行动，似乎将舞台变成了旋涡，每一粒尘埃都打着旋儿，为下一句台词积蓄力量。嘉斯汀记得，每当看到站上舞台的尼克，就像看到海豚跃入水中，笨拙的动物突然间如鱼得水。舞台就是尼克·乔丹的水。

“我借着爱的轻翼飞过院墙，”尼克道，“因为砖石的墙垣不能阻隔爱情……”

被楼厅前座闷热黏稠的空气包裹着，嘉斯汀几乎想不起年少时的爱与被爱是怎样的感觉了。事实上，就在这一刻，她几乎无法想象这样的事有可能再次降临到自己身上。毕竟，这样的爱情不是你努力就能得到的。那是魔法的火花，只能期望着，在某个地方，某个时刻，因为某种契机，你刚好赶上火柴撞击火石的那一瞬。

“晚安，晚安！离别是如此甜蜜的哀伤，我真该就这样道晚安直到天明。”威尔第说完，这一幕便结束了。嘉斯汀依旧静静坐着，不愿这戏剧的世界就此消失。

她看见经理走到舞台边，小声对威尔第说了几句话，那女孩便跳下了观众席。摄像师关掉机器，很快，舞台上只剩下尼克一人。嘉斯汀本可以站起来，跟他打个招呼。可她只是静静地看着他翻开剧本，开始钻研，脸上闪过各种神情。不一会儿，他合上剧本，走进舞台侧面的暗影中去了。

嘉斯汀身后的门嘎吱一声打开了，漏进一束尘埃飞舞的光。

“呃……嗨。”威尔第说，看得出她是刚刚从楼梯跑上来的。她生疏地朝嘉斯汀轻轻挥了下手，胳膊肘紧贴着身子，比起嘉斯汀刚才看到的那位沉着自信的年轻演员来，现在更像个紧张的少女。

“我是嘉斯汀。”嘉斯汀说着，伸出手去，“星刊的。”

威尔第握住她的手，带着几分笨拙和迟疑摇了摇，说：“我以前从来没接受过真正的采访。”

嘉斯汀不想让威尔第知道这也是她第一次真正的采访，于是说：“我刚看了几分钟你的排练。你们俩配合得太好了，这一定会是场精彩的演出。”

“噢，是的，尼克棒极了。”威尔第说。

嘉斯汀满心里依旧是莎士比亚，除此之外，几乎什么也说不出来。可到头来，她终究还是忍不住想要宣示点什么的冲动。“其实，我认识尼克。我们以前是同学。”

威尔第似乎很感兴趣，她探过身子，睁大了眼睛。“真的？他是什么样的？”

“他天生就是个演员。”嘉斯汀怜惜地说，“你可以问问他那部《蟾宫之蟾》，伊登维尔人全都记得。”

“就是说，你们一起念完了高中，诸如此类？”

嘉斯汀觉得，或许可以抓住威尔第的特点，由自己来引导谈话，从她口中的零碎信息拼凑出自己关心的那件事。

“不，”嘉斯汀说，“还没等上高中，尼克一家就搬走了。”

听到这话，威尔第火花四溅的好奇心立刻变成了哀伤，没有丝毫阻滞。嘉斯汀发现，这姑娘的脸简直就是磁画板，有本事在一秒钟内将一种表情擦得干干净净，换上另一种。

“噢，”她好像真为嘉斯汀感到伤心似的说，“你想他吗？”

嘉斯汀噎了一下。是什么刺痛了她的下眼睑，眼泪吗？忍住，忍住，忍住，她告诉自己。这就是演员，他们让你笑，让你哭，懂得使用他们的面孔、声音、手和动作，让你有所感受。这是他们的工作。

这时候，威尔第的神色又变了。她似乎突然高兴起来，就像个疯狂的发明家，或疯魔的大厨。

“那么，”她说着十指张开，对顶着支在面孔前，食指相互轻点，“你们还有联系吗？”

“有时候能碰上一面。”嘉斯汀轻巧地说，不知道这算不算歪曲事实。

“你见过他女朋友吗？”

这句话对嘉斯汀不失为一记重击。确切地说，出手的只有一个词，女朋友。她的心沉了下去。

“是个模特儿。”威尔第提供说明，她准确地理解了嘉斯汀的沉默，意思是没见过，“你说不定都见过了，机遇葡萄酒的广告是她拍的，还有奥菲利娅眼镜，你知道那个吧？”

嘉斯汀不知道，可还是觉得心又往下沉了沉，更沮丧了。

“我认识她有几年了，那时候我大概十二岁吧，在圣吉尼维尔女子学院的电视广告片里演劳拉小时候。”威尔第说着挑起一根眉毛，“我还……你知道，还只是半成品，她已经是成品了。可是，劳拉最神奇的地方在于，她根本就是吉尼维尔本人，她的片子几乎用不着修，什么后期都不用做。”

嘉斯汀知道，她的心要是再往下沉的话，就得烧起来了，因为它就快落进地心沸腾的岩浆里了。

“可我总觉得哪里有点古怪。我是说，你可以说尼克和劳拉是天生一对，他俩长得太像了。黑头发，蓝眼睛，就像那种……漫画里那种，有个男版的小老鼠、小浣熊或者其他什么，然后还有个女版，你之所以能分得出女版的那个，凭的只能是眼睫毛和蝴蝶结。尼克和劳拉就是那样。和跟自己长得几乎一模一样的人在一起，你不觉得古怪吗？”威尔第一口气说下来，几乎没有换气。

“那你觉得他们开心吗？”嘉斯汀引她继续，尽管这么做有点儿负罪感。威尔第才十五岁，这样从她口中榨取信息，很难称得上“公道”二字。

“唔，这个就有点，时好时坏的。”威尔第坦白地说。

“怎么说？”

“你知道纳西索斯[1]吧？”

“知道。”

“嗯，在我看来，”威尔第摆出一副超越年龄的成熟腔调说，“尼克大概是被当成那片水潭了。”

接下来的一周，嘉斯汀一直在研究威尔第·海斯密斯的资料，直到烂熟于胸。同时，在交稿日到来之前，她在伊夫林塔到星刊杂志社之间找出了五个地方，可以容她细细研究乔丹的女朋友，那个模特劳拉·米切尔。

一天早晨，嘉斯汀驻足本地验光师店铺橱窗的大幅海报前，忍不住琢磨，老天应该是公平的吧，既然这个劳拉拥有如此得天独厚的浓黑秀发和无懈可击的五官，那一定在其他方面有什么不足。头脑，也许。要么就是魅力、才智，或者善良的性情。

可嘉斯汀明白，就连自己也对此提出强烈质疑，质疑这种想法是不公平的。

理智：威尔第说她思想贫乏。

---

1. 纳西索斯（Narcissus），希腊神话中的美男子，因太过自恋遭到复仇女神涅墨西斯惩罚，爱上水潭中自己的倒影，最终变成水仙花。

嘉斯汀：得了，脑袋，威尔第可没这么说，没直接这么说。

理智：好，好，她是暗示的，都一样。

嘉斯汀：那样想太草率了，不是一回事。

理智：那你现在要怎么办，嗯？就这么放弃吗？你不觉得，关于表面与内在，关于真爱与错爱，里奥会有些话要说？

嘉斯汀：依据是什么呢？一个多嘴的十几岁小孩的观点？我觉得还是别多事的好。

嘉斯汀转身离开橱窗里漂亮姑娘的海报，继续向前走。她边走边拨妈妈的电话，心里想着，妈妈多半是在检查随身物品，准备出门上班。

“曼蒂·卡麦可尔。”

“生日快乐，妈妈。”

“噢，是我的小美女！亲爱的，你怎么样？你一定猜不到，你爸爸为我的生日准备了什么。他安排我们去蓝山的厨艺度假山庄，很贵的。重点是馅饼，很显然。你爸爸觉得这会很有意思。他安排我们坐捕天者直升机进去，然后在那家老派装饰的酒店里住一晚，第二天再飞回来。我是说，很难理解，就为了去学做个漂亮的馅饼，它们的热量那么高，我可花了半辈子时间……”嘉斯汀边走边听，这才想起，跟妈妈打电话是件多么被动的事，她唯一需要的只是你能偶尔回个“嗯哼”或“啊哈”。“得走了，我的宝贝儿。不能迟到，有一整天见鬼的绩效管理会要开。爱你，甜心，么么。”

“有时间吗，亲爱的？”午饭刚过，杰瑞米对复印机前的嘉斯汀说，“来我办公室？”

距离截稿日还有四天。

“当然。”嘉斯汀说，心里小小的罪恶感又钻出来了。她跟在杰瑞米身后穿过走廊，紧张地想着自己办公桌上的文件叉，那上面插着里奥的星座专栏原稿。

采编部办公室的门敞开着，路过时，嘉斯汀瞥了一眼洛玛平常工作的位子。电脑屏幕黑着，键盘旁，花瓶里的花已经枯萎了。

杰瑞米的办公室似乎更乱了，看上去像是在对藏书进行彻底的整理，书架上腾出了一些地方，屋里到处都是摇摇欲坠的书堆。主编在办公桌前坐下时，嘉斯汀有些心慌。可等她抬眼看时，却松了口气。杰瑞米在微笑，说不定是好消息。会不会，这场车祸让洛玛生出了退休的念头？

“你知道，我们打算用抗议集会的照片作为下一期的封面。”主编说，“你也知道的，我的确很喜欢优秀的抗议照。愤怒的脸！呼喊口号！高举的拳头！是的，我喜欢看到人民站起来，发出自己的声音。”

嘉斯汀看过那张照片，是一场抗议活畜出口的集会，在河边拍的，愤怒的人们举着横幅，红色颜料泼洒在布料上，仿佛鲜血流淌。格林设计的封面她也看过，图片四周套着与之呼应的红色边框，整个封面上只有很少几行文字，还全都采用扁字体，放在封面下方，以尽可能减少对主画面力量的干扰。

“但是上个月鲁斯莱斯的漫画已经很有争议了，我再三考虑后还是决定暂退一步，采用温和愉快的、争议性少一点的题材。”

杰瑞米举起一份设计样稿，是他准备采用的新封面。在嘉斯汀印象中原本一片红的地方，现在第一眼却是清凉的绿。杂志封面被横切为两格，每格各一张威尔第·海斯密斯在薄荷绿背景幕布前的正脸特写。就像传统戏剧面具一样，她既是悲剧的，也是喜剧的——上面一张嘴角下垂，一脸悲伤；下面一张嘴角上翘，满心愉悦。封面文字变成了混合字体，用色柔和，别出心裁又活泼幽默，出色极了。

嘉斯汀的手一下捂在了脸上。

“所以，你看——”

“噢，上帝啊，”嘉斯汀说，“封面文章？我得到了一篇封面文章？”

“你写了一篇好文章，非常漂亮。有描写但不过度，敏锐诙谐，很吸引人。我喜欢，我想读者也会喜欢的。而且，我也没忘记，你是在最后一分钟才临危受命接下这次采访的。”

“谢谢你。”嘉斯汀说。

“我也知道，你为海斯密斯的报道花了许多时间，这或许解释了，呃，只有四天时间——”

嘉斯汀打断他说：“我知道你要说什么。非常抱歉，杰瑞米，我交稿的确晚了点，可是——”

“不，不，不需要道歉。我只是想建议，接下来这几天，我们是不是可以把你手头一些，这么说吧，不大要紧的小杂活儿分给，呃，亨利，嗯？也许我们可以让他誊录莱斯利安的专栏稿，我注意到它还没有就位。我记得书评也快到了吧？当然，它们只需要简单调整一下就行，我想亨利能够胜任。对了，也许他还可以把星座专栏一起录入了，嗯？你觉得呢？”

“都……不错。”嘉斯汀说，“我是说，除了星座专栏……这些……”

她脑子飞转。虽说她答应过自己（只差一点就算得上发誓了）不再动里奥的专栏，现在却感到了惊慌。就算没打算窜改里奥的稿子，她也不愿让亨利碰它们。她开始觉得，从某种意义上说，星座专栏已经是“她的”了。

“我是说，星座已经在我电脑里，差不多完成了。”嘉斯汀撒了个谎。

“好极了，”杰瑞米说，“好极了。其他的我们都分派出去。至于星座，就留给你这双能干的手吧。”

半个小时后，里奥最新的传真件被插在了嘉斯汀办公室的文件叉上，本月的星座专栏稿已经提交，只等排版了。就算在录入过程中对水瓶座的部分做些小小的修改，嘉斯汀觉得，风险也是非常小的。她已经两次玩弄她的小小花招，并且成功逃脱了惩罚。再说了，如果尼克·乔丹和他那位翻版明星脸的漂亮女朋友的关系真那么无懈可击，星座指南对他也不会有什么影响。既然如此，一点小小的改动又能有什么害处呢？

交界日

坦茜·布林克洛，水瓶座，肿瘤科医生，泌尿科医师乔纳森·布林克洛的前妻，三个青春期孩子萨斯琪亚、珍娜维芙和埃瓦的母亲，电视剧《复仇者》时期的黛安娜·瑞格的仰慕者，私下的自由党选民。每月一次，她都会和老朋友简·阿斯滕、希拉里·艾尔斯沃斯一起共进午餐。她们的六月聚餐选址一如既往地没有顾及坦茜诊所的距离，要知道，简和希拉里都不需要考虑如何在工作日安排午餐的问题。

一顿午餐吃到现在，坦茜始终努力做到把左手藏在桌子底下。喝汤没问题，吃意大利面也没问题，可简偏偏提议用奶酪拼盘代替甜品，坦茜意识到，这下是真没办法单手在饼干上涂抹蓝纹布里奶酪了，她只得承认，自己犯了个欠考虑的错误。她把左手压在大腿下面，清晰地感觉到手指上新戒指的轮廓。不知道希拉里和简看到这枚戒指是会喜欢，还是厌恶。戒指是一位珠宝艺术家做的，非常与众不同，采用一枚巨大的烟褐色碧玺，长方体，棋盘格切割，镶在精致的玫瑰金和白金戒圈上。坦茜不确定这是不是她所见过最美的东西，也不知道它会不会压根就不是女款。可她对西蒙说了，这是她见过的最美的东西。毕竟，她的礼貌是无可挑剔的。

如果只能用一个词形容坦茜·布林克洛医生，那一定是“有礼貌”。如果再多加一个词，就是“极其”。她的父母比英国人还英国人，认为礼貌是最基本的美德。其他基本美德还包括，整洁、谦逊和漂亮的吐字发音，为此，他们甚至特地为小坦茜请了家庭教师，以防她被同学们懒散的发音带坏。尽管坦茜的成人礼舞会已经是很久以前的事了，但在一定程度上讲，她那双肘弯处钉着珍珠扣子的丝缎白手套从来就没有摘下来过。

在与前夫相识的差不多六年时间里，随和的礼貌微笑与理解的礼貌颔首几乎已经成为本能，以至于听到自己即将面临离婚的消息时，她的第一反应依然如此。乔纳森把这消息扔给她时，他们刚在飞机座椅里安顿下来，准备飞到斐济度一个为期两周的家庭假期，女儿们已经打开飞机上的娱乐系统，塞上了耳机，他们可以放心说话了。

“亲爱的，”他握起坦茜的手说，“我想，或许应该现在就告诉你，好给你些时间来消化。回去以后，我就要离开你了。”

他说他已经全都考虑过了，还提醒她，几年前买现在这套房子时，产权证上就只写了她一个人的名字。显然，最简单合理的方式就是她保留这套房子，而他分得市中心的公寓和海边的度假屋。当然，随时欢迎她和女儿们去海滩玩，只要提前两周通知他就行。至于动产，数量相当可观，他觉得，坦茜跟他六四开是个合理的方案，以此报答她这些年来放弃工作照顾孩子做出的牺牲。还有什么问题吗？

问题？问题就像旋涡里挣扎扑腾的金鱼。他计划这个有多久了？从把房子写到她名下开始？难道说，那并不是为了避税？还是说，他那时候就想好要离开了？有别的女人？噢，上帝啊，别的男人？这就是他们一连四个月都没有性生活的原因？问题究竟出在哪里？他要离开她了？为什么？可她无法揪出其中任何一个问题宣之于口。不管怎么说，这是商务舱，空乘小姐就站在座位旁的过道上，笑容灿烂地端着满满一托盘迎客的巴克斯菲兹鸡尾酒。

“起泡酒？”她问。

坦茜挤出一个明朗的笑脸，“谢谢。”

整个斐济假期里，坦茜只要一想到这件事，就觉得自己像得了脑震荡似的。在如画的白沙滩上，她彷徨无措地度过漫漫长日，看着女儿们在如画的碧蓝浅滩上尖叫嬉闹。入夜后，她就喝椰林飘香，抽丁香卷烟，这两样东西从来都不是她的偏好，无论从前，还是之后。她依旧同往常一样，高效地打包好所有人的行李，大家一起回到家中。丈夫搬了出去。希拉里那位当全科医生的丈夫开了些药，帮她度过了冲击最大的阶段，但这件事的影响从未消失，只是被深深埋藏起来。很久之后，坦茜才意识到，离婚后的那些年，她就像被困在奇怪的哈哈镜迷宫里，第三维度总会被扭曲成幻觉。直到六个月前，她遇到了西蒙·皮尔斯，才开始感觉到，有些早已尘封的东西再次激荡起来，她差点都忘了自己仍然拥有它们。

西蒙是护士，确切地说，是助产士。他身穿蓝衫蓝裤制服，手臂间抱着新生婴儿的样子，真是既性感又十足男子气概，太迷人了。他比她小十五岁，没有房产，租住在一套漂亮的小公寓里，走路就能到达他最爱的书店和本城的艺术影院，俄里翁电影院。他没有车，不过有一辆黄蜂牌小摩托，他也坦言，摩托车还在还贷款。西蒙唯一可以称得上财产的，只有一台顶级的意式咖啡机，想到这里，她就忍不住要发笑。

希拉里和简在不同场合遇到过几次西蒙，一向都对他很热情。坦茜也很坦白地跟朋友们谈起过他的点点滴滴，她如何在医院餐厅的炖菜窗口遇到他，他如何提议说不如去咖啡馆吃顿午餐，放弃那些只能凑合填肚子的烂糊米饭和结了壳的绿咖喱鸡。可无论对希拉里还是简，她都没说过，正是在这临时起意的第一次约会中，西蒙敏锐地发现了坦茜和《复仇者》时期的黛安娜·瑞格的相似之处，甚至不需要一丝提示。她任由简和希拉里意会她的性生活如何丰富多彩，但自己从不多说。简这一头，丈夫的男性雄风已经变成一个精力不济的小家伙；至于希拉里的丈夫，心思转到秘书身上已经二十多年了。如果坦茜告诉她们，西蒙送的第一份礼物是一双紧绷的黑色皮革驾驶手套，而且她还不止一次在卧室里佩戴它们，那只会被视为戳人伤疤。

坦茜深吸一口气，抬起左手，放在奶酪盘子旁。衬着白色亚麻桌布，午后的阳光透过临水的窗户流淌进来，落在宝石微微弯曲的表面上，光彩夺目。希拉里僵住了，一粒奶酪渣粘在她餐后残留的口红上。简的眉毛高高挑起，直逼她赤褐色的厚重刘海。

“西蒙向我求婚了。”坦茜宣布。她知道自己脸红了，很可能连胸前都泛起了红斑。

“求婚？”希拉里问。

简看着戒指，往后靠了靠。“哦，天哪，那是什么？石英？”

“碧玺。”坦茜说。

“也差不多。”希拉里说着摘下眼镜，俯身细看，“工艺挺复杂，可能不便宜。”

“噢，这算是个安慰。”坦茜微笑着说。

希拉里和简悄悄交换了一下眼神，坦茜捕捉到一声清晰的吸气声。那是发言的前奏。

首先开口的是简，“你一直很清楚，坦茜，就算它很昂贵，也只是一笔小小的投资。想想看，他将得到的是什么。”

一开始，坦茜将这话当成了恭贺，但只是短短几秒。接着，她的眼睛眯了起来，“你想说什么？”

希拉里说：“这么说吧。如果现在是一名富有的男医生，一位专科医师，被一个小他十五岁的漂亮小护士盯上了，小护士还身无分文，你会怎么想？会觉得她是被他的个人魅力迷住了吗？”

“不，”坦茜笑出了声，“西蒙不是——”

简伸出一只手，掰着手指头开始数。“没车，没房，看起来在三十五岁以前都没什么希望能有所成就。这里呢，有位年长的医生，单身，很有点儿钱……”她意味深长地停下来。坦茜的嘴动了动，像孔雀鱼一样。

“我不明白，他的日子是怎么过的。”希拉里说，“为什么一点存款都没有？他有工作，不是吗？怎么连辆车都没有？”

简看着坦茜，目光犀利。“有一次，”她顿了顿，“你说在考虑卖掉沃尔沃，准备去试试别的车，是他提议的？”

“是的，我想是他，可是——”

“什么车？”简问。她的表情在说，这个答案至关重要。

“阿尔法·罗密欧的斯派德。”坦茜低声说。

希拉里嗤笑一声，“噢，坦茜。阿尔法·罗密欧？这也太不像你了。”

“他说我值得，说我工作很辛苦，应该得到自己想要的。”

“可说到底，究竟是谁想要？你，还是他？”简一边说，一边把瓶子里的白葡萄酒全部倒进坦茜的杯子里，顺便抬手招呼服务生再上一瓶。一时间，桌上陷入沉默，短暂，却叫人窒息。

“我还是没弄明白，他的钱都到哪儿去了。”希拉里沉吟道。

“他会去旅行。”坦茜提供选项。

“可能是赌博。”希拉里说着，眼睛突然瞪大了，“噢……赡养费。你说他是从哪儿来的？”

坦茜如实相告。简噘起嘴唇。

“我想你必须承认，坦茜，他就是‘不一类’。”她说。

坦茜没明白这个缩略语，迷惑地来回看她的朋友们。

“跟我们不是一类人。”希拉里说。

“换句话说，他就是个——”简停顿一下，以示强调，“淘金客。”

对于一个生长在矿业小镇的姑娘来说，这个字眼很有冲击力。坦茜的反应异常激烈，是生理上的。以腹腔神经丛为震中，羞愧如地震般泛滥开来。羞耻感如此气势汹汹，让她喉头干灼，双颊通红，鼻翼张大，手背上青筋暴起。

“噢，噢，我刚好想起来。”希拉里飞快地在她的手提大皮包里翻找，抽出一本《星刊》。她把杂志放在桌上，仿佛那是法庭上的关键证据。

“这是谁？”简问，完美的法式指甲轻轻点在封面上，“我们认识她吗？”

“记得以前在亚历山大公园市场后面开女装店的那个老妇人吧，就是她孙女。她小儿子的女儿，娶的是个……我不知道，她是哪儿人来着？希腊？马其顿？总之，我觉得这事儿很荒唐。才十五岁，就让她在欢乐剧场演朱丽叶。我想象不出，这孩子的学习该怎么办。”希拉里说。

“她很漂亮。”坦茜说。

“当然漂亮。”简说，“十五岁，全世界的十五岁女孩都漂亮，除非她不是。”

“不过，重点在于，”希拉里大声说，“我昨天刚看过，一看到这篇就想起你了，说得太准了。噢，老天，我太崇拜里奥·索恩伯里了，总能直击要害。先听听这个。在哪儿……水瓶座……水瓶座，这里，听好了。水的承载者，本月你将来到心灵的十字路口。该去往哪个方向呢？群星在上，极力提醒你，留意分辨虚假的爱情。凯瑟琳·曼斯菲尔德曾经畅想，‘如果人们能分辨真爱与虚情，犹如分辨蘑菇与毒菌，那就好了。’认真聆听自己心底隐秘的低喃，并向最信赖的朋友寻求意见吧。”

简挑起眉毛，仿佛奥义已经降临。她冷酷地点一点头，做出了对西蒙·皮尔斯的裁定：毒菌。

坦茜觉得胃部遭了一记重拳。“最信赖的朋友”，希拉里和简是她的伴娘，她女儿的教母，她们绝不会对她说谎。

“难道我真这么没眼光？”她的声音低沉而紧绷。

“哦，提个问题，”简冷静地说，“他有没有问你要过钱？”

“我的确帮他付过信用卡账单。”坦茜承认。

“是他开口的，还是你主动的？”希拉里问。

坦茜记不太清了，不太确定。当时他说，再多一笔开销的话，他就连利息都付不出来了。可的确是她主动提出帮忙的，这个很确定。“别担心钱的事，”她说，“这种事情，我再擅长不过了。”噢，上帝啊，这究竟是怎么回事？

“谁提出来的无关紧要，希尔。对我来说，就凭他会跟她提起信用卡账单这一点，已经足够说明问题了。”

“我只是没想到他会是装的，”坦茜说，“他不像那种人。”

她还记得和西蒙的第一次，她出于礼貌假装高潮，他立刻停下来，盯着她，脸上浮现出毫不客气的笑容说：“来次真的难道不是更好吗？”

“他对我是有感觉的，”坦茜挣扎道，“我敢肯定。”

“这就是你的问题，我亲爱的，”希拉里说，“你就是太相信别人了。跟乔纳森在一起时你也从来没发现不对劲，不是吗？”

事情是怎么发生的？她不知道。可她知道，当时自己走进银行，依偎在西蒙怀中，带着高潮后的兴奋，容光焕发。昏了头了，她被迷昏头了。她就这么做了一笔银行转账，有几千美金。噢，上帝啊，她是个彻头彻尾的大傻瓜。她想起电视上那些女人，遮住了脸，声音经过变音器的过滤，流着泪承认，自己傻到被网上的尼日利亚感情骗子骗走了省吃俭用存下来的钱。

仿佛被烫了似的，坦茜把那枚丑陋的戒指从手指上撸下来，扔到餐巾上。三个女人盯着它，保持安全的距离，注视着这小小的车祸现场。

“噢，我的天哪，”坦茜说，“我必须结束这一切，是吗？”

希拉里说：“可怜的姑娘。”

“记得把账单发给他，”简说，“所有账单。”坦茜·布林克洛露出礼貌的微笑。

伦恩·麦哲伦，水瓶座，暴脾气，圣玫瑰堂疗养院住户，无神论原教旨主义信徒，帕金森患者，三个孩子的父亲，七个孩子的祖父，辣味腌洋葱爱好者。他就要死了。死亡藏在他的身体里，透过毛孔一点点渗出来，将他的皮肤染得青一块紫一块，泛着灰，了无生气。就算只是在房间自带的卫生间里努力对准马桶，或是尽可能把牙刷准确地放到牙齿而不是鼻子或下巴上，他都能闻到自己呼吸里的死亡气息。他不相信有来世，不相信有任何人会对他曾犯下的错误（他拒绝使用“罪过”这个词）加以清算。他不相信能与死去的妻子重聚，不相信能和黛拉肩并肩坐在云端的摇椅上，慈祥地注视儿孙们在尘世间的生活。他相信，自己的意识终会消散，身体将在盒子里腐烂。

每周二都有一位志愿者来陪伦恩坐上一会儿，并非出于他的要求，而是因为巡视走廊的护士发现他很少有家人前来探望。志愿者是一名中年女子，头发稀疏，衣服上别着名牌，上面写着“格蕾丝”。他不禁想到，有这么块写着“仁慈怜悯”[1]的名牌，在吃晚餐的时候还真是相当方便啊。尽管他并没有这种困扰。

伦恩不喜欢格蕾丝，因为透过那些灰色的发卷，实在太容易看到她积着皮屑的红色头皮。伦恩看得出，她已经努力把头发往后梳，再抹上发胶，希望以此盖住头皮。可在他看来，这完全是她的私人事务，实在没必要每周二上午十一点都跑来提醒他一回。和头发比起来，那双平庸的灰蓝色眼睛里流露的好心的怜悯都不那么讨厌了。他也想明白了，既然他能可怜她稀疏的头发、灰扑扑的系带鞋子、毫无性别特征的身材和寡淡平凡的脸，那么她的怜悯也算是一种抵消。

通常，伦恩都用看电视来冷落格蕾丝。为了表明自己有多不喜欢她的出现，伦恩会把遥控器抓在手里，努力用颤颤巍巍的大拇

---

1. 格蕾丝（Grace）有慈悲、恩惠之意，晚餐的便利指的是基督徒在餐前祈祷，感谢上帝仁慈赐予粮食。

指按下去，调到购物频道。脑袋空空的美国人试图向他推销痤疮膏和腰腹甩脂器，他要让格蕾丝知道，比起她“好心”的闲聊，他宁愿看这些蠢东西。不过，公平地说，伦恩并不知道格蕾丝是否真想跟他“好心”闲聊，毕竟，他根本就没跟她说过话。她只是每个星期过来，坐上半个小时，这期间，他就一直看电视，而她则面带微笑，似乎相信，只要这么简单地出现一下，就能对他有好处。

然而，这个周二，他的战术被失灵的遥控器打乱了。都怪他的女儿玛瑞安吉拉，买的什么破电池。伦恩在柜子最上面的抽屉里翻找新电池，可什么也没找到。

“上帝啊。”他喃喃道，只想让格蕾丝也不痛快一下。

就像威士忌和辣味腌洋葱一样，电池也得靠家人给他带进来。这地方就像座该死的印尼监狱，只不过没有地下市场。他很有钱，可这并不重要，反正他也没打算费力气找个肯收钱帮他走私酒的黑修女。

“要不，我给你读读报纸，或者读本杂志？住在走廊那头的米尔斯夫人就很喜欢听。”格蕾丝建议。

“去他的米尔斯夫人。”伦恩嘟囔。

“什么？”

“没什么。”

于是，格蕾丝从包里掏出一份日报，拘谨地开始朗读。

“你干吗不走开，找个文盲土著什么的读读圣经故事？”伦恩说，可格蕾丝只管继续往下读。

他觉得，她一定是专门筛选过什么可以读，什么不可以。在她的报纸里，没有犯罪，没有车祸，没有死亡，只有物归原主的失物和明星名人以慈善之名剃头修面。伦恩假装打盹。透过眯缝的眼皮，他看到格蕾丝折起报纸，放回包里。可这还没完，她还带了一本《星刊》。

“你是什么星座，伦恩？”伦恩假装打鼾。

“伦恩！”

她的声音带着一丝出人意料的情绪，伦恩一下子睁开了眼睛。

“我问你是什么星座。”

“不懂这玩意儿。”

“好吧，你生日是什么时候？”

“不记得了。”

“哦，胡说八道。”她说。

伦恩嘟囔了句什么。

“我能查到的，伦恩。”

他挑起眉毛，斜睨着她。只见她平静地伸出手，从挂在靠床一侧墙面上的小筐里拿起他的医疗册。见鬼，他忘了还有这个。格蕾丝利索地翻开医疗册，咯咯地笑了起来。

“干吗？”

“‘伦恩’其实是‘瓦伦丁’[1]的简称吧？出生日期，我看看……二月十四日？哦，难怪。”

格蕾丝咯咯笑得更欢了。伦恩抓起遥控器，幻想它突然好了，能点亮电视，让那些对减肥药丸或阳痿药物的评论感言填满房间。去他的，去他那几个被宠坏的孩子和那些价值三个肾的私立学校学费，竟然没能教会他们中间哪怕一个，花钱买见鬼的便宜电池不是正确的省钱方法。

与此同时，格蕾丝清了清嗓子。

“水瓶座。”她开始念。

---

1. 情人节 Valentine's Day 即以瓦伦丁的名字命名。

这一天余下的时间里，在格蕾丝去为米尔斯夫人或者她名单上的不知道什么人读报纸之后的好几个小时里，星座分析的话一直在伦恩的脑海中萦绕。蘑菇，毒菌，虚假的爱。那些该死的孩子没一个不盼着蹲在他的红木棺材板上瓜分战利品，比起对战利品的期待，对他的爱连一半都及不上。他只是一笔堪比该死的泰姬陵的集体财产。这是他们的问题，也是他的。

事到如今，伦恩看清楚了，问题就出在他太过公正开明。目前的遗嘱是，等到他死后，所有资产清算现金价值，包括均衡配置的股票、股权、债券和不动产，平均分给三个孩子。孩子们对此十分清楚，因此没有动力来讨他欢心。如果他把手里的牌握得再紧一点，打得再自私一点，说不定还能挑起一场拍马屁大战。现在太迟了。不过，如果想给这些贪婪的、忘恩负义的小毒菌一点教训的话，还不算太晚。

该这么做吗，还是不该？

那个玩小把戏的栏目怎么说来着？“你最信赖的人”。

伦恩伸手抓起他的无线电话，费了九牛二虎之力，重重按下律师的电话号码。

当威尔第吃完午餐，带着抑制不住的兴奋回来时，尼克·乔丹正坐在排练室的地板上，膝头摊着剧本，手里抓着半卷寿司。

“看！”她挨着尼克坐下，把什么东西塞到他鼻子底下。过了会儿，他才意识到，威尔第给他看的是最新一期《亚历山大公园星刊》的封面。“是我，是我！两个我。”

“嘿！”尼克说，“你看上去真棒。”

“是吧？”

的确是。她的双面镜像点亮了《星刊》的整个封面。翻开内页，尼克看到了第三个威尔第，不带感情色彩版的，这次是全身照。她穿着一件绿色长衬衫，配灰色紧身裤，反身坐在一把靠背椅上，赤着脚，双臂交叠，下巴搁在手臂上。她双眼直视前方，目光微微勾人，无所畏惧。大标题写着《养眼：新人一面》，下面是作者署名：嘉斯汀·卡麦可尔。

仅凭开头两段，尼克就看出，嘉斯汀精准地抓住了自己这位搭档的神韵，让读者窥见了这位年轻演员初生牛犊不怕虎的高傲，同时对她的大好天资深信不疑。

对尼克来说，与威尔第相处是种困扰。前一分钟，她可以成熟得令人难以置信，下一刻，她的自制力就可以瞬间蒸发，像个讨糖果的八岁孩子。他们的导演汉密尔顿说得一点不错：就像是有人把米妮鼠和特洛伊城的海伦一并塞进了一个十五岁女生的身体里。

“她写得真好。”威尔第说。

“向来如此。”尼克莫名感到一阵小小的骄傲。

才读到一半，威尔第就把杂志从他手里拽走了。

“怎么，不能让我读完吗？”他问。

她叹了口气，“唔，那你能不能，呃，快一点？我还想给其他人看。”

“好，好，”他说，“我晚些再读这篇。不过，趁你还没拿走，能不能让我先看看我的星座？”

“你的星座？”

“我的星座。”

“你想读你的星座？”威尔第说着抱紧了她的杂志。

“是的。”

威尔第大声嚼着口香糖，权衡局势。

“要是你能猜出我是什么星座，一次猜中，那就行。”她说。

尼克想了想，并没耽搁太久。她善变、多才多艺、活力十足，对她来说，练完街舞就排戏，排完戏接着投入游泳训练什么的，完全不是问题。自从做完星刊的访问，她就乐此不疲地向所有人宣告，那位记者是尼克的老朋友。他还记得她说到“朋友”这个词时那种意味深长的腔调，就是这种腔调让他既困扰又高兴，两种情绪势均力敌。

“双子，”他十分笃定自己的判断，“信使。”

“哇噢。”

尼克得意地伸手去拿杂志。

“我读给你听。”威尔第打定了主意，一屁股在他旁边坐下，“什么星座？”

“怎么，猜不到吗？”尼克逗她，“我可猜出了你的。”

威尔第思考着，咀嚼声更大了。

“我有点想猜白羊座，可就白羊来说，你有点太怪了。无意冒犯哦。嗯，还有点想猜双鱼，可你又不像双鱼那么怪。这样的话，我想，你大概是——水瓶座？”

尼克眨眨眼，难以置信。

“我猜对了，是不是？”

“说白羊太怪，说双鱼又不够怪，你就是这么猜出来的？”

“是啊，哎呀，你对感情有点迟钝，这也是一个理由。”

“不好意思，什么？”

“知道吗，”威尔第说，“有时候你还挺不用脑子的。”

“不用脑子？”尼克说，“不用脑子，怎么个不用法？不用脑子，什么时候？”

“比如跟劳拉在一起的时候。”

“跟劳拉怎么了？”尼克说。

威尔第做了个“瞧我怎么说来着”的鬼脸，“她就没让你想起别的什么人？”

“你想说什么？”

“哦，上帝啊，你真是没救了。”威尔第说。

尼克怒火上冲，可转念一想，她还是个孩子，能懂什么。

“我以为你在给我念星座。”他努力克制住怒气说。

“噢，对，是的。”

威尔第立刻进入角色念起来，仿佛化身一位梦幻的、神经兮兮的星相师，说起话来含含糊糊。

尼克专注地听着。当听到“心灵的十字路口”时，他感到小臂上有鸡皮疙瘩微微隆起。里奥提醒他，警惕虚假的爱情，要确定自己能分辨蘑菇和毒菌。

“那么，”威尔第任杂志在膝头合拢，眼睛闪闪发亮地看向尼克，“你对菌类了解多少？”

巨蟹篇

♋

六月底，当北去的太阳高悬在巨蟹回归线[1]上方时，南半球正瑟瑟发抖地度过全年最短暂的白天。红酒在炉子上静静温热，肉桂、八角茴香、丁香和肉豆蔻的香气盘旋交缠，火焰军团升温，蜡烛点亮，人类跟随季节的脚步寻觅摇曳的火光，温暖自己，度过这最长的夜。

太阳远离伊夫林塔的屋顶已经很久了，嘉斯汀靸着拖鞋，身穿羊毛开衫，正在整理倒在桌上的一大堆干净衣服。手机在乱糟糟的衣服堆下面响了起来。等她终于从一堆袜子、内裤和睡衣中把手机翻出来时，铃声已经来回响了好几遍，她刚好赶得及接起来。

“喂？”

“转身。”有人在说话，是个男人。

嘉斯汀皱起眉头。“奥斯汀？是你吗？”

这像是她弟弟会干的事情。

“只管相信我。”电话那头说。不，不是弟弟，听到这里，嘉斯汀断定。“转个身。”

嘉斯汀不想照这个声音说的做，可不知怎么的，还是照做了。

---

1. 即北回归线，最初因自太阳直射北回归线时（北半球的夏至日）恰好行走到巨蟹宫而得名。相应地，南回归线又称摩羯回归线。由于星体运动，如今南北半球的夏至日与太阳所处宫位已有变化，但说法沿用了下来。

她转过身。眼前只是她的起居室：奶油色的沙发，折起的小地毯，精心摆放的靠垫，咖啡桌上放着书，电视关着。

“好极了，非常好。现在，往阳台走。”

“当真？”嘉斯汀说，“你是谁？”

“只管往你的阳台上走，行吗？”

理智：嘉斯汀，你看过恐怖电影吗？

嘉斯汀：是，我知道。不过你觉得会是谁？你不想知道吗？

理智：你知道那个穿漂亮连衣裙的傻姑娘吧，非要走到呼啦啦飘个不停的窗帘旁边那个？下一个就是你了。

嘉斯汀：你能闭嘴吗？

理智：只是想提醒你当心，我的朋友……

“抱歉，你是谁？”

“看。”

隔着她的法式落地玻璃门，越过她阳台的模制水泥边，在狭窄的楼宇间隙那头，站在对面公寓小阳台上的，是尼克·乔丹。嘉斯汀推开玻璃门，迈步走进这一年里最漫长之夜的寒冷空气里，大笑起来，声音轻而易举地跨越了两栋楼之间的距离。

她不假思索地开口道：“你是什么人，这样躲躲闪闪地在黑夜里偷听人说话？”

尼克立刻接上：“背负着这样一个名字，我不知该怎样告诉你我是谁，这样一个名字，敬爱的神啊，连我自己都憎恨，因为它是你的仇敌。若是将它写在纸上，我也会把纸撕得粉碎。”

他穿着宽松的运动长裤、松垮的套头衫和雪地靴，嘉斯汀能想象他窝在沙发上消磨冬日星期天的样子。她能想象，在冬日的星期天，窝在沙发里，把头靠在他胸膛上的感觉。

“自你舌尖吐出的字眼，装进我耳朵里的还不足一百，可我认识这个声音。你难道不是罗密欧，蒙太古家的人吗？”

“若是你不喜欢，美丽的姑娘，那就不是。”

嘉斯汀双手撑在臀后，不再只管背台词，开始了解情况：“你怎么在这儿，跟我说说，怎么回事？”

“好吧，我住在这儿。”尼克说。

“你是我的新邻居？”

“看来是这样。”

嘉斯汀知道有人租下了这套公寓，过去几周，每当她偶尔瞥向窗外，都能看到有人生活的痕迹。屈指可数的几样家具都放在了起居室里，一个晾衣架出现在小阳台上。最棒的是，嘉斯汀注意到，这位新访客一入住就立刻投资了一幅浴帘。可在此之前，她都没见过有人出现在那屋子里。

尼克说：“刚开始我还在想，哇噢，那姑娘看着真像嘉斯汀。然后才想到，什么啊，那就是嘉斯汀。”

“你看，这些巧合……开始有点古怪了。”嘉斯汀说，尽管觉得这样引用里奥的用词“巧合”无异于在冒险。她暗暗提醒自己，别说什么“蘑菇”“毒菌”，别露出任何读过《凯瑟琳·曼斯菲尔德作品集》的迹象。

“话说，你对《罗密欧与朱丽叶》到底有多熟啊？”尼克问。

“零零星星知道一点。”

“这不是胡说么？”

“也许吧。”嘉斯汀承认。

“你忘记过什么吗？”

“重要的没有。”她说。

片刻的沉默。月亮藏在城市上空厚厚的大气层背后，没有显露真容，只透出昏暗的光。

“嘿，威尔第那篇采访，写得棒极了。”尼克说。

“你看到了？”

“当然。她说我们拍宣传照那天你就在剧院。”

“是的。”嘉斯汀说着，裹紧了身上的羊毛开衫。

“你都没来打个招呼，”尼克说，“跟我打招呼。”

“噢，我……你那会儿在忙。”

“没那么忙，你知道的，”他说，“如果是你来。”

理智：嘿，这是不是……有点儿调情的味道？

嘉斯汀：不可能，他有女朋友。

理智：随你怎么说，我可不那么确定。

不知该怎么回答，嘉斯汀转移了话题。“怎么样，喜欢你那边的景色吗？”

两人一起转头，就着两栋建筑的空隙，朝亚历山大公园的方向望去。这狭窄空隙的尽头，是一盏路灯和一小段公园的锻铁栏杆，栏杆背后有一些树，彩灯挂在它们光秃秃的枝干上，一闪一闪的。

“要论性价比，这套公寓可真够贵的。”尼克说，“我都不敢想，要是住临街的房子，得是什么价钱。”

“风景还是有，虽然算不上好的。”嘉斯汀说，“关键是，你得知道上哪儿去看。”

“你知道？”

“你要有兴趣的话，回头告诉你。”

一阵熟悉的铃声突然响起，嘉斯汀低头看手机。不是她的，是尼克的。

他抱歉地说：“我得接一下。”

“当然。”

“也许……不知道，你愿不愿意什么时候再跟我对对台词？”尼克问，他的手机还在响，“就阳台对阳台这样？”

“十分乐意，”嘉斯汀说，“随时。你知道怎么找我。”

“回头见，邻居。”

“晚安，晚安。”

尼克没有说“离别是如此甜蜜的哀伤”，就这么转身进了自己的起居室，留下嘉斯汀，站在被城市阻隔的黯淡月色下。

直到第二天早上七点以前，嘉斯汀都没有真正意识到，尼克·乔丹成了邻居，会给她带来多少困扰。此时此刻，嘉斯汀双手叉腰站在昏暗的起居室里，才发现，从今往后，就连窗帘都成了大问题。

已经成为问题中心的这些淡绿色花缎窗帘还是弗勒·卡麦可尔留下来的，从她本人住在这里时就有了，一直沿用至今。嘉斯汀知道自己应该拉开窗帘，就像她在过去每个工作日里这个时间做的那样，平平常常地随手一拉。可现在，事情没那么简单了。要是尼克觉得她在偷窥呢，或是在发出聊天的邀请？也许她该再等等，等到，怎么说，七点半？

傍晚也是一样的问题。拉上，还是不拉？什么时候拉？还有周末。要是在不正常的时间拉上窗帘，尼克说不定会觉得她躲在屋子里干什么奇怪的事。可要是不拉，他也可能觉得，她想要让他看到自己在做什么，无论大事小事，无论奇怪与否。嘉斯汀真希望世上有这么一本礼仪书，上面写着如何开关窗帘的标准操作，某种法典，只要尊奉而行，她的窗帘操作就不会被解读成奇怪或不得体。

上午过半，嘉斯汀坐在办公室里，还在苦苦纠结窗帘的问题。

杰瑞米出现在门口，一副头疼的样子。

“麻烦啊。”他宣布。

“什么麻烦？”嘉斯汀心虚地关掉一个题为《你是窥窗者吗？》的网络测试。

“你没听到？”

嘉斯汀把耳朵拉回到办公室外的现实世界，立刻意识到，的确有些动静。是洛玛的声音，一会儿高一会儿低，多数时候是抬高的。嘉斯汀只能捕捉到相对清晰的零星字眼，比如说，“顽固”和“无知”，“福利”和“衣物柔顺剂”。显然，有人正在承受可怕的沙普尔斯小姐暴风骤雨的那一面。

“她在冲谁嚷嚷？”嘉斯汀问。

“小亨利。”杰瑞米不得不承认，“她讨厌他。”

“你不是早就料到了吗？”

“我以为她会当他是只蚂蚁或者跳蚤，或其他什么不屑一顾的小玩意儿。”杰瑞米说，“我还真有点担心她会抡起拐杖揍他。”

“他跟她说什么了？”嘉斯汀努力忽略其中的滑稽之处。

“大概是福利金超额偿付款的取缔问题之类的吧。”

“噢喔。”

“不过，现在的麻烦是，”杰瑞米深深叹了口气说，“他今天本来应该开车送她去潮汐池餐厅，她要在那里做一个午餐采访。”

洛玛的脚踝骨折了，没法自己开车。

从决定买一辆新的丰田卡罗拉代替被撞毁的凯美瑞那一刻起，杰瑞米就打定主意，只要是星刊的车，就绝不允许拉多斯劳坐上驾驶座。

“她不能搭出租去吗？”嘉斯汀问。

“可以是可以，”杰瑞米说，“只是她毕竟还拄着拐杖，我想还是有人陪着好一点。”

“你想让我去？”嘉斯汀恍然大悟。

“我知道，亲爱的，这是助理的工作。要不是觉得事情实在重要，我是绝不会开这个口的。我都不知道，究竟该担心可怜的亨利从此留下心理阴影，还是洛玛会气出个好歹来。”

“你刚才说，潮汐池餐厅？”嘉斯汀拉着脸问。

“那家餐厅换老板了，”杰瑞米施以利诱，“海鲜杂烩汤棒极了。对你来说也是个机会，可以看看洛玛是怎么工作的。看一看，学一学，嗯？我们可以把这看作职业发展的准备工作。你说呢？”

“她要采访谁？”

“艾莉森·塔夫。”

“那位戏剧导演？”

“就是她。”杰瑞米确认。

“采访什么？”

“她的新戏剧公司。”

嘉斯汀考虑了会儿，然后站起身，伸手拿起围巾和外套。“成交。”她说。

潮汐池餐厅坐落在港口附近一个半工业区的圆形小楼顶层，小楼矮墩墩的，粉棕色墙面，底楼有罗马式拱门。拱窗外是棚屋、缆柱、集装箱和船只，全都安放在冬日大海的背景里。午餐时间的客流很稳定，但远不至于繁忙。

艾莉森·塔夫是个高个子女人，年纪和洛玛差不多大，皮肤上烙下了日晒的伤痕，凌乱飘飞的白发隐约透出蜂窝式发型的影子，那是上世纪六十年代她在演艺界横空出世时最具标志性的形象元素之一。嘉斯汀对艾莉森很熟悉，好吧，全世界大概都知道她，曾经在那部澳大利亚经典船难电影《破碎》中扮演勇敢的年轻女囚伊丽莎。她已经很久没演戏了，无论是在舞台还是银幕上，而且近期也没有任何接受新角色的打算。她说，现阶段最大的兴趣在于导演，此外，创建新戏剧公司的工作更是耗尽了她所有的精力。

“另类莎士比亚？”洛玛毫无热情地问。她的手腕包扎得厚厚的，搁在桌上摊开的记事本旁边，看上去有些古怪，仿佛跟身体没什么关系。“为什么叫这个名字？”

艾莉森·塔夫干脆利落地从她的小圆餐包上揪下一小块。

“因为我们会从出人意料的全新角度演绎莎士比亚戏剧。”她同样冷淡地说。

洛玛在本子上潦草地画下几个速记词。“可为什么还要排演莎士比亚呢？”她追加压力，“他已经死了四百年了。为什么不排演一些澳大利亚新秀剧作家的作品呢？”

这些问题是刻意的挑衅，夹在这两个女人中间，嘉斯汀不能确定，究竟是因为洛玛真心不喜欢莎士比亚，还是说，她的确只是在试图挑起话题。

“戏剧作品不是非此即彼的游戏，”艾莉森说，“一部戏在一个舞台上演，并不意味着就不能登上其他舞台。另类莎士比亚要做的是培养观众，不是抢夺观众。”

“我看到，你们打算在即将到来的十二月登场亮相。是哪一部？历史剧？喜剧？”

“我们的第一部戏是《罗密欧与朱丽叶》。”艾莉森说。

洛玛·沙普尔斯扬起眉毛，“我没弄错的话，亚历山大公园剧院已经排好，要在今年公演这部戏了。”

“我们的显然会很不一样。”艾莉森说。

也许是餐桌上的气氛太紧绷，才会让嘉斯汀做出后面的举动。当然，也可能只是她的理智暂时离岗了。

不管怎么回事吧，总之，听到自己的声音说出“很明显，罗密欧是双鱼座”时，嘉斯汀的惊讶不比洛玛或艾莉森少。

洛玛坐在椅子里转过身来，紧盯着嘉斯汀，一脸难以置信。

“一派胡言。”洛玛说。嘉斯汀羞愧得手足无措。

“对不起。”嘉斯汀讷讷道，双颊快烧起来了。她不仅打断了洛玛的采访，还用了这样一句可能是她这辈子说出的最古怪、最不专业的话。

“罗密欧，”洛玛专断地说，“是巨蟹座，如果真有这么个人的话。”

艾莉森·塔夫严肃的面孔一下子高兴起来。“知道吗，”她说，“我也一直这么想！我知道有人会不同意，可我当真觉得，朱丽叶也是巨蟹座。”

“不同意？”洛玛是真的感到惊诧，“我以为这是显而易见的事。敏感，情绪化，他们两个都是。”

“而且还都那么黏人。”艾莉森补充。

嘉斯汀惊呆了。眼前这些是真实的吗？

是。

“但很忠诚。”洛玛接着说，“我们巨蟹座什么都没有，就是不缺忠诚。”

艾莉森咧嘴笑了开来，比了比洛玛的石膏说：“你连壳都套上了。我就太傻了，把我的落在了家里。”

洛玛双眼发亮。

“你生日是什么时候？”

“七月三号。”艾莉森说。

“我也是！”洛玛说。

两个女人大笑起来，举起酒杯碰了碰。接下来，话题走向就一去不复返。她们聊起了许久以前的某个七月三号，那一天，这座城市的大街小巷都积起了雪。要知道，雪花绝少出现在世界的这一隅，以至于几乎成了传说中的角色。

“那是我十二岁的生日。”洛玛说，“妈妈让我留在家里，不用去上学。”

“我十岁，在前院堆了个雪老鼠，那点雪都不够堆个雪人的。”艾莉森接着说，“我们和朱利安·阿桑奇是同一天生日，你知道吗？”

“典型的巨蟹，如果真有这么一说的话。”洛玛说。

“汤姆·克鲁斯就没那么像。”艾莉森说。

“可我们有卡夫卡！他是我们这款的，你不觉得吗？”洛玛问。

艾莉森点头，“难以捉摸，神秘莫测，有创造力。”

这个话题持续了好一阵子，嘉斯汀感觉自己像坐在网球赛场边的观众。直到艾莉森和洛玛的部落联盟经过勘察，得到确认了，一阵心满意足的小小沉默才降临桌面。

终于，嘉斯汀冒险开了口：“知道吗，洛玛，我有点惊讶。我从来没发现你是个喜欢星座的人。”

洛玛微笑着，和艾莉森交换了一个同谋的眼神，好像她们从来没有（其实就在十分钟前）为了文艺复兴戏剧的当代价值问题剑拔弩张似的。

“我想，你会发现大多数人都有点罪恶的享受。”洛玛说。

“读爱情小说？”艾莉森提供选项。

“在小孩子的派对上偷吃彩糖蛋糕？”洛玛说。

“听卡朋特？”艾莉森说。嘉斯汀暗自怀疑这个特别选项并不完全是随机出现的。

“我自己嘛，就是对星星有点无害的小小偏好。”洛玛说。就算听到她这位出了名最可怕的同事说自己周末爱好跳莫里斯舞，嘉斯汀大概也不会感到更惊讶了。

嘉斯汀说：“可星座实在是太……”

“不科学？”洛玛提示。

“没逻辑？”艾莉森说。

“噢，是的。”

“也许这与愿望有关，”艾莉森做梦般地说，“想要进入一个不同的空间，一个运转着不同规则的空间。”

洛玛说：“对我来说，承认有某种力量在影响我们也是一种方式。每一分每一秒，它们指引我们做出幸运的选择，或判决我们的计划归于失败。所有的决定、行动和应变，都逃不开一张由各种冲突力量织成的巨网。”

“可是——”嘉斯汀张嘴。

“占星术提供了一种让人安心的幻想，好像这些外在的力量能够被知晓。”艾莉森说，“与此同时，也提醒我们，它们远高于我们，远比我们强大。”

“一个神秘领域。”洛玛补充。

“只需要一点点的，”艾莉森说，“魔法。”

那天下午，开车回星刊的路上，嘉斯汀感觉自己仿佛驾驶着承载白日梦想的太空舱，穿行在这座城市的街巷间。车内温暖宁静，洛玛坐在乘客座上，似乎迷失在自己的思绪中。膝头合着的笔记本里记录着她第二次尝试采访艾莉森·塔夫的成果。这一次要成功得多。

“我所追求的，是各种戏剧形式与传统的大胆融合。”一旦提起了兴致，再谈到她的项目，艾莉森就激情洋溢起来，“我希望所有人都能参与进来，任何人，从歌剧演员到音乐剧明星，只要能为这个尝试带来点什么。有位日本的能剧演员，我正在尽力邀请。一个英语单词都不说！我想要电视明星、摇滚歌星、木偶剧演员、饶舌歌手……”

也许，还有真正的演员，嘉斯汀想。午餐结束前，她觑了个空儿，单独跟导演聊了几句。

想象着尼克接过艾莉森·塔夫的名片，听到自己说出“她在等你电话”时可能出现的表情，嘉斯汀悄悄笑了。

接下来的日子里，嘉斯汀没能找到现成的窗帘使用规范，只能自己发明了一套“窗帘行为准则”。具体内容如下：工作日早晨七点十五分拉开，晚上回家就关上，无论几点；周末起床就拉开，下午五点二十五分关上。嘉斯汀意识到，这样可能最符合她的东部时区礼仪准则。等夏令时实行时，她会再做调整。

不过，嘉斯汀也明显感觉到，尼克并没有相应准确的时间表。他似乎从来不拉窗帘，不管白天还是黑夜。大多数晚上，当嘉斯汀透过法式玻璃门望向他的公寓时（当然是无意的），总会发现那里一片漆黑。偶尔也能看到房间里亮着灯，却不见有人走动的迹象。

一天傍晚，再一次无意中瞥向隔壁公寓时，嘉斯汀看到一个黑发的苗条女子，正在向两名送货员比画，应该把一张看起来非常舒服的双人沙发放在哪里。嘉斯汀一眼就认出了这个女人。于是，她往旁边闪开一步，躲到绿色花缎后面，轻轻把窗帘往后拽开一点，好在窗帘和窗框间留出一条缝，从中窥看一二。

威尔第说得没错。就算穿着再普通不过的深蓝色牛仔裤和蝙蝠袖T恤，就算头发只是随意在脑后挽成个乱糟糟的髻，脸上不施粉黛，劳拉·米切尔还是美得惊人。

怀着罪恶感，嘉斯汀情不自禁地一直看着，看到送货员都走了，劳拉跪在地板上，撕开一卷地毯的塑料包装。地毯卷得很紧，被她一推就滚动着展开了，小麦色，长毛绒，刚好铺在新沙发的脚边。看起来，尼克不在公寓里。

当劳拉消失在窗框外时，嘉斯汀知道，这是拉上窗帘、停止偷窥的最佳时机。可她一直磨蹭到劳拉回来，看着她抱来一堆色调淡雅的抱枕，将它们放在沙发上，试了好几种摆法。终于满意后，劳拉又用她的赤脚抚平了地毯的褶皱。然后，她抬手拆开发髻，任黑发垂落，披散在肩头。嘉斯汀看着劳拉窝在沙发里伸了个懒腰，小心翼翼地安置她的四肢，就像先前布置靠枕一样。

嘉斯汀知道，该转开视线了。可还不等她有所行动，劳拉就起身走到窗边，不知怎么的，她似乎察觉到了嘉斯汀的存在。劳拉的目光穿过玻璃窗，跨过楼宇间的空隙望过来。嘉斯汀僵住了。

嘉斯汀：见鬼！她能看见我吗？

理智：噢，你闭着眼睛的话，我也很难知道，不是吗？

不知道尼克有没有向劳拉提起过他的邻居是老熟人这回事？尼克到底有没有向劳拉提起过嘉斯汀呢？如果提起过，嘉斯汀的存在是不是也会给劳拉带来哪怕最轻微的困扰？嘉斯汀很怀疑。她一动不动地站了几秒钟，屏住呼吸，注视着劳拉合上窗帘，消失在帘后，这才松了口气。

嘉斯汀猜想，尼克大概很快就会回到家里迎接这份惊喜了：新沙发、新地毯、新靠垫、优雅美丽的女朋友。嘉斯汀还猜想——想到这里，她感到一丝妒忌的小小刺痛——崭新的长毛绒地毯能免去尼克和劳拉费劲转移到卧室去的麻烦。她的心一点点下沉，很清楚，所有那些星座、蘑菇、毒菌和凯瑟琳·曼斯菲尔德什么的，面对此情此景，都注定要败下阵来。

又一个星期过去了，艾莉森·塔夫的名片一直立在嘉斯汀厨房台子上的咖啡罐边，等待着。一个风雨交加的黄昏，嘉斯汀冒雨穿过公园，回到了伊夫林塔十二楼。她的头发湿答答地粘在前额上，仿佛一条条老鼠尾巴，双脚在低跟鞋里一步一响，吱吱嘎嘎。

在包里翻找钥匙时，她想起，有那么多个夜晚，她是那样期望这扇门里会是一间温暖的屋子，有做好的晚餐和生活的气息，而不是冷冰冰、空荡荡的公寓间。今天也算是一个这样的夜晚。

所以，当她推开房门，发现屋里亮着灯，空气里满是炖肉浓香时，感觉好似魔法降临一般。这个味道，不会错的，是妈妈拿手的摩洛哥式炖小羊腿。远处，一大捧白玫瑰插在餐桌上的花瓶里，笑声从厨房里飘出来。

“妈妈？”

“噢，她回来了。”嘉斯汀听到有人说了一句，然后是，“嗨，宝贝！”

曼蒂·卡麦可尔喜气洋洋的矮小身影出现在厨房门口，脚上只穿着袜子，挟裹着一股新款香水味。一条茶巾拦腰系在她闪亮的晚装连衣裙外，权充围裙，她手里还端着一杯起泡酒。

“噢，我的天啊，你都湿透了。”她说。

曼蒂单手扒下嘉斯汀湿透的外套，还是用这只手，耙了耙女儿的头发，对自己的成果十分满意，又吻了吻嘉斯汀的面颊。“糟糕，我把口红弄你脸上了。”她说着，熟练地用大拇指用力擦了擦嘉斯汀的脸。“好了，来看看谁在这儿。真不敢相信，你竟然没告诉我，你这丫头。就住在隔壁楼！”

在嘉斯汀的厨房里，倚在柜子上、手里端一杯起泡酒的，是尼克·乔丹。

“嘿。”尼克说。他还穿着那件松松垮垮的套头衫。

曼蒂张罗着翻出第三个玻璃杯，倒上酒，递给嘉斯汀，说：“你想得到吗？我到阳台上浇你那些快干死的可怜的花花草草，竟然看到对面阳台上站着一个人，不是别人，就是尼克·乔丹！他生下来时我还抱过他呢，瞧瞧现在长多大了。”

“嗨，邻居。”嘉斯汀说。

“真是抱歉，孩子们，”曼蒂接着往下说，把脚塞进她闪亮的高跟鞋里，“我约了几个女伴吃晚餐，再不走就要迟到了。亲爱的，我给你做了小羊腿，不过还得再炖半个小时。”她拈起长长的黑玉耳环往耳朵眼儿里穿，“食品柜里有粗燕麦粉。你干吗不问问尼克要不要留下来一起吃饭？这些够一支军队吃的了。你知道，尼克，我得看着她。她简直就不吃东西，可以一整天都想不起来吃一点。”她解下茶巾围裙，把头发抖抖松。“这种事就从来不会发生在我身上，太糟了。”她拍一拍屁股，示意自己说的是什么，“真抱歉，尼克，亲爱的，我必须走了。下次等我们进城，”她停下来补了一层口红，双唇左右交错一抿，“一起吃顿饭，嗯？”

尼克张了张嘴，可曼蒂还在继续：“德鲁看到你会非常高兴的。我还想听听你们的近况，所有的事。千万记得代我向你妈妈说我爱她，行吗？”

尼克试图插进一句回应，却只弄得自己活像一条金鱼，最后只得放弃。嘉斯汀得意地窃笑，要在曼蒂·卡麦可尔的演说中找到空隙插进话去，需要把握住最完美的时机。这个，尼克可不在行。

“你知道，我都数不清有多少次了，心里念着一定要给乔打个电话，可转过头就觉得时间太不合适，然后就想，晚一点再打吧。可很显然，晚一点也永远那么不合适。告诉她，我很抱歉自己是这样一个差劲的朋友，好吗？”尼克点头作答。

“见到你真是太好了，尼克，你看起来棒极了。”曼蒂说，“我简直不敢相信，就住在隔壁楼！她压根没跟我提起过。我开始怀疑，她是不是还有什么藏着没说，嗯？好了，我得走了。”

她给了嘉斯汀一个告别吻，再留下一个口红印，又探身在尼克面颊上留下一个唇印。

“我回来得晚，我的小姑娘，估计咱们要明天早上才能再见面了。我会准备早餐的，没问题吧？我跟你说，尼克，这姑娘从来不吃东西。我真得走了，再见！”

曼蒂一离开，嘉斯汀就觉得厨房变成了狂风肆虐过后的沙漠。她想象着那画面，风暴突然止息，漫天飞舞的树叶和细枝打着旋儿落到地面上，留下一片空洞而又尴尬的沉默。

“她一点儿都没变。”尼克找了个话题。

“的确。”嘉斯汀说。

眼看话题无以为继，尼克说：“那个，工作怎么样？在忙什么新的大报道吗？”

“这个月没有。”嘉斯汀说。话音落地，沉默再次笼罩厨房。

“今天真是刺激啊。”

“是啊，不过我想雨已经停了。”

“至少你这里很温暖，我那儿简直就是个冰窟窿。”

嘉斯汀冒险试探：“在这儿你绝对受欢迎。留下来，一起吃顿晚餐吧。”

“我很想，”尼克说，“真的。可再过半小时就要排练了。这就是半职业剧团的一大坏处，不得不在周末和夜里进行排练。”

啊，嘉斯汀想，当然。这就是他很少在家的原因了。

“说到戏，”嘉斯汀拈起艾莉森·塔夫的名片说，“我有东西给你。”

尼克接过去，眯缝起眼睛看上面小小的印刷体。“艾莉森·塔夫？那个艾莉森·塔夫？”

“是的。”嘉斯汀说，“我上周见过她，因为工作。”

“那……？”

“她正在组建一家新公司，名字叫‘另类莎士比亚’。接下来的一两个月里，她会着手组建核心团队。希望你不会介意，我跟她提到了你，说了你在演罗密欧的事。她的原话是，‘我很期待接到他的电话。’”

这一幕，嘉斯汀在脑海中演练过很多次，可如今身在其中，却有一种暴露了什么似的尴尬，好像越过了某种看不见的边界。

尼克一言不发，只是看着手里的名片。

“我是说，如果你不……”嘉斯汀开口说，“如果这不是你想……我只是觉得可能……”

“瞧，你真的很有心，很美妙的想法。”他说，“而且是艾莉森·塔夫，哇噢。我很想和艾莉森·塔夫一起工作，可是……”

“可是？”

尼克深吸一口气，“我答应过，答应过我女朋友，等《罗密欧与朱丽叶》演完，就去找份稳定的工作。”

“噢。”嘉斯汀说。

“劳拉是摩羯座，上升还是狮子座。所以，你一定能想象她的口味是什么样的，穿衣打扮、红酒、珠宝什么的。”还有地毯，嘉斯汀心想，还有沙发。

“抱歉，嘉斯汀。”尼克说，“真的谢谢你这么有心，我是说艾莉森·塔夫这件事。要是能参加她的试镜，那我就太幸运了。”

嘉斯汀点点头，转过身去背对他，免得忍不住流露出失望的神色。她戴上隔热手套，掀开曼蒂那个超大号酷彩炖锅的盖子。

浓稠的肉汁在锅里被文火慢慢煨着，散发出令人垂涎的香气。

“我明白，”嘉斯汀说着，拿起木勺无谓地戳了戳羊腿肉，“你做出了承诺。”

“说到承诺，”尼克说，“你答应要给我看的秘密风景，现在能看吗？”

“什么……现在？”

“我还不用这么快就走，嗯，还有一刻钟。”

嘉斯汀盖好锅盖，想了几秒钟。“可能会有点冷。”

“拜托？”他说着露出当年那个尼克·乔丹的笑脸。这笑脸可以一直追溯到二年级，那时候，每当她的午餐盒里还有一块弗雷多青蛙巧克力，而他只剩下一堆胡萝卜条时，他就会露出这样的笑。

很难相信弗勒·卡麦可尔从来不知道这个屋顶的存在。不过，嘉斯汀小时候在伊夫林塔度过了那么多个夏天，祖母从来没有带她上来玩过。

通往楼顶的门不太显眼，藏在十二楼楼梯间的一处凹壁里，刷着和墙壁一样的奶油色，只有一个小小的钥匙孔，没有门把手。嘉斯汀猜测，弗勒大概一直把这地方当成那种堆拖把、扫帚和破梯子的杂物间了。

嘉斯汀搬进这套公寓时，父亲给了她一大串钥匙。一把是开公寓楼大门的，一把是开她自己家前门的，一把是开阳台法式对开玻璃门的，至于其他钥匙的用途，都是谜。后来，在一个无所事事的星期天，嘉斯汀发现其中一把可以打开这扇楼梯间的门，而门后，是一段笔直陡峭的铁楼梯。

今晚，楼梯间的空气寒冷沉静，就在嘉斯汀推开楼顶门的刹那，一阵冰冷的风迎面扑来。无论是她身上的长袖衬衫还是薄薄的针织背心，都再也无法提供任何保暖的功用。

“老天，”尼克紧跟在嘉斯汀身后爬上了屋顶，“这儿真是太棒了。”

事实上，屋顶只是一片水泥地，被傍晚的雨水冲刷得溜光闪亮，仅此而已。屋顶上所有的设施，也就只有一个歪歪倒倒的升降式旋转晾衣架、两个空荡荡的花槽和一盏灯泡碎掉的泛光照明灯。真正叫人印象深刻的是景色，有城市，有河流，甚至还有远处山坡上明灭忽闪的灯光。

“跨年夜我经常上来看烟火，”嘉斯汀说，“而且，这里还是观赏亚历山大公园电影节的好位置，只是太安静了些。”

她告诉尼克，自己早就想把这地方收拾收拾了，配上户外桌椅，在花槽里种些香草鲜花。可直到现在连个灯泡都没顾得上换。

嘉斯汀站在屋顶微微发抖。尼克几乎不假思索地拎起自己的领口，一把脱下套头衫递给她。他贴身只穿了一件短袖T恤，嘉斯汀看见他的胳膊上立刻被寒意激起了鸡皮疙瘩。

“不，别，”她推辞道，“我没事，真的。”

“别傻了，你明明很冷。”尼克说。

那是件柔软的灰色套头羊毛衫，还带着尼克的体温，散发着淡淡的白檀香味道。

“还有别人上来吗？”尼克问着，用脚步丈量靠公园一侧的屋顶边长。

“从没见过其他人。”嘉斯汀说，“顶多偶尔有一两只鸟。”

“那这里可以做的东西就太多了。”尼克说。

嘉斯汀看着他测试晾衣架的摇柄，试着拉一拉松弛的铁丝，在泛光照明灯旁蹲下来，研究它的用法。嘉斯汀感觉到，眼下似乎是个安全的距离，可以舒服地说一点或许有些太私人的话，于是深吸了一口气。

“尼克，你明白自己做出的那个承诺是什么吗？答应你女朋友的？你瞧，那天我看过你在舞台上和威尔第的排练，也见过你小时候在舞台上的样子，再说到读书的时候，你知道吗……你总是……你就是……比其他人更有光彩。那是老天送给你的礼物。”

他向她走来，手里拿着泛光灯的灯泡残骸。

“光彩？”他轻轻笑了一声，“我给你找个新灯泡怎么样？当作是我送给这个屋顶的礼物。”

“谢谢。”她不愿让话题就这样溜走，“其实你知道我说的是什么吧？”

嘉斯汀抬眼望向他的脸，那上面的神情竟如此脆弱，倒叫她窘迫起来。

“嘉斯，你要怎么知道……”他只说了几个字就咽了回去，又重新起头，“我是说，你要怎么才能相信，听从内心的召唤是正确的？就像你和你的写作。你是个才华横溢的作者，却也只能等待，现在还在等。你是怎么保持信心的？”

如果是其他人问，无论谁，嘉斯汀大概都能说出些谨慎明智或鼓舞人心的话。可提问的是尼克，她感觉自己的脑子退化成了一堆乱糟糟失去活力的突触，只好无奈地耸了耸肩。

尼克叹了口气，“上个月，里奥说……”

听到里奥的名字，嘉斯汀的心立刻活了过来。

“我知道，我知道，你不信星座的。”他说，“不过就让我说说吧。他预测我会来到一个十字路口。他还说，如果能像分辨毒菌和蘑菇一样轻松分辨真爱与虚情，难道不是很好吗？”

嘉斯汀听到耳朵里血管飞快搏动的声音，可她还是告诫自己，保持冷静，安静，让尼克多说一点。她等待着，耳朵里充斥的都是这座城市夜晚车来车往的声音，还有对面公园里呼啸穿梭在最古老高大的树木枝叶间的风声。“好吧，我是个怕蘑菇的怪胎。”他终于开口了，“哪怕再过一百万年，我也绝不会吃一口自己从地里找到的东西，森林里的也不行。知道我的意思吗？因为我就是那种不小心吃了毒蘑菇，结果进医院洗胃的笨蛋。我不确定，有没有这样一个人，既真心爱你，同时又竭尽所能想把你变成一个完全不是你的人？”

起作用了，嘉斯汀意识到，她的星座分析绝对起作用了。

裹在尼克这件有些过大的套头毛衣里，她几乎不能相信，那段文字是真的、实实在在地、恰到好处地将怀疑的种子撒下，埋进了他的心底。嘉斯汀呼吸着衣服上甜而不腻的白檀香气息，暗暗在心里感谢凯瑟琳·曼斯菲尔德，还有这世上所有的毒菌和蘑菇。

“劳拉很了不起，”尼克说，“她是那种成功人士，一切都那么优雅，有条理，精准无比。一贯如此。相信我，如果有什么她一时还不擅长的事，不练到得心应手，她是绝不会停下来好好过个周末的。”

“可你也有真正擅长的事啊。”嘉斯汀说，“作为老朋友，我要告诉你，我真的、真的觉得你应该给艾莉森·塔夫打个电话。”

“可是——”

“给她打电话不等于说你一定要怎么样。”嘉斯汀抢先辩白，“也不意味着你就是违背了承诺。”

“听起来有点儿像狡辩。”尼克说，看上去依旧满腹犹疑。

嘉斯汀耸耸肩，“只是一个电话而已。”

“只是一个电话。”尼克重复道。嘉斯汀眼看着他嘴角抽动，最后终于放弃，露出一个真心的微笑。

早晨，嘉斯汀走进办公室，发现里奥最新的星座稿件已经送达了。她坐了会儿，注视着那张孤零零倒扣在传真机出纸口托盘上的纸，不知道接下来该怎么做。不过，她想，也许自己的星座可以作为一条线索。

射手座：伴随金星运行到巨蟹宫，水星进入处女宫，本月将迎来有助事业发展的完美契机，整年都处于萌芽阶段的事业到了开花结果的时刻。与此同时，你的个人魅力值将达到巅峰，只是，吸引到的目光是否如你所愿，还有待观察。

“哈！”嘉斯汀大声说，“个人魅力值……”真是胡扯。跟劳拉·米切尔比起来，她的魅力基本上就相当于一只雌孔雀。

跳过摩羯，她直接找到水瓶。

随着火星运行到狮子宫，你或许会试图回避一切重大冲突，但同样是这股星座力量，会将你的爱情生活导向更为尖锐的焦点。本月末，金星来到土星对面，提醒你小心照管个人资产，尤其是时间和金钱。在此期间，对个人经济能力加以谨慎评估将有益无害。

嘉斯汀紧皱眉头，把传真页夹在文件架上。

从白羊到摩羯，她一字不差地原样录入。然而，当目光再次落到水瓶座时，她犹豫了。

怎么办，怎么办？也许她和凯瑟琳·曼斯菲尔德的合力已经足够，说不定还有富余。也许是时候停止胡乱插手了，就把一切留待命运揭盅吧。

“随着火星运行到狮子宫……”她老老实实开始打字。

理智：胆小鬼。

嘉斯汀：你说什么？

理智：你听到了。

嘉斯汀：他有女朋友了。我觉得横插一杠不太光彩。这世上有种东西叫姐妹情，你知道吗？

理智：对——哦。这种姐妹情会让莉齐·班纳特把达西让给没用的安妮·德·波吗？会让玛利亚把上校拱手交到施罗德男爵夫人手里吗？会让朱丽叶叫罗密欧滚回罗莎莉身边吗？

嘉斯汀：我甚至都不认识劳拉。我不想成为她的敌人。

理智：可是，当一个能在事业上帮助尼克的朋友，也不非得是劳拉的敌人啊。只要控制好你的个人意见，专业一点。

这个角度不错。如果……呢？如果用她为自己制定窗帘行为准则的方式，类似的方式，来制定自我管理的规范呢？一套对工作事宜提供相关参考的指南，不涉及任何关于“心”的规则？

“应该能行。”她默默回答自己。于是，她按下删除键，把里奥的话送回虚空。

嘉斯汀想了一会儿，在她的记忆仓库里搜罗，然后再次开始打字。

“我们所有的抉择，”托尔金说，“都无外乎如何利用手中的时间。”

依照窗帘行为准则，周末早晨，嘉斯汀应该一起床就拉开窗帘，可通常来说，在此之前她已经做了一大堆事。这个星期六，她已经：

✓ 冲了个澡

✓ 穿上紧身牛仔裤，套上涡纹印花衬衫（一件上世纪六十年代的古董衬衫，原本属于弗勒·卡麦可尔），搭配一件短款橘色羊毛开衫

✓ 穿上红色系带靴

✓ 涂抹睫毛膏和唇彩

✓ 脱掉印花衬衫和羊毛开衫，换成钴蓝色蝙蝠衫

✓ 解开红色系带靴

✓ 套上毛边鞣皮靴，拉上拉链

✓ 吹干头发

✓ 拍松沙发靠垫

✓ 折起小地毯

✓ 再涂一遍唇彩

✓ 挑一张琼尼·米切尔的唱片塞进唱机

✓ 按下开始键

嘉斯汀倒没指望在拉开窗帘那一刻就能看到尼克·乔丹坐在对面阳台的椅子里，身边放着微型望远镜和范泰尔丝糖果[1]，也不认为他会在意自己的小地毯放在哪里，或特别注意她的鞋是什么颜色。这么做只是……好吧，有点儿橱窗展示的意思。

---

1. 微型望远镜和范泰尔丝糖果（Fantales）都是二十世纪上中叶澳大利亚人在观剧观影时习惯随身携带的用具和零食。

当窗帘终于拉开，她看见尼克的阳台晾衣架上夹着一张白色A4纸，是一份留言。最上面写着大写字母J，中间简笔画了个灯泡，灯泡下面写着大大的字：叫我一声。

嘉斯汀顶着寒冷走出去，努力思索着该怎么“叫”。哈啰，尼克？咕——咿？不等她拿定主意，尼克就从推拉门里走了出来，穿着皱巴巴的睡裤和看着很是柔软的T恤，一头黑发睡得乱糟糟的，至于刮胡子这件事，显然已经好几天没出现在他的生活里了。

“早上好，邻居。”他说。

“早上好。”

“给你的。”尼克手里拿了个小盒子，是泛光灯泡，“屋顶上用的。规格肯定没问题，而且这是我能找到的最亮的了。”

嘉斯汀很惊讶。他是说过会帮她去找个新灯泡，竟然真的去了，还找到了。

“嘿，你真是太好了。”她说，“靠我自己的话，不知道什么时候才会去买。我也有东西给你。”她反身闪进屋里，拿出最新一期《星刊》。

“昨天才印出来的。”她举起杂志把封面亮给他看，那是一张黑白大头像，来自全国最著名的煤炭大亨，粗蛮的面容与脖子上精致的钻石蝴蝶结项链显得分外不协调。

就这样，尼克拿着灯泡站在那头，嘉斯汀举着杂志站在这头。他们之间，两栋楼之间，隔着一道沟。

“我觉得，这个大概不能就这么扔过去。”尼克说。

“应该不行。”嘉斯汀赞同。

尼克突然把灯泡盒子架到他的睡眠发型上。“灵感时刻！我们需要一个小篮子，就像《守灯塔人的午餐》里面那个。”

“上帝啊，我已经很多年没有想起这本书了。”

“我们读过多少次？”

“噢，我只知道，单单是我们上幼儿园那会儿，这本书就至少换过一次版本。”

那只是个简单的点子，却如此诱人：一个圆圆的小野餐篮，装满食物挂在绳索上，送过海去给守灯塔人。

“一份什锦海鲜沙拉。”尼克念诵台词，带一点海盗腔。

“冰冻海员小饼！”嘉斯汀回应。

“桃子惊喜布丁！”

“我们真能弄一个吗？”嘉斯汀问，半真半假的。

尼克挑高了眉毛，似乎觉得很有趣。嘉斯汀绷紧了弦，做好被嘲笑的准备。可相反，他说的是：“我有绳子。”

“我有个篮子，妈妈用来放棉球的。”嘉斯汀说。

依靠着还算精准的投“篮”，还算配合默契的来回投掷线团，以及带点儿俏皮的打结技术，尼克和嘉斯汀成功装配出一个简单的吊绳环路，可以让篮子往来跨越那道沟。

于是，一枚小灯泡乘着吊篮，完成了从隔壁丑陋大楼的十二层阳台抵达伊夫林塔十二层阳台的纪念首航，一本《亚历山大公园星刊》则成为了反向航线的第一位乘客。就在那本杂志里，从封底往前翻两页，便是里奥·索恩伯里的星座专栏——大部分是他的。

交界日

多罗茜·吉斯伯恩，水瓶座，亲英派人士，德文郡街老住户，孀居五年，骄傲的瓷器收藏者，可能是基督教世界规模最庞大的查尔斯和戴安娜婚礼纪念瓷器收藏者，挑剔的床单、茶巾和内衣熨烫工。她在谷歌地图的搜索框里输入一个地址。屏幕上的蓝色箭头出现在正被迅速填满的浅灰色网格上，一圈一圈放大、填满，定格在牛津郡的弗里特维尔村。婚恋网站不建议她这么快就和鲁伯特·韦瑟雷尔-斯科特交换真实信息，可他们这个年纪……唉，没多少时间可以浪费了。

多罗茜点下“街景视图”键，察觉到自己的呼吸越来越急促。那儿，那就是他现实中的家，谷歌卫星似乎刚在不久前的一个多云天气扫描过这条街道。房子很不起眼，有个向外延伸出来的鹅卵石露台，普通得几乎没人会去留意——除了多罗茜·吉斯伯恩，一个出生在澳大利亚的土地上，却成长在毕翠克丝·波特[1]那些水灵灵的流星花、绿篱笆和大胆的刺猬插画中的女人。她很乐意去发掘这座房子所有最细微的迷人之处。不过，真正迷住她的却是寒光中透出的随和的凉意，以及画面背景草地上隐约可见的沉睡的风信子和窃窃私语的兔子。

在多罗茜晒成橙色的红砖小屋里，时间是下午两点。几乎不用动什么脑子，她就能知道，在遥远的英格兰，此刻正是夏日的凌晨五点。鲁伯特应该还在睡觉，双人床的被窝里只有一个孤单的身影，他的妻子再也不能与他同床相伴了。

多罗茜的手颤抖着停在鼠标上。

“笨蛋，”她对它说，“别动。”

她注视着屏幕上的房子，留意到它小小的前院、前门的投信口以及窄阶旁大石瓮里蓬勃的雏菊。如果她真的去了，真的说了

1. 毕翠克丝·波特（Beatrix Potter，1866—1943），英国作家、插画家、自然学者，尤以儿童文学作品著称，代表作包括《彼得兔的故事》（*The Tale of Peter Rabbit*）。

“我愿意”，那么，那就是她将要安家入住的大门，那是她要擦蹭鞋底的地垫，那是她要插进花瓶放在浴缸边的雏菊。

她抬眼扫了扫屏幕上方，下午两点零五分，凌晨五点零五分。再过两小时五十五分钟，Skype 的提示音才会穿越网络响起，就像水中隧道的一对电子冥想球。然后，鲁伯特就会出现，电脑屏幕的角度会让他显得比多罗茜猜想的真实模样稍稍胖一点，让他的领巾更显眼。他总把领巾塞在衬衫领口里，看起来像彩色餐巾似的。

“早上好，多罗茜。”他会这样说。

而她会说：“晚上好，鲁伯特。”

这个小玩笑并不特别好笑，却是个亲切的方式，可以舒服地开启每一天的交流。

现在是下午两点十二分，凌晨五点十二分。多罗茜叹了口气，缓缓将街景视图拖动三百六十度。街那头是不是座小桥？是的，她想是的。那么，如果她和鲁伯特每周日上午穿过那条街去村里的老石头教堂，或是在周五下午到酒馆喝一杯柠檬啤酒，都会走过这座桥。他的边境牧羊犬会跟在他们脚边，矮矮的，像只狐狸。而多罗茜会穿着高筒靴和花呢衣服，头上系着头巾，就像英国女王一样。

“别傻了。”她喃喃道，这才意识到（真够迟钝的）自己装腔作势地摆出了轻微的英国腔。她脸颊发烫，啪地一点鼠标，关掉浏览器，把椅子往后一推。

门外传来邮递员摩托车的嗡嗡声，顿了一下就走了。她起身朝门口走去，视线却不由自主地瞟向自家花园里丑陋的土坑，那里原本种着瑞香和杜鹃花，都干死了，只能拔掉。这种事绝不会发生在弗里特维尔，多罗茜一边想，一边从信箱投信口抽出新一期的《亚历山大公园星刊》。

回到屋里，多罗茜已经备好了搭配《星刊》的茶点，茶盘上是一把查尔斯与戴安娜婚礼系列单人茶壶，外加一片金斯顿巧克力夹心饼干。从一个塞得满满的大橱柜里，她轻轻取下“安妮皇后”金边茶杯，里面是查尔斯和戴安娜的浮雕像，边缘勾着一圈金线，金线外是都铎式的玫瑰和鸢尾花。她也可以简单地选择那个“特伦特皇冠”茶杯，上面有一头金色狮子，查尔斯和戴安娜依偎在狮子下方的红心里。或者，就眼下的情形而言，“安兹丽”“皇家斯坦福”“皇家阿尔伯特”或“伯罗斯尼克”都行，再不然，还有“韦奇伍德”“皇家道尔顿”和“斯波特”[1]。

多罗茜所有的架子上都摆满了查尔斯和戴安娜的婚礼系列瓷器，外加起居室两个大碗橱的所有隔层。除了杯子、碟子、花瓶、茶壶等意料之中的常规器具外，她的收藏还包括瓷制三脚炉架、顶针、首饰盒、烛芯剪、烟灰缸和铃铛。韦奇伍德发布了好几款纪念版碧玉细炻器，多罗茜买下了查尔斯和戴安娜婚礼纪念系列每一款的蓝色和丁香色两个版本，只放弃了赭色。此前很多年里，多罗茜最主要的消遣就是给英国和美国的瓷器收藏家写信。后来有了易趣，再后来，瑞吉死了，多罗茜在他的小屋里装上一排又一排架子，用来安放新的收藏。放在从前，她无论如何也想象不到，将来自己能拥有那么多一九八一年七月二十九日那场婚礼的纪念珍宝。

多罗茜在凸窗旁的圆桌边坐下，在那里可以看到她的后院。她为自己斟上一杯茶，拿起饼干蘸了蘸。《星刊》封面上是那位可怕的煤炭业女继承人。真的，多罗茜想，从那女人的眼睛里就

1. 本段及下文提及的均为英国著名瓷器品牌。

能看出，一个人对金钱究竟能狂热到怎样的地步。她飞快地翻动杂志，从头到尾扫了一遍，最后将手按在封底上停顿片刻，仿佛这样就能透过纸页得到某种感召。

“噢，里奥，”她轻声道，“我该怎么办？”

深吸一口气，多罗茜翻开杂志，找到星座专栏。

水瓶座：“我们所有的抉择，”托尔金说，“都无外乎如何利用手中的时间。”即便是你，水瓶座，黄道十二宫最自由的灵魂，生就无拘无束的性情，面对世俗生活和肉眼可见的成功所带来的诱人愉悦，也不能彻底免疫。此刻，问问你自己，真正渴望的是把时间花在什么事情上。

多罗茜屏住呼吸，周遭一片寂静，小钟嘀嗒行走，声音越来越响。那是一面查尔斯和戴安娜婚礼系列瓷钟，登比牌的。下午两点三十五分，清晨五点三十五分。还有两小时二十五分钟。嘀嗒，嘀嗒。昨天，鲁伯特戴了条橘色领巾，石蓝色六角形图案。他告诉多罗茜，自己怎么带弗洛西去兽医那里洗牙，怎么五年来第一次掷飞镖赢了奈杰尔，怎么琢磨着要把躺椅修一修。然后，他突然说：“来吧，只管放心来。和我在一起，做我的爱人。”多罗茜惊得不知所措，当下一口回绝。

嘀嗒，嘀嗒，嘀，嘀，嘀。生命的秒表在计数。要把这些时间花在哪里？易趣？皇家伍斯特的查尔斯和戴安娜婚礼纪念版超大号炖蛋盅？其他林林总总的物件？塞得满满当当的橱柜看上去摇摇欲坠。多罗茜的目光从一个柜子扫向另一个。查尔斯在层层搁板上低垂眼帘，目光顺着他的长鼻子投向多罗茜。戴安娜则娴雅美丽，蓬松的金色刘海下浮起微笑。如今戴安娜在哪儿呢？死了，以女公爵的身份。总有一天，多罗茜也会死的。

“噢，里奥。”她喃喃道。

他是对的。托尔金是对的。多罗茜知道该怎么做了，应该把这些盘子、杯子、花瓶、三脚架和烛芯剪统统丢掉，所有顶针、橱柜也扔掉，所有家具都扔掉，还有她的珠宝、衣服和手袋。她要把这座房子卖掉。

“早上好，多罗茜。”再过两小时二十分钟，鲁伯特会这么说。

“晚上好，鲁伯特。”多罗茜会说。

到那时，她不用再努力克制潜入口音里的清晰漂亮的英国腔，她会说：“好吧，鲁伯特，我决定了……”

布莱斯德·琼斯，巨蟹座，知名创作歌手，多莉·帕顿早期的秘密崇拜者，班卓琴迷恋者，一颗历经两度缝补又第三次破碎的心的主人。此刻，她正坐在“妓女和酸黄瓜”木制大吧台幽暗的一头，默默诅咒玛吉·麦琪。

和戴夫·格雷格森在参议院的其他女同事比起来，玛吉很安全。不只因为她年长一些，还因为她实在太有原则了。噢，玛吉为什么非得辞职离开不可啊？要不是这样，那个赤红头发的小荡妇就不会有机会在戴夫·格雷格森身边工作，也就不会，也许不会，出现在本该只能由戴夫·格雷格森和她布莱斯德·琼斯两个人分享的床上。

下意识里，布莱斯德坚信她的黑色墨镜多少能屏蔽酒吧里的其他人，不让他们发现，眼下坐在这儿、面前排着两个空品脱杯、第三杯里斟满苹果酒的是布莱斯德·琼斯。她的羊毛开衫袖口被胡乱团起的纸巾塞得变了形，用过的塞左边，干净的在右边。曲线玲珑的吉他盒子在她脚边静静躺着。

布莱斯德透过墨镜边框留意到，在这个周一的夜晚，店里几乎见不到周四到周六那些光鲜亮丽、耳鬓厮磨、十指紧扣、热烈拥吻着随音乐律动的年轻人。若是周五晚上，那些小桌子边会围满蓄着内德·凯利式[1]络腮胡、肆意大笑的嬉皮士，而今晚，除了啤酒杯垫，桌上什么也没有。那些杯垫是为只身前来的商务人士准备的，他们高踞在这些小号家具上，仿佛孤独的巨人。布莱斯德意识到，在“妓女与酸黄瓜”，周一的夜晚是留给忙碌一天后无处可去的人们的。当然，还有那个夸夸其谈各种阴谋论的酒吧常驻客。今晚，他在壁炉边逮住了一个可怜的倒霉蛋当听众。在一切都更正常的年代，他似乎写过一本争议颇大的书，内容是关于世界末日的，如今却沦落到只能在“开放麦”之夜嘶声大吼，语无伦次地发表些诸如小行星碰撞或火山灰之类的演说。

布莱斯德从右边袖口抽出一张纸巾，擤了擤鼻子，再喝一口苹果酒。她感到一股凉意冲上额头，向两颊蔓延，可是酒不够烈，抹不掉她脑海中不断闪回的片段。厚重的公寓大门打开，那姑娘赤裸的身体在冰箱灯下映出来。也许这能当个歌名。“赤裸的身体在冰箱灯下映出来，此刻一切都不再，他无度的胃口大门洞开，是炸药早已深埋”。

在此之前，布莱斯德原谅过戴夫那么多次，原谅了他和那个紧张局促的大学生，她从头发到脚尖都是乌突突的黑，只在嘴上涂厚厚的橙色口红；原谅了他和那个带有广藿香气味的援助人员，她有一阵子为他的团队提供东帝汶方面的咨询；原谅了他和那个满身刺青的十八岁女孩，她来照看他八岁的儿子，那是戴夫上一段婚姻唯一的产物，那段婚姻因不堪戴夫不忠的重负而最终

1. 内德·凯利（Ned Kelly，1854—1880），澳大利亚著名的丛林亡命徒、黑帮首领，标志形象是蓄有一把大络腮胡，后被处绞刑而死。死后成为争议巨大、影响极广的文化符号。

破裂。

每一次风波过后，布莱斯德都会问他：你到底想要什么？你在寻找什么？难道有我还不够吗？可他从来都只是耸一耸肩。事情过后再跟戴夫谈，就像试图挖通游泳池底，一锹接一锹全都铲在瓷砖上。这一次，她连试一试的念头都没了。瓷砖下面什么都不会有。

“你是男人。”她朝隔了两张凳子独坐在吧台边的男人开了口，后者正小心翼翼地将一张塑料卡片插回钱包里。从他蓝衬衫上的标志来看，大概是位医务人员。他很迷人，布莱斯德做出了判断。软软的黑色头发搭在一侧眉毛和眼镜边框上方，眼镜很有品位，嘴唇性感，牙齿宽阔。布莱斯德心想：安全的冒险之选，彬彬有礼的狼。

他露出惊讶的模样，指了指自己，比了个嘴型，“我？”

“是的，你。”她说着把用过和没用过的纸巾一股脑儿塞进左手袖口。也许一点露水情缘会适合这个孤独的周一夜晚。

“西蒙。”他说。

“布朗温。”她说。他挑起一边的眉毛，却什么也没说。

“你是男人，”她捡回刚才的话，朝他挪近一张凳子，“跟我说说男人。”

他面前的吧台上搁着一台时髦的金色笔记本电脑。布莱斯德一只胳膊撑着身子凑上前，肆无忌惮地看向屏幕，是银行页面。布莱斯德眯眼细看，赶在男人扣上屏幕前看到两个词：坦茜，布林克洛。她记得这个名字的韵律。坦茜·布林克洛，坦茜·布林克洛，班茜·特林克洛？要知道，在苹果酒之前，布莱斯德已经喝掉了两杯霞多丽。

西蒙·皮尔斯，天蝎座，助产士兼技术宅，无可救药的巧克力迷恋者，艺术电影迷，黄蜂牌小摩托车手，与布莱斯德·琼斯一样，一颗刚刚破碎的心的主人。他很清楚这个坐在自己身边、鼻头微微泛红、声音有点含糊不清的娇小女人是谁。他甚至还知道，躺在她纤秀双脚边的吉他不是别的，一定就是那把“吉卜赛黑美人”，闪闪发亮的原声木吉他，曲线圆润优美，两块玳瑁色的琴身护板几乎一模一样，琴头上嵌着一朵珍珠母贝的玫瑰。布莱斯德总是带着这把吉他出现在她的唱片封面上，每一张都是，每一张西蒙·皮尔斯都有。

他拿起吧台上的水壶，为布莱斯德倒了一杯水，然后打开他挂在凳子上的男款背包，拿出一片拜维佳泡腾片扔了进去。

噢，布莱斯德半是失望半是松了口气，看来没什么露水情缘了。坦茜·布林克洛，坦茜·布林克洛，坦茜·布林克洛。

见鬼！布莱斯德暗道，她终于从记忆里扒出了这个名字。坦茜·布林克洛是她父亲的肿瘤医生。

她猛地睁大双眼，一把抓住西蒙的胳膊问：“你要死了吗？”

“什么？”

“要死了。”她说。

“不！什么？我是说，”西蒙给弄糊涂了，“跟正常人一样。”

“哦，好，那就好。”布莱斯德说，“那我就，放心了。就是说，没得癌症？”

“癌症？没有。”

“喉咙、肺、肠道？你们男人那个叫什么来着？不是潜力线，前列腺。哦，上帝啊，你应该不会想跟我讨论你的生殖腺。我是说，我是巨蟹座，”布莱斯德语无伦次，“恋家，敏感，容易受伤。你呢？”

“我想，应该是天蝎座。”

“哈！”布莱斯德大叫一声，“这么说的言下之意，难道不就是‘嗨，宝贝儿，我可是很猛的’？”

西蒙往后闪了闪，笑容僵住了。布莱斯德伸手端起她的苹果酒。沉默像个屁一样，悬在他们中间。

“该死，很抱歉。”布莱斯德顿了顿又补上一句，“西蒙。”

“我原谅你。”他说着也顿了顿，“布莱斯德。”

布莱斯德微微一缩。

“你为什么觉得我快死了？”

“坦茜·布林克洛。”布莱斯德一只手朝他合上的笔记本电脑挥了挥，“你在给坦茜·布林克洛转账，是在缓解期吗？”

西蒙露出一个惨笑，“不是。”

“那你为什么转账？”

他想了想说：“我想，是为了清白。”

布莱斯德抬起一只胳膊架在吧台上，双眼锁定西蒙。

“接着说。”她发出邀请。

接下来的两个小时，西蒙对布莱斯德说了他如何与坦茜·布林克洛订婚，两人的交往看上去是如何合拍，她提出分手的消息是如何像倒塌的房屋一样砸在他头顶上，原因不过是他建议她买一辆阿尔法·罗密欧，也有可能只是因为她害怕了，被朋友看作受骗者的羞惭盖过了爱情和卧室里皮手套带来的快乐。她管他叫“淘金客”，给他发了一张账单，列出她曾经借给他的所有钱款金额，外加其他项目，在餐厅吃饭的，在城郊的奢华度假村里过周末的。

也是在这两个小时里，布莱斯德去了两趟洗手间，喝光了第三品脱苹果酒。西蒙拒绝为她买第四杯，相反，叫了两杯热巧克力。布莱斯德一边拈着小勺撇去巧克力表面薄薄的泡沫，一边跟西蒙说起戴夫和他的可再生能源政策，后者被视为一项绿色举措，可如今她却怀疑那不过是另一套说辞，真正的含义是，永远有下一个姑娘候在一旁，随叫随到；说起最近那一个姑娘有着足以令太平洋小岛国沉没的火红头发和雪白乳房；说起自己是如何提前回家，看见她赤裸着站在冰箱旁边。

然后，西蒙告诉布莱斯德，他如何还钱给坦茜，一分不差，借了分期贷款，这贷款要如何花上他一年或者更久的时间去还，之后他还无法避免与她在医院走廊上相遇，他如何学会了化羞辱为勇气。而所有这一切都是因为钱。对他来说，钱只是一种“有就用，没有就不用”的东西；而对于她，钱意味着安全、保障、成功、家庭、力量、铠甲以及万事万物的终极要义。

“我以为，我们能用余下的一生去探索彼此的隐秘深海。”西蒙说，“可她没有深海，只有掩藏的浅滩。是我的错。”

布莱斯德挺直身子，表情突然变得热切。

“再说一遍。”

“什么？”

“就是再说一遍。”

“我的错。”

“不，不。”布莱斯德两只小手直摆，“上一句。”

“只有掩藏的浅滩？”

布莱斯德的姿势放松下来。

“掩藏的浅滩，”她轻声重复，“掩——嗯——藏的浅滩。”她又念了一遍，让这些字眼生长出自己的旋律。然后弯下腰，“啪嗒”一声拨开吉他盒扣子，拎出她漂亮的黑色吉他架在腿上。吉卜赛黑美人很美，西蒙·皮尔斯注视着布莱斯德，看着她弹拨出一段小三度旋律，音符如时断时续的瀑布般流出，亦苦亦甜。她闭着眼睛重调和弦，轻声哼唱起来。

“你知道吗，我上星期满三十五岁了。”布莱斯德没有睁开眼睛，“三十五岁！”

西蒙的“上周生日快乐”已经到了嘴边，可她已然心在别处了。西蒙当助产士的经验足以让他了解这种神情，那是女人闭上眼睛隔绝外部世界、转向自身专注生产的神情。

布莱斯德十指拨动钢丝弦，歌曲从指间流出，很快，她开始歌唱，声音宛如最细的砂纸，破碎的鸟鸣。

> 我探寻你的深海，却只找到谎言
> 原来只能涉水，不能畅游，在你的眼帘
> 你是小品，不是戏剧，一眼览尽的透视画
> 漂亮的魅人魔法
> 却不见海沟名叫马里亚纳
> 我探寻你的深海，却从未抵达
> 我跃入你的深渊，却不曾浸湿头发
> 如今我已搁浅
> 在你和你掩藏的浅滩暗卡

她重复一遍歌词，再随意弹出一段泛音组成的曲调，任吉卜赛黑美人曼吟低唱，在西蒙·皮尔斯听来，那音符活脱脱宛如珍珠贝母化就。

歌词再次重复，歌声更加响亮哀伤，最后消逝在久久缠绵的袅袅余音中。睁开双眼时，她得到了“妓女和酸黄瓜”里每一个灵魂的注目，就连壁炉边的小行星男也不例外。

狮子篇

♌

“她给的这一身惨绿的贞女道服，只配给愚人穿。”尼克一边背诵台词，一边沿着阳台的窄边踱步，这个方向迈四步，反身回头迈四步。

“脱下它。那是我的爱，噢，那是我的姑娘！噢，但愿她知道我爱着她。”

“不对。”嘉斯汀隔空发言。

这是七月底一个星期六的上午，嘉斯汀把一张餐椅搬到阳台上，此刻正盘腿坐在上面，一边膝头上放着本摊开的雅顿版《罗密欧与朱丽叶》，另一边放着盒空了四分之三的麦提莎巧克力。她穿一件厚厚的绞花套头毛衣，头戴无檐小便帽，虽说已时近中午，还是有一层薄薄的雾气徘徊不去，萦绕在阳台的水泥地和栏杆上。

“‘不对’是什么意思？”

“你说反了。应该是‘那是我的姑娘，噢，那是我的爱’。”

“活见鬼，见鬼，见鬼。”尼克在阳台上大步走来走去，深色牛仔裤让他的腿显得太细了些，身上的套头羊毛衫还是嘉斯汀觉得有白檀香气味那件。

“再来。”嘉斯汀发令，往嘴里丢了一颗麦提莎。

“好。那是我的姑娘，噢，那是我的爱。那是我的姑娘，噢，那是我的爱。嘿，我能吃一颗吗？”

“不行，”嘉斯汀说，“巧克力是要挣的，我的朋友。你得先背出这段独白，一字不错背两遍。”

“这也太无情了。”

“为了艺术，总得经受些考验。好了，从头来，朱丽叶上场，上方窗户。”

“等等，轻声！那边窗户里透进来的是什么光？那是东方，朱丽叶就是那太阳。升起吧，美丽的太阳！赶走那妒忌的月亮，她已面色惨白，因为气恼她比她更美。”

“欸—— 欸欸。”嘉斯汀连声叫道。

“怎么？”

“气恼女弟子比她美得多。”嘉斯汀说。

“气恼女弟子比她更美。”

“呃，呃，体会这句话的韵律。气恼女弟子比她，美得多。”

“上帝啊，你真是个老学究！”尼克嘴上这么说，却并没有不快，“你的月亮是在处女座吗？要么上升是处女？”

“我哪知道？”

“好吧，你什么时间出生的？”

“凌晨两点。”嘉斯汀说，“这有什么关系？”

“稍等，稍等。”尼克拿出手机点了几下，拖动页面，“凌晨两点，十一月二十四日，还有你的出生年份，也就是说，你是——哈！我就知道！上升处女。”

“你在哪儿查的？”嘉斯汀大笑起来。

“是个网站，可以算出你的上升星座，只要知道确切的出生时间和地点。”

“这可太傻了。”

“是吗？真的吗？听听这个：‘上升星座为处女座的人，对身边的不协调格外敏感，一旦有任何脱轨或错位，立刻就能发现。他们会花费大量精力去恢复周遭环境的秩序。’换句话说，就是那种会在手袋里专门放支笔、随时准备纠正全世界牛油果招牌的人。”

“老学究也有老学究的用处。”嘉斯汀说，“你自己说的，威尔第已经可以一字不错地脱稿了。你难道想被一个十五岁的孩子比下去吗？”

尼克叹了口气。“你说得对，她真是可恶。”

“所以呢？”

“可是再不吃颗巧克力我就坚持不下去了。拜托！就一颗。”

“噢，好吧。”嘉斯汀站起身，往他们的守灯塔人篮子里放进一颗麦提莎，尼克拽动绳子，把它拖到自己身边。

自从安装以来，这个小篮子充当了多次睦邻友好的使者。虽说至今还未承载过最传统的借盐借醋功能，可它传送过的东西已经囊括了巴兹·鲁赫曼的《罗密欧+朱丽叶》影碟（嘉斯汀给尼克）、一张布莱斯德·琼斯的唱片（尼克给嘉斯汀）、一张邦迪创可贴（嘉斯汀给尼克）和一份微波爆米花（尼克给嘉斯汀）。

尼克从篮里捞出那颗巧克力球，“噢，多谢你，慷慨好心的夫人。”

“好了，不过任务完成前再也没有了。”嘉斯汀说，“朱丽叶出场，上方窗户。”

“等等，轻声！那边窗户里透进来的是什么光？那是东方，朱丽叶就是那太阳……”

又花了半小时工夫，他才算做到一字不错。嘉斯汀不得不小心放慢吃麦提莎的速度，以确保最后还能留下几颗作为尼克的奖励。

“三颗？”尼克盯着从篮里取出的盒子说，“三颗，就三颗？这就是我得到的，费了那么大劲？”

“等你背下所有台词，会有更多的。”

尼克一把抓起三颗巧克力塞进嘴里，含着糖果说：“顺便说一句，谢谢。”

“为了？”

“陪我练台词。”

嘉斯汀笑着合上膝头的书。“那么，你打过电话了吗？”

“给艾莉森·塔夫？”

嘉斯汀点点头。

“打了。”尼克说，“唔，她助手接的。”

“然后？”

“会有一场集体试镜。很明显，有很多即兴发挥的部分。艾莉森希望看到大家如何共同创作，相互激发灵感，诸如此类。”

“什么时候？”

“至少要到九月份。那会儿《罗密欧与朱丽叶》已经演完了，所以，时机倒是——”

“完美！”嘉斯汀建议，“要做什么准备吗？我帮你排练？”

说到这里，尼克的热情反倒好似消退了。

“我不知道。”他直截了当地说，“好吧，我不能去。”

“不能去试镜？”嘉斯汀问，“为什么？”

“你知道的，我答应过。劳拉和我……我们有过一段艰难时期，分开过一阵子，可自从复合以来，她一直都很好，放松多了。我答应她的那件事，对她来说很重要，我也希望做出正确的选择。不过我还是很纠结，这可是艾莉森·塔夫啊。我得好好想一想。”

他还没看星座解析吗？嘉斯汀很纳闷。“里奥”不是已经明说，水瓶座应该追随哪种心意吗？嘉斯汀想找个巧妙的方式提一提里奥说的某个关键词，比如“世俗生活”“如何利用手中的时间”……

可她最终说出口的却是：“试镜而已，不是吗？我的意思是，如果你在这家公司谋得职位，也就没有理由拒绝了。你不觉得至少应该……走一趟？”

“我不知道，嘉斯。也许这条路更容易些。”

“更容易？”

尼克垮下肩膀，叹了口气。“比起到最后才发现自己能力有限干不了这行，也许就这样主动离开还容易些。那样，就永远可以想象，说不定原本能够如何如何，永远可以安慰自己，当初主动离开的那个人是你自己。”

“你不是真的相信这些吧？”

尼克扯出一个笑容，“也不是。可是，好吧，我看到里奥说的——”

继续，嘉斯汀心想。“嗯？”她敦促道。

“好吧，里奥说，我应该想一想，究竟想怎样利用我的时间，我的生命。我也怀疑，也许自己没能把时间用在最好的地方，也许以演员为职业追求，其实是浪费时间。要是到头来发现自己不行，那这么多个日夜、这么多年又有什么意义呢？”

啊，嘉斯汀明白了。所以，不只是答应劳拉的问题，还关乎勇气和信心，后两者的分量甚至只重不轻。哦，这些惯会耍花招的大麻烦。

“可要是你发现自己的确很出色呢？”嘉斯汀说，“这难道不也是一种可能性？”

“见鬼！”尼克看了眼手表，说，“还有不到半小时就要排练了，我得走了。”

“这个问题真就那么可怕，你非得逃跑吗？”嘉斯汀问。

尼克迎上她凝望的视线，定格了片刻。“说不定真像你说的那样。我发誓会考虑的。我真的必须走了。”

“那就快走吧。”嘉斯汀说。

“谢谢，嬷嬷。”尼克说。

这不是嘉斯首选的角色，可她猜想，总比没角色强吧。

杰瑞米每年都要召开一场无聊的全员大会，并称之为“国情报告会”。要不是有主编大人特地准备的浓咖啡，外加大手笔从拉斐罗买来的点心，嘉斯汀牺牲掉的这一个半小时就真的无以为补了。每年一个半小时，用来听杰瑞米琐碎至极的综述、发行量、财务资金状况、上一年的成绩，以及他为接下来的十二个月订立的目标。

今年的报告会安排在八月初的一个星期二。当天上午，嘉斯汀忙着处理莱斯利安·斯通的园艺专栏，这期的主角是花中女王牡丹。跟手写稿一起装在信封里寄来的还有不少盆栽土屑，害得嘉斯汀花了足足一刻钟来清理键盘。

当清理键盘和编辑专栏的工作都完成后，嘉斯汀赫然发现，这大概还是自己接任编务经理以来第一次面对空落落的文件筐。财经、美食、读者来信、书评和园艺专栏都就位了，多克的字谜还没发来，眼下没什么事可做了。

理了理电脑桌面，又处理完所有邮件，回信、删除、归档，她盯着传真机，好像这样就能驱动它运转似的。事实证明她办不到。

嘉斯汀想了想。

从草稿纸堆里抽出一张废纸。

选了一支笔。

“水瓶座”，她写下。魔法词是什么呢？什么样的神秘组合，才能让尼克·乔丹相信，去参加艾莉森·塔夫新戏剧公司的试镜是他命中注定要去做的事呢？

嘉斯汀：脑袋，有什么主意吗？

理智：唔，我觉得时机是关键。

嘉斯汀：啊！这期杂志刚好是在首演当天上市，所以，我们可以用人们对表演的汹涌热情吸引尼克……

理智：……并且认可他的职业选择……

嘉斯汀：……具体就是要让这篇星座解析看起来像评论一样！一篇漂亮的评论。

理智：不错，你开始思考了。

嘉斯汀面前的纸上渐渐涂满了潦草的字眼：喝彩、欢呼、鞠躬、返场。正写到“神采焕发”时，她突然意识到办公室门口站了个人。

这人大概三十出头，要不就是三十五六岁，衬衫袖子挽到肘弯处，胳膊上露出的皮肤要么是天生的橄榄色，要么就是不合季节的晒痕。暗金色领带松松地挂在领口，深金色头发留得略微有些长。一秒钟后，她想起来了。

这是丹尼尔·格里芬。看到真人出现在面前，嘉斯汀才发现，他没有自己记忆中那么高，不过肩膀给人很坚实的感觉，胸肌把衬衫撑得满满的。健身上瘾症患者，嘉斯汀做出诊断。

“嘉斯汀？”

"丹尼尔？"她做出不太确定的样子，其实并非如此。

"没错。"

丹尼尔几步就跨进了屋，嘉斯汀条件反射地把刚刚在写的纸翻过来，倒扣在桌上。笨蛋，她暗暗骂自己，这不是反而显得鬼鬼祟祟了吗。

"你来参加报告会的？"她问。

他微微一偏头，"是的。"

"哇噢，真是尽忠职守。"

"只要不让我献身就没问题。"他抬起一只手按在心口上说，"嘿，你那篇年轻女演员的文章写得真好。真的，非常好。你该再多写一些，杰瑞米把你放在这个位子上，浪费了。"

他的腔调里带些玩笑意味。这是调侃吗？她不确定。

"噢，你知道这里是怎么回事。很难有职位空缺，除非有人辞职，"她说，"或者过世。"

丹尼尔双眉扬起，"我会小心的。"

"明智。"嘉斯汀不动声色地说。

"那么，开会时见。"他说完便倒退着走出了办公室。

嘉斯汀走进休息室，餐盘已经取代了平日里堆得到处都是的报纸、杂志、联邦公告复印件和那个不知道谁家孩子募捐用过的巧克力盒子，那盒子空放在那里很久了。她留意到，杰瑞米深吸了一口氤氲着咖啡香的空气，一脸紧绷的样子。

丹尼尔·格里芬斜倚在柜子上。乍一看，嘉斯汀觉得那姿势有点儿太放松了，可仔细观察才发现，他绝对是在高度警惕地留意着每一个人。

"他长得真不赖，是不是？"安汶用肩膀顶了顶嘉斯汀。

嘉斯汀不必费力找话回答了，因为杰瑞米及时清了清嗓子。

“感谢诸位。谢谢你们，啊，每一个人。谢谢你们，呃，今天来到这里。还有，谢谢你丹尼尔，专程赶来，啊，和我们一起。”

在接下来的冗长陈述中，杰瑞米变换了六种不同的方式来告诉他的员工们，与去年同期相比，杂志的发行量只有一点轻微的下滑，而广告额令人欣慰地保持了稳定。当上午的最后时光缓缓滑过时钟表面，大多数人都已经昏昏欲睡时，主编大人终于开口了：“那么，我们现在进入这场，啊，国情报告会的最后一个环节。”

杰瑞米顿了顿。嘉斯汀看到她的老板嘴角微微抽动，蓝眼睛里隐隐有泪光闪烁，便知道接下来的事绝不一般。

她悄悄瞥了丹尼尔一眼，后者显然是有意识地哪儿也不看，放松的姿态保持得有点太过刻意。嘉斯汀意识到，他知道接下来会发生什么，事实上，他已经为这一刻做足了准备。他来参会是有特别原因的。有人退位，有人上位，星刊史上第一次。

洛玛也明白过来。她惊呆了，打着石膏的手腕抬起来按在胸前。这个动作就像第一块多米诺骨牌一样飞快传播开去，房间里所有人都明白了，刚好赶在杰瑞米再次开口之前。

“很多人都说，如果有一天我会离开星刊，那一定是躺在棺材里离开的。可是，我决定了，不管星刊对我来说意味着什么，不管它曾经带给我什么，我要书写一个不一样的结局，为了，呃，我自己。我决定……我，啊……今天我将……嗯，不是离开，也不是更进一步，都不是。这么说吧，我已经提名自己为名誉主编，在这个职位上，我将卸去现有的大部分职责。依照新的安排，我希望能多花点时间在阅读上，当然，我知道我的爱人打算让我多做一点，啊，园艺工作。总之，我的日常事务，跟从前比起来，嗯，将大大减少。

"是的，是的，我看到了各位的表情，看到你们的反应，我……当然，很感动。然而，这是，啊，值得庆祝的一天。因为今天，我们要欢迎从堪培拉归来的丹尼尔·格里芬，一直以来，他作为我们的首席政治记者，提供了卓越的服务，而未来，他将回到这里，接掌星刊，出任主编。即时生效。"

杰瑞米带头鼓掌。有一会儿工夫，这掌声显得有些太响亮、太突兀了，直到他的员工从震惊中回过神，加入进来。丹尼尔没动，只是轻轻点一点头，接受了终于到来的掌声，就好像接掌杰瑞米·伯恩的职务是这世上最自然不过的事情似的。

也许是怕情绪失控，杰瑞米抓住一个空当，就赶紧接着往下说："我们亲爱的詹娜·瑞伊已经同意接替丹尼尔，我相信，大家和我一样，都期待她在首都的工作顺利圆满。"

这次掌声更热烈了些。尽管詹娜努力维持面无表情的职业面貌，但每个人都看得出她眼里的喜悦。

"此外，我相信，你们都明白这意味着什么。"杰瑞米说。嘉斯汀局促地发现，屋子里每一个人都朝自己望过来，她感觉有一股热气从脖子漫上了面颊。

"也就是说，我们会有一个空缺职位，在总部。作为我们内阁改组的一部分，我们亲爱的嘉斯汀将成为初级记者。她曾经不厌其烦地为在座诸位分发信件，送上咖啡，而我要强调的是，事实上她已经提前参与了部分记者的工作，以相当闪亮的方式，交出了上一期的封面故事。嘉斯汀，我很清楚，这一天早就该来了。可是，不管怎么说，它来到了！那么，就让我们期待你的佳作吧。"

又一阵掌声爆发出来，嘉斯汀这才意识到杰瑞米在刚才那一刻宣布了什么。那份她期望的工作，为之准备和学习、孜孜以求的工作，现在真是她的了。她将搬到采编部办公室詹娜的位子上，同洛玛和马丁坐在一起。她的署名将出现在杂志上，不是偶然的幸运，而是理所当然的日常。她终于踏上了自己真正的道路。

就在这时，杰瑞米话锋一转，谈起了“黄色灾星”申请列入遗产名录的事。嘉斯汀舞动大拇指，飞快编辑了一条短信：杰瑞米退休了，丹尼尔·格里芬接任，我拿到初级记者职位啦！发送，给妈妈和塔拉。冲动之下，也发给了尼克·乔丹。三条回复差不多前后脚到。妈妈说：太棒了亲爱的能干姑娘你一定得去逛逛街我给你买些好衣服。嘉斯汀笑了，悄悄在心里记下，要再教妈妈一次，发短信该怎么输入大写字母，怎么找到标点符号。塔拉的回复是一排大写字母：棒极了！

尼克的回复最后到：我要做些杂碎馅饼替你庆祝，回头一起吃的时候，你得亲口承认里奥·索恩伯里无所不知。

嘉斯汀的心思转回休息室，刚好听到杰瑞米说：“我们将交给，啊，亨利。”

亨利脸红得吓人，一颗脑袋活像个大血泡。嘉斯汀皱起眉头。说真的，杰瑞米不至于吧，这是提拔了亨利吗？就在任命他为杂志助理短短几个月之后？这点时间算什么学徒期？什么都不算！这不公平。嘉斯汀花了两年时间收发信件和取送咖啡，亨利才熬了几个星期就跳出苦海，这不可能。

“经过一段相对短暂的杂志助理生涯后，”杰瑞米接着说，“亲爱的亨利将接任编务经理的职位。虽说这段学习的道路看起来，呃，有些陡峭，但我相信，我们所有人都会各尽其所能，帮助他学会攀缘。”

见鬼。嘉斯汀脑海中浮现出了一幅画面：亨利坐在她可爱的小办公室里，编辑着原本归她负责的书评。更糟的是，挑选读者来信的工作也归了他。亨利！就凭他那狭隘的宇宙观。还有，检查多克的填字游戏，他真能胜任？一定要好好向他强调这项工作的重要性。

又一阵小小的兴奋涌起，冲刷过她的身体。她是初级记者了！即将成为记者，真正的记者，真叫人难以置信。嘉斯汀第二次觉得，就自己的事业能顺利发展这一点而言，里奥·索恩伯里是对的。下一秒，一个念头随之而来：从现在开始，录入里奥·索恩伯里星座专栏就是亨利的工作了，星座不再归她指挥了。

万般思绪在嘉斯汀脑海中起伏冲撞，她真希望此刻是独自一人，或者至少能隐形，那样的话，她就能悄悄把它们整理清楚了。可她不能隐形，而是在休息室里，众目睽睽之下。她从千头万绪中抬起头来，才发现丹尼尔·格里芬榛子色的眼睛已经锁定了她，坚定、敏锐，带着疑问。

当天傍晚下班后，嘉斯汀沿着长满薰衣草的小路往外走，在小路尽头停下了脚步。确认没人之后，她在马赛克星星正下方站定，仰起脸。那颗星高悬在灰暗阴沉的天幕下，明亮、鲜黄，肆意地闪亮，那鼓舞人心的光芒洒下温暖的色彩，落在嘉斯汀的脸上。她给自己一点时间去感受，然后一边暗笑自己犯傻，一边穿过大门，踏上了伦尼大街。

走到一半，她的电话发出一声提醒，有短信进来，是尼克。

“怎么说，什么时候来吃杂碎馅饼？”

嘉斯汀有点疑惑地回复道：“噢，我以为馅饼只是个比喻。”[1]

---

1. 杂碎馅饼本意是指用鹿的心和其他内脏做的馅饼，而“吃杂碎馅饼”也用以表示因犯下大错而忍辱道歉。

“好吧，”尼克回复，“你的比喻现在就躺在我的烤箱里。七点半如何？”

“我会准时到的。”嘉斯汀回复。她一路上都在想，有没有可能，天上的星星真的会自动就位，组成奇特而美妙的合力。

嘉斯汀从没踏进过这栋紧邻伊夫林塔的褐色砖砌公寓楼。不过，里面的情形跟它外表给人的感觉几乎一致。底楼大厅的墙面和地板污渍斑斑，楼梯间里弥漫着常年堆放垃圾的味道。

尼克公寓里的空气品质算是个安慰，虽说还能隐约闻到淡淡的霉味，可热腾腾的馅饼香气和新近喷洒的凌仕除味剂已经差不多把它们赶杀殆尽了。

“恭喜！”尼克站在门口，身穿泛白的牛仔裤和条纹衬衫，张开双臂拥抱了嘉斯汀，这让她感到一阵短暂的眩晕。

“我可是空着手就来了。”她说，“没有红酒，没有巧克力，没有——”

“噢，闭嘴吧，”尼克的言辞间毫无恶意，“快进来，我这儿有酒。”

玄关并不宽敞，靠边放着一排帽架，上面是不拘一格到近乎疯狂的收藏，光是嘉斯汀留意到的，就有一顶西藏牧民帽、一只英国警察头盔、一顶缀着真浣熊尾巴的丹尼尔·布恩皮帽，还有一顶厨师高帽。

起居室里有一个用砖块和木板搭成的简易书架，上面立着尼克的尤克里里收藏，除了一把纯棕色的，其他都是夏威夷色彩：阳光、浅滩、番石榴。沿墙脚一圈排开的，统统是戏剧海报，有布莱希特、契诃夫、《暴风雨》、《皆大欢喜》、《亨利四世》和《第十二夜》，也有《第十七个洋娃娃的夏天》和《逃离》[1]，外加各种形体戏剧、木偶戏、卡巴莱歌舞秀和滑稽童话剧。

尼克·乔丹电话里的杂碎馅饼变成了一只完美的、塞满奶油鸡和韭菜的酥皮馅饼。尼克没有烤盘，就用超市买回来的锡箔纸代替，烤得非常漂亮，配上嫩芦笋尖一起上桌。

尼克找不出可以充当餐桌的东西，于是他们肩并肩坐在沙发上，盘子放在膝盖上吃了起来。嘉斯汀总忍不住想到这是劳拉的沙发。尼克选了一款清爽的白葡萄酒来庆祝，用的却是一对印着向日葵的马克杯，酒杯目前还排在他的待购清单上。

“敬你，路易斯·莱恩[2]。”尼克举起杯子，说。

很快，两只一干二净的空盘子放到了咖啡桌上，尼克打开第二瓶酒，嘉斯汀注意到，这瓶明显不如前一瓶贵。她整个人暖融融的，飘然微醺，脱掉鞋子盘腿坐着。

“谢谢这些，尼克。晚餐……还有，和我一起庆祝。”

“我的荣幸。”他说，“不过，别以为我忘了，你还要承认，里奥·索恩伯里无所不知。”

“那可真是个重大声明。”嘉斯汀说。

“好吧，我不催你。你什么时候准备好，”尼克假装严肃地说，“我就什么时候听你的承认宣言。”

嘉斯汀大笑。“那好吧，我猜今天就是最好的时机。”她啜了口葡萄酒，想了想，又清了清嗓子，一本正经地说，“看来，里

1.《第十七个洋娃娃的夏天》（*Summer of the Seventeenth Doll*），澳大利亚剧作家雷·劳尔（Ray Lawler）代表作，被视为改变澳大利亚戏剧发展道路的历史性作品。《逃离》（*Away*）是澳大利亚剧作家迈克尔·高（Michael Gow）的代表作，作品以开头的《仲夏夜之梦》和结尾的《李尔王》向莎士比亚致敬。

2. 美国漫画中超人的女朋友，人物设定为获奖新闻记者。

奥·索恩伯里的确是个相当不错的占星师。”

“卡！”尼克说，“苍白无力，再来。”

“好吧，好吧，你说得对。”嘉斯汀说，“啊……不管出于什么原因，里奥·索恩伯里的专栏的确相当准确地预测了我今年的工作情况。”

“都是些含糊其词的话。”尼克有意见，“什么叫‘不管出于什么原因’？你的台词应该是‘里奥·索恩伯里无所不知’。”

“里奥·索恩伯里……”嘉斯汀重新开始，一下子没忍住，咯咯笑起来。

理智：要是他知道，哈？

嘉斯汀：你怎么非得这时候冒出来？多么美好的时刻啊。

“里奥·索恩伯里……”尼克敦促。

“拥有非凡的敏锐洞察力。”嘉斯汀收尾。

理智：很机智……

没等尼克继续争辩，嘉斯汀就惊讶地听到钥匙插进门锁转动的声音。尼克看来也同样惊讶。几秒钟后，劳拉·米切尔出现在起居室门口，闪亮的深绿色外套一直垂到脚上那双恨天高的鞋口，头发盘成一个复杂到嘉斯汀确信只有专业发型师才能做出来的高髻。看这架势，她似乎是下了红毯就直奔过来，却不料带来一阵极度尴尬的沉默。

“嘿，”尼克立即起身上前，亲了亲劳拉的面颊，“你说过要来吗？”

劳拉的目光从尼克扫向嘉斯汀，又回到尼克身上。“我在韦斯特伯里拍广告，就在公园那边。”劳拉说着用她的小手包比画了一下，像是要指示她来时的方向，“所以我想，结束后可以顺便过来，打个……招呼。”

话音落地，短暂的安静仿佛被抻开，再抻开，流过的每一个纳秒都无限延伸。嘉斯汀感到越来越不舒服。

“这是嘉斯汀。”尼克赶忙说。

一丝困惑从劳拉脸上飞快掠过，只有短短一瞬。嘉斯汀立刻见识到，劳拉对表情的管理多么熟练迅速。

“很高兴见到你，嘉斯汀。”劳拉说。在她纯熟的彬彬有礼中，有一种很正式的东西，让嘉斯汀又是羡慕，又是恼怒。

“我邻居。”尼克解释。

“噢。”劳拉的记忆碎片总算拼合成型，“你和尼克以前是同学，你是他那个莎士比亚教练，对吗？”

“是我。”嘉斯汀的思绪不知不觉跳到那个守灯塔人的篮子上。劳拉知道吗？那会让她烦心吗？

劳拉脱下外套，挂在帽架上。

“来杯红酒吗？”尼克提议。

“水就可以了，谢谢。”劳拉说。尼克进厨房去倒水，劳拉在嘉斯汀身边坐下，问：“那么，他的台词怎么样了？”

“很漂亮。”嘉斯汀说，“非常不错。只要最后一段独白再稍微下点功夫就行了。我的意思是，如果有哪一段是你绝对不想出错的，肯定就是墓地那场。你能想象吗，在地下室，怀里抱着朱丽叶，脑子里却空空如也，不得不求助于提词？我是说，那样情绪就都破坏了！”

理智：你开始胡言乱语了。

嘉斯汀：我知道。你看到她的脸没有？虽然是想掩饰来着，可她看着我那神气，就像我是个笨蛋一样。

嘉斯汀意识到，劳拉就是那种无论做什么都让人紧张的女人，哪怕是沉默不语。嘉斯汀一紧张，举止言谈就立刻产生巴甫洛夫条件反射——跟劳拉这样的女人交谈时，不管怎么努力，她总是无法自制地陷入可笑的喋喋不休中。

嘉斯汀：**我该怎么办？**

理智：**穿上鞋子，傻丫头。**

于是，当尼克回到起居室时，嘉斯汀已经把脚塞回了她心爱却不起眼的木底拖鞋里，粗呢连帽厚外套也上了身。出门时她还觉得这件衣服颇有几分俏皮别致的街头风，这会儿就只剩下孩子气了。

“我该走了。”她说。

“不必因为我就着急走。”劳拉说。嘉斯汀看得出来，她是认真的。

“不，我真的该走了。”嘉斯汀说，“今天上班累坏了。”

尼克在门口再次拥抱了嘉斯汀，可这一回，她并没有感受到早前那种战栗的兴奋。

“我很抱歉，”他悄声说，“没想到会这样。”

嘉斯汀知道，今天晚上又要失眠了。她忍不住猜想，本来会是怎样呢？

正式就任记者那天一大清早，才七点半，嘉斯汀就站在了星刊杂志社大门前，身上背着欧菲斯文具的公文包，包里塞了一大把黑色水笔、一叠优质记事本、一套桌面文具收纳盒，外加一些漂亮的便利贴、动物形状的橡皮圈、企鹅回形针和精巧的橡皮擦。

其他人都还没来。嘉斯汀按下电子门锁的密码，走进光线昏暗、空荡安静的室内。她在采编部门口稍稍驻足，走进了曾经属于詹娜·瑞伊的办公位。电脑旁，那些钉在记事毡板上的明信片和记事贴统统不见了，笔筒空了，桌边的小书架也空了。嘉斯汀轻轻晃动鼠标唤醒屏幕，发现电脑也空荡荡的，詹娜的个人文件都清除了，桌面恢复了默认画面，正虚位以待。

嘉斯汀琢磨着，换办公桌就像简化版的搬家，有点兴奋，有点新奇，有点焦虑，还有一点点离别的刺痛。此刻，她很庆幸自己能醒这么早，感激能有这么一小段空闲时光可以从容地布置自己的新办公桌，泡一杯茶，做一会儿白日梦，甚至，还可以悄悄溜进她的旧办公室，查看一下传真机。

在那间不再属于她的办公室里，一张白纸已经躺在了传真机上。很快，这一切都是亨利的了。可现在，传真已经到达，嘉斯汀也到了。

“时间刚刚好，里奥，”她轻声说着，拈起了那张纸，“恰到好处。”

“水瓶座，”她读道，“本月火星的力量转入第八宫的能量区。作为一个强有力的宫位，第八宫关乎生命最玄妙的奥秘，性与死亡，同时也关乎重生与转化。八月二十一日的月食是启示，也是吉祥的征兆，指引你放弃生命中不再有益的东西。”

“唔……很有帮助，索恩伯里先生。”嘉斯汀低声说。

理智：我不知道。性与死亡似乎刚好跟罗密欧有关。

嘉斯汀：嗯，但我们不希望他考虑“放弃”，不是吗？

她看了一眼时间，还很早，便闪身坐进办公椅里。如果还没完成亨利就到了，她大可以真诚地说，只是想帮他解决一些收尾工作。毕竟，这是杰瑞米要求的，每个人都要伸出手，拉亨利一把。

嘉斯汀把里奥的传真稿夹在文件架上，登录电脑，新建文档。她的十指在键盘上飞舞，逐条录入，白羊座、金牛座、双子座、巨蟹座、狮子座、处女座、天秤座、天蝎座、射手座、摩羯座，以及……

“水瓶座，”她敲打着键盘，“水的承载者，你适逢其时。朱庇特已经送出慷慨的赠礼，为你的事业加持，多年的辛劳与投资终于初见收成。享受你应得的赞美与欢呼，鞠躬致谢吧，水瓶座！”

刚敲下最后的感叹号，丹尼尔·格里芬就出现在办公室门口，嘉斯汀不由得惊跳起来。

“抱歉，”他说，“希望没有吓到你。”

“不，没有，我没事。”她说，“只是没想到还有人。”

“我以为你应该在隔壁办公了。”

“我在隔壁，我是说，我，”嘉斯汀语无伦次道，“我只是来拿点东西，进来以后，我觉得，呃……”

丹尼尔目不转睛又饶有趣味地直视着她，弄得嘉斯汀更紧张了。他绕过桌子走到她身边，半靠在桌上，仔细看了看电脑屏幕。

“星座，嗯？”

“是的。”

嘉斯汀感觉心跳的频率像火箭般一飞冲天。要是丹尼尔看得再仔细些，就会发现，屏幕上的文字和传真纸上的不一样，她本该照着后者原样录入的。可现在，此时此刻，她什么也不能做，不能滚动屏幕藏起水瓶座的段落，也不能把传真纸从文件架上取下来。最起码，不能显得心怀鬼胎。也许，如果她够冷静，非常冷静，他根本不会注意到。

“说真的，竟然有那么多人相信星座，实在叫人惊讶。”她尝试转移目标，“你呢？信星座吗？”

“很难不信。”他说。

“哦？为什么？”

“如果有幸得到十二星座中最好的角色，要拒绝就很难了。”

“最好的角色？”

“我是狮子座。”他说，“狮子，太阳，王者。”

“明白了。”嘉斯汀使劲拽住眉毛，不让它们跑到“你一定在开玩笑吧”区域。

“你呢？”见效了，丹尼尔的目光终于转向她，不再盯着电脑屏幕。

“哦，我不是狮子。”嘉斯汀说。也许回答得太快了？

“双子？”他猜测。

“你是想说我表里不一吗？”

“天秤？”

“这算外交辞令吗，选一个不会冒犯我的答案？”

“以问题回应问题？人人都会觉得你是记者。”丹尼尔说，“不过我明白了，我得自己找出答案，对吗？”

嘉斯汀不确定，是否真的要在新工作开始运转的第一天就和丹尼尔·格里芬发生这样一段对话。

“差不多吧。”她说。

“好吧。你何不先完成这里的事情，然后来找我谈谈采访的事？”他说，“我已经为你准备了一个好项目。要不是当了主编，我自己都想去做。”

“噢？”

“听说过哈克·莫布雷吗？”

“那个橄榄球运动员？”

“很好。”

“他的胡髭太可怕了。”

丹尼尔点点头说：“还有超短裤。目前他在狮子队，打抢球自由人的位置，不过，转会到昆士兰之前，他还在南部的两家俱乐部待过。”

“然后？”

“噢，他回家了。打算发布一本诗集，他自己的诗集。”

“哈克·莫布雷是个诗人？你是说真的？”

“嘉斯汀，嘉斯汀，不能以貌取人啊。就算他长了副半兽人的模样，也不能就此断定他没有感性的一面啊。”

趁丹尼尔忙着说话，嘉斯汀小心翼翼地从文件架上取下里奥的传真……放松，放松……对折起来……要显得漫不经心。

“不用担心交稿期限。这个月的版面差不多都定下来了，我们希望把哈克·莫布雷留到九月，刚好呼应澳大利亚橄榄球联赛的决赛，所以你有充足的时间。怎么样？有兴趣吗？”

“多莉·帕顿是仰面朝天睡觉的吗？”[1] 嘉斯汀刚说完，就意识到自己跟新老板说了个关于乳房的笑话，脸唰地红了，双臂立刻交叉抱在胸前。

丹尼尔笑了，“我有个议会新闻记者团的朋友，他总是说，‘高夫·惠特兰觉得是时候了吗？’”

“非常澳大利亚。”嘉斯汀按捺住自己说。

“噢，这样的话还多着呢。考拉的屁和止咳糖片是一个味道吗？塔斯马尼亚人有两个头吗？鲍勃是棕党吗？”

嘉斯汀很想回应几句，可脑子里想到的只有“摇摆木马长着木头阴茎吗”，只好闭紧嘴巴。

---

1. 美国歌手多莉·帕顿（Dolly Parton）因拥有丰满的胸部而只能仰卧入睡。这是一个略带讽刺的反诘，表示对方的提问多此一举，可以理解为“那还用说吗”。下文列举了一系列类似表达。其中高夫·惠特兰（Gough Whitlam）是澳大利亚第二十一任总理，在一九七二年大选中发起“是时候了”（It's Time）运动，率领工党赢得胜利。而澳大利亚左翼环保主义政党绿党的创始人名叫鲍勃·布朗（Bob Brown），布朗字面意为棕色。

“好了，”丹尼尔站起来说，“等你准备好，就到我办公室来，说说详细情况。”

等他一走，嘉斯汀立刻靠在椅背上，从头到脚都放松下来。刚才也太近了些，让人不自在。

她拿起里奥的传真。通常她会直接把它往文件叉上一插，可今天不同，她从文件叉上取下一叠文件，把里奥的星座稿插上去，再把那些文件放回去，压在上面，将那份传真件深深地埋进纸堆里。

点击提交，发送排版，退出登录。从今天起，这台电脑就是亨利的了。离开办公室前，嘉斯汀轻轻拍了拍小巧的白色传真机。

“谢谢，里奥，老朋友，这很有意思。”她轻声道，“不过，现在该结束了。”

星期五是《罗密欧与朱丽叶》首演，嘉斯汀很有策略地在下午四点四十分准时占领办公室的盥洗室。她锁上门，躲在盥洗室里脱下可爱的樱桃红玛丽珍鞋，换上一双黑色松糕底高跟靴，鞋子漂亮得很，可走起路来也难受得厉害。

嘉斯汀今天穿了条素净的小黑裙，外面罩一件黑色晚装外套，领口和边缘都有褶皱。

四点四十五分，门外响起一个甜甜的声音。“亲爱的，你还要很久吗？”

“很快，巴贝尔。”嘉斯汀一边回答，一边取出化妆包。

脸上完工，就剩头发了。不能冒险用发胶，那会让她打喷嚏，所以，她的解决方法是，用手把那头浅棕色波浪长发抓卷，再贴着太阳穴上方别一个闪亮的发卡。她审视着镜中的自己。

嘉斯汀：看上去怎么样？

理智：非常好，真的。

穿上这双华丽的靴子，从办公室到亚历山大公园市场就成了一段艰苦的路程，因此，嘉斯汀决定，后半段路选择搭出租才是明智之举。可在那之前，她还是得走路去一趟市场。今晚的市场跟牛油果招牌无关。

市场里有一家花店，名叫“你好，花瓣”。柜台后的女人围着一条复古风的亚麻布围裙，看起来忙了一整天，很是疲惫。她的睫毛膏晕开了，染在眼睑上，头发也蔫蔫的。尽管如此，她还是努力挤出一个笑容，迎向嘉斯汀。

“有什么能帮得上你的吗？”她问。

“我要两束花，谢谢。”嘉斯汀说，“两束花要相配，一束年轻一点儿，适合女孩子，另一束稍微年长些，偏男性化。”

这要求似乎引起了花店老板娘的兴趣。她想了想，开始在插着鲜花的桶和架子间穿梭来去，这儿拎起一枝，那儿拿起一茎，就像跳起了某种华尔兹。

“还有，如果不介意的话，能不能想办法把这个和第二束花扎在一起？”她递给老板娘一本热腾腾新鲜出炉的《星刊》。

“越来越叫人好奇了！”花店老板娘说。

侧着身子艰难抵达楼厅前座第二排正中的位子后，嘉斯汀打量四周，发现坐在这一区的大都是银发的妇人们，个个戴着大耳环，披着鲜亮的羊毛披肩，身边大都陪着一位同样银发的绅士，穿着嘉斯汀猜测多半是他们第二高级的外套。靠后的低价座位区由更年轻的观众占据，许多人都穿着绞花羊毛衫，戴着宽边眼镜，在嘉斯汀看来，大概都是戏剧专业或英语专业的学生。

楼厅前座的第一排还空着两个位置，活像六岁孩子下牙床上的豁口。就在这时，劳拉·米切尔来了，一边微笑着道歉，一边经过已经落座的观众面前走向这两个空位。她身后跟着一位耳垂珍珠、身披紫红色羊毛披肩的女人。那一定是劳拉的母亲，嘉斯汀想，因为这两个女人拥有同样看着颇为昂贵的下颌、同样顶级的颧骨和同样浓密的头发，那头发顺滑又蓬松，就像卡诗广告里的那样。劳拉坐下时看到了嘉斯汀，冲她微微挥了挥手，嘉斯汀回礼致意。

欢乐剧场不是那种以先锋表演著称的剧院。然而，大幕一开，嘉斯汀就看出这不是常规的《罗密欧与朱丽叶》。所有演员都穿着同样简单的黑色长袖上衣和黑色七分裤，不过，或白或灰的头饰足以让人迅速分辨出某些角色。服饰虽然极尽简洁，妆容倒是相当夸张。每位演员的妆容都巧妙地对眼睛和嘴进行了强调。

舞台露出真容，一面凹形巨幕自黑色地板外缘拔地而起，从黯淡的白天到繁星满天的黑夜，幕布上的画面随场景不停变换。当演员们演绎夜间场景时，黄道十二宫的星座图案投影到幕布上，缓缓旋转，循环，须臾不停，象征着时间的车轮滚滚向前。

同大多数半专业的演出一样，这场演出有太多让观众出戏的地方。扮演提伯尔特的年轻人大概是铁了心要将这位凯普莱特家的堂兄变成漫画版的恶魔，所以才把舞台上的大部分时间都花在了甩动他那鸦羽般漆黑的头发和挥动长剑显摆剑术上，至于后一项技能，嘉斯汀猜，多半是在某个“试试挥舞你的剑”之类的成人兴趣速成班里临时学来的。蒙太古夫人的台词念得极度浮夸，刚好是莎士比亚票友可能犯下的最糟糕的那种错误。至于凯普莱特阁下，站着不动光念台词还好，可要是同时走上几步，立刻就乱了方寸。

不过，嘉斯汀看得出来，导演在用心调配手头资源方面已经做得很出色了。他把一名经验丰富的老成演员放在了朱丽叶乳母的位置上，她也不负期待完美地游走在喜剧与悲剧的分隔线上。无论面容还是声音，扮演劳伦斯神父的演员同英国演员西蒙·卡洛惊人地相似。

接下来，就是这对恋人本身了。他们不再是尼克和威尔第，而是罗密欧与朱丽叶，谈情说爱起来，诚挚得不见一丝调笑。从一开始，两个人就展现出他们温软、甜美、深邃的美丽，台词中的诗意恰到好处地扮演了第二小提琴声部的角色，将情感表现得恰如其分。当四位最具实力的演员同时站在舞台上时，嘉斯汀几乎相信，大团圆结局也未必是不可能的。

在墓中那一幕，导演跟观众玩了个小把戏，让朱丽叶在罗密欧吞下毒药的那一刻醒来，刚好来得及在药性发作前接上一个热烈而真切的吻。泪水从嘉斯汀眼角滚落。她喉头哽塞，隐隐作痛，只因无法放声悲泣。

“就这样，我在一个吻中死去。”罗密欧说。嘉斯汀看到这里，满心绝望地哭了，引得劳拉的母亲都从座位上扭头来看。她是有多傻啊，竟然忘记在手包里准备一包纸巾，弄得现在只好用手背擦眼泪。

感谢上帝，嘉斯汀想，多亏导演亲自出演亲王的角色，才总算有人能拿捏住时机跳出来，念出最后的台词：“古往今来多少离合悲欢，谁曾见这般哀怨辛酸！”

观众大声喝彩。嘉斯汀心想，莎士比亚真是个见鬼的天才。一句对仗，要多俗气有多俗气，却偏偏就能填满你的心，满到溢出来。演员返场谢幕时，嘉斯汀鼓掌鼓到手都疼了。

灯光亮起，一块新鲜抖开的手帕突然神秘地从嘉斯汀右边肩头冒出来。

“这么看来，我猜，”有个人在说话，“你是巨蟹座。”

嘉斯汀回过头，看见坐在自己身后的不是别人，千真万确就是丹尼尔·格里芬。透过她水汪汪的视野，他活像是坐在水下一般。

“哦，上帝啊，谢谢。”嘉斯汀说着接过手帕，擦了擦眼睛和鼻子。再过几分钟，她一定就会反应过来，这举动也未免显得太急切了些。“你怎么在这里？”

“你不会以为亚历山大公园剧场想不到要给星刊的主编留几张赠票吧？”

嘉斯汀立刻留意到，丹尼尔说的是几张票，复数。而坐在他身边的女人，正是蜜拉·约翰逊·王，全国最严肃的电视新闻节目主持人，以辛辣尖锐的提问和极其前卫的穿衣风格闻名。今晚，她的衣服像是连胸围裙和男装西服的结合体。嘉斯汀忍不住呆呆地盯着蜜拉，后者正扭着身子，回过头和坐在她身后的女人说话，只留给嘉斯汀一堆坠在奇妙围裙后片下方晃晃荡荡的西装领。

“那是蜜拉·约翰逊·王。”嘉斯汀惊讶地跟丹尼尔嘀咕。

“噢，真是多谢提醒了。”丹尼尔颇有几分得意，“我们是老朋友了。我很高兴，这么多年还从来没把她错认成别人。”

理智：你发现了，对吧？

嘉斯汀：发现什么？

理智：朋友，他说“朋友”，向你强调他们只是朋友。

嘉斯汀：为什么？

理智：行了啊，嘉斯汀。

嘉斯汀想了想，倒不算是个太糟糕的想法。丹尼尔……好吧，他人很好，对嘉斯汀的工作从来都不吝夸奖与鼓励。看来跟自己一开始以为的不一样，他没那么自以为是，而且的确很帅。可是，他现在还是她的老板呢。

“那么，你是来验收海斯密斯小姐的表演的？”丹尼尔将胳膊肘撑在膝头上，身子前倾，说，“看看她究竟配不配得上你为她花费的笔墨？”

“噢，是有这个因素。而且这位罗密欧是我的老朋友。”

理智：别以为我听不出来。

嘉斯汀：噢，一边歇着去吧。

丹尼尔扫了几眼他手里的节目单。“尼克·乔丹？不错，相当不错。两个主角都无可挑剔。那么……我猜对了吗？”

“猜对什么？”

“你是巨蟹座？”

嘉斯汀嘲弄地皱了皱眉。“这个啊，为什么呢？”

“显然你非常容易动情。投入，敏感，容易被感动到流泪。”

“容易？这话有点刺耳啊。我们刚看了一部爱情悲剧，也许是古往今来最悲剧的爱情故事了。”

“还有……你有点让人捉摸不透，很可能表面强硬却内心柔软……”

“你说的也许都对。可是，”嘉斯汀说，“我不是巨蟹。”

丹尼尔困惑地摇摇头，“你给出了一项非比寻常的挑战，卡麦可尔小姐。”

与此同时，后台威尔第·海斯密斯的化妆台上，一束鲜花正躺在她那灯泡镶边的妆镜前，淡粉的玫瑰、中粉的风信子、艳粉的非洲菊，上面插着一张卡片：

致海斯密斯小姐，衷心祝贺。嘉斯汀·卡麦可尔。

过道对面就是尼克·乔丹的化妆间，那里的花束更大，白玫瑰、深蓝色风信子和勿忘我，卡片上写着：

致一字不错的罗密欧。他最爱的老学究。

一本《亚历山大公园星刊》牢牢绑在花枝外面，里奥·索恩伯里正等待着传递信息。

交界日

盖伊·弗里，水瓶座，阴谋论倾向的哲学家，擅长锡笛和勺子的街头艺术家，偶尔总有充足理由的商店小贼，一个羊皮衬里帆布包裹卷儿的主人，后院、长椅和犄角巷弄的常驻客。眼下，他不急不忙地浏览着烟草店的货架，跟任何一个进来避雨的路人没有两样。他吹着口哨，撮起藏在一把黑色大胡子下的嘴，刻意避开那扇隔绝店内暖意和街头冷风凄雨的玻璃窗。就在玻璃窗外，盖伊那蒙着垃圾袋的包裹上面，颤颤巍巍地蹲着一条狗，毛都湿透了，一绺绺垂着。每当寒风吹过，它都禁不住颤抖，仅剩的一只黑眼睛里满是祈求，那是布朗·胡迪尼-马拉尔基。

布朗，头顶大犬座出生的街头流浪狈，身裹蓝色破手帕、精擅呜咽之惑心术的行家里手，公园长凳午餐的闪电窃贼，取之不尽的膀胱的拥有者。它不是条漂亮的狗。跟皮包骨头的身体和小短腿比起来，蓬乱的脑袋和长毛耳朵完全不成比例；尾巴又长又秃，只剩下尾巴尖上还坠着一小撮脏兮兮的毛；下颚前突，就算闭上嘴，那一口横在脸上的脏牙也清晰可见，远远看去就像拙劣的缝线痕迹；更别提左脸那片被缝上的眼睑了。无论怎么看，都像一只来自墓地的僵尸狗，刚刚出土的那种。

布朗瑟瑟发抖。盖伊已经在店里待了好几个小时。外面一直在下雨，布朗全身都湿透了，雨水在它缠结的皮毛间冲出一道道沟壑，再沿着裸露出皮肤的沟壑滚落。尽管依旧守护着脚下这堆罩着塑料布的玩意儿，依旧时刻准备对来自任何方向的觊觎者狂吠猛吼，可布朗意识到，这场交易的痛苦终点已经越来越近了。

没错，盖伊今天为它提供了一顿丰盛的早餐，有培根皮和面包壳；布朗也确实在盖伊的羊皮包裹里享受了几个星期的舒适夜晚。可布朗觉得，自己付出的更多。说到底，谁才是盖伊街头演艺事业成功的功臣啊？光靠盖伊自己的话，就算运气再好，也不过赚点儿杰克·丹尼尔威士忌和冠军红宝石烟丝吧。

哪怕占据了火车站的黄金地段，盖伊能挣到的也不过区区几个零角子，来自心存怜悯的理想主义空想家和带着钱包却不愿在口袋里揣着沉甸甸硬币的男人。可是，有布朗在一旁，双腿起立蹦几下，欢快清脆地叫上几声，盖伊就能指望得到真正难得的犒赏了。看呀！这儿一张十块，那儿一张五块，就连大学生也肯掏出两三块钱来。

盖伊和布朗是在一趟火车上相遇的，他们立刻辨认出，彼此都是逃票的难兄难弟。布朗喜欢火车，因为在这儿多半能找到被丢掉的三明治外皮，偶尔还能有一段温暖的“一站情”。它很有分寸，只要能发出几声满足的咕噜，耳朵后面能时不时被挠上一挠就行，等到车门打开，一切就结束了，它跳下火车，继续自己甜美的旅程。可盖伊不但挠了布朗的耳朵，还顺便看了看那条又脏又破的蓝色手帕，读出了上面用油性记号笔写的字。

“布朗·胡迪尼-马拉尔基。”盖伊拼读着，轻声笑起来，“噢，是个名字，还是复姓呢。”

盖伊拽出他的锡笛，金属音符引得布朗也唱了起来。

“嗓子不错，布朗老弟。”盖伊说罢继续演奏，狗儿引项应和。三站外加半个热狗过后，一人一狗结成了同盟。几个星期过去了，如今，这同盟开始变味儿了。

布朗徒劳地甩动身体，它盯着窗户里的盖伊，不断加大它的呜呜能量。“你现在要出来了。”“你现在要出来了。”“你现在要出来了。”可盖伊只是转过身去，若无其事地把一瓶芝宝打火机的补充装汽油顺进他那印着水渍的防雨外套里。布朗恶狠狠地诅咒玻璃，都怪这东西，屏蔽了它的脑电波。

再过一夜，它告诉自己，然后就离开盖伊。布朗不会想念这个人，但会想念他美好舒适的羊皮包裹。盖伊允许布朗占据羊皮一角，只是这么点程度的享受，就足以让布朗忍不住陷入幻梦，梦想有一个属于自己的家，有全心全意照料它的人类，有衬着软垫的篮子、一碗能自动添满的小饼干和一袋舒玛寇斯牌零食，而它要付出的，只是最最简单的一点呜呜术。

想什么呢！该死的羊皮包裹把它变软弱了。再过一夜，就这么定了，然后它就离开，不必打招呼，直接消失在某条阴暗的小巷里，重新过回它一条狗的生活。独立，自由，因为它是布朗·胡迪尼-马拉尔基，不是什么没来路的野狗。

商店里，盖伊守着一排装饰钉细细查看，不屈不挠地忍受着店主不善的盯视，努力屏蔽布朗的“呜呜”召唤。只要不看窗外那条浑身湿透的狗，盖伊就能忍住走出商店去买个汉堡的念头。商店老板把收音机调到一个蹩脚的社区频道，一首歌的最后一个音符刚好消逝，主持人的声音随之响起，就像一股温热的黄油，不偏不倚，刚好注入他的耳朵眼儿里。

“这里是——里——奇·瑞弗纽，”他拖长了声调，光“这里是”就拉足了四个音长，“刚才是裘斯·纽顿，得了，用不着我再多说，是不是？我该告诉大家的是，现在已经两点三十分了。牙医时间，我亲爱的老爸总这么说。”

盖伊心想，这位电台主持人能不能忍住别多解释。

“两点三十，亮洁牙齿？”主持人说着傻乎乎地咯咯笑起来。

看来忍不住，盖伊想。

“现在，是星——座——时间，来自宇宙超超超——级大明星，《星刊》独家撰稿人，里——奥·索恩伯里。”

盖伊漫不经心地听到几句双子座啦、流水桃花艳情邂逅啦、处女座准备化整为零除旧布新之类的话。

“对于世界各个角落的水瓶座，里奥说：你适逢其时。朱庇特已经送出慷慨的赠礼，为你的事业加持，多年的辛劳与投资终于初见收成。享受你应得的赞美与欢呼，鞠躬致谢吧，水瓶座！最后，是双鱼座……”

不过盖伊的水瓶座耳朵已经调转了方向。

“朱庇特已经送出慷慨的赠礼，”他琢磨着，“辛劳与投资终于初见收成。”

好吧，如果这都不算指引的话，那就真不知什么才是了，盖伊心想。循着自己的人生轨迹，他回想起曾经失去的一切。在黄金海岸的朱庇特赌场里，二十一点的牌桌上，他失去的是金钱吗？还是说像占星师刚刚提到的，只是投资？“收成”，那个占星师说了。

朱庇特，噢，朱庇特！伟大的天空之神正召唤他北上，诺言已经许下，惊天霹雳将送进他的裤袋。“适逢其时……鞠躬致谢吧，水瓶座！”

盖伊瞥一眼窗外阴沉沉的天空，试着想象黄金海岸温暖的阳光洒在裸露的皮肤上，想象脚趾在沙里蠕动，而不是在靴子里一点点冰冻麻木。还有什么比在凛冽的南方隆冬时节北上更好的选择？好吧，也许是凛冽的南方初冬。可是，船已起航，不管怎么说，他喜欢这个主意，非常喜欢。街头卖艺的生意最近还不错，他口袋里很有些铜板，足够买把剃须刀，甚至够进十元理发店，坐在椅子上享受一次清爽痛快的服务。先把自己稍微收拾打点一下，再到马路边竖起大拇指搭车。之后，他还能留下足够的钱登台亮相，唱响他和朱庇特的小小二重唱。

可要是就这么走了，布朗怎么办？

盖伊转头去看布朗，就在他的双眼对上狗的独眼时，脑海里浮现出这样一个念头：我现在要出去买个大汉堡，把中间的肉饼拿出来给布朗吃。门上的铃铛响起，他走了出去，留下商店老板厌恶的嘟囔。

“好孩子。”盖伊说。布朗从包裹上一跃而下，拼命摇晃它的尾巴，就像小狗讨表扬争宠时的本能动作。盖伊拎起包裹，低头看看布朗。他越来越喜欢这个小伙伴了，可是很难带它一起上路。谁会愿意让一个脚边蹲只脏兮兮的独眼杂种狗的人搭车呢？

不过，盖伊决定，就算真要把这小东西孤零零地扔在这座城市里，也得先给它买个汉堡。迈开脚步朝火车站的汉堡店走去时，一个计划在他脑海中成型了。

半个小时后，布朗躺在一辆西行列车的地板上睡着了。它的身子暖和多了，毛也差不多干了，肚子里装满了牛肉饼，龇着牙的下巴搁在前爪上。醒来时，它觉得非常难受，有什么东西紧紧勒着它的脖子。是盖伊的皮带，充当了项圈和牵引绳。不仅如此，布朗还闻出了那个地方的味道。

不，它想，不！可是不会有错。

布朗低声咆哮着咒骂盖伊，这个溜须拍马的叛徒，臭气熏天的猫大便一样的人类。他轻轻松松地把它拽下火车，来到站台上，悲惨的气息和犬类扎堆的味道更浓了，充斥着它的鼻腔。还有声音，穿过菱形网格围栏，越过光秃秃的运动场，那些声音竞相传来。布朗听到一群斯塔福郡斗牛㹴隔着栅栏相互骂娘，一条边境牧羊犬叫着“戏！戏！戏！”，扮演串场的神经病，还有一堆癞皮的吉娃娃崽子朝着妈妈大声抱怨。布朗冲着盖伊的脚脖子一个劲地咆哮。

“放松，伙计，放松。”盖伊安抚布朗说，一边拽着它走过铁路桥，爬上一条狭窄的小道，走向“狗狗之家”的大门。

布朗徒劳地吠叫不休，时不时噎住一下。这个愚蠢的人类难道不知道，有多少来这儿的狗最后都落得个一针下去翘辫子的下场？

盖伊推开门，一个女人绕出前台迎上来。她穿着卡其布收腰外套，身宽体阔，活像艘战舰。

女人挑起一侧眉毛，微微倾身向前。布朗看得出，她很小心，确保那张松垮的脸待在它一扑所及的最大攻击范围以外。

她微笑着，冷漠地说：“噢，噢，又是你，欢迎回来。”

两位年轻女士正在美第奇吃午餐，享受着众人的瞩目。总是这样。虽说她们有意识地忽略四面八方投来的目光，却也不得不承认，选择落地窗前的位子多少有刻意的成分，毕竟，窗框能把她们衬托得更漂亮。

夏洛特·朱尼珀，绿党参议员戴夫·格雷格森的宣传顾问，身穿橄榄绿裙，配超高跟靴子，一头红发披落在肩头。尽管脖子上系了一条浅色亚麻围巾，依旧可见斑斑红痕散布在围巾和低胸领口之间的肌肤上。

坐在对面的，是她的朋友劳拉·米切尔，摩羯座，法律系毕业生，冉冉升起的模特之星，严格保持体重指数二十的身材卫士，进口奶酪鉴赏家，慷慨且无比得体的生日礼物挑选专家。说到劳拉乌黑闪亮的长发，很难不让人想起“鸦羽”这个词。今天，她的头发放了下来，笔直顺滑，松散地披着。身上的黑裙是宽松款，却依然将她小巧挺立的胸和纤窄优美的臀勾勒无遗。她穿了双浅口平跟的黑鞋子，尽管已是八月寒冬，长腿依旧光着，露出棕褐色的肌肤。可怜的侍应生简直不知道该把目光落在哪里才好。

“两位的拼盘想要什么奶酪？”他问。

“当然是达芬努瓦。”劳拉说。

“还有莱斯特。”夏洛特说。

劳拉和夏洛特有时会幻想拥有自己的奶酪精品店。她们一致同意，店是会有的，只要等到劳拉赚足百万身家退休，等到夏洛特拯救完世界。

夏洛特和劳拉的友谊非同寻常，超越了政见、品位甚至常规的投契标准。当真论起来，两位女士的相同点屈指可数，不过是都享受自己的美丽，都热爱漂亮衣服，都喜欢奶酪，都有两任继父，而且马上将有第三任。

夏洛特的继父之多，体现了母亲对于博爱的嬉皮伦理是如何笃信遵行。而劳拉这边，则是源于母亲坦然的人生哲学：首任丈夫图基因，第二任图财，第三任图更多财。至于劳拉母亲的第四任丈夫，劳拉的第三任继父，母亲大人自己也承认，并没什么可图，但他为人风趣好相处，人脉广，还拥有一艘漂亮的游艇。

夏洛特和劳拉相识是两人大学二年级的事了。那时候，夏洛特已经当选学生会主席，劳拉被选中代表学校参加一场全国性的校园宣传活动，戴着学士帽，身穿学士袍。不过，她们的友谊直到大学四年级的一个晚上才牢牢建立起来，那是在一场大学舞会上，两人都已经开始毕业实习了。

夏洛特成功得到了丛林遗产协会决策部的职位，劳拉则因在必和必拓法务部谋得一席之地而激动不已。为参加舞会，夏洛特穿了件开叉到大腿的白色丝绸紧身旗袍，劳拉则穿一件无肩带黑色礼服，蓬蓬裙摆，织锦面料。两人面对面站在这座城市最高档酒店之一的休息室里，风姿绰约，难分伯仲。

“我老是记不清，”一个喝醉的倒霉蛋同学冲这对佳人说，“你俩谁去了丛林遗产协会，谁去了必和必拓？”

“这难道不是一目了然吗？”夏洛特是这么说的。她先比画一下自己的裙子，又比画一下劳拉的，“瞧见了？好人……坏人。”

“是啊，可是黑色不显脏。”劳拉嘴上答着，抬手就将一整杯解百纳赤霞珠泼到了夏洛特身上。

夏洛特站在那里，身上滴滴答答的，彻底惊呆了。劳拉立刻就后悔了。她把夏洛特拉进酒店洗手间，尽可能帮忙擦去酒渍，然后付钱叫了辆出租车，带着夏洛特一起回到她的公寓，找出另一条黑色连衣裙借给夏洛特穿。几个星期后，她买了一条非常昂贵的新旗袍送给夏洛特，深绿色。劳拉觉得，这比白色更衬她那头红发。从那以后，她俩便成了朋友。

“话说，”劳拉切下一块达芬努瓦软奶酪，“那位帅哥参议员怎么样了？”

夏洛特啜了口品诺，露出一个得意的笑，答道：“我搬进他的公寓了。”

“真是好消息，洛蒂。”劳拉说，“你们团队的其他人呢？都知道了吗？”

“我想，你可以称它为‘公开的秘密’。”夏洛特说。

“接下来有什么打算？怎么保证他死心塌地，老老实实的？”

“我有我的办法。”夏洛特说着叉起一小块三角莱斯特红奶酪，“你呢？尼克怎么样？”

劳拉顿了顿，只为烘托效果。“我们要结婚了。”她说。

夏洛特立刻发出兴奋的尖叫，引得半个餐厅的人都扭头看她。

“还没有实现。”劳拉补充道，“总之不会早于明年。”

“什么意思？”

“啊，你知道机遇牌葡萄酒的事吧？”

劳拉为这个牌子拍广告已经有几年了，如今它的广告战略逐渐往故事性发展，讲述它的“机遇女孩”如何成长，展现她生命中的每个阶段。

“所以呢，”劳拉接着说，“差不多就在今年春天，‘机遇女孩’该遇上某个男孩了，跟他一起在一排排葡萄藤间漫步，诸如此类。等到下一个春天，嗒嗒——婚礼钟声响起！再过上一年，小夫妻就该抱着小婴儿在葡萄园里散步了。再往后，就该出现个漂亮的黑头发小孩儿了……大概就这么回事。你一定不会相信，他们打算跟我们签一份五年期的合约。”

“哇噢，我还以为尼克讨厌当模特呢。”夏洛特说。

“他一直说讨厌这个，可他根本就没尝试过。我的意思是，就像我经常跟他说的，模特也是表演，不同的是有报酬可拿，还没有那些台词。我觉得，只要知道他们肯付多少钱，尼克一定会答应的。机遇酒和经纪公司的人都喜欢他的长相，他们觉得我俩在一起绝顶般配。至于尼克……我想他已经开始意识到，演戏是没办法换回面包和培根的。”

“《罗密欧与朱丽叶》怎么样？”

“你知道的，”劳拉说着，胡乱一挥手，“莎士比亚。”

“你这个异教徒。”

“我可不是异教徒，我只是诚实。”

“你已经跟尼克说了,机遇葡萄酒的事？”夏洛特试探着问。

“还……不算。”

夏洛特高高挑起一条眉毛，“还不算？那机遇那边怎么办？还有经纪公司？你不会跟他们说尼克答应拍广告了吧，是不是？”

“你瞧着吧，他会答应的。”劳拉说，“我知道他会。那笔钱比他这辈子赚到的都多，能让他彻底安顿下来。他会明白的。我只是得找个好时机跟他谈清楚。”

“你有没有考虑过做爱之前？那会儿气氛最融洽。”夏洛特开始出主意，“要不就是之后，趁他心满意足的时候？”

“噢，别搞得像个律师似的，不是那回事。他会答应的，我知道他会。”

“这样啊，那这个‘好时机’究竟是什么时机？”

“现在还说不准，等《罗密欧与朱丽叶》演完吧。”

“因为？”

“每次一出戏公演结束，尼克都会有些小小的低落，有点沮丧，还有点怀疑人生。首演夜，他总能兴奋得飞上天去。下一步，好莱坞！可一两个星期过后，闭幕演出结束了，他就会落回到地面上，怀疑自己还能不能接到下一份工作。等到那时我再说，就用这个消息让他振作起来。”

“好吧，为你们干杯。”夏洛特说。两位女士喝干了杯中的葡萄酒，几乎就在下一秒，侍应生出现了。

“女士们，再来一杯吗？”他问，“也许我可以向你们推荐机遇牌的梅洛？”

劳拉发出一阵大笑说：“机遇？哦，上帝啊，就算你倒贴钱，我也不喝那破玩意儿！”

就在夏洛特和劳拉即将结束她们的午餐约会时，在小镇遥远的另一头，达维娜·迪万正坐在餐桌旁，涂着“午夜森林”款式的指甲，不停地轻扣着耐美力纤维板桌面。已经两点了，也就是说，快到出门去接孩子们放学的时间了。她的“占星师之日”只剩下宝贵的四十五分钟了。明天，她又将回到美甲师的工作中，没有人会想到，她就是那个能洞察天机的达维娜·迪万，人们只会当她是活泼的尼可·皮特。

达维娜叹了口气。好吧，至少她还在自己的命运之途上努力前行。她已经拿到了高级占星师证书，成绩优异，更棒的是，她已经有了几个真实稳定的客户。其实，暂时只有两个，而且她花了太多时间来研究他们的星盘，到头来赚到的钱连最低时薪的一半都不及。可人人都得先起步再考虑更多，难道不是吗？就连里奥·索恩伯里也不是生来就当上占星大师的。

可是，以天国之名，达维娜对着铺在桌上的星图满心疑惑，里奥·索恩伯里和水瓶座是怎么了？她知道自己只是个新手，很多对自己来说还太复杂的东西，比如力量和角度，里奥一定都能梳理得清清楚楚。可最近几个月，里奥对水瓶座的预言和分析，她完全没能从星图上分辨出来，哪怕一点点痕迹都没有。六月，里奥话里话外都说要警惕爱情，可达维娜看到的却是，水瓶们快活地在浪漫之海里畅游。七月，里奥的主题集中在反物质主义，可达维娜看到的星象却是鼓励谨慎理财。到现在，八月了，里奥向水瓶座发下通关文牒，允许他们享受来之不易的荣耀之光，可她在星星身上读到的却是，水的承载者如果遇到难以抉择的问题——火星走到第八宫时总会有这种难题冒出来——就该好好缩在冬天厚实的羽绒被下别动弹。究竟是怎么回事？达维娜茫然了。她究竟漏掉了什么？

处女篇

♍

新晋记者嘉斯汀的最初一段记者生涯过得飞快，一天一天嗖嗖滑过。她感觉自己陷入了一段无限循环播放的影片，间歇定时拍摄的那种：早上起床没多久，进度条就被拖到了晚上，累得翻不了几页书就得关灯睡觉。

办公室这头，新的办公空间已经布置好了，电脑旁的记事毡板钉上了她自己精挑细选的明信片和警句格言。搬进采编部没两天，嘉斯汀就明白，自己必须学会对马丁的骂骂咧咧和几乎无休止的自言自语充耳不闻；相反，对洛玛精心准备的电话采访却该留心倾听，学习那些优雅却暗藏玄机的提问。

星期五一早，嘉斯汀到达星刊杂志社时，发现丹尼尔·格里芬正站在“黄色灾星”下认真地和一位年轻姑娘交谈。那姑娘身穿浅蓝色裙子，配米黄色开衫和平底鞋，不断地点头、微笑。她一侧肩膀向下垂，另一侧膝盖弯曲着，似乎试图用这样的方式，努力不让自己显得比主编本人更高。

“嘉斯汀，我想你该见见塞西莉亚·特里菲特。”

“嗨，塞西莉亚。”嘉斯汀说。

塞西莉亚的手瘦骨嶙峋，握起来却软绵绵的。嘉斯汀注意到，她有一头浅棕色的头发，很光滑，看着就很难打理的样子。她的脸庞很窄，嘴唇很薄，藏在无框眼镜后面的眼睛却是相当漂亮的蓝色，睫毛又黑又长。

“塞西莉亚是我们新上任的杂志助理。”丹尼尔介绍，脸上的表情却在暗示嘉斯汀，他觉得特里菲特小姐有点儿逗乐，“她应该是星期一才正式入职，今天过来是想……先适应一下。嘉斯汀是我们的记者，不过她也在你这个位置上干过。我刚才正在向塞西莉亚小姐介绍我们这颗宏伟星星的历史，当年我成为杂志助理的第一天，杰瑞米是怎样把我带到这里，让我站在这颗星星下面，跟我说那些——”

“启迪之光。”嘉斯汀接口说完，模仿光芒洒下的样子。

“他对你也这么说？”丹尼尔问。

嘉斯汀点点头说：“你必须爱上这个‘黄色灾星’。它非常……独特。”

“呃，不对。”塞西莉亚立刻接话。

“不好意思？”嘉斯汀说。

“你知道，一样东西要么独特，要么不独特。”塞西莉亚解释，“没什么‘非常’独特。”

嘉斯汀的确知道。事实上，这正是嘉斯汀本人会挑剔电台主持人的问题（他们通常都是借助厨房的收音机喇叭出现在她耳边），也正是她编辑投稿专栏时会啧啧叹着气挑出来的毛病。可这会儿，她并不是在写作，也不在电台做广播，真见鬼，只是聊个天而已。随意闲聊，随意到她说出了“非常独特”这种组合，结果呢，就给这个长着一对根本没法关进嘴里的大门牙的姑娘挑出了刺儿。

“说得好。”丹尼尔似乎想起了嘉斯汀的嗜好，更乐了。

“塞西莉亚，”嘉斯汀说，“你不会刚好是处女座吧？”

塞西莉亚看起来又高兴又吃惊：“你怎么知道？”

嘉斯汀笑了，她希望那是个高深莫测的笑。“欢迎来到《星刊》，塞西莉亚。看得出来，你很适合这里。”

“我一直相信，很多事情可以推此及彼。”丹尼尔对嘉斯汀说。那是下午过半的时候，嘉斯汀正在茶水间的冰箱里搜寻一盒还没过期的牛奶。丹尼尔走进来，准备为自己冲一杯新鲜的咖啡。

“什么？”

“也许事情是可以推此及彼的。我得说，你今天早晨把自己暴露了，猜塞西莉亚星座的时候。你自己就是处女座，对不对？”

“噢，”她停下来往茶里加了点儿牛奶，搅了搅，“我的上升星座是处女座，好像是。所以，你很接近了。不过要说太阳星座的话，还是不对。”

“上升处女。见鬼，我还以为这次肯定猜中了。”

“嘿，振作些。总共就十二个星座，你早晚能找出来。”

丹尼尔往咖啡里加了三勺糖，冲着嘉斯汀高高挑起的眉毛耸了耸肩，尝了一口。

“哈克·莫布雷的采访怎么样？”他问，“他是不是真像电视上看着那么壮？”

嘉斯汀已经在这位橄榄球巨星的诗集发布会上和他见过面了。发布会在书店举行，主要面向媒体，不过嘉斯汀还是在现场看到了几个胡子拉碴赋闲的联盟球员。他们显得与周遭环境格格不入，三三两两地站在一边，不是抱臂胸前，就是两手插在口袋里，多少都有点手足无措的样子。

“是的，说不定更厉害。”嘉斯汀说。

“诗集怎么样？”

“大部分是自由体，几首十四行诗，还有一首牧歌，叫《竞技场》。”嘉斯汀汇报，“只有很小一部分作品真正和橄榄球有关，这首是其中之一。”

“有还不错的吗？”

嘉斯汀感觉自己快忍不住翻白眼了。“《冲刺的赫尔墨斯》还不错，《绿茵战士》就有点自命不凡的英雄主义了。”

“那么，跟橄榄球无关的呢？”

“多半都是爱情主题，也有关于征服的。那首《天鹅绒余韵》完全可以当成情色作品看，还有《黎明的胜利》。”

丹尼尔露出担忧的神色，“《黎明的胜利》？”

“恐怕是的。”嘉斯汀说，“不过，还不止这些。据说，他在赛场上不爱言语挑衅对手，而是会吟诗。”

“他自己的？”

“照他说倒不多。他更喜欢叶芝、艾略特、卡明斯，还有休斯。”

“都是大诗人，男的，哈？”

“他坚持说自己没有性别歧视。”嘉斯汀说，“他还告诉我，普拉斯和塞克斯顿[1]的诗在暂停时用特别有效。”

丹尼尔大笑道：“他的原话？”

“是的。”

“请告诉我，你把它写进文章里了。”

“你那位朋友怎么说来着，高夫·惠特兰觉得是时候了吗？”

丹尼尔赞许地点点头，“你这篇什么时候能完成？如果写得好，就可以安排发表了，目前听起来还不错。”

1. 西尔维娅·普拉斯（Sylvia Plath）与安妮·塞克斯顿（Anne Sexton）是两位以自白体诗著称的女诗人。

“话虽这么说，眼下还有很多事要做。问题就在于，我挖到了太多好料。教练为我提供了一些绝妙的引语，还有他的前妻。这么说吧，她没能保持克制矜持，而且，那首《天鹅绒》多半也不是说她的。我还顺便走访了诗歌学习班，哈克年轻时上过的那个，那儿还留着他当时学写的一些诗句。那位老师实在是位有个性的人物，他——”

丹尼尔打了个响指，“摩羯！不是处女座，是摩羯座。”

嘉斯汀笑起来，“为什么？”

“敬业。总是提前上班，或者推迟下班，要不就是提前到岗又加班。我都看在眼里。许多人都会止步于当面采访莫布雷，写出一篇浮于表面的专访文章，可你走得更远。这不就是摩羯座嘛。”

“有意思的理论。”嘉斯汀说。

“我猜对了，是不是？”

嘉斯汀端起茶杯朝门口走去。

“唉，格里芬先生，你还得再想想。不过，好消息是，你已经走过了半个黄道，只剩六个星座了！”

第二天是星期六，没等太阳升起，亚历山大公园奉公守法的好居民就开始忙着把坏掉的冰箱、方方墩墩的老电视柜、脏污的沙发和寿终正寝的吸尘器拖到马路边的人行道上。当嘉斯汀·卡麦可尔还窝在她伊夫林塔十二层的床上，迷迷糊糊地挨过日出时光时，这一带街区的如茵绿地上早已高高堆起了磨损的地毯、成箱的《读者文摘》、老式录像机、旧狗窝、搪瓷奶酪火锅套装、坏掉的暖风扇、失宠的浴室体重秤、歪歪倒倒的衣帽架，还有几张老掉牙的搁脚凳，当初买来时说不定还有个洋气的法语名叫“布菲（pouffées）”。

同样倾巢而出的，还有勉强能用的小家电和小玩意儿，比如甜甜圈机、足浴盆、棉花糖机和花里胡哨的蛋糕模具。普通家庭淘汰的玩具无非是各种款式的“扭扭乐”“河马吃豆子”和“打破砂锅问到底”，更有雄心壮志的父母则趁机丢出那些乏味的“数学思维”“趣味分比萨法”和“摇一摇，拼单词”。原来，今天是市政委员会规定的大件物品免费丢弃日，一年只此一日，可以尽情扔掉家里的大件垃圾，不必支付涨速恼人的垃圾处理费，也不必跑到臭气熏天的垃圾场让汽车沾上海鸥粪。

对于这个特别的星期六，嘉斯汀早有计划。早上八点左右醒来，但并不起床，而是靠在床上读读小说，或是翻一翻霍华德家居世界的产品目录，直到至少十点。然后，她要去洗个澡，穿上带有春日气息色调明快的衣服，去拉斐罗点一份杏仁牛角包，外加一杯咖啡，看看周末的报纸，再检查一下，拉斐罗有没有按照她强烈建议的，把午餐菜单上的“半片烤鸡”换成“烤半片鸡”。然而，她完全没有料到，手机会在清晨六点半就响起来，响声巨大，锲而不舍。手机还在包里，包昨晚被她随手扔在了卧室地板上。

嘉斯汀紧紧闭着眼睛，一边等电话自动断掉，一边告诉自己，她还没醒呢。可铃声歇不过五秒又响了起来。

“滚。”嘉斯汀咕哝道。

理智：也许是紧急情况呢。也许你父亲的飞机要坠毁了，他正在用最后的电量给你打电话，要跟你诀别。也许你母亲晨练时在伊登维尔哪条街上遇袭受了伤，正躺在地上流着血。嘉斯汀！也许这就是那通电话了，一旦错过，后悔终生。

嘉斯汀：混蛋。

理智：不用客气。

不出所料，正如墨菲定律所说，嘉斯汀一直翻到最后一个口袋才找到那部响个不停的电话。她伸出发软的手指划开屏幕，含含糊糊地说：“喂？”

“你得起床了，立刻穿好衣服。”

“什么？”

“没时间浪费啦！别磨蹭了！”那声音透着滑稽的欢欣鼓舞。

“尼克？”

“就是今天。”他开心地说，“我给忘了。还好我睡得晚，刚好看到他们开始。快点，嘉斯汀，抓紧时间。”

“为什么？”

“亚历山大公园区的市政委员会回收日。这是地球上最大的自由市场！”

“我还在睡觉呢。”

“那就别睡了。我说真的，你该来淘淘货，别忘了，嘿，早起的鸟儿有虫吃。”

“想想下半句：第二只老鼠得奶酪。”

“别不高兴了，外面就是街头淘宝的天堂！十分钟，我在你楼下等你。”

十五分钟后，一身“地板衣橱”时尚风的嘉斯汀出现在伊夫林街头，一条头巾包住她睡得没型的头发，眼皮还沉甸甸的有点儿睁不开。尼克穿着法兰绒衬衫和工装短裤，外加一双松紧口的旧靴子，站在楼下等她，身边是一辆超市购物推车，相当新，塑料底盘和把手还是鲜艳的绿色，四个轮子看起来很灵活。“从沃尔沃斯偷出来的？”

“只是租的。”尼克说。

“你还真是行家里手。”嘉斯汀发表评论。

“我还准备了咖啡，装在保温壶里。但愿你是喝无糖的。”

“是的。”

“太好了。对了，我已经大致规划了一条路线。”

一个双肩小背包耸起在尼克肩头。他从短裤后袋里掏出一份做过标记的小册子，嘉斯汀认出来了，那是《亚历山大公园遗迹步行游览图》。

他握紧推车把手，摆出冲锋陷阵的架势。“准备好了？”

到了下午两点，伊夫林塔的楼顶平台已经变了模样。拉努克斯法院盥洗室改建剩下的苔绿色瓷砖遮盖了平台的一部分水泥地，排出迷人的鱼骨纹样。瓷砖区域精心摆放了两把藤编沙滩躺椅，这对躺椅来自奥斯汀莫街，略微有一点猫抓痕和磨损的痕迹。

嘉斯汀和尼克也并非全部仰赖街头淘宝大业，又在本地的园艺中心做了少许适当的交易。此刻，新鲜花泥已经填满了屋顶小花园的种植槽，埋进土里的小种子有向日葵、罗勒、欧芹和三色堇，正打算舒展开它们细小的胚根。

两个种植槽间安放着嘉斯汀和尼克最得意的免费战利品，一架来自伊夫林街另一头的高颈陶火炉。当时，它正连同配套的锻铁三脚架一起躺在路边。炉盖破了口，炉身侧面还有两三条曲曲弯弯向下延伸的裂纹，不过整体看起来都还不错。这个小火炉将会是冬日夜晚的完美搭档。

两把躺椅之间有两张临时小桌（尼克就此采访过嘉斯汀：临时桌子到底是什么？临时当桌子用用的桌子？），桌上铺着繁星图案的防雨桌布，上面有几个咖啡色的圆形杯痕。其中一张桌面上排开了一套崭新的“滑铁卢战役”跳棋，白镴质地，是嘉斯汀和尼克在凯勒曼转盘附近一条小巷里的收获，尽管过程并非那么顺利。尼克首先发现装着拿破仑法国军队的木头盒子，嘉斯汀同时找到了压在一摞《健康饮食》杂志下面的棋盘，可是，装英国军队的盒子却被另一对街头淘宝客抢先拿到了。辩论开启，虽说嘉斯汀和尼克成功争得这套棋三分之二的所有权，可这就跟拥有一套住宅百分之九十的所有权一样，最终，他们不得不拿出一座华丽耀眼的黄铜枝形大烛台来交换剩余的部分。

尼克手执来之不易的英国棋，战胜了嘉斯汀的法国棋，用尼克的话来说，这就是“屋顶开幕之战”。事实上，这一局简直就是单方面的大屠杀。尼克还不知道，这个项目在嘉斯汀心里已经被归为屋顶独家棋类游戏了。她一边观察对手咬紧牙关绝不手软的坚定神情，一边走了大约三步棋，暗自思量，怎么早没想到用下棋来刺激尼克脑子里最核心的中枢神经。嘉斯汀心想，说不定有一天，自己甚至会向他坦白，当年正是她怂恿尼克的弟弟妹妹卖掉家里的“强手棋大富翁”，把换回来的钱统统花在马克·乔丹后院里那台非法的焚化炉上。

“午餐太棒了。”尼克说着，伸手拿起最后一块天甜牌黑巧克力威化，留下空荡荡的饼干盒混在油渍斑斑的纸袋间，袋子里原本装着土豆饼、鱼饼和澳大利亚烧卖，现在已经一扫而空。

“绝对是美味大餐。”嘉斯汀说。

她歪在一张躺椅上，体会这一天的搬运工作在胳膊和肩膀上留下的影响。她有点晒伤，昏昏欲睡，还急需洗个澡。

“要是被劳拉看到这个，她铁定逼我去跑个马拉松来赎罪。”尼克说，嘴里还嚼着巧克力威化。

“劳拉今天到哪儿去了？”嘉斯汀很高兴终于有机会问出这个问题，它已经在脑子里绕了大半天了。

“得克萨斯。没错。”

“得克萨斯？”

“嗯哼。”

“去——？”嘉斯汀问。

“她接了个香水的活儿，有个新活动。”

“什么香水？”

“睡莲。得克萨斯有个大型水上公园，里面都是睡莲。”

嘉斯汀不由得轻轻喷笑出来。要知道，每当她的好闺蜜塔拉想暗示某人徒有漂亮外表、脑子里却没什么东西时，就会说他们“有一点儿睡莲”。唯一的麻烦在于，她刚刚喝了一口嘶嘶作响的姜汁啤酒。

尼克为喷酒的嘉斯汀递上一张餐巾纸，纸上印着他们买午餐的小店标志。“怎么啦？什么这么好笑？”

嘉斯汀：我们该告诉他吗？

理智：你才是那位正儿八经的好姐妹，我可不是。

嘉斯汀：唔，我想还是保留这个秘密比较好。

尼克喝光了他的姜汁啤酒。“唉，虽然我实在很想留下来，把你和你的科西嘉恶魔杀个落花流水，可我必须走了。”

“噢？”

“离谢幕演出没几个小时了，我有点睡眠不足。要是今晚还想向朱丽叶求爱，罗密欧就需要补充能量了。”

“今晚就是谢幕演出了？”

“是的。”

尼克努力把自己从躺椅上拽起来。

“噢，”他说，“有件事要告诉你。”

“嗯？”

“艾莉森·塔夫给我打电话了。”

嘉斯汀猛地弹起来，“艾莉森·塔夫？她打给你了？”

“她来欢乐剧场看了演出。”尼克摆出一副做作的谦逊面孔说，“她找到了我的申请表，打电话来说，非常期待我的试镜。”

“尼克，太棒了！这样你就得去参加试镜了。我是说，既然艾莉森·塔夫亲自邀请你，不去就太失礼了。”

“我在想，你是对的。”

一股莱顿·休伊特[1]之力骤然涌起，席卷过她疲惫的身躯，嘉斯汀觉得自己只差一点就要从躺椅上跳起来，双手合十，大喊：“来吧！”

理智：坐着别动，笨蛋。

“你这么想？”她问。

“是的，我开始倾向这个想法了。不过还要再等一等，看看里奥怎么说。毕竟，你知道的，里奥·索恩伯里无所不知。”

当天夜里，大概就在尼克·乔丹的罗密欧即将结束挥舞长剑的黑发提伯尔特的生命时，嘉斯汀·卡麦可尔脚踩帆布鞋，沿着伦尼大街悄无声息地朝星刊编辑部走去。路灯的斑驳光亮照在“黄色灾星”起伏不平的表面，向四面八方胡乱反着光。嘉斯汀怀着不可告人的心思转过门柱，走上台阶，打开了大门。整座房子寂静无声，只有冰箱在厨房里嗡嗡低吟。

如今，那间小小的白色办公室属于亨利，不再是她极简有序的避风港湾。成堆的杂志和散乱的文件堆了满桌满地，字迹潦草的便利贴围着电脑显示器乱糟糟地贴了一圈，橙色、大红色、黄色、蓝色。电脑旁的相框里是亨利本人，非常年轻，满脸敬畏地

1. 莱顿·休伊特（Lleyton Hewitt，1981—），澳大利亚男子职业网球运动员，曾排名世界第一，以体力充沛、跑动迅速著称。

站在著名板球运动员夏恩·沃恩身旁。办公桌下放着一双臭烘烘的跑鞋和一袋闪着荧光的紧身运动服。

嘉斯汀很清楚，到了这个时候，亨利多半已经将星座专栏录入完毕。为了确认这一点，她先翻了翻文件筐，看到的确没有来自里奥·索恩伯里的传真后，再转头检查文件叉。她将插在上面的文件一张一张取下来，翻面扣在桌上，直到找到她要的东西。

“啊里奥，你在这儿。”嘉斯汀喃喃道，一目十行往下浏览。

水瓶座：本月，金星将从狮子宫转移到处女宫，意味着本月主题关乎性、亲密关系与信任。你可以考虑与自己的浪漫伙伴讨论这些话题，但应有所准备，在许多重要关系中可能出现沟通不畅。太阳进入与水瓶相得益彰的风象星座天秤座，你会发现，自己正渐渐远离复杂莫测的泥潭，进入自由与发展的新阶段。

嘉斯汀在亨利的办公椅上坐下，重新读了一遍，细细思量，里奥的话能让尼克参加艾莉森·塔夫的试镜吗？还是让他远离？

理智：里奥说得不坏，“自由和发展”说不定有用。

嘉斯汀：你真这么觉得？

理智：说实话吗？没用。可就算不行，我们又能怎么办？

嘉斯汀俯身凑近亨利的电脑，轻轻晃了晃鼠标唤醒屏幕。登录界面出现，需要输入用户名和密码。嘉斯汀深吸一口气，输入亨利的用户名：hashbolt。和她自己的用户名一个规则，星刊所有员工都一样。

理智：你心跳变快了。

嘉斯汀：多谢你指出这一点。

理智：我认为你现在兼具负罪和紧张感。

嘉斯汀：嘘——我打赌就在这里，在某个地方。

嘉斯汀要找的是一张橙色便利贴。有一张橙色贴上写着：埃洛伊斯的生日。另一张上是：昨日已矣，多思无益。

“哈！有了！”嘉斯汀兴奋地说。她终于找到了那张方形的橙色小纸条，上面是安汶的笔迹，写着亨利的密码，外加一句说明：记住后销毁。嘉斯汀轻敲键盘，输入密码，判决命运的彩虹轮出现在屏幕上开始转动，感觉转了很久。然后，亨利鲜艳的屏幕桌面露了出来。

“棒！”嘉斯汀悄声喝彩。怀着对自己万分满意的心情，她点开了名为“当期”的文件夹，滚动屏幕，找到了标着“星座”的文件。

理智：嘿，你的星座怎么说?

射手座：“面对浩瀚的宇宙，让你的灵魂冷静、沉着。”诗人沃尔特·惠特曼如是说。你将开启一段极不稳定的时期。星图显示，接下来几周火星能量处于强势，在此期间，任何冒险都有可能付出极大的代价。换言之，得意之下，你或许会飞得离太阳太近，以致被灼伤。

理智：你不觉得，也许……

嘉斯汀：什么？不，我什么都没觉得。拜托，这是星座，抓住窍门就行。

理智：你真的确定?

嘉斯汀：我确定。回到水瓶座，我们到这儿是干吗来着?

理智：好吧，你想让尼克联想起莎士比亚，相信莎士比亚是他命中注定的……

嘉斯汀：继续。

理智：所以，要是里奥引用这位诗人自己的……

嘉斯汀：没错，对啊，聪明。

点开浏览器，嘉斯汀输入关键词搜索莎士比亚有关勇气的句子，浏览搜索结果。

“再来一次，冲向缺口，亲爱的朋友们……”

不，嘉斯汀心想，《亨利五世》不行，那位亨利太好战了。

“拿出你的勇气，下定决心……”

呃，不，谢谢你，麦克白夫人。

“懦弱者在死亡之前早已一再死去……”

不，这个也不行，太冷酷。

等等，这个，出自《辛白林》。

“勇气与我相伴！武装我，无畏的胆量……”嘉斯汀低声自语，“找到了！”

交界日

在粉红色的凌晨，灰白色的市中心边缘，一幢狭窄的连栋房屋里，一间松木地板铺就的卧室里摆放着一张古董式样的铜床，弗恩·埃莫森裹着一套花卉图案的法兰绒睡衣，徘徊在半梦半醒间。今天是她九个月来第一个休息日。

弗恩，天秤座，花店主人，习惯单耳别一枝非洲菊的古董女装创意时尚人士，薄荷烟和杜松子柠檬甜酒的秘密烟民兼酒客，新鼠党[1] 电影爱好者，偶尔亮嗓的卡拉OK女王。她在年初迈出了大胆的一步，冒险关掉流动花车，转而在亚历山大公园市场里开了一家名叫“你好，花瓣”的花店，从此有了操不完的心，外加随之而来吓人的经营成本。

1. 新鼠党（Brat Pack），二十世纪八十年代一批常以群体形式出现在青春片中的年轻演员，与五十年代乐坛的“鼠党”相对应。

一周七天，弗恩每天起床的时间都早得荒唐，只为确保从供货商手里拿到最好的鲜花。之后，每一个漫长的白日里，她独自伺花添水，接受订单，修剪花茎，折包装纸，选花，扎丝带，对心情愉快的客人露出微笑，为哭泣的客人递上纸巾，给予新娘热心的协助，帮主妇们琢磨创意点子。没有午餐休息。晚上是算账、报税、报价、收发邮件、发布广告和处理杂七杂八烦心事的时间。要是还能挤出几分钟时间，在上床前为她发红的双手抹上软膏，戴上白手套，那就是天大的幸运了。

不过，所有这些艰辛都熬到了头。"你好，花瓣"的利润稳步增长，终于到了可以聘请一位帮手的时候。她找到了年轻的布莱蒂，大眼睛、纤细的头发、褪色的红白亚麻布围裙，就像从狄更斯笔下某条煤烟乌黑的街巷里走出来的人物。今天，弗恩确定布莱蒂完全能够独立应付一整天的工作了，也就是说，弗恩终于可以享受一个迟来许久、美味动人、完全属于自己的美妙假期了。在纯白床品的窸窣声中，她翻身坐起，抓过床头柜上的高度数眼镜戴上，眨了眨眼，房间渐渐清晰。

接下来做什么呢？噢，想做的事太多了。她想把自己的古董裙和织物彻底整理一遍，缝一条裙子，甚至两条。她想一整天都待在浴室，再读一遍《我的秘密城堡》，像曾经无数次那样，泡在热水里尽情享受。她还想跳进她的经典款大众甲壳虫里，一直开到海边，沿着海岸线捡贝壳，最后在海滨大道某个漂亮小酒吧里，用一杯抚慰人心的金汤力结束这一天。不过，她决定了，目前最想做的是继续她的全城义卖商店寻宝之旅，带着等待改造的新宝藏回家。裙子！开衫！面料！谁知道还会有什么呢？

弗恩从年度记事本里撕下一页，要知道，从一月下旬开始，那里面就再也没出现过任何新的字迹了。她拿起手边的蓝色铅笔，舔一舔笔尖，勾勒出一幅简单的城市路线图。要是安排得当，午餐前就可以逛完三家店，之后再逛两家。这样，还来得及回家尽情欣赏她的战利品，点开《红粉佳人》当背景剧集，动手拆下裙子的紧身上衣或领口的荷叶边。这将是美好的一天。不，美妙绝伦的一天。

弗恩的第一站是一家名叫“文尼斯”的复古旧物专营店，坐落在一个非常时尚的街区，区内只有一条主街，沿街店铺卖的都是瑞典极简风家具、手工皂、木底鞋和不知名的水果。弗恩停下脚步，对橱窗里调和诸多色彩却又颇具讽刺意味的景象啧啧赞叹了一番。一座光芒四射的圣母玛利亚像竖在橱窗里，四周是重重包围的人体模型，穿着各自的裙子、衬衫、开衫、马甲和鞋子，色彩足以覆盖从长春花色到普鲁士蓝的色谱图。背景是块铬黄色幕布，上面挂着麦当娜的虔诚小像，不过弗恩没被晃花眼，还是认出其中一张照片的确出自麦当娜本人，大概是发行《宛若处女》那张专辑的时期。

走进店里，弗恩一件件翻看那些长裙短裙。对着镜子，她举起一件蘑菇色的雪纺连衣裙比在身上，裙子领口有个蝴蝶结，裙摆有精美的褶皱，衣料质地还不错，可镜子却告诉弗恩，这个颜色不太适合她。同时，这面镜子顺便向弗恩揭示了她黑色鬈发里白发越来越多的现实。此外，镜子还藏着最后一个小花招，它在提醒费恩，身后有个男人正在翻找黑胶唱片。他的肩膀随着耳机里的音乐扭动，看得弗恩不由得笑了起来。他有一头漂亮的头发，深棕色，剪得很短，还有一双好看的大手，有阳光留下的痕迹。这个男人身上透着一股户外运动的气息，引得弗恩开始想象，他的旧格子上衣闻起来该有怎样的新鲜泥土和桉树叶气味呢。

“停，停，停，停下，弗恩。”她把蘑菇色裙子挂回货架上，默默告诫自己。

收银台后面，一个粉红头发的女孩正在整理手套，名牌上写着“阿斯特丽德”。

“你好。”弗恩微笑着说，“请问你们有没有布料之类的？”

阿斯特丽德眨眨她浓妆的眼睛，回以微笑。“嗯，还真有，前几天刚来一批非常棒的料子。亡者遗赠？大概是。以前肯定装了满满一柜子。五十年代的东西，六十年代、七十年代的，特别酷。就在后面，不过那里很乱。”

“我不怕乱。”弗恩说。

可是，真见到那片混乱时，她退缩了。那是杂货弃物构筑的火灾危楼，收藏者的天堂。仓库一侧都是装在杂物袋里的捐赠品，从地板一直堆到天花板，另一侧则可视为衣物、书籍和各种小古董摆设的雪崩现场。后墙也没有好到哪里去，纸板箱层层叠叠，摇摇欲坠，危险地向内倾斜，只留出一小块空地，通向一个很小的洗手池。不过，就连池子上也都架着简易货架，上面的东西同样堆到了天花板。一个电热水壶勉强搁在池沿上，池子里堆满了慈善义卖的马克杯。看到弗恩掩饰不住的震惊模样，阿斯特丽德笑了起来。

“就在那后面，”她指指纸板箱壁垒说，“有扇后门。”

“难以置信。”弗恩说。

阿斯特丽德奋力从杂物堆里抽出几叠压实折好的布料，弗恩不得不努力控制自己想要伸手护头的冲动。可是喜悦转眼就盖过了忧虑，因为阿斯特丽德向她展示的，是数米长的六十年代几何小印花细棱纹灯芯绒、一大匹华丽的花卉图案维耶勒法兰绒、几块伦敦利伯提百货公司款的精致平纹细布，外加几片报春花色的泡泡纱和绣花格子棉布。

“嘿！”阿斯特丽德突然喊了起来，“嘿！等等！嘿！”

弗恩很快明白了问题出在哪儿。商店前门被堵住了，纸板箱已经筑起了齐胸高的堡垒。阿斯特丽德冲向玻璃门，就在她拉开大门的同时，一名身穿蓝色连体工装裤的送货员又往上叠了一个纸箱。

“该死的，你想干什么？”阿斯特丽德大吼。

“中央库房发来的大宗存货，宝贝儿。”那家伙边说边转头向他的货车走去。弗恩在脑子里飞快地温习了一遍她的完美假日计划。被堵在第一家商店这种事，绝对不在计划表上。

“不能就这么扔在那儿。”阿斯特丽德叫道，“这是家商店，得让人进出啊！”

送货员给阿斯特丽德一个爱莫能助的眼神，接着又堆了一个箱子上去。

“门对门服务，宝贝儿。”他透过那堆东西的缝隙朝里说，“我在一个门前接收这些东西，现在，它们都到你门前了。我收钱办事，不多不少。”

“可该死的你把门给堵了，你说我能怎么办？”

“跟在乎的人说去，甜心。”

阿斯特丽德暴风一般卷到柜台边，抓起电话。弗恩呆呆地站在一旁，眼睁睁看着纸箱越堆越高。过了会儿，她才发现，那个帅气的黑胶猎手出现在她身旁，耳机垂在他脖子上晃荡着，胳膊底下夹着大概八张或十张唱片。小妖精乐队，弗恩认出来了，糖块乐队。很好。两个人一起眼看着最后一个纸箱堆上最顶端，将门彻底堵住，从上到下严严实实。阿斯特丽德一边手舞足蹈，一边口气激烈地向电话那头中央库房的同事解释眼下的情形。与此同时，送货员用力摔上卡车后门，开车离开了。

“不妙。”黑胶猎手观察情势。

“没错。”弗恩赞同。

“要不要试试走后门？”他伸出大拇指，朝商店后面一指。

弗恩给了他一个哀伤的笑，“不比从这里走容易。”

“那没办法了，只能开条路出来。”

他把他的唱片收藏放到一边，挪开一把矮扶手椅上的三个椰菜娃娃玩偶，把椅子拖到门边当梯子用。

“天哪，小心。”弗恩眼看他爬上那并不稳当的弹簧椅面，赶忙说。

他尝试挪动最顶上的纸箱，可箱子牢牢卡在门框上沿的外侧。

“看来，只能先从下面拽一个出来了，”他说，“然后再从缺口开始。但愿这些箱子不会太重。能搭把手吗？只是以防万一。”

弗恩爬上去，站在他身边，两个人都只有一只脚站在椅面上，另一只脚踩着扶手保持平衡。弗恩晃了一下，被他一把扶稳，这才发现他是多么强健有力，不由得一阵心悸。她猜测他身上会有泥土的气息，可此刻贴得这么近，却只闻到淡淡几丝氯气的味道隐约萦绕。弗恩猜他一定是刚从泳池里出来。这味道很好闻，干净又充满活力。

“没事吧？”他说。

噢，上帝啊，还这么亲切。

“没事，很好。”

“停，停，停，停下，弗恩。”她命令自己，“你三十八岁了，他呢？二十五？顶多三十。你的爱情大业就是一场接一场的灾难，更何况你都老了。再说，他多半已经结婚了，至少也是同居。也许是和一位艺术学讲师，要不就是市中心某家时髦苹果酒吧的老板娘。”

弗恩和那个男人合力把第二高的箱子往外抽，不断根据箱子的重量调整两个人的平衡，直到最后一下用力，将它彻底抽出来。箱子很重，弗恩差点就脱手让它砸了下去。最顶上的箱子落下来，填进空当里，往一边歪去。看来在摔到人行道上之前，还要再摇晃一阵子。

“我这里有人要受伤了！”阿斯特丽德向电话里发出声明，“我要你们怎么办？我要你们派人过来帮忙！不，一小时不行，现在就要。店里有两名客人，这会儿就站在一把晃晃悠悠的扶手椅上，正往下搬一个……老天，他们要抬不住了，我得走了！”

阿斯特丽德冲过来帮忙，经过一番精密协作，三个人总算设法把箱子放到了地板上。弗恩喘过一口气，看到蓝色记号笔写下的清晰标记，箱子顶上和一侧的侧面都有。

“RW12。”她读出来，“你猜里面是什么？”

“用剩下的电焊条？”男人猜测。

“文艺复兴酒杯？”弗恩提出异议。

“铁轨零件？”

“什么？”

“我乱说的。”他承认。

“瑞思齐牌高筒靴？”她开拓思路。

“红宝石牌尖头皮鞋？”

一切似乎渐入佳境，除了阿斯特丽德。眼下，她正带着外科医生般的汹汹气势负责开箱，一刀划开封箱的胶带。

箱子里，严严实实裹在气泡防震膜中、一层层排列整齐的，是数量惊人的瓷器，全都是威尔士亲王和戴安娜王妃一九八一年婚礼的纪念品，有盘子、碗、茶碟、首饰盒、钟表，以及杯子、杯子、杯子。

“不可思议。”男人说。

“RW是皇家婚礼。”阿斯特丽德破解了密码，顺手拆开一个查尔斯和戴安娜婚礼系列的双耳爱情纪念杯。

“这个箱子标着十二。”弗恩指出，脑海中浮现出一个令人难以置信的猜测。

那些仍然堵在门口的箱子，模样、大小全都和眼前这个别无二致，说不定，上面会一直标到十八，甚至二十。说真的，它们不会全都装着一样的东西吧？

“见鬼的神圣婚礼，蝙蝠侠。”那人说。

“我们需要一杯茶。”阿斯特丽德说。

就这样，弗恩·埃莫森九个月来的第一个假日就在气泡包装膜和纪念瓷器的海洋里、在无味的茶和覆盆子油酥小脆饼中度过了。当她带着便宜到不可思议的古董布料战利品回到家时，才四点刚过。推开房门，弗恩突然涌起一股奇怪的冲动，很想对着玄关的四壁白墙高喊一声“哈啰”，尽管她知道不会有人回应。

弗恩利索地把春天色调的维耶勒法兰绒丢进洗衣机和干衣机，时间一到就拿出来铺开熨平，用大头针固定好最爱的箱型襞褶裙板型，听裁衣剪咔嚓咔嚓地工作，这一切对她来说依然很愉快。可让人伤感的是，和设想中九个月来第一个假日的傍晚不同，事实上，她并没有那么快乐。虽说还是会偶尔停下手上的活计，抬头看一眼莫里·林沃德啃咬她玫瑰花蕾般的嘴唇，或是安德鲁·麦卡锡露出伤心困惑的表情，虽说还是会跟着电视哼唱“你若离开”，这个傍晚却不像她盼望的那样甜美或简单。全都是因为那个出现在文尼斯的帅气男孩，因为他的耳机、唱片和悠闲的好脾气提醒了弗恩·埃莫森，辛苦忙碌的自己，其实是孤独的。现在她有些伤感。真该待在家里，躺在浴缸里看看书。

格蕾丝·艾伦比，双鱼座，前英联邦运动会仰泳选手，退休游泳教练，乳腺癌幸存者，龙舟划桨手，每周二上午十点抵达圣玫瑰堂疗养院的志愿者。

这周二，她和往常一样，首先拜访蓝桉楼的波拉德先生，以此开启她的行程。波拉德先生是个上了年纪的农民，大部分时间都坐在升降摇床上，旁边陪着一只真狗大小的毛绒玩具牧羊犬。在那之后，格蕾丝看望了住在金合欢楼的汉普希尔太太，陪她坐了半个钟头，又听老太太讲了一遍天才儿子、大厨德莫特的辉煌成就。

然后，她离开金合欢楼，前往桃金娘楼住院区，探望伦恩·麦哲伦先生。格蕾丝知道，这位老先生会坐在他豪华的躺椅上，挥舞着遥控器，嘴里诅咒着他的电视机。当然，他不会搭理她，可她还是要为他读报纸。格蕾丝总是为伦恩选择轻松欢乐的小短文，没什么新闻价值。这会惹恼他，稍稍挑起他的敌意，刺激他喃喃咒骂。可格蕾丝知道，这是伦恩生命中所剩不多的乐趣之一。另一个乐趣是他的小秘密，只告诉了格蕾丝一个人，连他自己的孩子都没提。见他们的鬼去吧，他是这么说的。他把他们从遗嘱上除名了！三个孩子全部除名，一个铜板不留，所有钱都捐给了“狗狗之家”。

“狗！”伦恩大笑道，“连狗都不如！”

格蕾丝沿着桃金娘楼的走廊往前走，透过半开的房门，她能看到那些设施完备、舒适却乏味至极的套房里的情形。离麦哲伦先生的病房只差几扇门时，格蕾丝注意到，他的房门一反常态地敞开着。紧接着，她闻到一丝消毒水的要命味道。她心跳加速，紧赶几步上前，心里诧异着，这么多年过去了，自己竟然还是这样，每次都这样。

房间里的情形一如她所料，地毯还泛着蒸汽消毒的潮气，浴室里的瓷具闪亮得好像刚刚漂白过的牙齿，躺椅被推到了屋子正中间，上面整整齐齐地摆着几叠条纹睡衣、格子衬衫和老年人穿的灯芯绒长裤，有一叠衣服顶上还放着个洗漱包。格蕾丝在光秃秃的床上坐下，闭上眼睛默默祈祷。

过了会儿，她拿出准备读给伦恩听的《星刊》。翻到星座专栏前，她瞥了一眼封面上那个穿紧身短裤的吓人的橄榄球运动员。格蕾丝没有发出声音，只是翕动嘴唇，将水瓶座的内容默读了一遍。

“勇气与我相伴！武装我，无畏的胆量。”留心诗人的话，乘上本月的过山车，善始善终，实现成就。现在不是胆怯的时候，此时此刻，你应当竭尽全力，去攀登下一级台阶，向更高的平台发起冲击。奋力一搏吧，水瓶座！

格蕾丝露出一个扭曲而悲伤的笑容，合上杂志。

“后会有期，伦恩，”她喃喃道，“你这老混蛋。”

说完，她站起来，深吸一口气，动身去看望米尔斯夫人。

玛瑞安吉拉·福斯特，娘家姓麦哲伦，金牛座，三个男孩的全职妈妈，讲究整洁的强迫症患者，易趣购物狂，天赋非凡的俄罗斯方块玩家。当电话在星期二清晨六点三十七分响起时，她知道自己在期待什么。她的丈夫托尼也知道。托尼已然一身西装革履，里面穿着法式反褶袖佩斯利花纹衬衫，端着空马克杯，一动不动地站在咖啡机旁。电话响到第二声、第三声，他眼看着妻子收拾好脸上的神情，拎起听筒。玛瑞安吉拉拥有一张鹅蛋脸、耐看的橄榄色皮肤和自带歌剧风范的灵动五官，显然已经做好准备，要拿出优雅而无奈的表情了。

“你好？”她说，声音完美契合表情，停顿，然后是，“噢，早上好，克莱尔修女。”

玛瑞安吉拉侧耳听了片刻，发出一声压抑的完美啜泣。“什么时候？”又是停顿。

“当时……安详吗？”

玛瑞安吉拉听着，一滴滚圆的泪珠从内眼角滑落，像仿冒的珍珠。托尼看着那滴泪顺着玛瑞安吉拉的鼻梁沟向下滑到脸颊上，到了这里，就被她那只熟练的、前美容师的手拭去了。

“谢谢你，修女，谢谢你通知我。我会给我的兄弟们打电话，今天上午就过来，处理他的一应事宜。我知道，父亲会希望我感谢你们一直以来的照顾……不，不，我们对此都非常感激……是的，当然，再次感谢。再见。”

玛瑞安吉拉把听筒放回原处，转身面向托尼，双手紧紧抓着她的丝绸晨衣。

“怎么说？”托尼放下手中的空咖啡杯问。他还不敢冒险笑出来，尽管脸上的肌肉快要绷不住了。

接下来是一片死寂，仿佛厨房里的一切都消失了，就连空气也不例外。然后，终于，玛瑞安吉拉呼出一口气，面庞一下松开，变成了白日梦般的如释重负。

托尼冲过来拥抱妻子，她的鳄鱼泪此刻变成了真正的哭泣，现实的黎明到来了，他们所有的麻烦都将结束，债务就要还清，未来有了保障。再也不会有卢克的学费滞纳催缴信，再也不必为还信用卡东拼西凑，再也不必拼命说服追债公司的探子，是他们弄错了电话号码、找错了福斯特家或查错了信息。当然，走法律程序大概还得花上几个月时间，可那之后，噢，他们就有钱了。

“喔哦！”托尼大叫着，拉着玛瑞安吉拉跳起舞来。

“嘿咦！”玛瑞安吉拉尖叫着，跟托尼在格纹地毯上飞快旋转起来。

这时，他们的大儿子卢克出现在厨房门口，睡裤垮着，露出半边屁股，又黑又密的头发睡得翘了起来。托尼和玛瑞安吉拉立刻呆住了。

“怎么了？”卢克问，眼睛还没完全睁开。

当场被逮个正着，这对父母一时间不知道该怎样告诉儿子，他的外祖父刚刚过世了。

天秤篇

♎

九月二十三日不光意味着地球中轴线与太阳完美垂直的春分节气，也是太阳（名义上而非事实上那个）转移到作为度量之器的天秤宫的日子。这一年的九月二十三日，也是德鲁·卡麦可尔举办五十五岁生日派对的日子。

暮色降临，嘉斯汀开着她方盒子似的小菲亚特126，向西行驶在通往伊登维尔的公路上。她跟着车上的老收音机哼唱上世纪八十年代大热的流行歌曲，每隔一会儿就伸手到敞口放在副驾驶座上的奇科斯购物袋里摸一摸，袋子旁边还搁着好几本哈克·莫布里那一期的《星刊》。

有一次，也仅此一回，嘉斯汀犯了个错误，竟只往包里塞了一本最新杂志就回了家。她的父亲可以把整个周末最好的时光都用在解谜上，他与《星刊》填字游戏栏目作者多克·米拉尔之间惨烈却没有结果的战争已经持续了差不多二十年。偶尔，他会高调呻吟一声，意味着他刚刚解决了一个双关语，要不就是大喊“你这变态的王八蛋！”或“哈，以为这就能难住我了，是吧，是吧？”

车到柯卢巷时，嘉斯汀不由得庆幸自己的车这么小，因为整条死巷里已经挤满了路虎揽胜、路虎和双排座皮卡。派对的灯光和声音冲破低矮的屋顶，填满了卡麦可尔家周边。嘉斯汀微笑着，听出了平克·弗洛伊德《云遮雾绕》里低沉的鼓点。

从街面上看，七号只是一栋中规中矩的普通砖砌小平房，可要是绕到背后，就能清楚地看到，曼蒂和德鲁有多喜欢开派对。房子背后是开放式的，就像洋娃娃屋一样，折叠玻璃门将起居室、厨房与木头露台连为一体。此刻，半个伊登维尔的人都聚到了这里。嘉斯汀挤过人群，亲吻人们的面颊，问候叔叔伯伯阿姨婶婶，有名义上的，也有血缘上的，最后终于成功抵达露台。露台外的草地上，德鲁·卡麦可尔正守在一个超大电烤架旁充当大厨，这架烤炉是他借用哥哥凯瑞的农场小屋亲手做出来的。一只不幸的小羊已经被吃得七七八八，还串在烤架上，就着渐渐弱下去的炭火缓缓转动着。

“生日快乐，爸爸。”

“这不是……不会吧？这不是……嘉斯汀·卡麦可尔，亚历山大公园星刊的正式记者吗？”

看父亲醉成这副模样，嘉斯汀一点也不奇怪，毕竟，她很清楚，父亲的醉，开派对这件事本身与伯父凯瑞的烈性啤酒功劳各居其半。露台下方几步开外放着一个爪足浴缸，里面装满了碎冰，小啤酒瓶的瓶颈支出水面，仿佛无数没有标记的漂流瓶在北冰洋上浮浮沉沉。

德鲁大喊道：“曼尼，你在哪儿？我们浪迹天涯的女儿回家了！是时候宰掉那头肥羊了。”他拥抱嘉斯汀，“哦，见鬼，我们已经宰了！还吃了挺多。不过，还够吃，在厨房台子上，你要是饿了的话。”

曼蒂出现在人群中，手里托着一盘红酒。

“嘿，漂亮姑娘！路上怎么样？饿了吧，亲爱的？喝红的还是白的？”曼蒂的高跟鞋颤颤巍巍地将她拔到与嘉斯汀并不出挑的身高齐平的高度。她探身送出一个吻，嘉斯汀闻到一股混合着塞米雍葡萄酒、奇迹香水和低胸冬装礼服下袒露出的晒后肌肤的味道。

嘉斯汀端起一杯红酒。曼蒂悄声说："感谢上帝，你总算赶在你爸醉倒之前回来了。从下午两点凯瑞带着小羊出现，他就开始喝了。我看他是忘了这是他五十五岁生日，不是该死的三十岁。"说到这里，她退开一步说，"你弟弟也在。奥西！奥斯汀！奥斯汀·詹姆斯·卡麦可尔，你在哪儿？他把女朋友带来了，也该是时候了。我喜欢这一个，很喜欢，我们应该设法留住她。回头一定要跟我说说你怎么看。"

弟弟已经长成一个大男人，嘉斯汀到现在还不太适应这件事。奥斯汀比她高至少三十厘米，肩膀跟凯瑞伯父一样宽，可是在嘉斯汀眼里，这个弟弟的身体里永远住着那个膝上印着青草渍、咬着大舌头说话的可爱的五岁小男孩。

今天，他身旁依偎着一个漂亮姑娘，穿着深红色的蕾丝开衫，黑色鬈发盘在脑后，几缕碎发垂落在舒展坦诚的脸庞边。

"这是罗丝。"奥斯汀说。看得出来，他心情非常好。

"罗丝，这是我姐姐。"

"你一定就是那位大名鼎鼎的嘉斯汀了。"罗丝高兴地说。

嘉斯汀伸出手，罗丝却拨开她的手，上前给了她一个大大的拥抱。越过罗丝的肩膀，嘉斯汀试图和奥斯汀建立眼神交流，看看他对这样的热情作何感想。可要说他脸上真的写了什么，唯一的答案就是，这一次，他无可救药地陷进去了。在罗丝的拥抱下，嘉斯汀感到一阵大团圆结局后的惆怅涌起，比她预想的更加难受。

"嘿，"嘉斯汀努力控制住自己，"你是怎么在这群卡麦可尔手下活下来的？”

“噢，这没什么。”罗丝说。

“她是羊毛分拣员。”奥西说，目光一刻也没离开他的女朋友，“所以很清楚该怎么应付一大堆半醉的农夫，对吧？”

罗丝耸耸肩，对这份称赞不以为然。还没等她开口，曼蒂就出现在他们中间，“来帮忙做奶油水果蛋白饼，怎么样，姑娘们？”

曼蒂率先朝厨房走去。露台上火盆闪烁，厨房里灯火通明，嘉斯汀斜睨着妈妈把保鲜膜从两个又大又白的蛋白酥环上揭下来。

“这些交给你们，蓝莓、覆盆子、草莓，那儿还有两个猕猴桃要切开。嗯，还有香蕉、百香果罐头。告诉罗丝开瓶器在哪儿，杰西。一人一把刀、一个砧板，开动吧。”

“这可提醒我了，为什么奥西不用帮忙做蛋白饼？”嘉斯汀带着七八分玩笑问。

“听听她都说了什么，听到了吗，罗丝？”曼蒂说着，捏起嗓子模仿小孩子发牢骚的声音，“该奥西洗碗了，奥西从来不用叠袜子，这不公平。”

“就是不公平。”嘉斯汀说，这回只有一半在开玩笑了。

“奶油水果蛋白饼是女人的秘密武器，我的姑娘。没了甜品和沙拉，”曼蒂用抹布轻轻拍了拍嘉斯汀的屁股，“你在烧烤会上就只能守着烤肠了，到时候浑身上下一股子屠宰场地板的味道。”

留下这句警世名言，曼蒂转身端着奶酪拼盘回到露台上，留下罗丝和嘉斯汀两个人待在厨房里。

“我从没见我弟弟这么神魂颠倒过。”嘉斯汀先开口。

罗丝脸红了，“我也爱他。一见面我就知道，我会爱上他。你能明白吗？就是那种，说不清怎么回事，可你就是……知道？”

嘉斯汀心不在焉地撒着蓝莓，心想，这实在是很容易的事。只是你有感觉的那个人好像对你没有一丝察觉，那又是怎么回事呢？

嘉斯汀不想嫉妒谁。不想嫉妒奥西和罗丝，不想嫉妒独属于他们的烟花般绚烂的快乐；不想嫉妒妈妈和爸爸，不想嫉妒他们这么多年来严丝合缝的默契；不想嫉妒凯瑞和蕾，他们正在露台上相拥起舞，一边笃定地、理所当然地争论接下来会不会下雨。可今天晚上，要做到这一点似乎很难。

"什么什么t，什么r什么……"德鲁念叨着，"Future（未来）？Saturn（土星）？"

刚过中午，卡麦可尔家的冰箱里塞满了奇形怪状的奶酪、半瓶半瓶的白葡萄酒和一个装满焦黑小羊肉块的保鲜盒，可是屋里屋外却几乎看不到任何举办过大型派对的痕迹。屋后那面玻璃墙重新现身，后院露台上的室内外两用家具已经归位，擦得一干二净，爪足浴缸也被收进了露台下面的储藏室。德鲁坐在扶手椅里，头发微微凌乱，褐色眼睛下的皱纹比嘉斯汀从前看到的更多。他手里拿着一本《星刊》，摊在填字游戏那一页。曼蒂站在厨房餐台边，菜谱架上立着她那份《星刊》，正在抄录德莫特·汉普希尔版榛果梨子酥皮派的食材清单。

嘉斯汀起晚了，胡乱从抽屉里摸了身衣服套上，她原来的卧室里还留了几件。迫于母亲的要求，她吃掉了一大份煎蛋配烤面包片，又牵着家里的西班牙老猎犬露西在附近缓慢地遛了一圈。她们经过尼克·乔丹八岁时跌断锁骨的地方，当时他正向懵懂的嘉斯汀炫耀滑板技术。从那里再往下走半条街，她们在一处排水沟的回音口停了会儿，当初嘉斯汀和尼克经常在这里演练恶魔的笑。

"呜哇——哈，哈，哈，哈！"嘉斯汀想起过去的时光，又试了一次。

现在，露西趴在德鲁椅子旁的小地毯上，安静得让人怀疑她是不是还活着。嘉斯汀坐在这条老狗身旁，心不在焉地摩挲着它毛茸茸的肚子，喝下她计划在离家前消灭的最后一杯茶。

“快来，聪明人。”德鲁说，“什么什么t，什么r什么。”

嘉斯汀已经为本月的填字游戏贡献了“tesserae（入场券）”和“gazpacho（西班牙冷汤）”两个单词，现在却只好耸耸肩。

德鲁叹了口气，“Meters（米）？Miters（主教冠）？Motors（发动机）？”

“提示语是什么来着？”

“Leave! Crazy old fart.（走开！疯老头。）”

“‘Crazy’说明答案跟变位词[1]有关。”

“没错，没错，谢谢你，爱因斯坦。那是什么词的变位词呢？”德鲁说，“你们这个多克·米拉尔就是个虐待狂。你一定知道的，对吧？他就喜欢让人伤脑筋。”

“那你就是解谜受虐狂咯。”嘉斯汀说完，喝掉最后一口茶。

“Leave! Crazy old fart.”德鲁还在努力，停顿片刻又念叨，“Leave! Crazy old fart.”

他摇摇头。

“看来，我只能把这个难题留给你了。”嘉斯汀说，“城市生活在召唤我。”

“你要走了？这么快？”曼蒂在厨房餐台前摆出一副夸张的伤心面孔。

---

1. 变位词（anagram），通过重新排列单词或短语的字母顺序构成的新的单词或短语。“crazy”是少数没有变位词的英文单词之一，由此倒推出线索。

“有事要做，有人要见，有地方要去。”嘉斯汀撒了个谎。

德鲁取下他的老花眼镜，吃力地从椅子上站起来，在起居室里跟嘉斯汀道别。曼蒂陪嘉斯汀走到路边，看着她把包放进菲亚特里，这才扳过女儿的肩膀，注视着她的眼睛。

“你昨晚好像不大对劲。有什么要跟我说的吗？”曼蒂问。难得这一次，她是真的在等待回答。

“噢，我看我能说的是，你很快就会有个可爱的新儿媳了。”嘉斯汀说。

“我问的是你。”曼蒂担忧地皱起眉头。

“就是……奥西和罗丝，他们那么幸福，呃——”她顿住了，唯恐喉头越发苦涩。

“我的好姑娘，”曼蒂一把将嘉斯汀揽进怀里，“你的幸福一定会来的。”

“我只能坚守这个信念了。”嘉斯汀把头埋在母亲肩头。

“是的，”曼蒂说，“幸福会来的。你永远不知道下一个转角后面有什么。”

当嘉斯汀回到亚历山大公园，把她的小菲亚特倒进伊夫林塔小得可笑的停车位时，太阳已经落山了。接下来，这辆小车会在这里待上几个星期，甚至几个月，红色的车漆会渐渐蒙尘，变成铁锈色，车顶会落满金合欢花瓣和椋鸟粪，直到嘉斯汀下一次回家。

嘉斯汀将旅行包甩到肩头，努力从小道两旁久未修剪的紫丁香丛边挤出来，走到大街上。到达十二楼时，她发现尼克站在自家门前。这一刻，嘉斯汀真希望自己没穿这一身从伊登维尔的衣橱里翻出来的破烂，希望自己好好梳了头，至少也要刷几笔睫毛膏吧。

尼克大概是刚洗过澡，一身清爽，黑头发还闪着潮湿的光泽。他穿了一件相当亮眼的便装外套，配上超出平均水准的牛仔裤和堪称漂亮的淡蓝色印花衬衫。

“打扮得这么帅气，打算去哪里享受这个美好的周日夜晚啊，乔丹先生？”

尼克似乎有些心烦。他抬起一只手，耙了耙潮乎乎的头发。

“派对怎么样？”

“很棒。”她说，“嗯……很棒。”

回来的路上她还在设想，要把家里的新闻统统告诉尼克：他们小学里的小霸王如何信了佛，社区栋梁娜拉·伯恩赛德如何被逮到在合作社里偷牙膏。可是她看得出来，现在不是说这些的时候。

“那个，有件事得跟你说。”尼克说。

嘉斯汀：好事？还是坏事？

理智：得了吧，“有件事得跟你说”这种话多半不讨人喜欢，那就等于说，“希望你不会介意，不过我要说……”

“我不去了。”尼克说。

嘉斯汀立刻听懂了，尽管如此，她还是问了句：“去哪里？”

“不去试镜了，我去不了。”

嘉斯汀再次尝到了心脏下沉的滋味。一直沉，一直沉，穿过一层深似一层的忧伤。

“我以为——”

“真的很抱歉。”尼克说，“我知道你希望我去，也知道你是特别费心帮我争取跟艾莉森·塔夫合作的机会。我想试试的，真的，可现在看来，今年夏天我要频繁出差，实在排不出时间来。所以，你瞧，我就是想跟你说一声。”

“出差？为什么？”

“我得到了一份新工作。”

“演戏？”嘉斯汀满怀希望地问。

“有人说跟演戏一样，只不过没有台词。”尼克干巴巴地说。

“哦？”

“劳拉和我要扮演‘机遇’情侣。你知道吧，那个葡萄酒品牌？他们想签五年合同，拍系列广告，电视、平面、网络。你不会相信他们打算出多少钱，就为了让我头戴阿库布拉帽，再端上一杯葡萄酒。”

“当模特？”嘉斯汀根本没有掩饰不屑，“你要去当模特？”

“听我解释。”尼克看上去也很痛苦。

意识到情绪外露太多，嘉斯汀一时不知道该朝哪儿看，该怎么站，要如何自处了。

“不用解释。”

“我需要你的理解。不知道你看没看这一期的星座解析，也许没有，可你绝对猜不到这个月里奥为我引用了谁的话。猜猜看。”

嘉斯汀悲哀地摇了摇头。

“莎士比亚，”他说，“莎士比亚。你相信吗？”

她相信。

“‘勇气与我相伴！武装我，无畏的胆量。’就是这句，出自《辛白林》。”

嘉斯汀的脑子飞速运转。虽然明知在冒险，但她还是小心翼翼地说：“那难道不是说，比如，你该鼓起勇气参加试镜，争取进入艾莉森·塔夫的，呃，新‘莎士比亚’公司？”

尼克叹了一口气说：“不，我不这么认为，因为那并不需要真正的勇气。那不会让我害怕，不会动摇到我的灵魂深处。可如果要为我爱的女人放弃一些真正在乎的东西呢？非常痛苦，那才需要真正坚韧的勇气，真正的胆量。”

嘉斯汀等着他往下说。

“‘勇气与我相伴！武装我，无畏的胆量。’这就是里奥说的。所以，我应该做一件我能想到最勇敢的事。牺牲自己想要的、真心期盼的东西，为劳拉提供她真心想要的。”

“哪样东西？”

“我的一切，嘉斯汀。”他无比虔诚地说，“每一点，每一滴。里奥说我必须进入下一阶段了。‘奋力一搏吧，水瓶座！’他是这么说的，也是我要做的。我要向她求婚。”

理智：我强烈建议你什么都不要说。

嘉斯汀说：“射手座就该直言不讳，对吗？”

理智：不，不，不，不。闭嘴，嘉斯汀！

尼克说：“嗯，直截了当，是的。”

理智：嘉斯汀！闭——嘴。

“好，那就让我直截了当一点。劳拉能充当睡莲香水的门面，我一点也不奇怪，珠联璧合。事实上，比珠联璧合还要理想。”

“你想说什么？”

“都是外表漂亮，光彩夺目。可你有没有把睡莲翻开来看过？除了稀稀拉拉的小根须，什么也没有。下面，什么，也，没有！”

尼克失望地摇了摇头。“你知道吗，女人总是讨厌劳拉，因为她漂亮。她们讨厌她，哪怕根本就不认识她。”

“什么？”嘉斯汀说，“我不讨厌她。就算真是这样，也不会只因为她漂亮。你也许鬼迷心窍，只看到人的外表，我可没有。”

“鬼迷心窍？我？”

“你有没有停下来想过，你们真正喜欢的，其实就是两个人一模一样？”

理智：不，不，不，不，不要说下去。**任务取消！任务取消！**

“我的意思是……你们的关系究竟基于什么？很显然，不是基于对你最好的选择，尼克。基于什么，嗯？相互渗透从而彼此复制的怪异欲望吗？”

“什么？”

“想象一下，你们的孩子将会多么完美无缺啊！”嘉斯汀的声音里浸透的轻蔑几乎可以滴落下来。

“你在说什么？你对我和劳拉的事根本什么都不知道。”

“我知道她不适合你。适合你的人不会觉得你应该半途而废去当什么见鬼的模特。”

“你到底在生哪门子气？”

“你知道吗？我不生气。跟你的睡莲小姐结婚去吧，拍你的廉价葡萄酒广告去吧。勇气，无畏的胆量，你的确有，真的。”嘉斯汀失去了控制，拉不住缰了。她的理智已经躲回脑袋深处那个铺满长毛绒软垫的小屋，从房间这头滚到那头，嘟嘟囔囔，胡言乱语。“把你的天赋扔进抽水马桶去吧！那就是你该‘奋力一搏’的地方，水瓶座！”

“我不准备站在这里听你胡言乱语。”尼克说着转过身，朝楼梯间走去。

“再也没东西给你听了！”嘉斯汀冲着他的背影大喊。可是除了他踏在楼梯上的脚步声，没有任何回应。

嘉斯汀坐在沙发上，仿佛患上了炮弹休克症，隔空望着对面公寓黑洞洞的窗户。过了一会儿，电话响了，她满怀希望地从口袋里掏出电话，可屏幕显示的不是“尼克·乔丹”，是“爸爸”。她不太想接，又怕爸爸担心她没有安全返回城里。

“嗨，爸爸。”

“你爸爸是个天才。”德鲁说。

嘉斯汀叹了口气，轻到几乎听不见。“因为？”

“‘Leave! Crazy old fart.’我解出来了！”他得意地宣布，“我聪明的姑娘，‘leave（走开）’的同义词，六个字母，猜猜看？”

“很累了，爸爸。”

“好吧，我来降低点难度。‘leave’的同义词，六个字母，就是‘depart（离开）’。”

“棒极了。”嘉斯汀说着往沙发靠垫里再偎下去一点。

“现在，我们就得问问自己，‘depart’的变位词会是什么呢？其中又有哪个够格拿来炫耀呢？”

“我敢说，你马上就要告诉我了。”

“啊哈！中古法语里的‘péter’不只表示‘放屁’[1]，还是‘petard（破门机）’的词源。而‘petard’，我的女儿，你一定已经发现了，正是‘depart’的一个变位词。你爸简直是天才。答案就是‘petard’，我的填字游戏完成了，多克·米拉尔可以擦亮他的左眼好好看清楚谁才是老大——我，一个农民。”

“不，你是学者，是位绅士。”嘉斯汀说。

“顺便说一句，你知道破门机到底是什么吗？我老以为是起吊架或绞刑架之类的，可以吊重物的东西。结果呢，破门机竟然是一种十六世纪的战争机器，捣毁城墙用的。总之就是一种炸弹，可以把墙炸塌！所以，那句话怎么说来着，‘被自己的破门

---

1. 提示语“Leave! Crazy old fart.（走开！疯老头。）”中，“old fart”意思是“老头”，而“fart”也有“放屁”的意思。

机吊起来（hoist by one's own petard）'，就是说一个人被自己的炸弹轰上了天，搬起石头砸自己的脚。"

"哦，多谢教导，父亲大人。"

"对了，你已经平安到家了吧？"

"嗯。"

"那就好好休息，小姑娘。只是想让你安心睡觉，不用记挂着还有个填字游戏没完成。见到多克的话，告诉他，我是绝对不会被打败的。"

"晚安，爸爸。"

嘉斯汀转过头，继续望着阳台玻璃门的方向。她还是没力气站起来。对面公寓的窗户依然黑着。勇气和无畏的胆量。尼克要向劳拉·米切尔求婚了。

"搬起石头砸自己的脚。"嘉斯汀默念着。

咔——嘭。

九月一天天过去，嘉斯汀下定决心，新年新气象，是时候制定几条休战计划了。首先，不再插手里奥·索恩伯里的星座专栏，不管是一大早走进办公室发现里奥的稿件躺在亨利办公室的传真机上散发着诱惑，还是加班到半夜时听到传真机颤动着开始打印。不管什么时间，不论什么情况，休想让她再窜改里奥的预言，再也不改了。因为她已经向自己证明，她就是这世上前所未有最糟糕的冒牌占星师。

第二项计划，接受尼克·乔丹注定要成为劳拉·米切尔的丈夫和机遇牌葡萄酒男孩这一事实，而她嘉斯汀，将赞赏广告牌上的尼克，再买一套情侣茶具送给他们作为结婚礼物。

第三项计划，是要向尼克道歉。

计划执行的第一周，嘉斯汀基本上成功实现了第一个目标。她一点儿也没碰里奥·索恩伯里的星座分析，没看传真，没去找，甚至没进过亨利的办公室。目前为止，一切顺利。

考量第二项计划的进展比较难。一个胜券在握的人，怎样才能将希望不留丝毫余地彻底熄灭呢？嘉斯汀不清楚。但她知道，自己在尽全力将尼克视为普通邻居和朋友，不再越雷池半步。

接下来是第三项计划。嘉斯汀以好几种形式向尼克做出了道歉。她给他打电话，发了一连串道歉短信。可尼克没接电话，也没回复任何一条短信。更进一步，她放下身段写了封道歉信，投进他的信箱，可是依旧没有回应。

于是，嘉斯汀又采取了更加庄重的方式，她拿着把园艺剪刀，走遍亚历山大公园的大路小径，直到在威严堂皇的政府大楼前院路边找到一丛幼嫩的橄榄树。她剪下一段大小合适的枝条带回家中，放在守灯塔人的篮子里送到尼克那一头。然而，第二天，橄榄枝仍然在篮子里，显然没人碰过。接下来的一个星期，枝条始终在那里，一天天枯萎下去。这一周，也正是嘉斯汀的城市随着全国橄榄球联赛总决赛掀起条纹浪潮的一周。

城郊各处，街道橱窗前、篱笆栅栏上，联赛旗帜处处可见；汽车天线上，飘带流苏随风飞舞。人们不顾天气已经暖和起来，上班、逛超市，去哪儿都围着联赛条纹围巾。

开赛前一天，哈克·莫布雷给丹尼尔·格里芬打了个电话，邀请他入座联合贵宾包厢观看这场大赛。可他并不只邀请了丹尼尔·格里芬一个人。他送出的邀请是，丹尼尔·格里芬，及一名同伴。于是，丹尼尔把嘉斯汀叫进办公室，解释了事情的原委，既然是她尽心竭力完成了哈克·莫布雷的《星刊》封面专访，那么由她一同前去观赛自然就是唯一合理的选择。

“怎么样？”丹尼尔问，“意下如何？”

他站在办公桌后面，肩头搭着一条联赛围巾。看颜色，是第二场四分之一决赛被淘汰的队伍。至于嘉斯汀支持的队伍——她一直很忠诚，但算不上多热衷——压根儿就没进决赛，整个赛季都表现惨淡。

嘉斯汀：他这是约会邀请，还是工作邀请？

理智：如果是后者，那就把它看作拓展社交网络的好机会。包厢里说不定会有些有意思的人。

嘉斯汀：那要是前者呢？

理智：考虑到你的第二项计划，既然要放弃尼克·乔丹，这也许正是你需要的。

“谢谢，丹尼尔。”嘉斯汀说，“乐意之至。”

到头来，嘉斯汀觉得，待在联合包厢里看橄榄球总决赛完全是一段令人失望的经历。

要说拓展社交，大概只有等她计划买空调或者挑好跑车准备上保险时才派得上用场了。这些空调推销员和跑车保险经纪人的女伴们不是怀着孕，就是打算怀孕，嘉斯汀发现自己很难在她们那些有关侧切、叶酸之类的讨论中插上话。为了不显得太无聊，她吃掉了一大堆豆豆软糖，有各个球队的颜色，盛在小碗里，放在每张桌子和每个架子上。接着她又钻进盥洗室，刷掉沾在牙齿上的扎眼颜色，消磨掉一些时间。真的，她宁愿坐在外面看比赛，吃点儿涂满番茄酱的馅饼，喝点儿啤酒，也不愿意待在那间屋子里对着开胃小菜和霞多丽葡萄酒发呆。

距离比赛结束还有两分钟时，胜负已定，这一次，曾经屡战屡败的队伍显然已经把奖杯牢牢抓在了手里。哈克·莫布雷喝了好几升优质艾尔啤酒，早已跳起来，醉醺醺地仰起头，用他激昂的男中音冲口诵出丁尼生《轻骑兵的冲锋》中的诗句。

“他们的荣光如何会褪色？”他高声吟诵，“噢，他们的冲锋无畏勇猛！”

随着最后一声哨响，体育馆变成了声浪的旋涡。嘉斯汀不禁想象，那突然爆发的欢呼声说不定能冲上云霄，将盘旋在半空的电视网转播直升机击落。球场上，胜利者团团环抱着欢呼雀跃，伤痛瞬间消失；战败者坐在泥泞的草地上，手臂紧抱双膝，汲取它们相互扶持的力量。体育场的大喇叭奏响胜者铿锵的队歌，丹尼尔不得不俯下身子贴近嘉斯汀说话。嘉斯汀能感觉到他温热的呼吸吹在自己耳朵上。

“要不要悄悄溜走，找个安静的地方喝两杯？”

嘉斯汀大笑，“你觉得今晚这个城市有哪里会是安静的？”

“我刚好知道个地方。”他抓起她的手，看上去就像是为了让她不被人群挤散。可直到远远离开了体育场，从挤满疯狂球迷的街面上脱身出来，丹尼尔还是握着她的手不放。嘉斯汀发现了，可不知为什么，完全没有试图把手抽回来。

“我们去哪儿？”她问他。

“氐宿四[1]。”他说。

“哪里？”

“氐——宿——四。”他重复了一遍，“一家查尔特勒酒吧，就在河边。”

嘉斯汀不想表现得太无知，于是把下一个问题吞回了肚里。

原来所谓查尔特勒酒吧，就是只卖查尔特勒酒的酒吧。在此

1. 氐宿四，又称天秤座 β 星，是天秤座内最亮的恒星。

之前，嘉斯汀只知道这是一种淡黄绿色的酒，有个讨厌的名字。

氐宿四酒吧的确就在河边，位于一个仓库的楼顶，要经过一道隐蔽的楼梯才上得去，让人觉得这地方似乎是个非法经营的地下酒吧。店里虽然也能看到一两条橄榄球赛条纹围巾，却没有播放赛后失落与狂喜的硕大屏幕。这还是嘉斯汀和丹尼尔离开体育场后头一回听不到获胜队伍的俱乐部之歌。

不出所料，这家酒吧的装修也是查尔特勒酒的色调。墙是这种颜色，柔软的凳面是这种颜色，隔间里堆着的靠垫也是各种黄绿色调。四面都是玻璃的酒架上，层层叠叠的瓶子里装满了各色酒液，涵盖了从黄到绿的所有色彩。与此同时，这些架子下面还悬着一束束东西，嘉斯汀猜测，那应该就是干药草了。

丹尼尔点了两组品尝套酒，价格让嘉斯汀禁不住瞪大了眼睛。

“以前喝过查尔特勒酒吗？”等到每人面前都放上一组六个烈酒杯后，丹尼尔问。

“在我印象里，没有。”

“这是一种草药混合剂，从前是法国僧侣酿造的，据说里面含有一百三十种不同草药的萃取物。”丹尼尔解释道。

嘉斯汀觉得这酒甜甜的，有点糖浆的口感，很烈。不过，跟丹尼尔聊着聊着，十二杯酒似乎很快就喝完了。他们聊到了亚历山大公园、物价和吃饭的好去处，聊到了杰瑞米·伯恩的退休和拉多斯劳的驾驶技术，聊到了《星刊》和丹尼尔对它的规划。品尝套酒全部喝完后，丹尼尔又叫了些嘉斯汀最喜欢的黄色查尔特勒。

“那么，”嘉斯汀说，“你想念堪培拉吗？”

“并没有。我的意思是，它比过去好些了，但还是个假扮成城市的养牛场，只圈养政客和他们的跟屁虫。”

“就像议会新闻记者团？”

“那是最糟糕的。”丹尼尔说着，咧嘴露出一个自嘲的笑。

他们谈论政治和电影，书籍和音乐，谈论一个人能不能既是勃朗特式的人物，又是奥斯汀式的（嘉斯汀说能，丹尼尔说不能，他说他自己就是个纯粹的勃朗特）。他们边聊边喝下更多查尔特勒酒，然后，为了助兴，再喝下更多更多。

“装一肚子查尔特勒总比装一肚子狗屁来得好。”丹尼尔说着，又闷了一口，“我总是这么说。”

“是这样吗？”嘉斯汀说，“我听说，你在堪培拉新闻记者圈的名言是‘魅力化敌’。”

她看出丹尼尔有一点失去镇定了。“谁跟你说的？”

是塔拉，她为嘉斯汀带来了这则小秘闻。丹尼尔显然以这一招著称，先以个人魅力软化猎物，然后出其不意，抛出致命的问题。

“所以，是真的咯？”她紧追不放，“‘魅力化敌’？难道不会有点玩弄别人的意思吗？”

“噢，一定要说成玩弄吗？或许可以说成，策略？”

“我爱说番茄，你爱说西红柿，还不都是一回事？”

“说真的，那人是谁？谁告诉你的？”

嘉斯汀大笑：“好记者从不暴露消息来源。”

“说得好。”丹尼尔又啜了一口明亮的黄色酒液，想了想说，“不过，这是不是就表示……你已经悄悄调查过我了？”

嘉斯汀开启防御模式，眉毛高高挑起。“恐怕算不上调查。”

“可是，你不能否认，你跟别人谈起过我。那是不是可以视为某种程度的兴趣？”

沉默。丹尼尔非常直接地看着嘉斯汀，有点太直接了。嘉斯汀感觉自己像一匹离开族群的斑马，独自出现在非洲大草原上。丹尼尔稍稍贴近她，将胳膊撑在桌面上。

“我喜欢你，嘉斯汀。”他单刀直入。

嘉斯汀眨一眨眼睛。

这是要吻她的新老板了吗？

看来是的。

嘉斯汀：“哈啰？”

周遭一片安静。

现在是早上？可能不早了，嘉斯汀根据窗帘缝隙透进来的光线强度推测。有一会儿，她觉得自己要迟到了，然后才迷迷糊糊反应过来，今天是星期天。

嘉斯汀：“哈啰？”

越发安静了。

那是她的窗帘吗？嘉斯汀有些糊涂，一时弄不清自己究竟身在何处。是的，是她的，这是个好迹象。还有那边，梳妆台上方墙面上贴着的，是她的专属世界地图，红色大头钉表示她去过的地方，密密麻麻的绿色大头钉标出所有她想去的地方：蒙古、纽芬兰、挪威、芬兰、布宜诺斯艾利斯、加拉帕戈斯群岛、泽西岛、勒克瑙……没错，绝对是她的房间。

嘉斯汀很想继续睡，可是口渴得厉害，牙齿上活像一夜间长出了珊瑚礁似的。她还想上厕所，也就是说，哪怕眼前危机四伏，她也得从床上爬起来。

她坐起身，一阵强烈的“晕陆”感袭来，仿佛她曾多年漂泊海上，如今正努力适应这个虽然不会左摇右晃，却同样危险丛生、方向难辨的世界。她闭上眼睛，可那感觉并没有减轻。再次睁开眼，她才发现，自己不是一个人。

见鬼。

丹尼尔·格里芬趴在她床上，睡得正沉，赤裸的肩膀露在被子外面，一只橄榄色的胳膊垂向地板，浓密凌乱的头发衬在她洁白的枕套上，种种画面潮水般迎面扑来，打消了嘉斯汀对他俩如何度过这一夜的任何怀疑。这里，那里，手与唇舌。

嘉斯汀：嘿？嗨？

她的理智没有应答。那该死的玩意儿休假去了，跑到某个查尔特勒小镇去了，大概。

嘉斯汀原地转了小半圈挪下床，从床边的椅子上抓过一双厚袜子和一件长开衫，袜子可以当拖鞋穿，开衫就权且充作晨衣了。她经过浴室门前，走进厨房，始终恍恍惚惚，心神不宁。直到吞下几片阿司匹林，理智才总算回了笼。

理智：早上好！

嘉斯汀：早上好？见鬼的早上好。

理智：呃，窗帘？还开着呢。

嘉斯汀：该死。

她只能紧紧抓着开衫前襟，螃蟹一般贴着墙绕过起居室，胡乱拽着窗帘遮住法式落地玻璃门。

理智：这就好多了。

嘉斯汀：好多了？哪里好多了？比我们现在这摊子见鬼的大麻烦好多了？我们应该是去看橄榄球比赛的，不是上这该死的床！你在想什么？我好不容易得到记者的位子，等了这么多年，结果就和新老板上了床？这算哪门子事？

理智：讨论这个问题之前，我们能不能先来杯咖啡？

回到厨房里，嘉斯汀舀了些咖啡粉放进她的摩卡壶。

理智：啊，哦哦，味道出来了，这下感觉好多了。

嘉斯汀：很糟糕，非常非常非常糟。我们怎么能这么蠢？

就在这时，丹尼尔走进厨房，伸出他赤裸的双臂，将嘉斯汀拥入怀中。嘉斯汀的理智沉默了。丹尼尔的手干燥温暖，滑进她的开衫里。心窝处肌肤相贴，仿佛就要融化一般，这感觉很好。

“早上好。”丹尼尔温柔地说。

嘉斯汀：呃……帮帮忙？

可是理智没有回答。相反，丹尼尔的另一只手已经覆上她的大腿，唇吻在她后颈上。嘉斯汀就着他的怀抱转过身来，理所当然地吻了他。

“天蝎座。”他贴着她的耳朵低声说。

“恐怕不是。”她说。

当你意外跟新老板共度周末并且上过床之后，该在星期一穿什么衣服去上班呢？这就是嘉斯汀穿着内衣站在卧室穿衣镜前思考的问题。

她拣出一条黑色裙子比在身前，是那种看起来很简单的裙子，却格外贴合嘉斯汀的身材，因此始终是嘉斯汀无可取代的最爱。但是今天不行。背后有一块透明蕾丝，就在肩胛之间，很可能被视为有些小性感。不行，不要黑裙子。

或者，灰色长裤配钴蓝色褶边钟形袖衬衫？不，这种衣服算休闲便装，表示舒适。而舒适就等于在说，“我不在意那些事”。可这些事，光想想就让嘉斯汀脸红。沙发、地毯、厨房桌台……如今看来，它们全都不一样了。

丹尼尔在这里消磨了大半天，终于在门口与嘉斯汀吻别。没等她关上房门，他又转回头来。

“也许我们该谈一谈接下来怎么办，”他说，“在工作中。”

“怎么办？”

“我们都是成年人，对吧？而且都是聪明人。工作归工作，游戏归游戏。我们可以把它们……分开。”

“当然。”嘉斯汀当时是这样回答的，“聪明，分开。”

“嘿？”

“嗯？”

“游戏的部分，我喜欢，非常喜欢，嗯!”

他离开后，嘉斯汀走进浴室去冲澡。扔掉开衫，她看到镜子里的自己，咽喉底部布满了青紫的啃咬痕迹。

理智：棒极了。

嘉斯汀：噢，这会儿你回来了，是吧？有什么看法？

理智：总是难免要抓狂一下的。

于是，整个星期天晚上，几乎整整一夜，嘉斯汀都在抓狂，只睡了大概三个小时。现在是星期一早上，她找不到衣服穿。直到半个衣柜都空了，床边的椅子被埋在了山崩一样的衣服堆下，她才终于拿定主意：就穿棕色花呢长裤，配亮橙色套头衫，露出白衬衫的袖口、领口和下摆。她会系一条纤巧的丝巾来掩盖脖子上的痕迹，只是以防万一。

抵达亚历山大公园另一头时，时间还很早。嘉斯汀感觉怪怪的，有点恶心，一点儿也不想迈进拉斐罗的店门，于是便信步走进市场。可今天，给那块捣乱的“牛由果”招牌加个三点水完全无法为她带来一丝快乐，她也没体会到往常充当“错别字监察员”的满足感。今天她满心烦乱，太阳穴还有点疼。但愿不是生病了。

“嘉斯汀？”

丹尼尔站在采编部门前，尽管声音里透着刻意的高深莫测，可无论马丁还是洛玛都没有抬头看他。

终于来了，嘉斯汀心想。她瞥了眼电脑屏幕上的时间，快五点了，目前为止，丹尼尔没有表露出任何想跟她独处的意思。尽管知道不该感到意外，可她一整天都为此心烦意乱。工作归工作，游戏归游戏，他说过的。现在只是保持言行一致而已。

“能到我办公室来一下吗？”他问。

嘉斯汀点点头，同样高深莫测。

理智：瞧，我说什么来着，你只要等着就行了。

嘉斯汀：是啊，无所不知的聪明人。好了，你说对了。

可是，跟着丹尼尔走进他的办公室坐下来之后，嘉斯汀明显感觉到，这不是她期待的那种独处时刻。

“你觉得有没有可能，”丹尼尔严肃地看着她，往椅子里一靠（嘉斯汀觉得还是杰瑞米那把），隔着办公桌（嘉斯汀觉得仍然是杰瑞米那张），坐在整洁有序的办公室里（这就不是杰瑞米的风格了），“‘达维娜·迪万’是个真名？”

“什么？”

“今天早上我收到一封信，写信的人自称‘达维娜·迪万’。”丹尼尔说着递过一张折起的信纸，“我很有兴趣知道，你对它有什么看法。”

文具套装里的信纸，就是你不知道买什么送给十来岁小姑娘当圣诞礼物时可能选择的那种。纸上印着一道蓝紫相间的彩边，有翻卷的水花，几条小美人鱼嬉戏其间。嘉斯汀看到，配套的信封开口整齐地躺在丹尼尔面前的牛皮纸文件夹上，信封上的收件人写着“主编”，封面和信纸上的字都是用闪亮的紫色墨水写的，带香味的那种。那味道甜腻低劣，像嚼了一半的口香糖。

“看一看。”丹尼尔催促道。

致主编：

我写这封信，是希望您能将它转交给占星师里奥·索恩伯里。我本该直接给索恩伯里先生写信，可是想尽了办法也没能找到他的地址。我本人也是一名占星师，当然，远远没能达到索恩伯里先生的境界。希望他能不吝赐教，指出我在解读水瓶座时犯下的错误，因为过去几个月来，他对水瓶座的解读与我本人的大相径庭，有时甚至截然相反。一定是我弄错了，可不知道究竟错在哪里。因此，我真诚地期望索恩伯里先生能为我指点迷津，提供一点对我的事业有所帮助的建议。

致以诚挚的问候！

达维娜·迪万

持证占星师（联邦占星师协会）

高级持证占星师（联邦占星师协会）

刚读到第一句，嘉斯汀的心跳就开始加速。两句读完，心跳已经撒腿狂奔起来。读到签名行时，她的脉搏已经宛如全力冲锋一般，俗气的美人鱼信纸在她手里瑟瑟发抖。

“所以，我好奇的是，”丹尼尔抛出问题，“对于达维娜小姐的问题，你能不能为我提供一些真知灼见。”

在不断飙升的肾上腺素中，嘉斯汀试图厘清形势。丹尼尔收到了一封信，来自一位狂热的占星女士，仅此而已。单凭这个说明不了什么。可下一刻，丹尼尔打开了面前的牛皮纸文件夹，里面是一摞纸，嘉斯汀觉得很眼熟。丹尼尔翻动纸页，嘉斯汀看清楚了，是里奥的传真，大部分都有点皱，正中心全都有一个小小的破洞。丹尼尔查过文件叉上的旧文件了。

理智：不妙。

穿插夹在传真纸之间的，是撕下来的《星刊》页面，星座专栏页。传真件和杂志页上都有荧光笔画出的亮粉色条纹。水瓶座，水瓶座，水瓶座，这个词同时从好几个不同的地方蹦到嘉斯汀眼前。

理智：大事不妙。

在里奥的传真件上，嘉斯汀瞥见几处高亮标出的词，“下定决心，踏上新的道路”“拉扯角力所带来的广泛影响”，还有杂志页上取代它们位置的另一些词，嘉斯汀的词，“天堂未曾铺就”“上帝不曾具名的暗示”“蘑菇与毒菌”“勇气与我相伴”。

丹尼尔留意观察着嘉斯汀，确信她看到并且认出了文件内容，于是合上文件夹。“为什么要这么做？”他问。

嘉斯汀想说点什么，舌头却像打了结，无助之下只好耸耸肩。

丹尼尔继续看着她。嘉斯汀这才强烈意识到，跟自己老板上床后要面对的，是怎样的问题。你可能因为窜改星座专栏陷入糟糕透顶的境地，心里却还想着他如何温柔地亲吻你的鼻子，或是不合时宜地想起老板高潮时的模样——睁大双眼，像褐色皮肤的阿童木。

“要不是想起你刚升职的那个早晨，”丹尼尔说，“我早就把这封信扔进垃圾桶了。当时我到了办公室，你却不在新办公桌前，还在老位子上忙着录入星座专栏。为了帮助亨利，你是这么跟我说的。”嘉斯汀感觉自己被看透了。

“我有个推论，”丹尼尔说，“关于你为什么这么做。”

他嘴上说着话，手里不断把玩一支钢笔，笔杆在指间来回穿梭。他看上去很严肃，却隐隐透着自得，像个即将展示聪明头脑并向听众解说推理过程的侦探。

“改动仅限于水瓶座，完全不涉及其他星座。”他说，“这让我想到，你……好吧，这么说吧，我的推论是，通过修改里奥的星座分析，你试图鼓励自己实现更好的自我，剔除自我中较为物质的部分，甚至有可能，帮助你从一段失败的感情中走出来，更重要的是，让你能够去追逐生命中真正想要的东西，追逐你的梦想。因为你就是水瓶座，不是吗，嘉斯汀？你想通过里奥的专栏改变自己的命运。”

理智：说真的，嘉斯汀，这可是神来之笔。

嘉斯汀：我知道，这比真相强。

嘉斯汀将脸上的神情调整为痛悔与钦佩交杂。

“噢，”她对丹尼尔说，“不可思议，怎么全给你说中了。”

是她的错觉，还是丹尼尔的健身房版强壮胸膛又挺高了一些？

“很好。那么，”丹尼尔说，“我很高兴我们有进展了。”

他没有笑，可是脸部肌肉的确朝微笑的方向挪动了一下。

“但你真的太傻了。”他说。嘉斯汀赶紧把痛悔的表情推上前排。“你也许觉得‘只是星座而已’。好吧，没错，只是星座而已。可是里奥·索恩伯里是我们最资深也最知名的撰稿人之一。你是个聪明人，大概也估量过，被里奥发现的风险基本为零。可是嘉斯汀，万一他拿到了一本杂志呢？万一他看到你做出的改动呢？你的所作所为是极端无礼的，更不用说还有失职业操守问题。”

“我明白。”嘉斯汀说，“我很抱歉，不会再犯了。”

"什么话，你当然不会再犯。"丹尼尔说，"因为，如果再犯，我就得打发你回去做你苦哈哈的助理，这还算好的。最糟的，就是请你走人。"

工作归工作。嘉斯汀悲哀地想。

"所以，是的，你不会再犯。为了确保你不再生出这样的念头，我希望你知道，虽然我不会把你编辑星座的事告诉亨利，但我会提醒他，这个月的星座专栏稿发来时，必须予以特别关注。我会告诉他，录入必须百分之百准确，而且我还可能亲自检查。"

"还有谁知道？"

"只有你和我。"丹尼尔说，"我们最好让这件事到此为止。"

"谢谢你。"

"那没事了。"丹尼尔拈起钢笔，心不在焉地在面前的纸上画了一条线，"还有，嘉斯汀？"

"嗯？"她期待他能说点什么，随便什么，让她确定，他们的的确确是在床上共度了半个周末。说他喜欢她。

"你具备成为一名好记者的素质，"丹尼尔说，"所以，别再做任何类似这样的蠢事，好吗？"

这个追问听来刺耳，尽管它完全合理。她的确做了蠢事。愚蠢地胡乱窜改星座专栏，愚蠢地和丹尼尔搅在了一起。

"我不会了。"她说。

"保证？"

"保证。"她说。她是认真的。

傍晚回到家，嘉斯汀只觉得头发晕，脚发飘，身体里每一个关节都在痛，说不清是热还是冷，脸颊像在发烧，身体却在发抖。发烧了？不，当然不会，生病一点好处都没有。

她去拉起居室的窗帘，发现对面阳台上站着尼克·乔丹。他穿着白檀木套头衫和羊皮靴，正从他们的守灯塔人篮子里把橄榄枝取出来。他抬眼看见嘉斯汀，笑着把一只手按在胸前，另一只手举起枯萎的树枝，仿佛举着一朵玫瑰。

嘉斯汀推开落地玻璃门，晚风袭来，她抖得更厉害了。

“这个是橄榄枝吗？”尼克问。

“是个大大的道歉。”

“我出了趟远门。”尼克说着，垂手放下树枝。

“远得连我一个电话都不能回？”

“也没那么远。不过我需要一点时间来处理我们的小沟通。”

“我真的很抱歉，尼克，为我说的那些蠢话。”

“那些不是蠢话。”

“不，就是蠢话，而且很无礼。我不该说什么睡莲，实在是口不择言。”

“射手座有时候就是会这样。”

“我以为你再也不会理我了。”嘉斯汀可怜巴巴地说。她的喉头痛苦地哽住了。

“嘿，你没事吧？”

“没事，我……好吧，我不知道。”嘉斯汀说，“我的头……现在是喉咙。”

“你病了？”

“不，我讨厌生病，生病很无聊。”

尼克摇摇头，觉得她真是无可救药了。“进屋暖和一下，我马上过来。”

“我很好。”嘉斯汀坚持，可尼克已经行动起来了。

距离上一次见到尼克，其实并没有那么久，只是几个星期而已。可过了这么一段时间，看到他再次出现在门口，不知怎么的，嘉斯汀突然很想说一句德语：Unheimlich。那就是尼克现在的样子。他还是他，只是有点儿太像他，就好像他的轮廓线条被勾勒得太过清晰，他的一切色彩都太过饱和。Unheimlich：某种程度上的不熟悉感，但又顺理成章，因为这些不熟悉的东西同时又是你完全熟知的。上帝在上，德国人还真有些好词。

嘉斯汀闻到尼克外套上的白檀香味，开始担心自己会做出什么荒唐事来，比如扑进他温暖的怀里，哭着坦白一切，说丹尼尔让她很生气，说星座分析，说……

“你看起来真是糟透了。”尼克说。

“谢谢。”她勉强回答。

“有柠檬吗？”

“水果盆最底下大概有个小可怜。怎么？”

“你，到沙发上去，现在就去。我马上过来。”

嘉斯汀缩在沙发角落里，拉过小毯子盖在身上。厨房里传来抽屉拉开又关上的声音，然后是刀叉在碗盘上敲出的叮当声。最后，尼克出现了，递给她两片扑热息痛和一个马克杯，杯子里装满了热腾腾的黄色液体，看上去像撒了把莱斯利安·斯通的有机认证土似的。嘉斯汀试探着抿了一小口，不禁做了个鬼脸。

“这是什么玩意儿？”

“柠檬蜂蜜水。”尼克说着，在嘉斯汀脚边的踏脚凳上坐下，“就是普通的那种，只不过加了些压碎的大蒜和一点辣椒粉。我知道，我知道。不过这东西能让你感觉好一点儿。”

她又喝了一小口，可怕的口感没有丝毫改善。

这时，尼克做了个奇怪却很温暖的举动。他伸出手，用手背贴了贴嘉斯汀的额头。不知怎么的，嘉斯汀的眼眶一下子湿润了。

“喝了这杯东西，全部喝光。把药吃了，上床睡一觉，嗯？”

他收回手。

“真的很抱歉，尼克。我讨厌惹你生气。”

“我有时候也是个固执的王八蛋。都忘了吧。”

嘉斯汀还没说完，“既然你爱劳拉，那一定有充分的理由。”

“没事了，嘉斯，真的，忘了吧。”

“你的友谊，”她说，“是我人生中最长久的一份。我不想失去它。”

“我也是。”

嘉斯汀知道接下来该谈什么。她还没享受够这部分，却必须往下走了。“嘿，上次听你说打算求婚了，我猜一定很顺利吧？”

“是啊，我想是吧。”尼克说。

“那么，都定下来了？大日子是什么时候？”

尼克奇怪地看了她一眼，“啊，我想你跑得太快了点。劳拉和我目前的状态，我称之为‘达成订婚意向’。至于真正的订婚，我得到的答复是，要等戒指准备好之后才能进行。”

“明白了。”嘉斯汀说，“那戒指什么时候准备好？”

“他们告诉我，过程很漫长。石头要去找，设计要确认，珠宝需要时间完工就位。”

嘉斯汀缩了一下身子，“听起来很贵。”

“是很贵。”尼克似乎有些冷淡，“那个，我该走了，你也该睡了。照顾好自己，好吗？要是明天还难受，给我打电话，我再来给你做一杯柠檬水。”

“哦，好啊。”嘉斯汀看着马克杯皱起了眉头。

尼克离开后，嘉斯汀又尝了一口那饮料，还是决定把它们统统倒进水池里。走进卧室，她沮丧地发现，床上光秃秃的，是她早上自己拆掉的。床单、被套和枕套全都堆在洗衣间地板上。现在她没有力气铺新床具了，换睡衣也同样很艰难。她扒掉身上的衣服，扔在地板上，只裹上一件晨袍，就钻进了没有被套的羽绒被芯下。她冷得牙齿直打战，把电热毯直接推到了最高档。

在沉入并不安宁的睡眠之前，嘉斯汀只能确定两件事。第一，劳拉·米切尔是个非常幸运的女人。第二，她真的发烧了。

接下来一连两天，嘉斯汀病得上不了班，甚至下不了床。直到第三天中午她才觉得好些，至少能喝下一点罐头汤，便把病榻转移到了沙发上。接下来半天，她就一直窝在沙发上，电视里放着《太空仙女恋》，睡睡醒醒。

敲门声响起时，她正在浅睡。睁眼一看，只差五分钟就到六点了。终于挪到门口时，外面空荡荡的，只有地上放着一大捧淡黄色玫瑰，花瓣上晕出些许粉红。玫瑰裹在闪亮的白色包装纸里，附一张卡片，上面写着：

病了，嗯？真是个躲开我的好办法。祝健康。

丹·格

嘉斯汀拾起玫瑰花束，凑到鼻子下面，是那种没有香味的花。她捧起花转身进屋，找出一个花瓶，一边注水一边思考，然后掏出手机划开联系人列表，点了一下丹尼尔的名字。

“看来，”他接起电话，“你收到花了。”

“收到了。”

“喜欢吗？”

“谢谢，非常漂亮。”

“我怎么感觉接着就该说‘但是’了？”

“因为的确如此。”嘉斯汀说。

一阵长长的沉默。嘉斯汀借这段时间鼓起勇气，提醒自己，星期一那天，尝试玩丹尼尔那个“工作归工作”游戏时，自己心里是什么感受。

“我做不到，丹尼尔。”

“你对我不满？因为星座专栏的事？”

“不，不是那个。我确实做错了，你很公平。是整件事情。我知道我自己，丹尼尔，我知道，我没办法周末还跟你睡一张床，到周一早上就立刻假装什么事都没发生，假装我们只是普通同事。这让我太不安了。那样……嗯，很伤人。”

“可是，嘉斯汀，那是工作的地方，我们不能——”

“我不是说你错了。那样的确很有必要，”嘉斯汀说，“只是我做不到。你看上去游刃有余，可是我不行，我是个藏不住事的女孩。很抱歉。”

“那么，无论我说什么也不能让你改变主意了？”他问。

“我想是的。”嘉斯汀说。

“我知道这种状态不理想。如果我们不在同一个地方工作会更好些，甚至，如果我们仍然只是……普通同事，也更好。我也知道，我们进展得有些快，也许是太快了。”

“绝对太快了。”嘉斯汀说。

“但当时很好，对吗？”

无懈可击，嘉斯汀想，他很自信。

“是的。”她承认。

“那就行了。”丹尼尔说。可嘉斯汀觉得这跟她刚才说的并没什么关系。“我不想这么做的，可你没给我其他选择。”

嘉斯汀觉得冷，“做什么？”

“里奥的星座稿来了，我要给你念念你的星座分析。准备好了？水瓶座：春天到了，这是万物复苏的季节。”

嘉斯汀：水瓶座？为什么给我读水瓶座？

理智：记得他办公室里那场小小的谈话吗？

嘉斯汀：噢，见鬼。

丹尼尔还在继续：“那些暗藏的怨恨与愤怒，都将在慈悲与宽恕的汹涌浪潮下荡涤殆尽。本月，你将迎来心灵的充实与扩展，以及如海洋般包容万象的慷慨。难道不该人人都享有第二次机会吗？甚至，第三次？”

嘉斯汀却在想，一个人到底经得起几回被吊上同一台破门机。

“所以，”丹尼尔停顿片刻说，“不知水瓶座的慷慨是否也能延伸到我身上？我能得到第二次机会吗？”

嘉斯汀想了想，“可是，工作仍然是工作，对吗？”

“是的，只要给我们彼此一点时间，给我个机会向你证明，那是可行的。”

“我不——”

“我做了些功课，关于星座的。水瓶座和狮子座在星象上正好是相对的两极，空气需要火，火需要空气，占星师都这么说。”

“意思是？”

“再给我一次机会，这个周末怎么样？”

如果是上升星座处女座的那部分嘉斯汀，就会一针见血地指出，身处此情此景的自己很不对头，种种异样都在提醒她，应当谨慎处理眼前的提议。然而，做主的不是处女座的嘉斯汀，而是冲动的射手。

“你有什么打算？”

交界日

那几个女人借着夜色来了，她们嘀嘀咕咕说着话，穿着卡其布外套，戴着巨大的麂皮手套。她们是来找布朗·胡迪尼-马拉尔基的。上一秒它还睡在收养区最后一个围栏背后的破布上，下一秒就挣扎狂吠着被粗暴地塞进了运输箱。她们抬着箱子朝主楼走去，布朗的世界开始倾斜，摇晃。很快，它被倒了出来，跌进一个亮着荧光灯的屋子，推进屋里一个笼子，笼底铺的是报纸。笼门合上，插销落锁。布朗很清楚这一切意味着什么。

这间亮灯的屋子里不止布朗一个。狮子狗洛丽已经被关进隔壁笼子里，它生了疥藓，十字韧带也断了。房门再次打开，女人们又一次抬着箱子进来。这一次带来的是弗里兹，一条杂交腊肠犬，它的问题是排便失禁。箱子一次次抬进来，上层的笼子被女人们一个个填满。哈巴狗饺子，眼里有翳，满脸褶子，口水滴答；老牧羊犬埃丝特，活得比她的主人长，却也因此老得没法再找个新主人。灯关上了。布朗知道，等这些人下次进来就是第二天了，五条狗将全部准备停当，等待兽医的到来。

第一道曙光亮起，很快，这些命运已定的狗狗面前都放上了早餐，一小碗牛肉粒。弗里兹无论到什么时候都是个乐天派，只管大口吞咽肉粒；至于饺子和洛丽，不叫个痛快是绝不肯开餐的；埃丝特腰身臃肿，从容虔诚，冷静地咽下她最后的早餐，静静地趴下，脑袋搁在爪子上，安慰地回忆她曾听过的彩虹桥那头的天国故事。

布朗没有胃口。它不止一次被关在笼子里，明白这种笼子是坚不可摧的。诅咒那个王八蛋盖伊，诅咒他和生他的母狗和每一只从她胯下蹦出来的浑身长蛆的小狗。无路可走了，只能趴回笼子后部，蜷成一个球，浅浅入眠。

兽医是中午到的。她叫安娜贝尔·巴尔维克，是个年轻女人，顶着一头柔软的姜黄色头发，左手戴一枚崭新的结婚戒指。布朗透过那只完好的眼睛看见她用充满感情的低沉嗓音对每一只狗道歉，它认为此举值得赞扬。协助她的兽医护士杰西·约是个年轻男人，腿细得跟竹竿似的，头发乌黑，多愁善感的双眼已经红了眼眶。

布朗集中精神，竭力将眼中发射出的呜呜能量光束具象化。"那只独眼狗不该在这里，"它呜呜作法，"那只独眼狗必须回到它的围栏里去，毫发无伤地回去。"可兽医和护士都很专注，没办法接通他们的眼神。

弗里兹——上帝保佑它——还以为这又是一次施展魅力的机会，一下扑到笼子前，欢快地吠叫。然而这只意味着，它会是第一个。护士握住它的小前爪，兽医用推子推掉一点毛，一针扎下去。下一刻，小弗里兹就套着垃圾袋躺在地板上了。布朗注视着这一切。它看着洛丽打完针，看着它呼唤一个名叫普鲁登斯的人，声音渐渐断续，停止。它看着埃丝特闭上双眼，神魂远遁，前去与主人相会。

布朗知道下一个是谁，可它若是肯老老实实沉入甜美的永夜，那才怪了。布朗已经仔细研究过这间屋子，这是那种最见鬼的地方，没有任何角落或缝隙。地板便于清洗，墙角都是弧形，几乎找不到任何家具。通往门厅和外面世界的门紧闭着，这是个密不透风的地方。

可是好运终究还是露头了。护士杰西在布朗的笼前蹲下，兽医安娜贝尔朝门口走去，向着门把伸出了手。布朗意识到，时机正好。它要做的，就是冲出笼子，越过杰西，奔向大门。好！兽医按下把手，门一点点打开了。这是狭窄的机会之门，但对一只不屈不挠的街头狮来说，已经够宽了。

布朗一跃而起，轻松闪过杰西伸过来的大手。它四爪翻飞，奋力奔向那扇狡黠善变的门，两条后腿像野兔一般用力蹬地。保留力气没有任何意义，它闭上眼睛向前疾冲。门只开了一半，可它敢打赌，脑袋马上就要穿过门缝了。再有一瞬，它就能离开，跃下门廊，远走高飞！

“小混蛋。”杰西咕哝一句，“安娜贝尔！关门！”

嘭！门锁归位。沉重的白色大门与墙壁一起颤抖起来。布朗仍然在错误的一侧。理所当然地，它绕着屋子开始狂奔，带领安娜贝尔和杰西跳起欢快的舞蹈，一圈，两圈，三圈。可是没有希望，很快它就被逼入了绝境。杰西揪着后颈皮把它拎了起来。这下子，布朗悬在空中，被护士拎着向桌子走去。它不断耸动身躯，弓起脊背，扭动，挣扎。与此同时，兽医正在将绿色的液体抽进针筒里。

十五岁的卢克·福斯特，天秤座，冬天是橄榄球中锋，夏天是板球捕手，前额和头顶翘发的习惯性人手熨斗，原版《星球大战》系列电影死忠粉。此刻，他正从妈妈这辆萨博车的杂物箱里抽出一张芦荟精华面巾纸递给她。这是星期五的上午，他们停在一家公立学校的几个街口开外，从今天开始，那就是他未来的母校了。

他提前一天离开了圣格利高里学校，没有声张，也没跟任何人告别。他一点也不想忍受其他男孩怜悯的目光，他们的父母不是医生就是家世渊源的有钱人，再不然就是企业老板或潜水采鲍人，都是用真金白银支付儿子的学费，而不是某笔空中楼阁的遗产。私立学校的同学们会继续穿着鲜亮的运动服、戴着硬顶遮阳帽、系着红蓝相间的领巾参加河之源划船赛，上大提琴或低音号的私教课，在八校联盟[1] 中觅得一席之地。可他不行，他得穿着黄色马球衫寻找自己的路。

“真对不起。”他的妈妈玛瑞安吉拉说，“噢，卢基，我们想给你最好的，真的。”

在就读圣格利高里的两年里，他从来没有想过父母是怎样支付他的学费的。他和两个弟弟（弟弟们如今还在上小学，幸运地躲开了这些麻烦事）还没出襁褓就被列入了这家男校的名单，这也是他误以为父母对教育经费颇有规划的原因之一。卢克确实从没想过这个问题，理所当然地以为父母应该有妥善周全的计划，而不是月月刷爆信用卡，一心等着外祖父过世。眼下外祖父过世了，为妈妈留下的却只有外祖母的结婚戒指、一件难看的红木家具和一架走调的钢琴。

卢克想问问妈妈，她到底在想些什么，为什么不一开始就送他上本地的公立中学呢？今天，当他穿着太过干净崭新、板正硬挺的黄色马球衫走进陌生的教室时，流言蜚语一定早就传开了：“这就是那个被圣格利高里赶出来的男孩。”

同时，卢克却不愿看到妈妈两眼充血、鼻头红肿的样子，想抓起玛瑞安吉拉的手拍一拍，对她说，一切都会好的，说他其实一直都不太喜欢圣格利高里，说以后她来学校接他时就可以穿UGG鞋子和黑色短夹克了，不用非得穿设计师款的职业套装或打

---

1. 八校联盟（Group of Eight，简称 Go8）是世界一流的科研联盟组织，集合了澳大利亚实力最强、历史最悠久的八所高校。

扮成健身房的漂亮辣妈，说本地公立学校有些东西是圣格利高里永远都不会有的，比如女孩。那会把她逗笑的。

“卢基，你今天会好好的吧？”玛瑞安吉拉问。

“当然。”

卢克拉下萨博的遮阳板，推开遮住镜子的小滑盖，把翘起的头发压平。当然，他刚拖着书包站到街上，头发就弹了回去。

“再见，妈妈。”他说。

“再见，亲爱的。”她说完，送出一个悲戚戚、泪涟涟的飞吻。

“过得愉快。”他说。

“我尽量。”她抽了抽鼻子。

卢克模仿着足以乱真的尤达大师的声音，说：“要么行，要么不行。没什么尽量。”

派翠西亚·奥黑尔，处女座，前家庭主妇，现空巢老人，两位已经成年的女儿拉瑞莎和扎蒂的母亲，预备役外祖母，股市天才，人类世界最漂亮的百香果戚风蛋糕烘焙师，每周五都到“狗狗之家”做义工。

这是派翠西亚众多日常活动中的一项，她的姑娘们基本上都自力更生了，她得找些事情做，让自己忙起来。当然，她有股票投资要打理，还有很多扎蒂会用到的毛线活儿等着做，可这些还远不足以把一个像派翠西亚这样利落能干的女人从午餐时间的《菲尔博士脱口秀》和下午四点的霞多丽葡萄酒中拖开。

经历了失去澳牛犬邦妮的悲痛后，她来到这里，原本是打算为自己寻找一只新的狗，却在“狗狗之家”找到了工作机会。第一次来，她就遇到一只深栗掺白色的灵缇犬。当时，派翠西亚正沿着通道的一个个围栏看过去，而它就端坐在笼子前部，那姿态让派翠西亚想起上世纪二十年代的广告女郎，行李箱放在脚边，静静等待电梯到来。那只狗看着派翠西亚，像是在说："噢，你终于来了。"事实证明，老妇人和它天生般配，有着同样与生俱来的体面尊严，对舒服沙发的热爱，以及对整洁仪表的赞赏。

派翠西亚是星期五的志愿者，最初几周负责遛狗，带着德国牧羊犬、哈士奇、维希拉猎犬、喜乐蒂和西施犬们走过"狗狗之家"周边残存的荒地间踏出的条条小道。为此，她专门买了一顶漂亮的遮阳帽和一双配色鲜亮的跑鞋。轮到清理围栏里的狗狗粪便时，就没那么有趣了。不过派翠西亚不是活在梦幻里的人，她明白，如果一项工作让人不那么愉快或轻松，那自然应该人人有份，轮流做。

这个阶段并没有持续多久。很快，"狗狗之家"的管理者就认识到，派翠西亚拥有宝贵的能力，足以在办公室里独当一面。成为志愿者不到两个月，她的工作就变成了分发信件，校对新闻稿，处理银行相关事务，以及维护志愿者数据库。

只是，每隔几个月就会有那么一天早晨，派翠西亚睁开眼就知道，这一天不是普通的星期五，而是"那些"星期五之一，她希望自己能在"狗狗之家"以外的任何地方度过这一天。那些星期五，正是年轻可爱的兽医安娜贝尔·巴尔维克到来的日子，她放下自己市中心的日常工作，驱车出城来到"狗狗之家"，提供无偿服务，度过一个残酷的上午。

当安娜贝尔在走廊尽头的手术室完成她的工作时，派翠西亚待在办公室里，努力不去想那些稍后就会被扔上市政小卡车拖斗的沉甸甸的塑料袋里装的都是什么。

这个星期五尤其可怕。上午还没过半，废纸巾就快从派翠西亚的纸篓里漫出来了。她爱那条老牧羊犬埃丝特。要不是答应了尼尔，绝不收养任何注定让她伤心的动物，她早就把这个心爱的老姑娘带回家了。

派翠西亚从盒子里再抽出一张纸巾，顺手取下拦腰箍在一叠当日信件上的橡皮圈。她立刻留意到其中一封信，又大又鼓，信封看起来很贵，很厚实。总之，不是“狗狗之家”通常收到的那种信。她看了看，信件来自一家卓有声誉的律师事务所，沃克、维克斯和科里瑟罗律师事务所。

拆开信，派翠西亚第一眼看到的是信纸底部气派十足的签名，出自科里瑟罗阁下本人。由此她推断，无论这封信说的是什么，一定非常重要。她把鼻梁上的眼镜往上推了推，开始读信。看起来，似乎是科里瑟罗的客户，一位名叫伦恩·麦哲伦的绅士刚刚过世了，而他将全部遗产捐赠给了“狗狗之家”。他的遗嘱要求清算他的所有资产，以便“狗狗之家”能直接将经费投入最迫切的需求中。麦哲伦先生的所有资产变卖后，现金总额预计约为……

“什么——！”

派翠西亚的尖叫如塞壬的歌声般回荡在整个接待区，然后沿着走廊穿过茶水间和洗手间，最后抵达手术室。在那里，安娜贝尔刚刚吸好一针针剂，准备推进那只脏兮兮的独眼㹴腿里。尖叫声引得“狗狗之家”的所有狗狗都叫了起来，狂吠、大吼、怒斥、呜咽，交织成嘈杂刺耳的一团。混乱中，派翠西亚站起身开始手舞足蹈，动作和印第安祈雨舞有那么点遥远微弱的关联。下一刻，她瞪大了眼睛，踩着她的限量版运动鞋，拔腿就顺着走廊冲下去。

“安娜贝尔！安娜贝尔！”她大喊着，“停！停！停！什么都别做了！”

安娜贝尔·巴尔维克和杰西·约已经停下手里的活儿，紧张地盯着手术室大门，被尖叫声吓得不知如何是好，担心是不是什么持枪抢劫的家伙跑到这儿来撒泼。不过，出现在他们眼前的是冲进门来的派翠西亚·奥黑尔，两眼放光，盈满泪水，挥舞着一张乳白色的纸，这张纸意味着，如今正趁着缓刑之机趴在报纸上大口喘气的布朗·胡迪尼-马拉尔基，可以在“狗狗之家”继续活下去了。

十五岁的菲比·温特格林，狮子座，虽不情愿却历来都是各科老师的宠儿，柠檬奶昔爱好者，家中的独生女，开卷有益的奉行者，莎士比亚迷，激情洋溢的浴室镜前大段独白表演者。她很生气，已经气了一整个下午。她在生数学的气，足足付出了三根自动铅笔芯的代价，她才解完了一堆头疼的二次方程题；还有体育，她拿出气血上头的气势投身间歇训练，就像个准备一雪前耻的拳击手；她兴致勃勃地去上课外音乐兴趣班，借来的便宜萨克斯大大煞了风景，简直就是条倔强危险的蛇，一心要逼她俯首投降。

菲比气喘吁吁地爬上过街天桥，还是很生气，到了另一头，下去的楼梯也同样气人。塞满书的背包颠簸着向她的背脊施加痛苦的压力，萨克斯盒一下下撞击着她的大腿外侧。回到自家租住的丑陋小砖房前，跨过低矮破落的门槛时，她还在生气。怒气犹如乌云般盘绕在她周围，浓重得几乎单凭肉眼就能看到，吓得小猫太极赶紧躲到一丛绣球花底下。噢，是的，菲比·温特格林很生气。

爱丽丝·温特格林，双子座，沃尔沃斯超市的夜班理货员，公司工会组织者，年轻的单身妈妈和电视烹饪秀的忠实观众。她可没生气，只是很累，那是夜班工人的身体需要学会适应的那种累，她已经差不多适应了。除此之外，她还有一点焦躁，因为电费单，因为电视新闻里流离失所者的艰难痛苦，因为物价上涨、全球气候变暖、菲比萨克斯学费和坏掉的汽车座椅安全带。不过安全带的问题也不是第一次出现了，她早就习以为常，几乎不值一提。烘焙是解压的好办法。现在，爱丽丝就在做一批糖椒超浓巧克力饼干。她一边将巧克力切碎，一边盯着炉子上文火慢熬的糖浆，糖浆里是切得细细的红辣椒丝。她听到前门被猛地推开，又重重摔上。

“来了，登场方式不对头。”她刚嘀咕完，女儿就冲了进来。

“我恨他！”菲比哭喊着甩下书包，萨克斯扔到地上。

“嗨，宝贝。”爱丽丝说。

“我恨他！超过对任何人的恨，不管活人还是死人。全世界的仇恨都没有这么大这么深，我恨那个小白脸大笨蛋！”

“喝茶吗？”爱丽丝说。

“我鄙视他。我讨厌、厌恶、鄙视、憎恨，还有……呃……痛恨他。你该看看他是怎么读莎士比亚的。自以为聪明透顶，其实呢，连抑扬格五音步都不懂，连两个重读之间再重读就会卡死都不知道。他简直就不配活在这世上。”

“谁？”

“卢克……福斯特。”菲比啐道，“就是这家伙。”

“他是谁？”

“新来的。”

“这个时候才来？”

“他爸妈付不起圣格利高里的学费，就把他转出来，硬把这个笨蛋塞进我们这儿。塞给我！我倒要问问你，问问老天，我究竟做了什么，让哪个高高在上的神灵觉得我该承受这种考验？你说，我到底犯了哪条罪，才要被逼跟这个丑陋的、塞满兽性的柜子一起上戏剧课？这个水肿的脓包、巨大的酒囊、装满内脏的布口袋……”

“这都是哪里学来的？”

“《亨利四世》，上篇。”菲比分心回答了一句，然后继续，“我诅咒他，不但诅咒他，还要诅咒他的父系祖先和母系祖先。我诅咒他的每一个祖先，是他们的淫荡愚蠢，才留下这么个无赖龌龊脑满肠肥的东西进了我的戏剧班！我希望黑寡妇蜘蛛把卵下到他的阴囊里！我希望他染上恶心的皮肤怪病，只能待在家里，永远，永远都不——”

“但愿你大喊大叫的时候别对着镜子。”爱丽丝说。

“什么？这里根本就没有镜子。”

“亲爱的，我不瞎，能看见你对着这儿自我陶醉。”

爱丽丝勾起一根沾满面粉的手指，在微波炉的黑色玻璃门上轻轻一敲，留下一个引号般的痕迹。“它毁了你的表演，宝贝。一直都是这样，甚至在你三岁的时候就这样了。”

“妈——妈，我是认真的。他搞砸了我的戏剧考试，砸了！这下我要不及格了。我要是不及格，绝对就是因为那个叫人恶心的、皱巴巴的儒艮阴茎和他的苹果手机。”

“我以为那只是场随堂小考。”

“那又怎样？那是我最拿手的科目！你说，谁会用《坏到骨子里》[1]当手机铃声，还能保证不是个彻头彻尾的……大脓包！”

---

1. 《坏到骨子里》（*Bad to the Bone*）是美国摇滚歌手乔治·索罗古德（George Thorogood）于一九八二年发布的歌曲，并在此后数十年间被《终结者》《101斑点狗》《超能大坏蛋》及《小羊肖恩》等诸多影视作品及节目引用，多用于反面人物出场时营造带有喜剧性的效果。

“等等，你恨这个卢克，就因为他的电话在考试中途响了？”

“他毁了她，我美丽的朱丽叶。你知道我下了多少功夫做准备！我正要念到‘这些使人听了会发疯的凄厉尖叫’，结果呢，嗒嗒嗒嗒！那狗屁该死的乔治·索罗古德就这么突然冒了出来。我的状态彻底被打乱了，再也找不回来。”

“噢，菲比，”爱丽丝说，“我很遗憾，宝贝。”

在妈妈的温柔注视下，菲比像解开绳结的气球一样泄了气。她跌坐在椅子里，上半身趴在餐桌上，浅棕色的发卷铺开在桌布上。

“我会恨他一辈子的。”她说。

这时，门铃响了。

“噢天哪，”菲比转着眼珠说，“一定是斯波茨伍德先生。”

“也许。”爱丽丝挤出一个僵硬的微笑。

“今天几次了？”

“已经三次了。”

“我猜你想让我去开门。”菲比说。

“可以吗？拜托？”

“好——吧。”她说完，勉强把自己从椅子里拽起来。

自从她们的邻居老斯波茨伍德得了健忘症，菲比早就学会了几个和他聊天的妙招。要是斯波茨伍德先生再次宣布他打算投票给罗伯特·孟席斯[1]，菲比就说，她相信这是个正确的决定；而要是斯波茨伍德先生说他很惊讶今天打开电视发现画面竟然都是彩色的，菲比就只需要表示赞同，说这些先进的新科技真是奇妙。她一边朝门口走，一边迅速调动大脑，做好随机应变的准备。然

1. 罗伯特·孟席斯（Robert Menzies），澳大利亚政治家，曾于1939—1941年及1949—1966年两度出任澳大利亚总理。

而，当她拉开大门时，看到的却不是斯波茨伍德先生，而是卢克·福斯特。

菲比轻轻晃了晃脑袋，像是要晃掉眼前的幻觉。在她的家门口，怎么会站着一个十几岁的男孩，而且还有魔鬼般浓黑的眉毛和前额正中高高翘起的一撮头发。

“我，呃，问麦蒂要了你家的地址。”卢克说着举起一个大号的白色奶昔杯，杯子上印着一家高级精品咖啡馆的标志。菲比听说过那家店，但从来没进去过。

眼看菲比还呆愣着没反应，他慌慌张张地接着说：“她说你喜欢奶昔。这是柠檬味的。希望她没有骗我。”

他微微倾斜奶昔杯，示意菲比接过去。可菲比只是眨着眼睛，没法从她乱成一团的脑子里找出合适的话来说。

“这是道歉，”卢克说，“因为今天的事。非常抱歉我当了个大混蛋。不光因为你生气道歉，还因为你的独白是唯一值得听上一整天的东西。你真是个天才。”

温特格林家的大门口距离厨房那台上世纪七十年代的电炉并没有多远，爱丽丝·温特格林就站在炉子边搅动她的红辣椒糖浆。因此，菲比和卢克的对话她基本上都听到了。她听到卢克对菲比说，等到夏天，植物园会上演《罗密欧与朱丽叶》，如果她愿意的话，他可以为她弄张票，作为正式道歉。她听到菲比结结巴巴地发表了一通接受道歉的演说。就在这时，伴随着一声多嘴的“喵呜”，太极跳上窗台宣告了自己的存在，像是在说，“你永远猜不到谁会出现在门口。”爱丽丝给了猫咪一个柴郡猫规格的露齿笑。

“我敢肯定，太极小姐，”爱丽丝说着，调转方向，逆时针搅拌，“以后我们家姑娘得找些破解咒的好话备着了，你觉得呢？”

天蝎篇

♏

每当万圣节来临，透过它褴褛的斗篷，依旧能窥见它骨子里夏末节的异教影子。它召唤北半球的人们做好准备，迎接冬季的生死考验，提醒他们平静面对死亡；而在南半球，万圣节恰恰赶在板球季前到来，那是防晒霜的销售旺季，至于死亡之夜，不过是古怪夸张的服饰和五彩斑斓的酒精饮品出没的借口罢了。

对于亚历山大公园星刊的员工来说，万圣节是一大盛事，因为广告部经理巴贝尔·维斯总会在这一天举办派对，盛大的派对。童年时，巴贝尔那对当代游牧部族属性的欧洲父母曾经在明尼苏达住过一阵子。就是在那里，小巴贝尔爱上了南瓜灯、化装舞会、吓人的故事和“不给糖就捣蛋”。所以，每到十月三十一日，她和妻子艾瑞斯都会在奥斯汀莫街的家里办一场万圣节派对，邀请各路朋友和同事参加。年复一年，派对名气越来越大，客人的装扮也越来越认真。

落实到嘉斯汀身上，今年的准备工作包括：到玩具店买一套儿童弓箭，从旅游纪念品箱里翻出一个薄荷绿的泡沫海绵自由女神头饰，把PVC胶涂在闪亮的头饰上，然后将头饰牢牢粘在一个银光闪亮的烤盘上。

今年的万圣节是星期二。下午五点，嘉斯汀一边沿着伦尼大街往家里走，一边和死党塔拉聊着电话。

“嗯，还不错。”嘉斯汀说。

她们在讨论丹尼尔，确切说，是在讨论跟他的约会。这类讨论成了嘉斯汀过去几周的固定功课。

“不错？”塔拉重复她的话，“没什么更进一步的词？”

“我想，我已经准备用‘很不错’了。”

嘉斯汀被一家地产中介的橱窗吸引，不由得停下脚步。临街的橱窗里张贴着一张大海报，上面写着，某栋海景大厦位于“非常枪手的地段”。嘉斯汀歪着头把电话夹在肩膀上，伸手从包里掏出她的锐意记号笔。笔头发出尖锐的吱吱声，直接在橱窗玻璃上写下：“我猜你们或许想说‘抢手’。”

“根据我在议会记者团里听到的传言看来，”塔拉继续说，没发现电话那头有人在拯救世界，制止一项同音别字的罪行，“丹尼尔·格里芬堪称完美，有魅力，有头脑，工作能力强，为人风趣，而且身材一级棒。你自己也说了，床上表现也很好。可现在，一场约会到最后，你就跟他一起喝喝高价葡萄酒，在家门口亲一亲抱一抱？我不理解，到底怎么回事？”

嘉斯汀叹了口气，“现在的状态太奇怪了。工作以外，我们在一起的确非常美好。可一旦有什么事，就像今晚这个派对，同事们都会出席，那么好了，我们就得假装什么都没发生过。这真的让我很不舒服。我猜这就是办公室恋情不被看好的原因吧。”

“噢，得了吧，”塔拉说，“人人都这么干，一向如此。只要还有一个人这么干，其他人就全都……这么干。我觉得，真正的问题在于：你为什么不愿意这么干？”

这是个好问题。

有一天晚上，丹尼尔带她到“丰饶角”吃晚餐（意大利宽面条的“义”总算改成了“意”，令人欣慰），她以为这就够奢侈了。可让她惊讶的是，正餐结束结完账，他又带她去“覆盆子奶油酱”喝餐后甜酒，吃奶酪蛋糕。接下来，一部水上的士带着他俩在河上兜了一大圈，绕远路把他们放在了“弹簧发条”，他们在那里喝了咖啡和巧克力。从头到尾，丹尼尔没让嘉斯汀掏一分钱，哪怕只是咖啡钱。可她知道，这一晚花销不菲。

还有一次星期天，他开车带她到城外一家海岸葡萄酒庄园吃午餐。葡萄藤泛着怡人的新绿，整个庄园弥漫着春日里甜美的青草气息。午餐的每一道菜都要搭配不同的酒。餐后，丹尼尔和嘉斯汀躺在帆影下的懒人沙发上消磨了几个小时，海风吹来，不冷也不热，不强也不弱。总之，一切都刚刚好。

可就算是这样，嘉斯汀依旧无法摆脱一种感觉，那就是，她在一次又一次重复同一场约会。每一次，食物都很美味，葡萄酒都是顶级的，聊天都很愉快，丹尼尔也总是一派彻头彻尾的骑士风度。没有什么叫人不喜欢的，绝对没有。

“很难说得清楚。”嘉斯汀无力地说。

“试试看。”塔拉说。

“我感觉，像是少了什么。”

“少了什么？”塔拉追问。

嘉斯汀：说真的，我到底想说什么？

理智：抱歉，看不出来。

“也许……”嘉斯汀开口，“也许我之所以不知道，就是因为这件东西是我从来都没有得到过的，甚至也许根本不存在，不在我的认知范围内。”

嘉斯汀听到塔拉重重地叹了口气。“不稀罕丹尼尔·格里芬双手奉上的爱情，我最好的朋友还想要一只非凡的独角兽。”

嘉斯汀的祖母过世时，没有留下任何不确定因素。遗嘱写了一页又一页，为嘉斯汀留下了数量可观的耳环、挂坠、手镯、戒指和精致脆弱到不可思议的伯利克瓷器。在嘉斯汀眼里，有两样东西的价值远远高于弗勒·卡麦可尔留给她的其他任何东西，那就是满满一衣橱的经典高档服装，和一副能让她穿下这些衣服的纤巧身材。

身为一个讲究衣着打扮的女人，弗勒并不信奉流行时尚，从来不买只能穿一季的衣服。她总是买高品质的衣服，期望它们能陪伴她一辈子，所以从来不会丢弃那些六十年代的绣花条纹棉布背心裙、定制外套、晚礼服、高腰裤和利伯提印花衬衫。嘉斯汀喜欢穿这些衣服，不只因为款式，还因为那会让她感觉祖母依旧陪伴在她身边。

至于巴贝尔的万圣节派对，嘉斯汀已经想好了，就穿祖母那件她从没找到机会穿出去亮相的衣服，一件闪亮银线编织的修身及膝裙。布料紧贴皮肤，略微有些扎人，但是就今晚来说，它是完美之选。而且，没有比今晚穿祖母的衣服更合时宜的了，因为十月三十一日刚好是弗勒的生日。她要是还活着，今年就该八十八岁高龄了。

银色裙子躺在嘉斯汀的床上，旁边是银色连裤袜，银色足踝靴，新鲜出炉的银色自由女神头饰，浴室里还有一个购物袋，里面塞满了完成整套装扮需要的其他道具。

第一步，把整张脸涂成哑光银，在嘴唇、脸颊和眉毛上点上闪粉高光，将星星装饰随意粘在眼角处。第二步，往头发上喷银色喷雾，趁没干的时候抓一把银粉撒在头顶。浴室地板和盥洗台恐怕有好几年都要银光闪闪的了。第三步，穿上衣服，戴好头饰。刚收拾妥当，她就听到了短信提示音响。

是尼克。“在家吗？”

嘉斯汀用她银光闪闪的手指回了一条：“算是吧。”

尼克：“你是怎么做到‘算是’在家的？”

嘉斯汀：“我的意思是，某种程度上算是我本人。”

尼克：“很神秘。能到阳台上来吗？”

嘉斯汀看了看镜中的自己，整个人像是裹在亮闪闪的药膏里。

她低声咕哝：“墨菲[1]，你真是个混蛋。”

对面阳台上，尼克一身T恤牛仔裤，看起来无比正常。嘉斯汀用更夸张的尴尬来掩饰浑身抹银的尴尬，她猛地跳出来，摆了个笨拙的“嗒嗒——”姿势。

尼克挑起双眉，“我猜，这是要去庆祝万圣节？”

“一闪，一闪……”

“你是……星星？”

“差不多了。”

嘉斯汀返回屋里，拿着弓箭重新走出来。

尼克皱紧了眉头，忽然灵光一闪。“是流星，更棒！嘿，你有没有塔巴斯科辣酱？”

“血腥玛丽，嗯？”

尼克点头，“今天是万圣节啊。”

“稍等。”

嘉斯汀从冰箱深处翻出一瓶塔巴斯科酱，放进篮子，隔空送到尼克那头。

“我给你调一杯血腥玛丽？”尼克提议。

“事实上，我待会儿要去的地方应该会有更好的招待。”

---

1. 根据墨菲定律，如果你担心某种情况发生，那么它就更有可能发生。

“什么地方？”

“一个派对，有个同事对万圣节非常着迷。”嘉斯汀说，“你怎么样？不玩‘不给糖就捣蛋’？”

“我们本来有安排的，可是劳拉出差了，订不到机票，明天之前都回不来。我也不是不能自己去，问题是，我谁也不怎么认识。所以，唉，我的精彩套装就只好继续收着，没人能看到了。”

嘉斯汀脑海中冒出一个主意，一个来不及思虑周全就脱口而出的主意。“是啊，除非——你跟我去参加派对，怎么样？”

走进奥斯汀莫街，嘉斯汀和尼克迎面就遇上了格罗瑞亚，她看上去整个被掏空了，全靠信箱撑住身子。格罗瑞亚是个大个子，今年的装备是一顶廉价的金色假发和一朵噙在齿间的红玫瑰。他俩走进后院，巴贝尔端着鸡尾酒托盘迎上前来，平日顺滑的淡金色头发梳成夸张的造型，装饰着紫色和绿色条纹，脸上的亡灵节妆容无可挑剔。

“噢，我亲爱的，”她说，“这不是颗小流星嘛！你看上去真是棒极了，甜心。这位是？”

嘉斯汀向她介绍了尼克，巴贝尔皱起眉头上上下下打量他。“蓝色，非常蓝，不过你大概得解说一下。”

尼克的确很蓝。他披着一件光滑的蓝色斗篷，身穿点缀着银色小星星的深蓝色衬衫，脸和脖子用蓝色人体彩绘涂料涂抹出旋涡纹样。当他转身微微躬起身子时，能清楚看到裤子后面剪出了两个椭圆形的洞，一边屁股上一个。两个露出的臀瓣也都涂成了蓝色。

巴贝尔把狂野的长发向后一甩，大笑起来。“蓝月亮！我喜欢这个！嘿，来杯鸡尾酒？”

她手上的托盘里，一半是黑色饮料，散发着浓烈的茴香味，另一半是黄橙渐变的龙舌兰日出，一颗小小的塑料眼球在最上面的红色果汁里载沉载浮。

“蝎尾上的刺，”巴贝尔分别指了指两种酒，“还是僵尸启示录？”嘉斯汀选了蝎尾上的刺，尼克选了僵尸启示录。

“真高兴你们能来。”巴贝尔说，“尽情玩，别客气！”

嘉斯汀看到了拉多斯劳，还有安汶。杰瑞米和他的丈夫格雷姆都是一身西部牛仔情侣装扮，并肩坐在一张双人小沙发上。格林站在户外烤架旁，围着橡胶围裙，围裙上肚破肠流，画得栩栩如生，就好像一个正对自己实施解剖的家伙突然接到邀请，匆匆赶来品尝哈米罗山羊软奶酪。

丹尼尔到的时候，嘉斯汀和尼克已经喝了好几杯。他穿着西装，打着领结，在嘉斯汀看来，唯一不那么平常的地方就只有头发，发缝利落清晰，不知用了什么将浓密的头发向后梳得溜光水滑。直到走近，嘉斯汀才看到他的西装翻领上别着一枚金属徽章：007。

“啊。”嘉斯汀轻呼一声，明白了。她朝丹尼尔举了举杯,说：“你好，邦德先生。尼克，这位是丹尼尔·格里芬，星刊主编。丹尼尔，还记得我的朋友尼克吗？尼克·乔丹。”

“上一次看到你时，你还是罗密欧。”丹尼尔说，“我得说，你看起来有点……蓝。”

接下来是对于尼克装扮的解说，然后是嘉斯汀的，其间，丹尼尔伸手帮嘉斯汀理了理一绺银色发卷。这违背了“工作归工作”守则，虽说非常细微。嘉斯汀不知道，这究竟只是个下意识的举动，还是刻意做给尼克看的。

“尼克的女朋友你也见过。”嘉斯汀说，“或者，我应该说未婚妻？不管怎么样，你一定见过她。”

丹尼尔露出怀疑的神气，“我见过？”

“是位模特，睡莲香水广告里那个。”

嘉斯汀注意到，丹尼尔对尼克露出难以置信的神色，又飞快压了下去，那神色分明是说：你这家伙是怎么得到那样一个女人的？

“这么说，你就是那位新上任的主编了？”尼克说。

“是的，八月份开始的。今年我们对《星刊》做出了很多调整，说不定比这本杂志过去二十五年来的变化加起来都多。”

“当然，里奥预言过了。”尼克自嘲的玩笑口吻里藏着严肃。

理智：噢，不。

“你是说里奥·索恩伯里？”丹尼尔问，“我们大名鼎鼎的观星大师？”

“是的，今年早些时候他就预测过。”尼克说，“嘉斯汀现在也承认他是对的，可那会儿她还不相信星座呢。”

“不信？可她对星座兴趣很大啊。”丹尼尔说着屈起胳膊肘轻轻顶了顶嘉斯汀。第二次了，就这一个晚上，违反“工作归工作”守则。

尼克摆出一副绝不相信的神情，“对星座有兴趣？嘉斯汀？这个嘉斯汀？”

理智：**危急！危急！转移话题！马上！**

嘉斯汀说：“你们有谁饿了吗？”

可不管是尼克还是丹尼尔，似乎都没有要听她说话的意思。

“你知道吗，我花了好长时间才猜出嘉斯汀的星座，”丹尼尔说，“不过终究还是猜出来了。”

“真的？”尼克说，“我一直以为她就是很典型的那种，你懂的，对什么都好奇，永远静不下来，诚实。”他冲她扬了扬眉毛，“有时候到了过分的程度。”

嘉斯汀：见鬼，见鬼，见鬼，见鬼。再有一分钟，他俩就会有一个说到水瓶座，或者射手座了，肯定。我彻底完蛋了。

理智：得再加把劲儿，必须岔开话题。

嘉斯汀：怎么岔？

理智：随便说点什么！

“Erklärungsnot！”嘉斯汀大声说。

“什么？”尼克说。

“你需要纸巾吗？”丹尼尔问。

“不，不。我就是想到，就是前几天，我想到，这些了不起的德文单词完全没法翻译。”

“那这一个是什么意思？”尼克问，涂满蓝色涂料的眼眶让他的眼睛显得格外困惑。

“Erklärungsnot，类似‘解释困难症’的意思。比如说你撒了个谎，马上就要被拆穿了，可又不知道该怎么解释。”

“好……吧。”尼克说完，喝了一大口僵尸启示录。

“你这个鸡尾酒怎么样？”丹尼尔搅了搅自己杯子里的黑色沉淀物，冲着尼克的饮料扬了扬下巴。

“非常邪恶，不过酒劲很足。”尼克实话实说。

“一样。”丹尼尔说。

尼克说：“要不要换葡萄酒？我想换了，里面好像有一些。”

“拜托了。”丹尼尔说。

“嘉斯汀？”尼克问。

“噢，不用。”嘉斯汀只盼心跳能平缓一些。她刚刚死里逃生，尼克的话还在她脑海中回响。

“诚实，到了过分的程度。”

里奥·索恩伯里，射手座，耄耋之年的星空仰望者，著名的隐世占星师，年迈的葡萄牙水犬金星最好的朋友，海岸拾荒者，每天下午四点准时饮用一杯汤姆柯林斯的老酒徒。他只做了一件事，算是承认万圣节来临的事实。这一天，他没有像平常一样用盂买蓝宝石金酒来调制他的每日鸡尾酒，而是动用了只有特殊日子才会拿出来的珍藏，这种金酒产自德国黑森林地区，为了运到他这偏远至极的住址，光运费就是一大笔花销。

二十年来，里奥远离狂躁的人群，居住在一座小岛上，附近只有另一座小岛，严格来说，那座小岛本身也是一座孤岛。选择这里，是为了澄净的空气和黑暗的夜空。他为自己造了一座房子，房子正中是一个玻璃天花板的八角凉亭。里奥专门定制的大书桌也是八角形，安放在凉亭里，桌子和天花板的中心点之间拉出一条完美的垂直线。桌面上蒙着深蓝色的真皮面，难免有些从白沙滩扬起的微尘落在上面，毕竟，在这个世界尽头的海岸上，它们无孔不入。

太阳已经落下，里奥的八角玻璃天花板上空，夜色一点点染黑天空的幕布，准备迎接黑夜降临。里奥往他的雷明顿打字机里插入一张纸。“白羊座”，他打下几个字，然后往后一仰靠进皮椅里，手指关节压在嘴唇上思索着。打字机周围铺满了东西，包括好几份或摊开或合拢的星历表、许多或舒或卷的星图、一些显然常常翻看的工具书，外加手抄笔记、各种各样的绘图圆规、指南针、尺子和2B铅笔。

为《亚历山大公园星刊》撰写星座专栏这份工作，月复一月，没完没了，近些日子越发显得无趣。有时候，里奥会漫不经心地咕哝着问自己，做这个究竟为了什么。尽管他心里清楚，为《星刊》撰稿是因为自己是杰瑞米·伯恩的仰慕者，也因为杰姆是个没脸没皮又总能抓住要害的马屁精。难以想象，小杰姆如今也到退休的年纪了。

有一阵子，里奥为杰姆的母亲提供占星服务。那是个上升落在白羊座、火焰般热烈的狮子座女子，名叫威妮弗蕾德，一个非同寻常的女人。里奥陷入回忆，突然意识到自己前额上渗出了闪亮的汗水，需要擦一下，然后折起手帕收好，将十指放回打字机键盘上。他为每个星座写下一段预测和建言，白羊座、金牛座、双子座、巨蟹座、狮子座、处女座和天秤座。等到天蝎座写完，天已经全黑了。他抬眼望去，满意地看到繁星满布夜空。像这样借着星光写星座解析，是里奥最喜欢的方式，不过也少不了桌上那盏小灯温润昏暗的光线帮忙。

“射手座”，里奥打下。他习惯性地翻开此前手写的笔记寻找思路，尽管事实上并没有这个必要，因为那些叫人不安的内容都清清楚楚记在他的脑子里。

“来吧，里奥。”他给自己鼓劲，将双手放在打字机键盘上。

可内心深处，他依然是退缩的。他从来就不喜欢写自己的星座，今晚比往常更不情愿。他盯着“射手座”三个字，直到再也认不出它们，然后长叹一口气，把纸向下卷，留出一段空白。晚点再回头来写这段吧，先处理摩羯座。

完成了摩羯的星座分析，里奥行进到了水瓶座。他摘下眼镜揉揉眼，又把眼镜戴回去，开始在桌上搜寻相应的资料。

“水瓶座，水瓶座，”他念叨着，“在哪儿，我的小瓶子们？啊，在这里。”

里奥皱着眉头认真读了一遍笔记，专心致志地思考了片刻。

他喜欢水瓶座，自由的灵魂，热情的实干家。他们或许不像双鱼那样感情用事，但根据里奥的经验，水瓶座在面对爱情甚至友谊时，常常难免步入盲区。不过，谁不喜欢他们的勇气和充满创意的头脑呢？儒勒·凡尔纳是水瓶座，弗吉尼亚·伍尔夫也是，托马斯·爱迪生、拜伦勋爵、莫扎特、刘易斯·卡罗尔都是，还有查尔斯·达尔文。现在，到你的水瓶座了。

水瓶座："这是难得的天赋，"厄休拉·勒古恩说，"知道自己该何去何从，无需盲目摸索、四处碰壁。"然而，很少有人能拥有这项宝贵的天赋，若你苦于一无所获的境地，也不必太过费力寻找。本月星象显示，停止寻觅，用心去看。停止行动，学会等待因果自现。

里奥打完，满意地重新读了一遍。

"是的，"他自言自语，"是的，就这样。"

双鱼座的解析毫不费力就写完了。然后，里奥将打字纸倒卷回刚才留在"射手座"下面的空白处。可没等鼓起勇气，他就瞥见了金星褐色的眼睛，流露出恳求的神情。它静静地躺在地板上，身体却早已蓄势待发，肌肉随时准备着，响应"去海滩散步"的招呼，哪怕只是最轻微的口令或示意。

"还有一个星座，"里奥对它说，"只剩弓箭手了，好姑娘。然后我就完成了。"

金星发出一声小小的抗议，掺在一个哈欠和一声呜咽里。里奥的决心烟消云散了。

"我的好姑娘，"他说，"我亲爱的老姑娘，你知道我没办法拒绝你。好了，来吧，我们走。"

半个眨眼的工夫，金星就翻身站起，一人一狗出发，穿过八角亭的玻璃门，走进咸咸的夜色中。满月当空，上了年纪的狗狗摇摇晃晃地当先走在荒芜的小路上。当欧洲蕨变成沙丘草，里奥听到了海浪涌起又跌落的旋律，他们来到了白色沙滩。金星一头扎进海里。这是它的天地，岁月堆积在它四肢上的疼痛被统统抖落。它咧开一个幼犬般快乐的笑，露出下颌上稀疏零落的牙齿。

里奥抬头遥望星空。美丽的星空，神圣的星空。

也给人带来烦恼的星空。“在你的生命中，射手座，有些东西即将走到终点。”天空向里奥悄声耳语。他知道，等他回到书桌前完成射手座的解析时，这就是他应该打下的文字，打在那页纸上留出的空白里。“有些东西即将走到终点。”

也许，里奥满怀期望地想，那只是说他人生的第八十二个年头要结束了，没别的意思。然而并非如此，他心知肚明。里奥望着狗狗站在浅滩上，盘绕在腿边的浮藻在水中泛出黄绿色的磷光。“可是，拜托，”他面向众星开始祈祷，“不要是金星，不是现在。”

金星的犬类直觉感受到里奥突然涌起的哀伤，如同气压骤降一般。它蹒跚着出了水，上前来查探个究竟。它的身体里也许住了个逗乐的小丑，才让它决定抖动身体，冲着里奥的腿洒下一场水与沙之雨。里奥大笑起来，金星的笑脸咧得更大了。老人蹲身挨着它在沙滩上坐下，轻轻刮搔着它湿乎乎的耳朵。

“有些东西即将走到终点。”他再次想起。

“不，我不会把这些话写出来。”一个说着，一个歪着头倾听，“不会。”

午夜零点整，万圣节之夜，一颗流星和一枚蓝月亮正穿过亚历山大公园。流星赤脚走在路上，两只银色短靴的鞋带绑在一起，甩在肩头；蓝月亮看起来被难得温暖的夜风吹得有些化了。摊贩们今晚也都全副装扮，趁着夜色在公园各个路口摆摊卖万圣夜小吃。他们俩一人拿着一个街头小摊买来的焦糖苹果，边走边时不时地咬上一口，拉出黏黏的糖丝。

尽管彩色颜料下面已是满身汗腻，尽管焦糖苹果咬起来很恼人，尼克·乔丹知道，此刻将成为一段难忘的记忆。他已经学会了辨认这些片段：每当身处这样的时刻，时间仿佛都变慢了，感官却越发敏锐，没有其他欲求，也不急着赶去其他地方，不会思前想后顾虑重重，而是享受这一刻，美好的时刻。或许是因为拂过公园的暖风，因为露天舞台上街头艺人演奏的柴迪科舞曲，又或许是因为跟嘉斯汀在一起。在这个真实的完美世界里，他发现自己此刻唯一想做的，就是牵起她的手。

“说说看，你和丹尼尔是怎么回事？”尼克问。

“噢，你看到了。”

“也许吧，但我不确定自己是不是理解对了。”尼克说。他不明白，为什么丹尼尔要竭力阻挠他和嘉斯汀一起离开派对？还有，如果他真这么介意，为什么不自己送嘉斯汀回家？“所以，你们两个……什么情况？在一起了？调情？结束了？很难分得清啊。”

嘉斯汀笑出了声，“我也不知道我们算什么。”

“可是，你们在约会？”尼克追问。

嘉斯汀垂下眼睛，皱起眉头说：“算是吧。怎么说呢？我喜欢丹尼尔，可是每次约会都很困惑，觉得他对我来说是不是有点儿太……鱼子酱和玫瑰花了？”

“那你是什么？”

“我大概是蔬菜咸酱和蒲公英。”嘉斯汀说，“他就像那种完美的成年人，可我……不是。”

尼克大笑道：“我懂你的意思。你和我，我们骨子里就是两个伊登维尔的小屁孩，真的。”

“知道吗，我很想你，”她说，“自从你离开伊登维尔之后。”

“我也想你。”他说。

“有件事我一直想问你。还记得那个国庆假期吗，在南澳？”

嘉斯汀一步也不停，眼睛一直盯着地面，好像只有这样才能走得更平稳、更安全似的。

“我还以为，我们永远不会谈到这件事了。”他说，“也许，那对你来说是个糟糕的回忆，诸如此类的。”

“你这么想？”

“噢，你表现得很明白。你后悔了，甚至都不肯出来跟我说声再见。”

“尼克！”她停下脚步，站在路中间，转身面对他说，“我们那时候才十四岁！”

“意思是？”

“意思是，我并不是不想跟你说话，而是太想跟你说话。”

说完，嘉斯汀没有转身离开，也没有接着往下走，而是站在原地，抬起眼睛注视着他的脸，卡麦可尔家的浓眉向内蹙起，在眉间挤出小小的褶痕。她的嘴唇闪亮而甜蜜，银色的下巴上沾着一小片薄翅般的红色糖渣，看上去那么有趣、那么鲜活，尼克忍不住想要大笑。

他伸手握住她的双手。

“那是我这辈子最快乐的夜晚之一。”尼克说。尽管在此之前他并没有意识到，直到自己响亮地说出这句话，他才发现这是千真万确的大实话。在海滩上，和嘉斯汀一起喝斯通牌绿姜汁酒喝到半醉，那也是完美的记忆片段之一。他这辈子都不会忘记。

“是吗？”

嘉斯汀仰面望着他，眼角散落的星星闪闪发亮。

“嘉斯。”

“嗯？”

“和你在一起时，我……”他开口又打住，因为他知道，虽然有许多许多话想说，却也有无数理由告诉他不能说。那不公平，对劳拉不公平，对嘉斯汀不公平。毕竟，虽然很想用某种方式将他想说的话永远保留在这个肥皂泡般的美妙瞬间，可他知道这不可能。所以，他只是在嘉斯汀银色的发顶落下一个吻，说：“能有你这个朋友真好，嘉斯。真高兴我们重新找到了彼此。”

就这样，他们继续沿路走了下去，蓝月亮和流星。

回到伊夫林塔十二楼的家里，嘉斯汀冲了个长长的冷水澡。闪亮的颜料和银色的星星一道道流下，在她脚下盘旋，宛若银河，然后消失在下水口。嘉斯汀站在喷洒而出的水流下，直到一切重新变得干净清澈。

嘉斯汀：看来，到此为止了。他很高兴我是他的朋友。

理智：我想是的。

嘉斯汀：我们尽力了，对不对？

理智：是的，我们尽了全力。再说，能当朋友也不简单。

万圣节后那天又闷又热，后面几天的气温更是有增无减。不过，这样一个连续数日艳阳高照、万里无云的城市，哪怕盛夏酷暑也随时有雷电暴雨降临。星期四夜里变了天，电闪雷鸣，冰雹如骤雨般砸在汽车顶篷和发动机罩子上。城里的翻盖垃圾桶被四级风刮得满地乱滚，不止一张蹦床飞上了天。当星期五到来时，天气已经变得阴沉潮湿，凉飕飕的，嘉斯汀那堪称气象风向标的头发几乎卷成了美利奴的羊毛卷儿。

已经六点多了，嘉斯汀这一天几乎都耗在一篇有关亚历山大公园地区房地产市场的专题报道上，这是杂志读者百看不厌的题材，她想尽可能往里注入一些新意。除了嘉斯汀和丹尼尔，整间杂志社都空了。就像是某种心照不宣的小默契，他俩各自留在办公室里，直到所有人都下班离开，然后，他们就能拥有一个私密的空间，聊上一会儿，或是商量个计划。

今晚，丹尼尔走进采编部办公室，把马丁的椅子拖到嘉斯汀桌边，反身坐下。他趴在椅背上冲她咧开嘴笑，那模样让嘉斯汀禁不住好奇，学生时代的丹尼尔是什么模样呢？他坐得离嘉斯汀很近，伸手就能触到她，可他没这么做。出现在他手里的是两张票，黑底红字，光泽内蕴。

“电影院那个新银幕的。”丹尼尔显然很是得意，“俄里翁对黄金级豪华放映厅的反击，他们经理一直想跟我建立长期联系。”

嘉斯汀跟丹尼尔说过，她的一大爱好就是去俄里翁，闭上眼随便选一部电影看。在看电影这件事上，她不喜欢抱有任何预期，也从不看宣传介绍。换句话说就是，在坐下来观影前，对电影知道得越少越好。

“要不要去看点没听说过的东西？到‘后来’吃顿晚餐？在雨中散散步？”

“听起来都很棒。”嘉斯汀说。的确很棒。

“那么，准备动身。我去收拾一下。”

嘉斯汀关掉电脑，整理了一下桌面，双肩一耸，穿好外套。然后，她端起杯子，准备把残茶倒进茶水间的水池里。经过亨利·埃希伯特的办公室时，她发现门开着，一张纸正躺在办公桌那台白色长条形机器的出纸口上。

理智：嗯哼，决心第一条说了，不再插手星座专栏。

嘉斯汀：我想那并不是说连看一看都不行。

理智：这不就跟“我只是把酒从酒柜里拿出来”一个意思？

嘉斯汀：什么也不做，只是想看看里奥说了什么。

理智：关于尼克，还是你？

嘉斯汀：也许，两个都有？好了，就是个小小的内部预览，拜托！你也好奇啊，我知道。

理智：你是说预览？

嘉斯汀：是的，别的什么也不做。我只是把传真件带到茶水间去看一眼，待会儿回来经过亨利办公室就放回去。

理智：保证？

嘉斯汀：绝无虚言。

茶水间的后窗外，一株矮小纤弱的蓝花楹开出紫色的花，花朵承受不住这般密集的雨滴，蔫蔫地垂下了头。嘉斯汀把传真件放在水池边的台子上，这样就可以边洗杯子边看了。白羊座、金牛座、双子座、巨蟹座、狮子座、处女座、天秤座、天蝎座、射——

“嘿！”丹尼尔打了个招呼走到水池边，加入嘉斯汀的行列，手上钩着好几个咖啡杯。

茶杯从嘉斯汀手上滑落，“当”的一声掉在水池里。

“噢，见鬼，抱歉。”她说。

理智：传真，嘉斯汀！那份传真！

嘉斯汀：我知道，我知道。我该怎么办？怎么办？

理智：趁他还没看见，折起来塞进口袋里。

嘉斯汀：那就有折痕了！不能把一张折过的纸放回传真机啊！

理智：说得对。唔……回头可以复印一份，把没折过的复印件放回去。

“外面那些鸭子一定很喜欢这天气。”嘉斯汀冲着窗外扬一扬下巴说。

嘉斯汀：噢，天哪，我在谈天气。更糟糕的是，腔调跟我爸那些高尔夫球友一样。丹尼尔肯定一下就能看穿我。

理智：口袋，嘉斯汀，口袋！

“你还好吧？”

“我很好，好极了。”她竭力挤出一个无辜的笑容，同时悄悄折起里奥的传真，塞进外套口袋里。

第二天凌晨三点四十七分，独自躺在伊夫林塔公寓床上的嘉斯汀惊醒过来，脑子里有一个可怕的念头挥之不去。通常，她总能很快理清思路，告诉自己这些想法的荒谬性，比如这间公寓其实是个品客薯片筒，有人想盖上盖子闷死她，这种不真实性就一目了然。而诸如弄丢了内衣抽屉密码，忘记为肝脏这颗大蓄电池充电之类也不见得多可信的剧情，就需要清醒过来想一想了。但是，这一次的可怕念头跟往常那些凌晨三点四十七分的噩梦不一样。这一次真实得可怕。她，是不是真的把外套落在电影院了？

嘉斯汀下床翻找堆在床边椅子上的衣服，没看到外套。她出门走进起居室，餐桌椅背上没挂着外套，厨房餐台上也没扔着衣服。不在卫生间，也没有被她不小心落在十二楼的楼道里。越是仔细回想，她越能清楚地记起，自己是如何把祖母这件粉紫色外套放在俄里翁影院酒吧的一张凳子上了。有没有可能，在吃完小吃、喝过酒之后，她就这么起身离开，把衣服留在了那里？

俄里翁上午十一点准时开门，嘉斯汀已经等在了大门边。尽管售票处的小伙子一开始坚持只能由他去寄存处和失物招领处查看，可最终还是抵挡不过嘉斯汀的哀求，放她进去自己找。可就算她把寄存处翻了个底朝天，掀开每一件被遗弃在衣架上的外套确认下面是否藏着自己那一件，就算她挨个儿检查了女士盥洗室和男士盥洗室的所有隔间，就算她苦苦恳求并成功获准进入昨晚和丹尼尔一起体验的美妙崭新的放映厅，都没有用。昨晚他们坐在里面看了一部疯狂的墨西哥电影，讲述一个沙文主义笨蛋如何被他多年来咬牙忍耐的妻子抛弃的故事。嘉斯汀的外套消失得无影无踪，也就是说，里奥·索恩伯里最新一期的星座专栏稿也无影无踪了。

嘉斯汀：我完蛋了。

理智：恐怕我还得加一句，一根救命稻草都抓不到。

回到公寓，嘉斯汀泡了杯茶，开始列一份详尽的清单，写下所有可能的选择。清单并不长，总共只有两条。第一条，老实告诉丹尼尔，她弄丢了外套，也一并弄丢了里奥的星座专栏稿，需要有人联系里奥，请他再发一次。这种方式的好处是诚实可敬，但最糟糕的坏处是，丹尼尔会知道，问题的根源在于她拿走了传真件。

第二个选项更复杂。需要弄一台打字机，编造黄道十二宫全套星座解析，然后深夜潜进办公室，把打印好的文件复印出来，好让它看起来像一份传真件，最后再把复印件放到亨利的传真机上。

嘉斯汀：该死的，为什么放任我拿起那份传真？

理智：你很清楚，对于你的冲动，我的约束力不堪一击。对了，你有没有想过，里奥的传真件上有个小小的页眉，上面有发件人的号码？当然，字体和页面其他部分完全不同……

理智是对的。不过，她可以找一张里奥以前的传真件复印出来，剪下页眉，再把上面的传真号码贴在她的打印件上，一起复印出来。这很简单，唯一有些麻烦的是，怎么消除复印件上粘贴处周围的黑线。也不是没有可能，嘉斯汀盘算着，利用修正液，再对复印机的亮度设置稍加调整，应该就行了。

可上哪儿去找里奥以前的传真件呢？到亨利的文件叉上去翻似乎不太现实，说不定它们还在丹尼尔那个牛皮纸文件袋里。那么，除了各种坑蒙拐骗的手段之外，这个选项里还多了一个步骤：她得从丹尼尔的办公室里偷东西。

嘉斯汀啃掉一截指甲，喝下一口凉透的茶，点开了“橡胶树网”[1]。

星期天下午，嘉斯汀带着一台翻新的奥林匹亚SM9型手动打字机、一捆A4纸和大幅缩水的银行存款账户回到家。她在市郊一个半专业的打字机爱好者那里看了很多打字机，从中选出这台奥林匹亚SM9，因为那位打字机爱好者告诉她，唐·德里罗也拥有这样一款。显然，他的诸多小说作品，包括《天秤座》，都是在这样一台机器上打出来的。嘉斯汀觉得这是个好兆头。

虽说时间没到，她还是拉上了起居室的窗帘。奥林匹亚SM9外形很漂亮，灰白色机身，线条圆润，换行键和顶盖上的手写体商标一样，都是明亮的绿色。嘉斯汀为自己倒了一大杯葡萄酒，将一张纸插进机器。

该怎么做呢？

她不是占星师。要把太阳系行星的顺序记清楚已经很难，更

1. 橡胶树网（Gumtree），著名的分类广告及社区网站，在英国、澳大利亚、南非、新加坡等地用户众多。

别说知道这些天体此时此刻悬挂在天空中的哪个位置了。就算知道它们在哪儿，知道它们如何相互影响、各自就位，知道它们是前进还是后退，可对于以上种种究竟意味着什么，她毫无头绪，就好像人已经站在舞台侧面，随时可能上场，却还完全不知道台词是什么，甚至不知道要演的是哪部戏。

理智：那就别提星球，把话说得……含糊一点。

嘉斯汀有主意了，她想起死党塔拉跟她说过关于广播的事。塔拉说，广播的秘诀在于，别想着你是对整个听众群体说话，想象你在对某一个人说话，那个人可能是你的朋友、亲人，或者某个虚构的完美倾听者。

“我能应付。”嘉斯汀轻声对自己说。

她所要做的，就是想象一个人，每个星座一个，对他们说一段话，一条私人化的信息。嘉斯汀屈起十指，开始了。

白羊座，她想到了尼克的妈妈，乔·乔丹，给她写一段关于老朋友的话，说他们总是在你心里，永远不会真的消失。金牛座，她告诉塔拉，世界是你的，你能够心想事成。对双子座的妈妈，她预言家里很快会有一场婚礼。洛玛·沙普尔斯是她的巨蟹，嘉斯汀告诉她，要继续提携指点办公室里的年轻人。她搜寻相关的名人名言，模仿里奥略带神秘的口吻，甚至开始乐在其中。打字机的键盘敲起来和电脑很不一样，前者就像慢步小跑的马驹，为了让字符能清晰地出现在纸面上，需要的力道更大些，但此中别有一番乐趣。

接下来，轮到狮子座了。

“狮子座”，她打下三个字，心里明白，她的狮子模特只能是丹尼尔·格里芬。

该对他说些什么呢？

她双手离开键盘，想了一会儿。

终于，她写道：

英国哲学家伯特兰·罗素曾经谈起，对大多数人来说，真实的生活就是“永远差一点才完美，永远在理想与现实之间妥协”。但你是狮子，狮子从不妥协。无论是工作还是家庭，爱情还是友谊，是时候放手了，放下那些明知美好却难以实现的东西。

有些伤感，却是大实话。

回车，回车。

下一个，处女座。她的弟弟奥斯汀就是处女座，所以，她自然将笔墨集中于爱情，并引用了伊丽莎白·巴雷特·勃朗宁的诗句。对天秤座的父亲，她写的是，那些关于技巧与韧性的游戏，甚至有可能是文字游戏，会在未来几周成为主角。天蝎座，嘉斯汀最爱的天蝎是祖母，虽说她已经过世，但也不妨碍她给祖母写上一段话，说说有多少人赞叹并钦羡能够不遗余力好好生活的人。

嘉斯汀在第十个星座前停了下来，她身边没有摩羯座。过了会儿，她想起尼克说过，劳拉·米切尔就是摩羯，于是，她写下有关奋斗与天赋如何带来成功与快乐的文字。这一刻，嘉斯汀感到非常自豪。黄道十二宫的第十二个星座是双鱼，这个就简单多了，因为杰瑞米·伯恩就是一位鱼人。对他，嘉斯汀写的是生活的新阶段以及享受平淡的幸福。

当然，在完成射手座时，嘉斯汀选择的对象是自己：

适可而止实属不易。生命中有些东西将在本月走到终点，或许你会将其视为挑战，但内心很清楚，放手才是最好的选择。记住，如果一切归于失败，还有旅行可以抚慰心灵。是时候从床底下拖出你的行李箱了。苏珊·桑塔格的话或许足以成为射手座的魔法咒语：“我还没走遍世界，但世界都在我的清单上。”

水瓶座是写给尼克的，她的好朋友尼克。这是一次告别，一封离别告知书：

当你的视线聚焦到广阔的世界与未来，往往会忽略另一种灵感与智慧之源，那就是你自己。如果放弃寻求周遭的建议，忘掉他们提出的忠告，转而倾听内心的低语，事情又将如何？正如伟大的简·奥斯汀所见："只要注意倾听，每个人内心都有一位良师，胜于其他任何导师。"

创作结束，她拎起那台奥林匹亚 SM9 来到伊夫林塔的地下室，将它扔进了废物处理箱。听着塑料爆裂、金属弯折的声响，她想起自己写下的句子："生命中有些东西将在本月走到终点。"

交界日

丹尼尔·格里芬，狮子座，由政治记者成功转型而来的亚历山大公园星刊主编，母校荣誉毕业生名册常驻客，《绅士》杂志封面照最强竞选者，私教萨蒂鞭下从未迷失自我的驯顺男孩。十一月的一个星期五早上，他坐在办公室里，听到有人敲门，意外地抬起了头。

门口站着一个跑腿送信的年轻男孩，穿着光滑发亮的短裤，双腿强健，光溜干净，手里抱着一包看来像某种提花面料的织物。

"丹尼尔·格里芬？"

"是我。"

"这是来自凯蒂·布莱克的问候，俄里翁的经理。她让我告诉你，你女朋友把外套忘在酒吧里了。凯蒂认识你，所以就把衣服带回办公室收了起来，以确保物归原主。"

丹尼尔有些困惑，“可都已经是好几个星期前的事了。”

“她想连这个一起给你。”男孩递过一份新闻通稿，老老实实地说，“凯蒂说，他们已经做好了夏季电影节的计划，期待能在《星刊》读到相关报道，随时配合接受采访。”

丹尼尔露出一个揶揄的笑，“谢谢，伙计。告诉凯蒂，我很感激她如此费心。”他心想，还真是一片好心啊。

丹尼尔拎着衣服的肩头抖开，闻到了隐约的樟脑丸味道。布料上覆盖着粉色和紫色的迷你六角形，扣子是胶木的，整件衣服看上去出自一九六三年前后。嘉斯汀的时尚品位颇有点儿古怪的慈善商店风格，不过，丹尼尔想，等薪水再高一些，她多半就能跨越这个境界了。

丹尼尔发现这件外套实在是非常小。他从没觉得嘉斯汀个子小，可这件外套证明她确实如此。他不由地想到，在两个人的关系中，是不是也一直存在什么东西，让他永远无法理解嘉斯汀。“关系？”他问自己，“什么关系？”如果他们有过，或者说正在经历某种关系，那也是挂在倒车挡上。每约会一次，热情就消退一点。

丹尼尔把衣服挂到办公室门后，却瞥见有一张折起来的纸插在衣服口袋里，微微露出一角。丹尼尔当然知道，体面的做法是对那张纸置之不理。可是说真的，要是连看都不看一眼，他还算什么新闻记者呢？再说，事关嘉斯汀，他难道不该了解一下吗？

刚一展开，他就知道那是什么了。还不如不知道。

“见鬼。”他说。

她又来了。他警告过她，给过她一次机会，可她又做了。

“见鬼。”他再次低声咒骂。

做了好几个深呼吸后，他告诫自己，如果不先把来龙去脉弄清楚，那还算什么记者。好记者是不会贸然下结论的，他提醒自己。

一个小时后，丹尼尔坐在办公桌前，看着面前亲手挖掘出来却宁愿从没找到过的证据。他觉得整个人都是木的，因为这一次，嘉斯汀绝非出于一时冲动。她要做什么，如何去做，一切都有预谋，程度令人发指。甚至，也不再局限于水瓶座了。

发表在最新一期《星刊》上的星座解析和嘉斯汀衣服口袋里的完全是两篇文章。更糟糕的是，丹尼尔在亨利的文件叉上找到了一份冒牌的传真原件，内容和发表出来的那篇一模一样。经过仔细检查，他在那张纸的最上方找出了端倪，里奥的传真号码周围有极其浅淡却意味深长的线条痕迹，足以证明这份文件被动过手脚。

乍一看，嘉斯汀的假传真件和里奥的正品几乎一模一样，但仔细分辨，丹尼尔还是能看出来，这份假货和里奥其他所有原稿的字体有着非常细微的差别。

“老天。”丹尼尔按住了前额。

在丹尼尔看来，嘉斯汀是个正常人，有逻辑，合情理，而且很聪明。那么，她究竟为什么非要花这么大力气跟星座专栏过不去呢？

还有，关于他的星座，她是什么意思？

英国哲学家伯特兰·罗素曾经谈起，对大多数人来说，真实的生活就是“永远差一点才完美，永远在理想与现实之间妥协”。但你是狮子，狮子从不妥协。无论是工作还是家庭，爱情还是友谊，是时候放手了，放下那些明知美好却难以实现的东西。

这一定是写给他的，给他一个人的。丹尼尔在办公室里来回踱步，想了又想。忽然，他看到门外走廊上站了个人，一副迷了路的样子。他穿着一件曾经鲜亮的“荒野在哪里”T恤，捧着一个自行车头盔，就像捧个碗一样，里面装的东西很像一蓬野草。那是嘉斯汀的朋友，罗密欧，蓝月亮。尼克，没错，就是这个名字。

“你好，尼克。”丹尼尔说。

“嗨，呃……丹？”尼克说。

丹尼尔不太喜欢被称作“丹”，不过也没纠缠这一点。

“抱歉打扰，”尼克说，“我只是顺道来看看嘉斯汀，不知道她的办公室是哪间。”

“那一间，就在那边。”丹尼尔指了指采编部的大门，“不过我很确定她不在里面。这有点不寻常，平时她可是个早鸟。”

“噢，是的。”尼克说，“我去把这些放在她桌上，没问题吧？”

他掂了掂装满植物的自行车头盔。丹尼尔看到几株蒲公英卓然立于各种野草之间，有荨麻、苦苣和羊蹄草，都是刚摘下来的。尼克的另一只手上拿着两片裹着保鲜膜的全麦面包。

“今天是她生日。”尼克解释。

“于是你就给她送来……一捧野草？还有一个三明治？”

“蔬菜咸酱三明治。”尼克补充说明。

“因为？”

尼克的模样，就像是有什么话想说，可想了想，又觉得应该换个更好的说法。最后他说：“这是个玩笑。”

“是这样。”丹尼尔说。

“所以，我只是——”

“尼克，你肯定她的生日是今天？”

“是啊，就是今天。”

“你确定？”

“我俩从一出生就认识了。就我所知，无论名字还是其他什么，她都没变过。”

“可是，这个时间，不是水瓶座，对吗？”

尼克露出困惑的神情说：“不是，水瓶座是二月份，外加一月下旬的几天。”

“嘿，你能不能……”丹尼尔说着返回办公室，一边示意尼克跟上，“瞧，你从小就认识她，有些东西我需要知道，也许你能给我答案。你介不介意来看点儿东西？”

接下来，丹尼尔向尼克展示了摊在他办公桌上的物证。丹尼尔解释，从四月到九月，嘉斯汀窜改了每一期星座专栏中水瓶座的部分，但文件叉上保留的还是里奥的传真原件。可这一次，即使在十月份刚刚被丹尼尔当面警告过，嘉斯汀就在十一月将整件事推进到一个全新的程度，用一份伪造的传真件换掉了里奥的原件，并且把所有星座都彻底重写了一遍。

“她答应过我不会再那么做，可现在不但做了，还变本加厉。我以为自己会愤怒，可事实上，我最大的感觉是困惑，还有失望。”丹尼尔和盘托出，“你可能觉得这很有趣，也许会想，不过是星座而已，有什么大不了的呢？”

尼克把蔬菜咸酱三明治和盛满野草小花的自行车头盔放在丹尼尔的办公桌上，一张一张仔细阅读那些文件。丹尼尔发现，尼克脸上没有一丝嬉笑的意思。又过了会儿，看着尼克专注的样子和面无表情的脸，丹尼尔开始感到不安。

“也许我不该给你看这些。可我不明白她，我需要一点提示，因为我已经彻底糊涂了。”丹尼尔说，“她为什么要这么做？这是对里奥极大的不尊重，是严重缺乏职业操守的行为，完全就是……愚蠢。可要说到嘉斯汀，什么都有可能，就是不蠢。那她为什么这么做？她说她是水瓶座，试图改变自己的命运之类的……不，等等，不全是这样。准确说，是我为她提供了这样一套解释，可她也默认这是真的。其实不是真的，对不对？”

尼克摇摇头。

“那水瓶座是怎么回事？”丹尼尔越说越焦躁，“嘉斯汀和水瓶座是怎么回事？她身边一定有个水瓶座。那是谁，你知道吗？”

“是的，”尼克说，“我知道。”

“那是……？”丹尼尔说。

尼克一只手插进了头发里，“是我。”

射手篇

♐

十一月二十四日，星期五，早上七点十五分，嘉斯汀·卡麦可尔准时拉开起居室的窗帘。她并没有奢望尼克·乔丹会戴着派对小帽，拿着一束氢气球站在他的阳台上。同样，她也没指望能看到礼物（哪怕是一张贺卡）躺在他们的灯塔看守人篮子里。可是，真的发现篮子空空如也留在尼克那一头，看出对面一个人也没有时，嘉斯汀还是感到一丝失落。

不过，生日祝福短信和电话很快就纷至沓来。曼蒂在开车上班的路上打来，嗓门很大，好像通过汽车免提电话说话就非这样不可似的。然后是嘉斯汀的父亲，他正在林子里追一匹不知从哪儿来的马，要把它从空地上赶走，听上去有些上气不接下气，但很高兴。嘉斯汀看着弟弟发来的粗俗笑话哈哈大笑，对着塔拉发来的文雅短信露出微笑。塔拉说了，当天晚些时候会给她打电话，到时再好好聊一聊。

之后进来的电话来自茱莉阿姨，她是曼蒂的妹妹，每年都会在嘉斯汀生日当天早晨打电话来祝贺，从来没有忘记过。叫人意外的是，刚好八点整，汤姆也发来一条短信，只是，以前任的身份看来，这条短信也未免太冷淡了些，“祝万事如意，年年岁岁有今朝”。嘉斯汀怀疑汤姆安装了什么手机应用，可以根据通讯录名单，按照设定好的时间自动发送制式生日短信。

一小波电话和短信的浪潮结束后，寂静再次充满嘉斯汀空荡荡的公寓，包裹在她周围，让人难受。她一边往碗里放进两份半的新康利麦片，一边想，这个生日没有礼物可拆；倒牛奶时，她接受了无人分享生日早餐的事实；拿起勺子将麦片一划二、二划四时，嘉斯汀知道，爱她的人都没有忘记她。只是，她也同样知道，自己不是任何人的最爱。

穿过亚历山大公园去上班时，嘉斯汀一直在想，人在小时候对生日的感觉真是很不一样。七岁、八岁、九岁时，生日那天一睁眼，她就知道这一天是特别的，是专属于她的日子，而这一天也真的会一直特别下去，直到晚上九点，嘉斯汀回到床上。那时候的生日比全年其他任何日子都更明亮、更清晰、更耀眼，也更迷人。

后来就到了另一个阶段，从少女时期一直到二十岁出头，那时的嘉斯汀对生日只是偶尔才有特别的感觉。十一月二十四日很普通，除非嘉斯汀突然想起这一天是自己的生日。再后来，生日的感觉就像各种颜色的水果跳跳糖被一股脑儿倒进水里，嘶嘶冒泡。可现在，她满二十七岁了，唯一能感觉到的只有些许快乐的影子，艰难却明亮，如幽灵般隐约。一想到就连这点快乐也将渐渐褪色，直到有一天，生日与其他日子再无不同，她就不由得难过。

为了摆脱这叫人沮丧的想法，重新振奋精神，嘉斯汀决定拐进市场走一遭，再次出击，维护牛油果的“油”字尊严。水果店就在前方，眼前是一场盛大的夏日水果秀，草莓、树莓、黑莓、蓝莓，红醋栗、黑醋栗，还有一小盆赶早上市的樱桃，全都如同上等的宝石一般闪闪发亮，引得嘉斯汀垂涎欲滴地想起小时候妈妈为她生日做的夏日布丁和堆满水果的奶油蛋白饼，差一点就忽略牛油果标牌上被遗忘的三点水。

可是，还差一点。

嘉斯汀手握锐意笔，站在一堆甜瓜前偷眼打量四周，向左扫一眼，向右扫一眼，再向左看看，然后一个箭步冲到那恼人的标牌前，在光秃秃的“由”字左边画下一排粗壮又心满意足的三点水。

或许是她的侦察太过疏忽，也或许只是运气不好，总之，还不等盖上笔帽，嘉斯汀就感到一只手重重压在了自己的肩头。

水果店老板比嘉斯汀高不了多少，可是宽得多。他有着突出的下颌和突兀的犬齿，哪怕平日没事时也活像一头斗牛犬，现在，那就是一头拖着口水暴怒的斗牛犬。他一把抓住嘉斯汀的手，那只手里还握着没来得及盖上笔帽的笔。他力气那么大，捏得她手指生疼，黑色墨水糊在手掌上。他贴得那么近，嘉斯汀都能看到他牙缝里塞满了白色灰浆一样的东西，说明他很久没用过牙线了。也许从来都不用。

“滚——出——去！”算不上大吼，但也相去不远，“别让我再看见你，别再碰我的牌子，不然就祈祷上帝保佑吧。”

“可我只是想——”

“出去！滚出去！”这下他真是吼叫了。

“可牛油果的‘油’应该有三点水，不是——”

“你这专门捣乱的肮脏鬼，出去！”

在场的大概不是老板就是店员，所有人都看着这边。众目睽睽下，嘉斯汀落荒而逃，又窘又怕，双颊热得发烫。她羞红了脸，恍恍惚惚地沿着杜弗伦街朝星刊走去。直到走过好几个路口，才发现自己把锐意笔弄丢了。也不知怎么的，笔帽还紧紧攥在她颤抖的手心里。

经过咖啡馆门口时，嘉斯汀突然转身走进敞开的店门，守在柜台里的正是拉斐罗本人。嘉斯汀脸颊灼热，手还在发抖，不禁怀疑水果店老板的怒火是不是真的对她造成了某种灼伤。

“啊，刚好，这姑娘来了。”拉斐罗说，“今天你的拿铁和杏仁羊角包都免费，然后呢，这里，”拉斐罗拿出一张纸放在柜台上，外加一支削好的铅笔，“是我的夏季新菜单，还有你涂涂改改时需要用到的一应工具。我想了想，还是现在就做这件事比较好，省得你在我印好的餐单上写写画画了，怎么样？”

嘉斯汀对拉夫挤出一个虚弱的微笑，“我能不能花钱买我的咖啡和羊角包？”

拉夫往后一个倒仰，“一个检查我菜单的黄金机会摆在面前，拼写女王却说‘不’？”

“我保证不会涂改你的菜单。”她真心实意地说。

“就算舒芙蕾的‘芙’没有草字头也不涂改？”

“不涂改。”

“就算树莓的‘莓’写成杨梅的‘梅’也不改？”

嘉斯汀犹豫了，“嗯……”

“哈！看吧？”

“我能明天再来检查吗？也没别的，就是现在有点儿……不太舒服。”

“好的，女士，”拉夫说着收起纸和笔，“那就明天。”

嘉斯汀找了个不起眼的角落坐下，避开窗外的视线。已经过了九点，严格说来，她迟到了。可她需要一杯咖啡和一点时间，让脸上的颜色褪下去。

等自己终于冷静一些之后，她起身出门去上班。走到杂志社大门口时，嘉斯汀看到门外栅栏上靠着一辆自行车，看着很像尼克那辆。她从黄色星星下走过，踏上前门台阶。

塞西莉亚站在门厅的复印机旁边。

“早上好，塞西莉亚。”嘉斯汀说。

“嗨，嘉斯汀。”塞西莉亚说。

嘉斯汀经过巴贝尔敞开的办公室门前。

“早上好，巴贝尔。”她扬声招呼。

“早上好，嘉斯汀。”巴贝尔也高声回答。

接下来就是丹尼尔的办公室了，他的门敞开着。只差一点，嘉斯汀爽朗愉快的“早上好，丹尼尔”就送出去了，可叫她意外的是，屋里不止丹尼尔一个人，坐在丹尼尔的办公桌前、穿莱卡短裤和“荒野在哪里”T恤的，是尼克·乔丹。

他一脸严肃，丹尼尔也一样。尼克的自行车头盔搁在桌上，装得满满的，看上去像是一堆胡乱摘下的杂草。头盔下方摊着许多纸，一眼扫过，嘉斯汀就认出了那是什么。

“嘉斯汀。”丹尼尔开口。

可嘉斯汀已经转身逃走了。

嘉斯汀：被食人鱼生吞活剥。

理智：被架上火刑柱灼烧。

嘉斯汀：被送到迈克尔·杰克逊的整形医生手里当试验品。

理智：舌头舔到人类的排泄物。

嘉斯汀：呕！

理智：有什么问题？现在难道不是尽量想象所有比刚才更糟糕的事，让自己感觉好过一点？

嘉斯汀：没错！可也没必要这么恶心。

理智：哦，好吧，嗯……被跳着踢踏舞、唱着《生日快乐歌》

的五岁小孩连挠四十八小时的痒痒，他唱歌还有点儿跑调。

嘉斯汀：我不知道……我觉得，比起早上那些事，我情愿要这个。我要失业了，你知道的，再也没有人肯雇我，至少没人会让我当记者了。我只能到麦当劳去上班，说不定一辈子只能站在路边举那些“慢行”和“停车”的牌子。还有，这下尼克要恨死我了，丹尼尔也是。

理智：是有人在敲门吗？

嘉斯汀：不是。

理智：嘉斯汀，有人敲门。

嘉斯汀：不是。

理智：你知道是的。

嘉斯汀：那是在敲B座的门。

理智：不，是你的门。

嘉斯汀：我不想开门，不想见到任何活人，再也不想，一辈子都不想，也不想说话，所以我才拉上窗帘锁上门，还关掉电话。

理智：你必须开门，嘉斯汀。

嘉斯汀：说不定只是摩门教徒来传教。

理智：我不想这么说，可是，我的朋友，你在逃避现实。

嘉斯汀：那你说，会是谁？

理智：最大可能，是丹尼尔，要不就是尼克。

嘉斯汀：不，不，不！我谁也不想见。到底会是哪一个？

理智：哪一个更糟？

嘉斯汀：尼克。

理智：那就是他了，今天就是这种日子。

不过，这一次理智错了。门外站的是丹尼尔，衬衫袖口卷到手腕，领带拉松了，僵硬的脸像贴了一层两元店里买来的透明胶带。嘉斯汀羞愧得满脸通红。

“我能进来吗？”

嘉斯汀点点头，把门拉大了一点。

丹尼尔打量着这间公寓，像头一回见似的。也许，他是想试着重新看待它和她。

“我给你泡杯茶吧？”嘉斯汀鼓起勇气。

“不，不用。”

“咖啡？”

“不，谢谢。”

他没有坐下，而是靠在她的餐桌边，随手捡起桌上的塑料弓，那是嘉斯汀万圣节装备的一部分。她看着他翻来覆去查看那把弓，测试弓弦的韧性。

“那么……”他开口了。嘉斯汀半坐在起居室沙发的扶手上，等他接着往下说。她觉得自己就像站在被告席上等待宣判的犯人。

“你知道我不得不停你的职，在星刊的工作方面。”

“停职？”

“本来远不止这样，嘉斯汀。你很幸运，我不——”

“我知道，我知道，我就是这个意思。我是说，你只是要停我的职？这太让人吃惊了，远远不是我应得的，这是……”

“我会停你的职，扣半薪，直到我做出最终决定。有可能最后还是那个结果，还是不得不让你离开。”

“哦。”

“到底是为什么？就为那些该死的星座？嘉斯汀，见鬼，你到底在想些什么？我没办法相信，这样一个有前途的记者，竟然会是这么个……蠢蛋。”

“我很抱歉，丹尼尔，真的很抱歉。”

丹尼尔挥挥手，把她的道歉拨到一边，似乎再也不打算相信她说的任何话了。

嘉斯汀说：“我最不愿意做的，就是拿‘我的家庭作业被狗吃了’这样的借口来搪塞你。我知道我的所作所为绝对是大错特错，我很抱歉。可如果说我还有什么想说的，那就是，请你相信，我——”

“考虑到种种因素，不该由我来做出最终决定。在这件事上，我没法冷静思考，所以，我会将决定权交给一个更加权威的人。”

“杰瑞米？”嘉斯汀喃喃道。光是想到前老板露出失望的表情，就足以让她再次被羞愧吞没。

“是的，考虑到充分披露的必要性，还不得不把我和你的，好吧，不太专业的关系，告诉他。我以为我们可以的，嘉斯汀。也许我是个无药可救的乐观主义者，我觉得我们之前挺好的。”

“真的非常抱歉，我——”

“另外，我还必须跟里奥·索恩伯里谈一谈。”

“你要跟他谈？谈什么？”

“事实，我所知道的一切事实。”

嘉斯汀点点头。

“还有一件事，”丹尼尔看着别处说，“跟工作无关。”

“嗯？”

现在，他看着她，死死地盯着问：“你爱尼克有多久了？”

嘉斯汀看得出来，提出这个问题对他是多么大的伤害。她也明白，能够看到别人坚强面具下流露出的软弱和痛苦是一种特权，意味着得到了更深入了解他的许可。她一直漠视他的感受，至少现在，她能做的就是将真相和盘托出。

“我想，是从我记事起。”她说。

丹尼尔一手持弓，一手拉弦。“射手座，哈？”

“是。”嘉斯汀说。

“自由的灵魂。”

“是。”

“冲动。”

“常常。”

“勇于承认错误。”

嘉斯汀畏缩了。丹尼尔直起身子，把弓放回桌上。

“我会再联系你。”他说，“还有，嘉斯汀……”

“嗯？”

“生日快乐。”

接下来的日子，嘉斯汀一直待在家里，窗帘紧闭。一开始，她告诉自己，最最悲惨莫过于尼克·乔丹登门来大骂她一顿。可过了一阵子，她开始觉得自己弄错了。相比之下，一顿臭骂也是令人欣喜的安慰，至少意味着有点儿什么。可尼克没有登她的门，也没有打电话。

她想过给好姐妹塔拉打电话，把这可怕的故事原原本本倾吐一番，但她不知道自己是否还能承受来自心爱或敬爱者的失望，哪怕只是再多一个。所以，她把自己一个人锁在家里，靠冰箱和食品柜里可怜的一点储备度日。

很快，奶粉告罄，也就是说，茶和咖啡都没了滋味。面包也吃完后，吐司成了奢望。冷冻室空空如也，只剩下几块冰，冷藏室里没有鸡蛋也没有奶酪。唯一剩下的是水果盆底一个橙子，正在慢慢发绿。最后，嘉斯汀不得不面对现实，必须出去采购一些补给了。

这么多天她一直在昏暗中度过，雪上加霜的是，她的墨镜也不见了。因此，当嘉斯汀终于再次踏出公寓大门来到街边时，骤然出现的夏日阳光几乎刺瞎了她的双眼。她站在公寓楼前的台阶上，什么也看不见。这情形持续了好一会儿，当眼前终于清晰起来时，她看到一辆小型搬家卡车正停在隔壁那栋丑陋的棕色砖砌公寓楼前，后厢门敞开着。

两个男人正在往车上搬箱子，还有一个负责把它们堆放整齐。

她立刻明白了眼下的情形，不必等那张熟悉的双人沙发被搬上车，她也明白了。跟在后面出来的正是尼克，一手拎一个行李箱。嘉斯汀感到一股冲动涌起，想要上前跟他说说话，分辩，解释。只是另一股冲动刚好更加强烈一点，她想转身离开，背对他，赶紧远远地逃到街那头去。

嘉斯汀抱着食物和杂货回来时，卡车已经开走了。她上楼拉开窗帘，眼前的一切不出所料，尼克·乔丹的公寓空了，什么也没剩下。小麦色地毯曾经覆盖的地方，如今只剩下绿色的地垫。浴室里遮挡淋浴间的浴帘消失了。小阳台的水泥地板上躺着灯塔看守人的篮子，多半是被直接扔在了那里。曾经连接两套公寓的绳子也不见了，解开或是剪断了，嘉斯汀不得而知。

交界日

坦茜·布林克洛站在候诊室外的拱廊尽头，手抱一本笔记本，低头看预约名单，眼镜顺着鼻梁往下滑了点儿，眉头微微皱着。

“贾尔斯·巴克利。”她喊道。

一个高个子男人站起来，理了理肩头的背带。坦茜对上他的视线，看到他脸上的微笑一闪而逝。

“小心过道上的拱梁，别撞到头。”说完，她转身沿着走廊朝诊室走去。

坦茜办公室里都是庄重的皮革和亮漆家具。她不是那种会在办公桌上放银色相框和女儿照片的人，也不放那种滑稽的翻页台历。纸巾倒是有，不过都收在抽屉里。

病人随她的手势坐了下来。她跟着坐下，翻开病例本，十指空空的双手交叠着放在文件上。

“巴克利先生，我们还是直接说重点吧，”她说，“你的肿瘤是良性的。”

“什么？”

“是好消息，巴克利先生，肿瘤是良性的。唯一的问题是它长在肺部，位置很麻烦，所以才会有胸闷、气喘以及咳血的症状。”

接着，坦茜又说了一大段话，关于手术及其风险、康复过程和时间之类的，但她看得出，巴克利先生并没有专心听她说话。他坐在那里，双手摊开，眼睛盯着自己的大手，时不时轻轻晃一下脑袋，像是为某只停在头发上的小虫子而困扰似的。

“巴克利先生？”她提醒他，“你有什么问题要问吗？”

他看着她，眉头紧锁地问：“那，我该做什么？”

坦茜眨眨眼。这种好消息不是每天都有的，可眼前这个可怜的男人非但没有松了一口气的样子，反倒像是困扰起来。

“做什么？你是说手术吗？”

他接口道：“不，不，我是说，你会做什么，医生，如果你刚刚发现这辈子还没过完？折腾半天，结果剩下的日子还是你的？”

“噢，”坦茜说，“这个，很难说。你有什么……喜欢的吗，巴克利先生？”

他抬起手向外伸展，像要表演抛水果的杂耍游戏似的。“如果有第二次机会，你说，难道不该用它做点什么吗？”

什么东西宛如一个硬块开始凝结，膨胀，哽住了坦茜的喉咙。不知怎么的，她想起了西蒙·皮尔斯柔软的手，那是一双跟贾尔斯·巴克利截然不同的男人的手。她仿佛突然感觉到西蒙抚摸着她的身体，同一时间，六个不同的部位。

“你会怎么做，医生？”

“我会买一辆阿尔法·罗密欧，软顶敞篷的。”坦茜·布林克洛大声说。她万万没想到自己竟然会这么说，赶紧闭上嘴，唯恐一个不小心，让另一句话也溜出嘴：我要和西蒙·皮尔斯结婚。

“不是那边，”劳拉轻轻笑道，“这一排。”

她带头走向短得多的队伍，那是头等舱和商务舱乘客排队的地方。虽说不必排那么长的队，但主要事实依旧没有变化。这个时间早得简直荒唐，尼克觉得有点冷，浑身关节都难受得嘎吱作响，像很久没上过油似的，身体和灵魂都是。每一次要赶在黎明前起床，他都会这样。眼下他们要赶早班飞机去南澳大利亚，只为花几天时间站在葡萄园的小路上对着摄像机摆摆样子。他的各项身材尺寸都已经通过电子邮件发给了机遇葡萄酒公司，以便他们提前准备好合身的修身斜纹棉长裤，还有大小合适的阿库布拉帽。

“你还好吗？”劳拉问。

她已经问过一次了，在公寓里。他搬了家，和劳拉正式同居了，只是大部分私人物品仍然封在纸板箱里，堆在进门玄关处。在两人分手那段时间里，劳拉拆掉了墙上所有用来挂画的钩子，重新刷了墙，因此，尼克的戏剧海报只得继续披着外包装靠在墙角。他的书、CD和DVD也都还没找到容身之处。

“我们可以缓一缓，看看究竟哪些东西才是真正需要的，”劳拉一再强调，“何必着急把这地方又给弄得乱七八糟的？”

圣诞节刚过，航空公司的办票柜台上还挂着成串的扇形银色箔片和一簇簇红红绿绿的小玩意儿。一个穿斑马纹运动休闲服的女人排在尼克前面，肩头严重晒伤，尼克甚至能看到她衣服肩带上蹭到的药膏。

“尼克，你还好吗？”劳拉又问了一遍，一只手温柔地抚在他的胳膊上。

遵从长久以来人们在没想好如何解释自己不良状态时的行为礼仪，尼克答道：“我很好。”

这么做并没有让他感觉好一点，把自己锁闭起来也许是最有安全感的选择。尽管并不清楚究竟哪里不对劲，可他知道，如果将自己的思绪和感受随意表现出来，对眼下的情形有百害而无一利。

“行。”劳拉耸了耸肩，像是在说：随你的便吧。

排到尼克和劳拉，他们上前办理行李托运，柜台后的女孩一直死死盯着劳拉看。

来了，尼克心想。

“你是……对吗？是的，你是！你是睡莲广告上那个。”女孩说，“噢，我的天！你的广告棒极了！”

劳拉露出迷人的微笑。今天的她，黑亮的头发在脑后简单束了个马尾，妆容浅淡却依旧完美，怎么看都找不出哪怕一丝摸黑起早的狼狈。

“我能不能——”女孩从她的航空公司制服口袋里掏出苹果

手机，问道，“介意吗？”

尼克惊讶的是，劳拉从不介意这样的关注。对于希望拍她的照片或跟她合影的人，她总是非常大方，而且耐心十足。女孩绕出柜台，红着脸走到乘客这一侧，咧开嘴笑着。劳拉毫不费力地切换到她的模特脸，这张脸和她平日那张其实也差不了多少。她似乎总能完美地调配好自己的五官，或者说，让它们标准化。尼克猜想，大概这就是她的职业素养吧，要准确了解如何运用自己的眼睛、面颊和嘴唇，得到一个完全可预期的绝妙结果。

“你确定没事吗？”劳拉问。他们现在已经通过安检，坐进了候机室。

“是的，我很好。”尼克再一次回答。

“可是你看起来不像……”

她说的没错，尼克的确“看起来不像没事”，因为他本来就不是“没事”。

“我想去商店买点待会儿在飞机上看的东西。”尼克说，“你有什么要买吗？”

劳拉的笑容有些沮丧，“只要一个高兴点儿的你。”

尼克走进候机厅的书店，拿起一管黑加仑口味的喉糖和本年度最后一期《亚历山大公园星刊》。杂志封面是鲁斯莱斯·霍克尔的漫画，尼克看出画里的意思，忍不住从鼻子里发出一声嗤笑。画上是一间圣诞节的起居室，炉火边的小桌上放着一只盘子和一个球形白兰地大酒杯，盘子里留着斑斑点点的食物残渣和一根啃过的胡萝卜，杯子差不多空了。画面中心是儿童版的国家首相，穿着连体睡衣，脸上因为找到礼物而洋溢着毫不掩饰的快乐。礼物是前一晚就挂在壁炉架上的，在通常会挂鼓鼓囊囊的圣诞长袜的地方，五束小花束串成的花环取代了大袜子，每一束小花都是一对睾丸，来自五个全国最具影响力的工会领袖，上面全都打着红色蝴蝶结，衬着冬青枝。

尼克翻开杂志，找到里奥·索恩伯里那页，占星师专注的视线自乱蓬蓬的浓眉下投射出来。

水瓶座：水的承载者，经历过去一年的波折起伏，你已找准方向，踏上了通往命定终点的旅途。期待好运庇佑你的事业，如果工作要求你出现在公众面前则尤甚。当宇宙的精神力量在你体内汇聚，更为明晰的境界即将显现，爱情将绽放其间。无论此刻是否了然，请相信，你已经走在路上，朝着应去的方向。

尼克已经从丹尼尔·格里芬口中得知嘉斯汀被停职的消息，也知道丹尼尔会亲自负责审核星座专栏，因此，他当然能够相信这些文字都是出自里奥·索恩伯里本人之手。可尽管如此，拿起这本杂志依旧让他心中五味杂陈，没有一种是美好的味道。

有一些愤怒，却也不再那么强烈。他不再恨不得冲到嘉斯汀的公寓去，拎起她的双脚把她倒挂在阳台外，逼她解释清楚，她到底在想些什么。

她愚弄了他，干得漂亮，一连好几个月把他当傻子耍。如今再回头细看那位“里奥”写下的每字每句，很明显就是被她一手操控的提线木偶，披着里奥的外衣。可她玩这个小恶作剧究竟为了什么？为了向她自己证明，尼克如此相信星座实在荒唐可笑？她有没有想过要把这个小诡计告诉他，哪怕只有一次？还是说，她打算留着这个秘密，暗地里嘲笑他一辈子？

她把他变成了傻瓜，更糟的是，她夺走了某样属于他的东西，毁了它。那是现实世界之外属于他的小小魔法，一点点无害的宇宙星辰与神秘之力，每月运转一次，藏在一本杂志的某一页上。

现在愤怒消退，剩下的只是困惑。他有那么多问题没找到答案。比如，如果一开始就遵循了错误的指引，自然很可能走到错误的终点，若是这样，还有必要继续走下去吗？又或者说，无论人力如何干扰，命运都会以其错综复杂的方式确保你最终抵达应该去的地方？

这一年的大部分时间，被尼克引为指南的，不是里奥·索恩伯里的星座预测，而是嘉斯汀·卡麦可尔的冒牌货。这就好比错把人造卫星当成恒星，好比手指对岔了键盘的位置却浑然不觉，还自顾自打完了一整篇文章，就像是拿着纽约地图在伦敦找路。所以，眼下的情形是否还符合里奥所说的，尼克已经找准了自己应处的位置？还是说，他根本就跑错了区？

他站在一个无数人渴望的位置上，和一个漂亮得不可思议的女人交往，订婚在即；拥有一份新工作，收入可观；不用再打扮成辣椒在健康美食展会上上蹿下跳，也不用穿着恶臭的大鱼装滔滔不绝地推销生蚝。他知道自己应该感到快乐。可是他不快乐。

尼克把《星刊》塞回杂志架，拿起一本《GQ》，连同喉糖一起放在收银台上。

“十一块三毛五。”柜台后的年轻小伙说。

摩羯篇

♑

全人类之所以一致将十二月三十一日认作地球结束绕日一周之旅的日子，纯粹是历史的巧合，一个轻易做出的随机选择。毕竟，它也可以是任何一个其他的日子，有364.25种可能。但它不是任何其他日子，就是十二月三十一日。也就是说，这个日子被永远地赋予了“终结”的含义，当然，与之不可拆分的，还有“开始”的意味。毕竟，当我们高兴地挥手作别过去的一年，翻过那被涂抹得乱七八糟、污渍斑斑的一页时，也期待着展开无限可能的空白页。那就是明天。

和太多太多人一样，甚至拥有比大多数人更充分的理由，这一年的十二月三十一日清晨，嘉斯汀伴着释然的感觉醒来，那种感觉盘旋在某处，看不清也抓不住。这一年马上就要结束了，等到午夜降临，所有那些乱七八糟的麻烦都会随着时钟的嘀嗒被打包封存，结束，抹去，归入历史的范畴，存档在某个积满灰尘的黑暗角落。

这一年的新年前夜正赶上星期天。一大早，嘉斯汀在她伊登维尔的童年卧室里醒来，走上后院露台时，太阳已经向地面发起了猛攻。她抬手遮在额前，看到了母亲的身影，就在花园里，提着一个桶。那是曼蒂的习惯，浇花时一定要把桶放在脚边。这会儿，曼蒂身穿一件短款棉布晨袍，正为心爱的红巨人朱蕉和大红袋鼠爪花布施雨露。

嘉斯汀向母亲挥手道早安，漫不经心地做了个决定。今天，要找个时间带露西出去散散步。这是一个原本很可能无所事事的日子，只是看着时钟嘀嘀嗒嗒、套着睡衣窝在沙发上看原版《星球大战》三部曲来消磨掉的日子。

圣诞到来前，派翠西亚·奥黑尔花了不少时间逛商场，逛超市，经历了连番的圣诞歌曲大轰炸，以至无数曲调音符的碎片深深嵌进大脑，就像甜甜的碎甘蔗渣。结果到了新年前夕，脑子里的音符依然没有要消失的意思。走在通往“狗狗之家”的水泥路上，派翠西亚发现自己正哼着圣诞歌词“这是一年中最美好的时光”。

圣诞节后通常是宠物遗弃的高峰，顺应常规，狗舍已经满负荷运转，住满了身价高昂的可卡贵宾和骑士贵宾幼犬，多半都是不小心在主人家更加昂贵的地毯上画了地图。今年还多了不少小哈巴狗，在咬烂若干双鞋来磨牙之前，它们大概会显得更可爱一些。一只三岁大的巧克力色拉布拉多在吞掉圣诞树上的小装饰后惨遭遗弃。还有一家人，说等他们从巴厘岛回来就接走他们的老阿尔萨斯狗，如果它还活着的话。

对“狗狗之家”来说，这向来都是一年中最艰难的时段，不但动物比平常多，而且大多数志愿者都出门度假去了。哪怕派翠西亚是公认的办公室事务专家，眼下也不是扮演首席女高音的时候。中午刚过，派翠西亚就带着铲屎工具进了狗栏，里面住的或许是整间庇护所里最丑的狗。那是一头流浪㹴犬，“狗狗之家”的越狱惯犯，目前看来，被收养的可能性几乎为零。最近一次被送进来时，它的脖子上系着一条破破烂烂的蓝色印花大手帕，有人在上面写了个名字，布朗·胡迪尼-马拉尔基。于是，这个名字就成了它的代号，用粉笔写在小黑板上，挂在它的围栏外面。

“嘿，布朗。”派翠西亚说。

布朗摇了摇秃得只剩尖尖上一撮毛的干瘦尾巴。它知道，没理由冲这类帮助发脾气，所以任由派翠西亚铲掉一堆巧克力慕斯状的排泄物。作为一只绝非天生坏脾气的狗，它甚至很高兴用轻柔美妙的叫声来为她伴奏。

“你的声音真好听，布朗。”派翠西亚对它说，伸手在它双耳间挠了挠。接下来发生的事，布朗很愿意说出来博些赞叹。它当然会得到赞叹，这一点毋庸置疑，它有信心。未来当它漫步在这座城市的大街小巷，当街头猂犬回到属于它的天地时，它会讲述自己的呜呜能量是如何难以抗拒，如何让那老妇人带着她的铲屎工具和水桶匆忙退出了它的围栏。

它会声称，是它的超强意念让她随手将围栏门一带，头也不回地踩着鲜亮的鞋子匆匆离开，耳朵上还贴着手机。

“扎蒂怎么啦？”派翠西亚冲电话里说，“要生了？现在？”布朗看见那女人停下脚步，僵立在走道中间。

你不会回头看，你不会回头看。

“羊水破了吗？……嗯哼。”

你不会回头看，你不会回头看。

布朗知道，咒语生效了。老妇人一眼也没回头看，相反，她眼里噙着泪水，俨然忘记了身在何处。

“真的吗？我要当外婆了……好，好，我这就来。”

等到老妇人终于消失在视野中，布朗又多等了一小会儿，也许是两小会儿。然后，它用鼻子轻轻拱开了围栏门。

好极了！门顺利打开。布朗探出头，看看右边，再看看左边。因为没了左眼，它不得不将脑袋整个转过去才能看清楚那个方向。眼看整条走道空空荡荡，它暗暗感谢自己的幸运守护星。就被领养的概率而言，待在这样的角落是劣势，可要说到逃跑，这种偏僻的位置绝对是加分项。

布朗已经观察好了，小路那头有一对垃圾桶，就靠在水泥墙边。这种垃圾桶是有轮子的，上大下小，布朗判断，自己完全可以挤进它们与墙面之间的空隙里。对于一只勇敢而有上进心的街头狸来说，从垃圾桶到院子后门只是一段很短的冲刺距离。布朗要做的，就是隐蔽和等待。

布朗溜出了围栏。它当然会说，自己扛住了无意义的诱惑，一心直奔垃圾桶。然而真相并非如此。经过一只几个月前惹恼了主人的爱叫唤的小博美围栏外时，布朗用一泡尿在铁丝网上匆匆留下一条信息。“自由了！我，布朗·胡迪尼-马拉尔基，自由了！”

迦勒·哈克尼斯，射手座，工作日的景观设计师，周末的水下曲棍球队队长，不甚坚定的独身主义者，黑胶唱片收藏迷。他忘不了那位耳后簪非洲菊的漂亮的黑发女郎，两人在那家名叫文尼斯的古董旧货店相遇，那一天，他还在那里找到了一张崭新的密纹唱片，是小妖精乐队的《都立特》。从那以后，他一直觉得自己真是个白痴，因为太害羞没好意思问电话号码，甚至蠢到连她的名字都没问，也不知道她在哪里工作。

在那个命定的查尔斯和戴安娜婚礼瓷器日里，明明有的是时间和机会。二十个包装箱堵在商店门口，他本可以趁此搜罗到一些有用的信息。就算门口清空后，依然有充足的时间。迦勒和这位耳后簪非洲菊的女子，连同店员一起打开一个又一个箱子，越来越激动，觉得不可思议，一个人究竟能拥有多少查尔斯和戴安娜的婚礼瓷器。

从头到尾他只知道，她是个花店老板，就连这一点都是她自己顺口提起的。可花店在哪儿？这座城市？某个郊区？他没问。他就是个前无古人后无来者的大傻瓜。

没错，她很可能已经结婚了，也许嫁给了某个热情而老到的抽象派画家，或是一个蓄着鬓角胡的剧作家，当然，也可能是位胸形精致的剧作家。不过，要是她没结婚呢？迦勒从没花功夫研究过化学概念，却坚信，光是闻到她的气息，自己就已经分解了。

像雨后的丁香。她有苗条的身材和健康的肤色，微微沙哑的嗓音十分性感。她诙谐幽默，随时可以开怀大笑，更重要的是，她总能给迦勒一种亲近感，仿佛心中早已知道，当她披着长发在他的臂弯醒来时，会是怎样的感觉。正是出于最后一个原因，他才决定走遍这座城市的每一个城区与郊区，挨个寻访每一家花店，直至找到她为止。

可谁知道竟然有这么多花店！她不在医院附近那些干净整齐的商业化花店里，那儿会卖粉色和蓝色的泰迪熊，外加亮闪闪的铝箔字母气球；她也不在任何一家中央金融区的时髦精品花店里。有一天，他满怀期望地走进一家亚洲风情的花店，橱窗里茂密的兰花和其他热带鲜花诱人心动，而且那家店离“文尼斯”不远。可她依然不在那里。

他满心乐观地开始寻觅，却索然无味地走到了清单最后一条。现在已经是新年前夕，迦勒把“忘掉漂亮的花店店主”默默列入了决心清单。这份清单的内容还包括：“不再整晚在易趣上浏览唱片”“寻找一套更好的报税系统”和“节省开支，带午餐上班”。

这一年的最后一天，迦勒那位统筹能力超群的妹妹打算操持一顿家庭晚宴。她不指望哥哥做出什么漂亮的沙拉或甜点，因此安排他带点大虾回去就行了。她交代说，只要在来的路上顺便买两公斤大虾。

所以，迦勒才会在新年前夕下午四点出现在亚历山大公园市场里，手拎纸袋里是再也没有机会出现在妹妹餐桌上的新鲜大虾。原因就在对面的花店里。这家小花店不在他的清单上，名叫“你好，花瓣”。柜台边那位耳后簪一枝鲜艳的橘色非洲菊的，正是他的漂亮姑娘。来不及思索，迦勒便朝她走去，还没想好该说什么，他就已经站在了离她不到一米远的地方。

她围着一条绣花棉布围裙，系带上别着一枚手绣棉布名牌。弗恩，她的名字是弗恩（Fern）。蕨草，非常适合她。迦勒看着她将一盆丝绒般的三色堇放在柜台上，手心都开始出汗了。她抬起头，四目相对。

他知道，她认出他了。

“嗨，又见面了。”她说。

他敢说，她是高兴的。

“嗨，”他说，“我一直在找……”

他慌张地搜索各种名词，希望找一个塞进句子里。玫瑰？乏味，而且太明显。百合花？葬礼上用的。迦勒停顿太久了，只好眨眨眼。弗恩笑得更开心了，她知道他在找什么，真是太可爱了。他还是实话实说的好。

“我一直在找你。”他说。

布朗·胡迪尼-马拉尔基躲在距离繁忙路段不远的一个小洞口，望着这一天的最后一道光——也是这一年的最后一道光——从天边渐渐暗淡下去。它卡在这些垃圾桶背后好几个小时了，又热又渴，一心等人来开后院的门。眼看就到下班时间了，它开始觉得，也许这种事不会发生了。可到底还是有人来了，还是一块天大的好运蛋糕。那是个志愿者，膝盖有问题，视力还特别糟糕。虽说志愿者手里牵的西班牙猎犬叫得像疯了一样，布朗还是悄悄跟上，成功隐身在他的视角盲区里。

夜幕已经降临，布朗沿着公路边慢慢走着，直到来到一条灯火通明、飘着食物香味的路上。路边的小餐厅门外，一个垃圾桶欣然满溢，地上还扔着所剩无几的汉堡残渣。布朗狼吞虎咽地吃掉它们，然后伸长两只前爪，扒住垃圾桶口努力向上够，用鼻子拱翻了一个卡在桶口的奶昔杯。黄色的香蕉味奶昔沿着桶壁流淌下来，布朗心怀感激地舔了个干干净净。这是它好几个月来头一顿干狗粮和“好朋友”狗罐头以外的食物。

布朗退到一个黑漆漆的角落坐下，盯着路上来来往往的车辆。作为交通工具，卡车并不是最好的选择。布朗有经验，知道它们通常会绕开城区，很难得才直接穿城而过。不过，开卡车的司机多半寂寞，他们大多比小车司机更乐意捎上个把小旅伴。布朗打算回到它熟悉的街区，如果能搭上一辆卡车，怎么说也能少走一段路。

第一位卡车司机出来了，不合适。他面容冷峻，一副职业做派，车也干净锃亮，多半忍受不了狗毛。第二位司机看起来合适一些，可他是从城里出来的，不是要进城。第三次有魔力。布朗刚这么想着，就觑见一个不修边幅的胖司机从小餐厅里走出来，满怀的高油食品和高糖饮料。等司机走到车跟前，布朗已经蹲坐在驾驶室旁的地上，以一种友好而不过度热烈的方式摇着尾巴。

卡车司机看见这条小丑狗，脑子里立刻闪过一连串异常清晰的念头。我要打开车门，他想，让这个可爱的小家伙跳进去，捎它一段，还要摇下副座的车窗玻璃，开得大大的，好让它探出头去闻闻风的味道。

片刻后，布朗·胡迪尼-马拉尔基就奔驰在了进城的路上，任由风吹拂它的毛。它的独眼睁得大大的，寻觅着下一个机会。

劳拉·米切尔身穿一条黑色修身齐膝裙，领口和裙摆有精致的花边小细节，配黑色高跟系带鞋，精心造型的鬈发披在肩头，妆容不说精细入微，也绝无失当之处。

“你真是漂亮极了。”尼克说。因为劳拉的坚持，他也穿上了无尾晚礼服。

两人走出公寓大楼，站在门口等待接他们去银河赌场的出租车。到那儿之后，他们会跟劳拉的同事伊芙和谢尔盖会合。在卡普里多吃饭是伊芙和谢尔盖的提议，那是整个赌场最金光闪闪的餐厅，食物分量够小，厨房打烊够晚。按照计划，晚饭后四个人就到顶楼的舞厅参加银河赌场传统的新年夜音乐会，今年的王牌演出嘉宾也是尼克最喜欢的艺人之一，布莱斯德·琼斯。

劳拉向尼克绽放出一个精致的笑容，“这将是个难忘的夜晚，不是吗？”

尼克点点头，他明白她的意思。他和劳拉都知道，只是没有说出口罢了。今晚某个时刻，尼克会为劳拉送上一份惊喜，掏出此刻正待在他口袋里的戒指，向她求婚。

与呈现的时机比起来，戒指的设计算不上真正的惊喜。劳拉参与了它诞生的每一个步骤，挑选品牌，选择宝石（一枚深色红宝石），确定设计稿（要求简洁高雅，白金材质），调整尺寸，甚至包括给尼克发短信告诉他，戒指完工，可以取货了。

劳拉说过，让女人亲自参与选择自己的婚礼珠宝才是唯一恰当的方式。毕竟，她对他说，既然是一生的珠宝，就必须完美。

坦茜·布林克洛脚掌下压，崭新的阿尔法·罗密欧斯派德再一次爆发出令人兴奋的速度。现在是新年前夜，八点刚过，夜幕低垂，《你这性感尤物》的旋律从音响里雀跃而出，一条银灰色羊绒头巾包裹着坦茜的头发，头巾在风中扬起。

坦茜并没有明确的目的地。此时此刻，她唯一关心的就是要超过前面那辆阻挡视线的卡车。她随意闪了闪转向灯，切进左车道。

超过那列怪物似的大卡车时，有那么一瞬间，她觉得有什么东西从卡车副座的窗户里掉了出来，像块破破烂烂的小毯子，或者脏兮兮的毛绒玩具之类的。可从后视镜里看出去，路面上什么也没有。坦茜耸耸肩，继续朝城里开去。她没有发现，一个褐色的小偷渡者已经躲进她的驾驶座背后，正趴在那里放松地喘气。

差不多九点时，尼克和劳拉的出租车刚好经过这座城市的植物园西侧。虽然觉得衬衫领口和领结有些紧，但尼克还是有种醺然欲醉、半梦半醒的感觉，很愉快。坐在其他人驾驶的车上时，他常常生出这样的感觉。

“你在想什么呢？”劳拉问。

“嗯？”尼克其实听得很清楚。

“我说，你在想什么呢？”

“在想我的星座。”尼克说。这话大体上是真的。

当宇宙的精神力量在你体内汇聚，更为明晰的境界即将显现，爱情将绽放其间。里奥是这么写的。然而，顺理成章的是，想到星座，想到里奥·索恩伯里，尼克就不由得想起嘉斯汀。

“你和你的星座。”劳拉嘲笑道，捏了捏他的手。

就在这时，尼克看见一只类似㹴犬的小狗从一辆黑色的软顶敞篷车里跳到了马路上。梦幻消失。尼克探身向前，看着那只狗在与他们同向的车辆间穿梭。它安全抵达了交通中岛，等了会儿便纵身一跃，冲向植物园。它穿行在滚滚车流间，大半条马路过去，成功闪开了所有疾驰而来的汽车，干得棒极了。可下一秒，它计算失误，被一辆高速驶来的汽车撞到了身体左侧。狗狗贴着沥青路面滑到路边。路上有血，汽车没停。

“天啊！你们看到了吗？”

“是的，是的，看起来情况不妙。”司机说。

“停车。”尼克说。

“怎么了？”劳拉问，凝目向路上望去，“出事故了吗？”

“有只狗被撞了，我得去找它。”尼克拨开他这边的门锁。

“一只狗？”劳拉难以置信，“尼克，我们约了人吃晚餐。”

“你先去，我随后就到。先点单，我尽快赶过来。”

“你不能就这么跑去追一只狗！今晚不行！这是新年前夜，尼克，我们有安排。”

但尼克已经站在了繁忙的车流中，隔着紧闭的车门，透过车窗向她飞了个吻。

和那只狗一样，尼克安全抵达了交通中岛，在那里等了会儿。不同的是，对于飞驰而来的汽车来说，他很显眼，这是他的优势。尼克高举起双手穿过乱糟糟猛打方向盘的汽车和响成一片的喇叭声，那姿势有点像投降，有点像请求，又有点像道歉。他抵达了马路另一侧，人行道上斑斑点点不规则的血迹，正是那只狗留下的。

尼克追着这条线索轻手轻脚往前走，终于，他发现了那只狗。它全身都在发抖，缩成一团躲进了灌木丛下的草堆里，用仅剩的一只黑眼睛看着尼克。狗毛上有血迹，一只前爪痛苦地痉挛着。

“可怜的小家伙，”尼克说，“我们最好想想办法，看要怎么帮你，嘿？来，伙计，过来，到这儿来。”

尼克俯低身子，继续往前挪，发出温柔安抚的声音。尽管如此，狗狗的独眼似乎还是因为害怕而瞪得更大了，眸色也更深。尼克刚进入扑击距离，它就用没受伤的三条腿站了起来，一低头从灌木篱笆下的一个小口子钻了过去。

“见鬼。”尼克暗骂，立刻起身绕着篱笆开始奔跑，努力回想这园子有多少个入口，以及它们都在什么该死的位置。几分钟后，他找到一扇锻铁大门，门上的铁栏杆有如一根根冲天长矛。左边的半扇门上贴着另类莎士比亚剧团《罗密欧与朱丽叶》的节目单。

右边半扇门开着，尼克冲了进去。他走在这片宁静的绿色地带，细细观察每一处暗影——草地上深色的坑洼和突起，小路线条弯曲的地方，树下黑色的影子。路旁的灯杆几乎融进了黑暗里，浑圆的光团宛如凭空高悬，绒绒的仿佛蒲公英一般。尼克一路搜索，直到发现某个一瘸一拐的影子在一条隆起的天际线上闪过。

狗狗领先很多，尼克以他脚上这双毫无抓地力的锃亮皮鞋能达到的最快速度拔足狂奔。等到他终于登上坡顶，来到狗狗刚才现身的地方，已经过去了好几分钟。此刻他居高临下，能看到植物园著名的睡莲池，却再一次失去了狗狗的踪迹。

噢，好吧，尼克想，他尽力了。

“嗨，Siri，”他对手机说，“呼叫劳拉·米切尔。”

“很抱歉，”Siri说，“我没听清。”他的Siri上了年纪，近来耳背得厉害。

“呼叫劳拉·米切尔。”尼克一字一句地说。话音未落，他突然瞥见狗狗的身影出现在水塘对面的大草坡上，朝高处的松树林奋力攀登。

“请问您想呼叫哪一位劳拉？”Siri问，屏幕上调出了所有的“劳拉”选项。尼克没理它。

走哪条路过去？他在思考。哪条路近一些？是从池塘左边绕过去，还是右边？还是说……噢，有第三个选择。

一条狭窄的水泥堤坝横贯池塘中央，水从上面翻过去，形成一道小瀑布。他说服自己，从上面走过去连鞋都不会湿。决定了，就这么办，直接从池塘中间横穿过去。

虽说水泥堤坝和他的脚掌一样宽，或许还要宽一点儿，绝不是悬在摩天高楼间的钢丝，可尼克还是感到心跳加速，仿佛正在完成一项与死神对抗的壮举。左脚，右脚，左脚，右……糟糕，他太着急了，没能把脚探进莲叶下面，反倒直接踩在了叶面上。睡莲的叶面很滑，尼克的脚打滑了。他本能地用力挥动双臂拉回平衡，可这样一来，手机便从手里飞出去，遵循地心引力的指引，沉入了睡莲池底，只留下一朵水花。

“不！”尼克失声喊了出来。要知道，虽然远远赶不上市面上最新款的苹果，这部手机依然是尼克第二值钱的财产，仅次于他的自行车。他收回双手，叉着腰，扭头望着黑沉沉的池水，水面上只有片片莲叶漂浮。手机没了，对此他无能为力，他知道。那么，找到那条狗就更有必要了。找到了，一部手机的损失就是光荣的牺牲；找不到，就只剩下愚蠢了。

菲比·温特格林猜测，这么多来看《罗密欧与朱丽叶》的人里，大概只有他们俩没带野餐垫，也没拎装满酱料、咸饼干、葡萄酒和塑料杯的野餐篮。尽管卢克脱下了外套铺在地上充当坐垫，菲比的手腕还是因为在沾满露珠的草地上撑得太久而麻木了，裙子也湿了大半。

他们轮流就着瓶口喝一瓶斯通牌绿姜汁酒，那是菲比从妈妈的食品柜架子上偷出来的，妈妈做菜用的便宜酒都藏在那里。这个夜晚开始时充满了希望，可如今菲比觉得所有的希望都在渐渐淡去。如果卢克有心想伸手过来牵住她，肯定早就这么做了。看在上帝的分儿上，这都到第三幕了。

提伯尔特双手各持一柄重剑，大步跨过舞台。这位提伯尔特是个女人，高大健壮，赤褐色头发向后梳紧，绑成两条粗大的麻花辫，从装扮看，应该是一名身披铠甲的维京少女。茂丘西奥倒在她身后，身上不是与之相配的维京服饰，倒更像奥斯卡·王尔德式的天鹅绒吸烟便服。

“茂丘西奥的阴魂就在我们头顶上，”暴怒的罗密欧望着天空说，“等着你去跟他做伴。无论你或是我，或者干脆一起，必得有人去陪伴他。”

罗密欧的服装又是另一个风格。他穿着简单的白衬衫和乡村风的及膝马裤，看上去就像刚刚在澳大利亚的草原上放羊归来。

提伯尔特轻蔑至极地抬起剑尖，对准罗密欧的咽喉，道出下一句台词：“你这该死的小子，生前跟他做朋友，死后也去陪他吧！”全场倒抽了一口冷气。

罗密欧却对这般威胁置之不理，只是将自己的剑握得更紧，做好了战斗的准备。“这柄剑可以替我们决定谁死谁生！”罗密欧高喊着，举剑刺向提伯尔特。

就在罗密欧与提伯尔特展开决斗时，菲比瞥见了什么，像是一只狗。它一瘸一拐地出现在观众席右翼，后面追着一个身穿无尾礼服的男人。

“看，”菲比悄声对卢克说，“那边。”

“这也是表演的一部分吗？”卢克悄声回应。

“就我所知的版本来说，不是。”

“他在干吗？”

“我猜，他是想抓住它。”

菲比看得出来，礼服男子努力压低身子，希望不要引起注意，但是并不太奏效。

狗狗来到舞台灯光区的边缘，礼服男子猛扑过去。那只狗显然不打算就范，它大叫着努力挣扎，下颌上的血沾湿了男子的白衬衣前襟，然后，它奋力一蹬跃向地面，落地时发出一声痛苦的号叫。狗狗瘸着腿逃跑，不忘侧着脑袋回头关注一下追捕者。菲比一只手捂住嘴，眼睁睁看着狗狗径直冲进了罗密欧和提伯尔特的决斗场。

“见鬼，这是什么？”提伯尔特尖叫起来。一个小小的脏毛球闪电般掠过她的脚边，让她出了戏。

菲比估计那只狗会笔直穿过舞台，从另一侧下去。可就在这时，眼见罗密欧的剑挥舞出弧形的光亮，小家伙立刻调转了方向。观众席上大笑起来，带着点儿紧张，不知道接下来会发生什么。与此同时，那可怜的狗在台上左冲右突，先蹿到这个决斗者脚下，然后是另一个。礼服男子徘徊在舞台灯光区外缘，双臂张开，像是等待着狗狗往他这边冲，好抓住它。

再后来，这部戏的导演兼剧团主管艾莉森·塔夫亲自上阵了。她一身舞台工作人员的黑色装束，灰白头发在风中飞舞。艾莉森试图逮住这条惹麻烦的狗，可它一个急转弯闪躲过去，掉头冲进提伯尔特两腿之间，后者失去平衡，重重地一头栽向罗密欧，剑柄狠狠砸在罗密欧脸上。罗密欧扔掉手上的剑，发出一声惨叫。事到如今，观众不是离开位子，就是跪起了身，紧张地关注事态发展。

“我的牙！我的牙！哦见鬼，我掉了一颗牙！”罗密欧大喊。

“那是真的吗？”卢克问菲比。

“我也不知道究竟怎么回事。”

罗密欧的手上和脸上都是血，早已死在鹅卵石地上的茂丘西奥也突然直挺挺地坐了起来。

“要命了，那是我的门牙！”罗密欧叫着。

提伯尔特手脚并用，趴在地上顺着血迹寻找。“找到了！找到了。”说着，拇指和食指捏着什么东西高高举起。

狗终于筋疲力尽，艾莉森·塔夫一把揽住它的胸膛，逮住了它。站到舞台中央说话时，她还把狗紧紧搂在胸前。“我们非常抱歉，”她有点气喘吁吁地说，“在表演中出现这样的意外。请大家先聊聊天，休息一会儿，我们很快就重新开始。”

菲比隐约听到些对话的片段：我们怎么办……该死的飞来横祸……没有替补演员……让大家回去！……把钱退给他们……詹姆斯在哪儿？……带他去看牙医急诊。真不敢相信，她的运气竟然这么糟糕。为什么台上需要的不是朱丽叶？如果是朱丽叶，那么她菲比·温特格林就可以走过去告诉艾莉森·塔夫：我能演朱丽叶，我与她神魂相交！我可以成为你的朱丽叶。

艾莉森·塔夫的目光讽刺地睨着尼克。他张了张嘴，想说点什么，又闭上了。

他在想些什么？他口袋里装着一枚硕大的红宝石戒指，女朋友正等着在今晚某个时刻，让他将戒指套在自己手指上。艾莉森·塔夫怀里抱着一条流血的狗，一条如今成了尼克的责任的狗，小家伙目前需要兽医的照料。可是，尼克也会演罗密欧。他意识到所有台词都还清清楚楚印在自己脑子里，眼前不禁浮现出嘉斯汀的模样，盘腿坐在她的阳台上，一边膝头摊着他的剧本，另一边放着一盒麦提莎。

“我可以——”尼克开口。

“你可以什么？”艾莉森·塔夫毫不客气地截断他。

“我可以……演罗密欧。”尼克说，“我会演罗密欧。今年刚演过，在欢乐剧场，台词都还记得。”

这下子，艾莉森·塔夫开始仔细正眼打量他。她定睛凝眸，死命盯着他看。“我见过你，我看过那出戏。”她说，“我不是打过电话给你，叫你来试镜吗？”

“很抱歉，我——”

“他是谁？”朱丽叶茫然无措地问。

“他，”艾莉森·塔夫突然露出高兴的顽皮笑容，“是我们的新罗密欧。”

尼克摸了摸那颗筋疲力尽的狗头，“看到这些人了吗，小家伙？他们得看完这场演出。你看你能不能撑到演出结束？拜托！我会尽快带你去看医生的，好吗，伙计？”

不知是不是尼克的幻觉，那只狗狗黑色的独眼里似乎真的闪过一丝了解的神色。

“好了，”艾莉森说，“我们开始吧。”

尼克问导演：“服装怎么办？”

艾莉森·塔夫扳着尼克的肩膀，审视他身上的礼服和血迹斑斑的衬衫，“你现在这样就非常好。”

安娜贝尔·巴尔维克，巨蟹座，职业兽医，周末缝纫爱好者，澳大利亚鹦鹉茜拉的婚礼照明星搭档，若干本地动物收容所的行动派拥护者，街头流浪狗疫苗接种行动的发起人。新年前夜，她工作到了很晚。

她本来没打算加班，可有人送来一只红棕双色的澳大利亚牧羊犬，小狗无精打采，有呕吐症状，X光显示一只软体玩具上的哨子卡在了它的肠道深处。现在，麻醉效力减退，小狗慢慢苏醒，刮去毛的肚子上多了一道安娜贝尔巧手完成的完美缝合线。

安娜贝尔坐在堆满牧羊犬手术相关文件的工作台前，只留下一位护士帮忙，把其他人都放回家了。面朝大街的玻璃门外，整座城市已经开启了派对模式，安娜贝尔甚至能感觉到节庆的脉搏。深夜十一点十五分，门开了，涌进一阵嘈杂，音乐声、低音贝斯的节奏、纵酒狂欢者的叫喊，还有蚊子恼人的嗡嗡声。跟着声音一同进来的，是一位俊美的年轻人，身穿无尾礼服，手里抱着一只血迹斑斑的㹴犬。

不，不，不，不，不。安娜贝尔心想，感觉自己在午夜前离开手术室放下一切轻松休息的最后一丝希望破灭了。

她脑子里闪过一个念头，告诉那个年轻人，她帮不上忙，也许他可以另外找一家诊所试试看。可下一秒，她看到了伤狗的眼睛，它需要帮助。她又仔细看了看那只狗，认了出来，她见过它。

“这是布朗·胡迪尼-马拉尔基。”安娜贝尔说着，从办公桌后面绕了出来。

“你认得它？”礼服男子说。

“你领养了？”安娜贝尔对此深感怀疑。

“什么？”

“从‘狗狗之家’，你把它领养了？”

“什么？不，不，我对它一无所知。它被车撞了，就在植物园外面。我刚好看到，就追上去抓住它，尽快带它过来了。好吧……是耽搁了会儿，见鬼。它不会死吧？”

兽医将布朗那只好眼上耷拉下来的毛往后捋顺。狗狗呼吸有些吃力，但不到最糟糕的地步。它的毛上有黏黏的凝血，男人的礼服衬衫前襟上也沾满了血。

“噢，布朗，你又一次扮演了胡迪尼[1]，对吗？”安娜贝尔跟狗狗打招呼，然后抬起头对男人说，“能把它放到这边来吗？”

布朗躺在检查台上，安娜贝尔没花什么功夫就做出了诊断。它的一条腿断了，伤得很严重，下巴也撞伤了，这一处伤势相对轻一点。除此之外，她还怀疑它有点儿内出血。

“情况不妙。”安娜贝尔对男人说，“我的意思是，我也许能救它，可问题在于，要不要救。”

她解释说，布朗·胡迪尼-马拉尔基大半辈子都在“狗狗之家”进进出出，它有过不少次争取被领养的机会，可是因为少掉的那只眼睛，还有……总之，它实在称不上好看，从来没有人真心好好对待它。它甚至进过一次安乐死处置间，她说，当时没死已经是奇迹了。综合所有因素，如果她打电话给“狗狗之家”，询问他们希望如何处理，他们多半会让她……

“不。”

“不？”

男人深吸一口气说：“我必须走了。今晚有约，现在真的真的已经迟到了，迟得一塌糊涂。如果你能做这个手术，钱我来付。”

“我们可以治好它，可过不了六个月，也许最多一年，它就

1. 指美国著名魔术大师哈利·胡迪尼（Harry Houdini），擅长逃脱术。

会再次被杀死，这一点你明白吗？手术费很贵，我是说，我可以尽可能优惠，但——”安娜贝尔的声音越来越低。

“它长得真丑，是不是？”年轻男人怜爱地搔着狗狗一只耳朵旁黯淡的毛皮。

“是个吓人的小家伙。”安娜贝尔表示赞同。

假如换个时间，尼克也许会做出不同的决定。可眼下，他还沉浸在欢呼喝彩带来的兴奋中，对自己和银行存款的潜力充满信心。

植物园首演之夜的观众被“另类莎士比亚”震惊了，他们竟然能用一个完全临时找来的罗密欧完成整场演出。最后，全场起立，为演员和剧团工作人员送上长时间的热烈掌声。不只如此，当尼克上前一步鞠躬谢幕时，掌声甚至更加热烈，呼喊声、口哨声在场中响起，举起的拳头在空中挥舞。他是个英雄。他，是英雄。“不管要花多少钱，我来付。”尼克许下承诺。

尼克两步一级跨上银河赌场的正门台阶，冲进仿佛永远转不停的旋转门，走进灯火辉煌的赌场大厅。一道巨大的水景墙矗立在此，仿佛成串的钻石连缀垂落。厅里到处都是身穿耀眼礼服的女人和浑身洒满古龙水的男人。

只有尼克穿一件血迹斑斑的衬衫，外套皱皱巴巴，领结散着，头发乱翘，立刻引来众人侧目。不过他来不及理会这些，轻轻按一按外套口袋，安慰自己说，虽然手机沉到了睡莲池底，至少劳拉的订婚戒指还安安稳稳躺在他的口袋里。尼克找到一部电梯，焦急地捶打上行按键，终于，电梯门向两边滑开。

控制面板上，“舞厅”二字刻在最高一个按键旁的金属牌子上。尼克按下按键，眼看两扇门就要在中间会合，却突然一抖，又往两边滑了回去。一对十几岁模样的少年男女闯进来，浑身上下带着一股“两个孩子刚刚找到个秘密基地”的味道。尼克只觉得一阵挫败感涌起。两个孩子见自己不是电梯里唯一的乘客，努力控制却没能收住脸上的傻笑。

尼克留意到，他们年纪太小，还不到该来这种地方的时候，而且两个人似乎都有点醉了。尼克确定，女孩脏兮兮的拼布单肩包里露出来的正是酒瓶瓶颈。女孩很漂亮，有一头浓密的沙色短发和一对非常大的蓝绿色眼睛。

女孩踉跄着上前半步，像是要对尼克说什么，又忍住了。尼克反应过来，自己身上这件带血的衬衫多半有点吓人，于是努力释放出不急不躁、毫无威胁的气息，指了指电梯的控制面板问他们：“哪一层？”

“嗯……舞厅。”男孩回答。

电梯一面贴着建筑外墙，另外三面都是茶色玻璃。尼克和两位同行的乘客共享着越来越壮观的景色。今晚，无论公园、花园，还是市民广场、河边步道，平日空旷的城市空间统统挤满了人。

尼克看了一眼手表。

十一点五十五分了。

他告诉自己，还有时间，还来得及把今晚变成纪念夜。

弗恩·埃莫森坚信，新年前夜是人类有史以来最虎头蛇尾、最叫人失望、最虚假的庆祝日。这一想法很大程度得溯源到她二十出头的时候，连续三个新年夜都以进医院告终。

第一次，她穿了一双崭新的晚装高跟鞋出门，挤得脚疼得要命。就在午夜来临前，她终于扛不住了，脱下那双可怕的鞋，把它们留在了一条公园长凳上。可接下来，赤着脚的她就踩到了一大块碎玻璃，最后不得不做个局部麻醉的小手术把它取出来。

第二年，弗恩把一个喝得烂醉的好姐妹送进出租车，不料这醉鬼突然一蹬脚，把她踹得跌倒在马路上，结果就是，她被迎面而来的车撞出了脑震荡。

再后来一年，为了打破厄运的诅咒，弗恩出了城。她和几个朋友一起去海边，住进一家热带风情的度假酒店，原计划是在酒店里喝着迈泰鸡尾酒迎接新年，再享受一段午夜裸泳。这也就解释了，为什么她踩上石鱼有毒的刺棘时会是几乎全裸的状态。当时她疼得半死，一头冲进当地医院，浑身上下只裹着一条浴巾，暗暗发誓，从今往后再也不会、绝对不会参加任何新年夜庆祝活动了。

可是今年，当迦勒·哈克尼斯隔着“你好，花瓣”的柜台紧张地望着她，结结巴巴地说话时，她的决心溃散得无影无踪。他说：“我没想这么快。不，这大概是假话，也许我就是想快一点儿。你今晚准备做什么？我不指望这么好运你刚好有空……可以出去……和我？也许现在去买银河赌场音乐会的票有点儿晚了，不过，听他们说那儿很热闹，很不一样。”

就这样，深夜十一点四十五分，弗恩来到了银河赌场的屋顶舞厅，挤在一个巨大的空调出风口旁边，布莱斯德·琼斯漂亮的声音正透过出风口倾泻而下。屋顶外是这座城市律动着的、灯火通明的景象，三百六十度一览无余。一切都很完美，近乎一切。

弗恩在发抖。职业关系，她身上总难免沾上水，偏偏她随手披在黑色工作服外面的开衫又刚好很薄。

“你冷了吧？”迦勒一直在留意她。他扶着弗恩站稳，引她向一间机房走去。机房立在屋顶上，活像刚刚着陆的塔迪斯时空飞船。机房门没锁。

“一直都这么容易吗？”弗恩惊讶极了，问道。他们登上屋顶舞厅的过程是：进电梯，出电梯，上楼梯，穿过一扇又一扇挂着危言耸听的警告牌的门。然而这一路几乎没遇到什么阻碍。

“差不多吧。”迦勒抵上敞开的机房门。

“你怎么知道这些的？”

“年少浪荡啊。”迦勒脸上挂着意味深长的微笑，似乎在说，相信他，他有许多有趣的、疯狂的、愚蠢的、真实的故事可讲。

机房的空气中回荡着嗡嗡的电子噪音，到处都是弗恩连确切用途都无从猜起的机器，有杠杆和滑轮、旋转的大轮子，钢丝随它们的转动而卷起、放出。其中一面墙边立着一排巨大的金属柜，柜门敞着，展露出布满开关、把手和电线的控制面板。

迦勒关上门，手插在口袋里，有些不知所措地站定。现在，他们在里面了，在这个明亮的空间里。弗恩觉得，不管是她还是迦勒，都不知道该说些什么，或是做些什么。继续忍耐了几秒钟的尴尬后，她深吸一口气，决定冒个险。

“你真的一直在找我？”她问。

“从文尼斯那天之后。”

“真的？”

“为什么这么惊讶？”

“这种事不可能发生的，不可能发生在我身上。”

“可事实上，它的确发生了。喏，看，我有证据。”

迦勒从口袋里掏出一张被翻得残旧不堪的纸，递给弗恩。那是一份全城花店的名录。“现在我要开始担心，你会不会觉得我是个跟踪狂了。”

弗恩一目十行地扫过整个名单：斜插郁金香、盛放花房、大地母亲、月桂坊……很多，很多。

“可是你的店不在黄页上。”迦勒说。

“我错过了登记截止日。”

“要不是今天这么凑巧，我可能永远都找不到你。”

“想想看，”弗恩觉得不可思议，“竟然有人扔掉了自己收藏的所有查尔斯和戴安娜瓷器。要不是这样，你可能就带着你的小妖精乐队唱片走掉了，我们连话都搭不上一句。”

“你记得我买的唱片。”迦勒咧开嘴笑了。

弗恩咧嘴回以笑脸，双手依然抱着自己冰凉的肩头。

新年前夜，十一点五十五分，银河赌场的屋顶机房里，迦勒·哈克尼斯第一次吻上了弗恩·埃莫森。这个吻一开始很温柔，没多久便热烈起来。很快，弗恩就被按在迦勒衬衫前襟的纽扣上，迦勒的手探进弗恩的黑裙子下，发现她的黑色丝袜是用吊袜带固定住的。

“噢，伙计，太性感了。”迦勒说。

转眼间，弗恩和迦勒的胳膊、腿与舌便纠缠在一起。他们蹒跚着后退，迦勒踩到了扫帚头，扫帚杆从侧面倒下去，砸进了门户大开的控制柜。紧接着，连串的电子噼啪声响起，火花闪烁。在迦勒和弗恩不知道的地方，银河赌场的一部透明观光电梯猛地一颤，悬在二十三层和二十四层之间，不动了。

一股轻微的烧焦味在机房里飘散开来，迦勒将弗恩护在怀里。

“该死。”他说。

“烟花。”弗恩说。

尼克感到电梯向上一悠，像只挂在绳上的盒子一样，上下弹了两三回。

“大事不妙。”背拼布包的女孩望着电梯天花板说。

尼克用力捶打标有“舞厅”字样的按键，电梯没反应。他尝试按下“一层”“地下层”和“包厢”，绝望之下，又接连按下一串数字键，外加本该能让电梯门向两边滑开的开门键。门没开，电梯连一毫米也没挪动。唯一的动静来自紧闭的电梯门上方，歌声透过扬声器源源不断传来，是本·李那安抚人心的声音在唱《我们全都在一起》。

“该死的！”尼克说。

下一秒，他想起自己的手机这会儿多半正被鲤鱼啃咬。

“该死该死！”他喊着，踢打起电梯门来。

男孩和女孩相互靠近一步，又立刻弹开，仿佛触了电一般。

“哦，该死。抱歉。瞧，没事儿，我没事儿，我很抱歉。”尼克说，“我过了个多奇怪的晚上啊，是不是？来的路上还弄丢了手机，看来只能用一下你们谁的手机了。”

男孩和女孩对视一眼。

“我的没电了。”男孩说，“我是说，已经自动关机了。”

“我没有手机。”女孩说。

“当真吗？你们是什么样的年轻人啊？”

“我是穷，”女孩耸耸肩答道，“他是没条理。”

“抱歉，抱歉，见鬼，我很抱歉。只是……你们瞧，我约了女朋友，已经迟到了好几个小时。我口袋里有颗大红宝石戒指，她正等着我在今晚把它套在她手指上，而且我真的很想看看布莱斯德·琼斯，都这个时候了，音乐会说不定已经结束了，本来应该是个……你们知道吗……非常重要的夜晚……”

“这种情况不会持续太久的，对吗？”女孩问，试着上前按了几个键，“他们很快就会重新启动电梯吧？”

“看。”男孩手一指说。

就在他们的侧下方，另一部观光电梯正顺顺当当地贴着外墙向上升。

“完蛋，更糟了。”尼克说，不过这一次没火气了。

“为什么？”女孩问。

“因为人都是懒杂种。要是这地方的电梯全坏了，立刻就会有人发现出了问题。可只有一部卡住了，你只管坐另一部就是了，不是吗？有得好等了。”

“我们可以试试紧急呼叫。”男孩温和地说。尼克有些脸红，知道自己眼下的表现远远不像个有担当的成年人。他找到有电话图标的按键摁下，按键旁的扬声器里响起长长的“嘟——嘟——”，一声接着一声，一直响，一直响。然后，突然停了。

尼克再摁了一次。还是一样，紧急呼叫键依然没能帮他联系上任何有可能提供帮助的人。

“这是新年夜。”男孩耸了耸肩说，“忙碌的夜晚，也许？”

距离赌场几个街口开外，一堆电子广告屏高高竖立，闪亮的屏幕播放着画面，勾勒出城市天际线上高耸的峰峦。正中心的方形大屏幕上显示的是数字，正在不断减小。尼克猜那多半是新年钟声的倒计时。10、9、8、7、6、5、4、3、2、1……

“好吧，新年快乐，朋友们。”尼克无精打采地说。伴随着他的话音，电子屏上方的天空绽开了灿烂的烟花，白的、粉的、红的、蓝的、绿的。“来吧，”尼克说，“亲吻你的女朋友吧，我不看。”

男孩的脸唰一下变得通红，“她不是，呃……我们只是朋友。”

男孩光顾着局促，只有尼克清楚地看到，一丝心碎的神色飞快地闪过女孩蓝绿色的眼睛，像烟花一样快。

城西两小时车程外的伊登维尔小镇，嘉斯汀·卡麦可尔坐在爸妈的皮沙发上，窝在咖啡桌旁最方便的那头，咖啡桌上放着一瓶见了底的金酒、一小碟挤得半干的柠檬片，还有一瓶走了气的金汤力水。她只穿了身睡衣，一件超大码的粉白条T恤，胸前横着一串金色字母“DREAM”，拼出金色的“梦想”；一条黑色弹力裤，其中一边膝盖上破了好大一个洞。时钟从十一点五十九分跳到零点整，嘉斯汀独自一人，只有手上的金汤力、起居室小地毯上鼾声正浓的西班牙小猎犬和电视屏幕上无声的烟花相伴。

今晚早些时候，穿着超短护士制服裙的曼蒂·卡麦可尔和头戴飞行员护目镜、披着古董款飞行员皮夹克的德鲁·卡麦可尔试图诱惑嘉斯汀一起出门参加新年夜派对。派对在麦克博森家的剪羊毛场举行，主题是“小时候梦想成为的人”。

“我没什么想扮的。”嘉斯汀是这么回绝的，暴躁的情绪完全无法掩饰。

“你可以扮成任何人，亲爱的，”曼蒂说，“什么都行。我也从来没想过要当护士。我的看法是，如果你只剩下一双腿还算好看，那就该把它们展示出来，嗯？”

“麦克做了一桶潘趣酒，足足二十四加仑。”德鲁补充道。

这就意味着要应付一帮五十多岁的人，跟骄傲的父母们东拉西扯聊聊嘉斯汀念书时的老朋友、婚礼和宝宝，到处都是干草灰，喷嚏此起彼伏，隐隐约约的羊粪味儿和羊毛脂味儿怎么也挥之不去。

“我觉得自己应付不来，爸，今晚不行。”

现在，时至午夜，新的一年到了。嘉斯汀喝下一大口金汤力。电视屏幕上，醉酒的人们狂欢高歌，蹦着跳着，相互亲吻，兴奋过头的记者们涂得鲜红的嘴唇开开合合说着什么，整个城市上空充斥着燃烧的硝酸钾味。没有她，地球照样转动。嘉斯汀不需要知道这些。她按下遥控器上的关机键，走出门，来到后院露台，拽着妈妈的室内外两用沙发椅拖到木头露台边缘，那里视野最好，最适合看天空。

嘉斯汀望着星星，低声对自己说："我们一起努力，让今年过得好一些，好吗？"

银河赌场一侧，半空悬停的观光电梯下方，交通灯由绿变橙又变红，汽车加速又停下，一架灯火璀璨的摩天轮一圈又一圈地转个不停，每十分钟一圈，每一圈都满载着新的乘客驶入他们的未来。尼克一而再，再而三地按下紧急呼叫键，最后终于放弃，瘫坐在地板上。

女孩从包里掏出那瓶快要见底的酒递给尼克。

"斯通牌绿姜汁酒？"尼克问，"真的假的？你们这些孩子居然还在喝这破烂玩意儿。"

话虽这样说，他还是灌下了一大口。火辣辣的甜味让他瑟缩了一下，可很快就勾起一小片记忆，拖到了他眼前。海滩的沙，远处贝斯的重拍，十几岁的嘉斯汀靠在他的胸前，伸手指着靛蓝的夜空。她说了什么来着？

"那时候刚巧有一颗星在跳舞。"尼克喃喃自语。女孩在电梯另一头冲着他微笑。

"我就在那颗星底下诞生了。"她接上。

"你说什么？"

"那时候刚巧有一颗星在跳舞，"女孩重复道，"我就在那颗星底下诞生了。"

尼克眨眨眼，"你知道这个？"

“当然，这是《无事生非》里贝特丽丝的台词。我还以为你已经知道了呢……罗密欧。”

尼克缩了缩身子，“你们两个今晚在植物园里？”

那对年轻人点点头。

“所以说，你们看到了那只狗的事？”

“对，”女孩说，“真是精彩极了。在对舞台调度一无所知的情况下，你就出色地担当起了这个角色。很难相信你不是真正的罗密欧。”

“谢谢。”尼克说，“演出一结束我就把狗送去看兽医了，我想它会没事的。对了，我叫尼克。”

“菲比。他叫卢克。”

“她也是个演员。”卢克说。

“是吗？”尼克问。

菲比做了个谦逊的鬼脸。

“你一定不会相信她有多爱莎士比亚，她真的棒极了。”这一次换菲比脸红了，卢克接着说，“所有台词她都知道，还有独白，每一句，还会骂人。她投入起来超吓人。考考她吧，我打赌，你说什么她都能接得上。”

尼克耸耸肩，反正也没别的事可做。

“噢，时间，”他念道，“这纠纷定要你来理清，叫我……”

“叫我打开这结儿可怎么成。”她毫不谦虚地说，“薇奥拉，《第十二夜》。”

“美即丑恶丑即美。”尼克发出挑战书。

“苏格兰那一幕的女巫们，”菲比轻轻敲一敲鼻子侧面说，“翱翔毒雾妖云里。”

“瞧？”卢克说。

“我有个朋友跟你一样，”尼克对菲比说，“她也拥有堪称诡异的记忆力，只要看一遍脚本，那些内容就像烙在她脑子里一样。她有时候也很吓人，不过真是个对台词的好搭档。呃，曾经是。”

“曾经？”菲比问，显然被勾起了兴趣。

尼克叹了口气说：“这是个很长的故事，运气好的话，我们应该不用在这儿待那么久，你来不及听完的。”

玻璃壁墙外，两个电子广告屏之间，最高最大的那块屏幕刷新了。一则舞台音乐剧的广告播放完毕，热情耀眼的粉色和金色散碎开来，褪成黑色，然后新的广告出现了。尼克认得，那是他无比熟悉的画面。

劳拉站在齐腰深的睡莲池里，完美的躯体上覆着一条裙子，收紧的腰身向上延伸，到胸前化作片片挺立的粉红色花瓣，瓣角尖尖。她的表情似冥思似性感，双手高高举起，手腕向外似弯非弯，食指与拇指指尖轻触。画面底部，蜿蜒盘曲的字母拼出一个简单的词：睡莲。

尼克从鼻子里喷出一声嘲讽的笑。

“怎么？”菲比疑惑地问。

“那是我女朋友。”尼克说。

菲比转动脑袋东张西望，厚重的发卷却几乎没有移动。

“什么？在哪儿？”

“那边，广告屏幕上。”

“那个睡莲女孩？你是说真的？”卢克说，“哇噢，真是个幸运的家伙。”

菲比皱起眉头想了想，张开嘴想说什么，又忍住了。最后，她决定向卢克发问：“你怎么知道？”

“我怎么知道什么？”卢克糊涂了。

“你怎么知道他是个幸运的家伙？我是说，我并不想在这部电梯里唠唠叨叨像个女权主义者，可她漂亮并不意味着他就幸运。”

“是的，可是——”

菲比望向尼克，“爱情不是用眼睛看的？”

“用的是心灵。”尼克回答。

“所以？”

“生着翅膀的丘比特总被描画成盲目。”

“好极了，尼克。”菲比说着，抿了一小口绿姜汁甜酒，“我们是不是应该再试试紧急呼叫？”

“你来，”尼克说，“也许你有魔法助力。”

菲比按下按键，恼人的“嘟嘟”长音又响了好几声。接着，有声音传来，虽然乍听之下很难分清究竟是人声还是机器声。

“您好，您接通的是银河城物业管理服务部，与您通话的是纳什拉。有什么能帮您的？”

就在同一时刻，一如其他任何时刻，茫茫宇宙中天体交结串联，织出独一无二的磁力网。当世界变化——世界总在变化，一刻也不曾停歇——这张网便收紧，一个崭新的灵魂被拽出黑暗，带到星光下，熠熠生辉。新生儿伸长了腿，一脚蹬进突然出现的神秘空间，愤怒的嘴无可闪避地吸入轻盈新鲜的陌生空气。

这是拉夫蒂·奥黑尔，摩羯座，未来的蓝色大眼睛、超长眼睫毛和伤痕累累的膝盖的拥有者，深受身边所有女人宠爱的孩子，有的与他关系亲密，更多的毫无关联。这么说吧，尽管他如今浑身通红，挂着斑斑点点的婴儿皮脂，却已经在这一瞬间虏获了好几颗心：母亲扎蒂，筋疲力尽地躺在医院病床上；外祖母派翠西亚，守在床边低头注目，眼含泪花；阿姨拉瑞莎，看上去简直和她妹妹一样虚弱。

过去的几个小时里，扎蒂不停地扭转、伸展和嘶喊，现在，她只觉得爱意如潮水般铺天盖地而来，涌进她的身体，填满所有刚刚腾出的新空间。很快，爱就漫溢了，必须找到地方倾泻。她抓住妈妈的手，贴在自己脸颊上。

"妈妈？"她喘着气说，"我爱你，妈妈。我是这么爱你。瑞希？上帝啊，我爱你，你是世上最好的姐姐。"

然后，她转向另一边，助产士西蒙·皮尔斯站在病床另一侧，拿着一条白毛巾擦手，眼睛注视着面前四个沐浴在爱中的人。这一直都是他最喜欢的部分。虽然不是他的奇迹，可他得到了允许，可以稍稍触碰奇迹的边缘。

"西蒙，"扎蒂热烈地说，"我爱你，西蒙，我是这么爱你。"

就某方面而言，这的确是真的。就另一方面而言，却并非如此。好吧，不管怎么说，现在还不到时候。

等到电梯维修工终于挤过拥堵的城市街道，爬上楼梯，走进银河赌场顶楼的机房时，已是凌晨一点零五分了。弗恩·埃莫森和迦勒·哈克尼斯早已离开现场。他们在迦勒的住处，一艘圆筒状的小摩托艇里。迦勒总是把它停在一个不那么清爽的小码头最外侧。在这艘小艇里，弗恩意识到，并非每个新年夜都注定虎头蛇尾。

维修工一边排查故障，一边骂骂咧咧地抱怨新年夜还得加班的坏运气时，劳拉·米切尔站在银河赌场顶楼亮着氖气灯的盥洗室里，大概是这个晚上第一百次愤怒地拨打尼克·乔丹的电话。同样，大概是这个晚上第一百次，她的电话被转进语音信箱，虽说这丝毫没有出乎劳拉的意料，却还是在她越升越高的狂乱怒火上又添了一把小小的柴火。

维修工人没花多少功夫就找出了问题的症结所在，情况并不严重，扫帚杆儿只是碰到了一个断路器。

尼克·乔丹、菲比·温特格林和卢克·福斯特感觉到电梯颤抖着恢复了运行，菲比高兴得跳了起来，差点就冲上去拥抱卢克。可惜，卢克错失了这个暗示，只顾着喝掉最后一口绿姜汁酒。

“噢，哈利该死的路亚。”尼克说。

布莱斯德·琼斯肩上挎着吉卜赛黑美人，站在银河赌场舞厅的中央舞台上，她的音乐伙伴与和声歌手都站在她身后，随意地排成半个弧形。音乐会的终场部分就要结束了，布莱斯德能感觉到汗水顺着乳沟滚落，裙子后心贴在肩胛之间，也早已湿透了。她的头发因为汗湿卷得格外厉害，嗓子已经开始感受到连唱几个小时的后果。可是，她非常快乐。这才是属于她的地方，就在这里，在聚光灯下，在这个舞台上，背着这把吉他，为眼前这几百人唱歌。只要拨动琴弦，她就能让他们屏息凝神，侧耳倾听。布莱斯德拨出一个和弦，向调音台的小伙子示意，把耳返里黑美人的声音推大一点点。她迈步上前，凑近麦克风，感觉到人群也都倾身迎向她。

“这首歌，是在我心碎的时候写的。”布莱斯德说，这也是她唯一的说明。只是这短短几个字，便足已让银河舞厅里的人群爆发出欢呼与口哨。

“噢，”布莱斯德假装惊讶说，“我怎么觉得，有些人一直在等这首歌呢？”

欢呼声和口哨声更大了，整齐的呼喊响起。“掩—— 藏的浅滩，掩—— 藏的浅滩，掩—— 藏的浅滩！”从写出这首歌到如今，几个月过去了，《掩藏的浅滩》一飞冲天，始终盘踞在排行榜高处，将布莱斯德·琼斯的热度推上了云霄。

“掩——藏的浅滩，掩——藏的浅滩，掩——藏的浅滩！”舞厅里所有人都热切地期待着这首歌，包括此前从未听过布莱斯德·琼斯现场演唱的，从没买过她专辑的，甚至在六个月前还不曾听说过她的人。

“你们知道，有些事很奇怪，”布莱斯德停顿了片刻，感受这股能够引领众人翘首期待她接下来要说什么或做什么的力量，“很神秘。关于某些东西究竟是如何来到我们生命中的这类命题。比如，这首歌词的灵感就来自我在一家酒吧里遇到的一个男孩……”

她的讲述亦如歌唱一般。

“一个和我一样心碎的男孩。无论这个男孩今晚在哪里，希望他知道，我的心已经痊愈了，但愿他也一切都好起来。”

人们欢呼着，“掩——藏的浅滩，掩——藏的浅滩，掩——藏的浅滩！”布莱斯德拨动吉卜赛黑美人的琴弦，弹起前奏。

“这就是你们想要的吗，确定？”

“掩——藏的浅滩，掩——藏的浅滩，掩——藏的浅滩！”

“好吧。”

人群发出最后一阵欢呼，然后安静下来，聆听布莱斯德指尖轻拨漫弹，聆听她如丝般柔滑之中夹杂着几许沙哑的声音。布莱斯德唱着歌，感觉宛如时光倒流，回到了当初那个夜晚，歌声中流淌着痛苦，看到冰箱旁那个裸体女孩时的震惊，遭遇背叛冲击后的心痛，在其中一一浮现。

站在聚光灯下，布莱斯德没法看清整个房间的情形，但能看到人们在她脚下的舞池里摇摆身体，看见灯光映亮的脸。借着一处照明灯，她还看见一个年轻人站在椅子上，身穿无尾晚礼服，领结松开，白衬衫胸前斑斑点点，像是血迹。他很年轻，英俊帅气，一头黑发，面容坦荡。他注视着她，带着一目了然的神情，让布莱斯德明白，今晚，这首歌是为他而唱的，远甚于其他所有人。她朝他微微偏转身子。到第三次副歌时，她迎上他的视线，只对他歌唱。

尼克·乔丹不知道音乐是怎样打动人的，只知道，它们的确打动了他。他知道，那不只是因为歌词，也不只是因为旋律；他知道，不只是因为那个一头夸张鬈发的小个子女人和她亦苦亦甜的嗓音；他知道，不只是因为那把点缀着绚丽珍珠贝母的闪亮的黑吉他。他知道，是所有这一切的合力，也许还有其他什么，让他的心鼓胀到疼痛，最美好的疼痛。

尼克站在椅子上，原本是为了居高临下扫视全场，看看能不能找到劳拉·米切尔，如今却发现自己被布莱斯德·琼斯心碎的目光锁定，被她丝绒般的声音俘获。她正在演唱她最当红的歌曲，为他而唱。

我探寻你的深海，却只找到谎言
原来只能涉水，不能畅游，在你的眼帘
你是小品，不是戏剧，一眼览尽的透视画
漂亮的魅人魔法
却不见海沟名叫马里亚纳
我探寻你的深海，却从未抵达
我跃入你的深渊，却不曾浸湿头发
如今我已搁浅，

在你和你掩藏的浅滩暗卡

当歌词从她口中吐出，穿过他的耳朵，扎入他的脑海，沉入他心底深红色的海绵底部，尼克知道，像睡莲的不是劳拉·米切尔，从来都不是。那个内里除了孱弱凌乱的根须便一无所有的人不是劳拉，而是他自己。嘉斯汀一直都知道。她竭尽全力，想方设法，借着里奥·索恩伯里的身份告诉他，看深一些，挖深一些，扎深一些，再深些。

嘉斯汀。

布莱斯德·琼斯和她的现场乐队弹出一段长长的间奏，唤起了尼克脑海深处的记忆蒙太奇。那是嘉斯汀，寒夜里套着他的大毛衣，站在她的屋顶上，太长的袖子晃荡着，像无骨的翅膀。嘉斯汀站在十二楼的走廊上，泼妇一般大骂他荒废天赋，说他把它们冲进了下水道。嘉斯汀眉头紧锁，盯着厮杀激烈的滑铁卢西洋棋苦苦思索。嘉斯汀涂抹着一身银色，双唇被焦糖苹果粘住、染红，冲尼克仰起脸。嘉斯汀站在伊夫林塔门外，心碎欲绝地看着搬家卡车敞开的货厢门，他却一手提着一个行李箱，假装没有看见她。

嘉斯汀窜改他的星座指南，从来都不是为了愚弄或嘲笑他。她这么做，是想要告诉他一些东西，他早该有一百个理由来告诉自己的：嘉斯汀，就是他的那个她。

布莱斯德·琼斯唱到最后一段副歌，她闭上双眼，吐出最后一个音，音符盘旋而上，亦苦亦甜。当歌唱终于结束，她睁开双眼，再一次注目尼克。

“谢谢。”赶在新年夜的人群为她疯狂之前，尼克用口型道谢。布莱斯德·琼斯不动声色地微微点一点她鬈发披拂的脑袋，表示“不客气”。

这世上有许多女人不懂得如何正确地穿高跟鞋行走，但劳拉·米切尔绝不在其列。当尼克将视线从布莱斯德·琼斯身上转开时，刚好看到劳拉出现在银河舞厅门口，准备往里走。他的第一反应是，她走得真是优雅，那双系带高跟鞋简直就像与她的腿脚合而为一。

尼克跳下椅子，挤过汗味、龙舌兰味和欢喜气象交织蒸腾的人群，朝门口跑去，走近了才高声招呼：“劳拉！劳拉！”

他来了，他朝她过来了，衬衣上有血，礼服皱巴巴，整个人一团糟。一连串念头接连闪过劳拉的脑海，也显露在她脸上，让尼克不由得想起多变的天气，就像是一天之内，从太阳雨到雷雨再到冰雹。不过，当他在她面前站定时，那张脸上已经没了表情，仿佛永冻土层一般。“你还活着啊。”她说。

“非常抱歉，我该打个电话的，我想打来着，可是手机掉进池塘里了。”尼克说，“我尽量赶来了，花了几个小时。劳拉，我很抱歉。”

尼克伸手从他的礼服口袋里掏出戒指盒子。

“这里？”劳拉左右看了看，难以置信地问，“现在？你当真的吗？”

尼克手指一拨，弹开戒指盒。他看见劳拉克制着不去看里面的红宝石。

“现在不行，”她说，“这不对。你把新年夜彻底搞砸了，现在我们只能等到情人节了。”

“不，”尼克说，“我觉得现在正好。”

他执起她的手，却并不像人们打算为另一半戴上戒指时做的那样，将手翻过来。他温柔地摊开她的掌心，将戒指、盒子、所有一切，都放在她的手上。他看着她的脸再一次风云变幻，徘徊在晴雨之间。

“我希望你留着这枚戒指，作为告别礼物。”

“什么？你在说什么？”

“劳拉，你是我见过的最美的女人，也许会是我这辈子见到的最美的女人。这一生，我都会在全世界的屏幕上看着你，赞叹你的美丽。当你一头银发，为永葆青春的护肤品做广告时，我依然会看着你，感谢上天让我曾有机会与你如此亲近。你也是我所知道的最坚强、最勤奋的人，一定会拥有非凡的成就。当我远远注视你的成就时，我会赞美它，为你鼓掌加油。可是，我不能和你结婚。”

“你要跟我分手？用一枚戒指？”

“听我说，劳拉。我永远都没办法成为你希望的那个人，永远不能成为你想要的那个样子。我不敢保证，等到我六十岁时，一定就不骑自行车、不吃方便面了。我很抱歉，劳拉，可是我不适合你。在某个地方，”尼克含糊地比画了一下这座城市，这个国家，这个世界，“一定有个更适合你的人。我希望你能找到他。”

他俯身向前，在劳拉的面颊上印下一个吻。“一定要让伊芙和谢尔盖把你安全送到家，好吗？”

“我不相信。你要去哪里？”

尼克没有回答，只是向劳拉送上一个温柔的致礼，转身走开。

他离开了这栋楼。

走的是楼梯。

这是个不冷也不热的夜晚，嘉斯汀头顶群星，在后院露台上睡得很舒服，而且很安宁，因为这是伊登维尔难得的天赐之夜，没有蚊子飞来飞去。

凌晨三点左右，嘉斯汀被爸妈结束派对回家的动静吵醒了。曼蒂嘀嘀咕咕地安抚露西，德鲁叮叮当当地在厨房翻找阿司匹林片。没过多久，灯再次熄灭，伴着花园干土里窸窸窣窣的虫鸣，嘉斯汀重新沉入了梦乡。

也许是黎明前的寒意让她醒了过来，也许是某种第六感在告诉她，有人在一旁看着她睡觉。不管因为什么，总之，嘉斯汀睁开眼睛，居然看到了尼克·乔丹，他就坐在两米开外，穿着一件血迹斑斑的衬衫，黑色外套搭在腿上。嘉斯汀猛地坐起身，瞪圆了眼睛。

“尼克？”

“提问，”他说，“为什么那么做？”

“你在这里做什么？”

尼克探身向前，小臂横过膝盖，看着嘉斯汀说：“我想知道你为什么那样做。”

“可你怎么知道我在这儿？”

离开银河赌场后，尼克横穿城市，一路跑到了伊夫林塔。开门的是奥西·卡麦可尔，这一晚，嘉斯汀公寓的主人是他。他穿着罗德朗纳拳击短裤，带着一身大麻味儿。

“你弟弟告诉我的。”尼克说。

嘉斯汀看看空着的手腕，又看看月亮。“现在——几点了？”

“四点半。”

“你到底是怎么来的？”

这倒真是不容易。尼克得知自己需要到伊登维尔来时，所有夜班火车都已经停运了。必要的话，他是可以骑车来，可那得花上八个小时，他不认为自己有八个小时可以浪费。万不得已，他也可以打车来，可是今晚已经送出一枚比他过去八个月的收入还要昂贵的戒指，又为一只受伤的独眼混种狗写下了一张空白支票。

“简单说来就是，我搭车来的。”他说。

“详细说呢？”

“回头再告诉你。首先，我想要你告诉我，为什么那么做。”

嘉斯汀咬着嘴唇说：“我很抱歉，尼克，我从来没想过——”

尼克不耐烦地摇摇头，“我不需要道歉，只是想弄明白。”

“你真的不知道？”

“我觉得我可能知道了，但是不想猜。”尼克说。

她张嘴想说什么，又打住。再次开口，再停住。

最后，她说：“我那么做，是不想让你变得不是你自己。我那么做，是因为我不想让你放弃你自己的任何东西。而且，我不希望……你那么做。”

“但这些并不是全部，对吗？”尼克紧逼不舍，“我是说，为什么你要那么在意？在意到不惜拿你的工作冒险？”

“那确实是太傻了，更别说还错了。”

“是的，毫无疑问。可这并没有回答我的问题。为什么你那么在意我怎样安排我的生活？对你来说，那意味着什么？”

嘉斯汀浓黑的眉头向中间聚拢，眉眼口鼻都在颤抖。“噢，拜托，尼克，你知道的。”

他看到泪珠盈满了她的眼眶。她努力咽下泪意，不让自己哭出来，但是没有用。一颗泪珠滑落，挂在她的面颊上，尼克感到一阵揪心的负疚感袭来，可他不能就此放手。“我开始抓到一点概念了，可我想要你说出来。”

第二滴泪珠滑落，这一次，是另一侧脸颊。

“我想我大概是……爱你。”她说。

此刻，尼克已经坐到她的身旁。他伸出一只手，捧起她的下巴，挪动拇指轻轻拭去她脸上的泪痕。“好了，那就没问题了。”

“没有了？”

“是的，因为我也爱你。”

“你爱我？”

“对不起，我竟然蠢到一直都没发现，直到现在。”

“为什么是现在？”

“噢，这就要说到那个详细的回答了。”

天依旧黑着，星光依旧闪烁。尼克·乔丹开始向嘉斯汀·卡麦可尔讲述自己今晚的经历。他说到那只狗如何跳出敞篷跑车被撞，说到扮演罗密欧的演员如何被撞掉了大牙躺在鹅卵石舞台上，说到那位兽医和她如何知道那只狗是从“狗狗之家”逃出来的，说到出故障的电梯和菲比·温特格林，说到那姑娘是如何跟嘉斯汀一样精通莎士比亚，说到她如何多半是爱上了卢克·福斯特，可那小子实在是个愣头青，完全不知道自己其实也多半是爱上了菲比。说到布莱斯德·琼斯这位歌者是如何望进他的眼里，说到她那首因为酒吧偶遇而写下的歌对他意味着什么，说到他如何在银河舞厅门外向劳拉告别，如何几乎能肯定自己在劳拉眼里看到了一丝解脱。说到他如何一直想着嘉斯汀，先是在出租车里，那会儿狗狗还没跳车，然后是在他抉择是否扮演罗密欧的瞬间，再然后是在电梯里。他还说到，也许每个人内心都有几处掩藏的浅滩，可他现在明白了——也许就像里奥·索恩伯里说的那样，海王星进入水瓶座，宇宙的精神力量汇聚起来——浅滩是不够的。这，就是他的新年愿望。

说到这里，天也不那么黑了，变成人们称之为“灰”的阴影。

如果注视得够久，你能把它里里外外看个通透。

“所以我来了，赶了老远的路，”尼克说，“一段非常漫长的路。可现在，我来了。还有，能不能答应我，以后如果想让我知道什么，就告诉我，直接说出来，好吗？别让占星师来说，也别假扮占星师，太叫人摸不着头脑了。”

嘉斯汀轻轻笑出了声。“而且还完全不起作用。”她说，“你要是回头看一看，就会发现，我做的每一件事到头来都事与愿违。‘勇气与我相伴！武装我，无畏的胆量。’还有比这更糟的吗？”

“不管怎么说，我还是在这里。我们俩都在。”

“可是，这完全是运气，”嘉斯汀说，“全凭一连串随机的幸运巧合。我的意思是，如果你没有看到流浪狗被撞，如果那部电梯没卡在半空那么长时间，长得足够让那个女孩跟你对莎士比亚台词，那会怎么样？那是巧合之中的选择，选择中还有选择。这一切都太复杂、太不可捉摸了。事情究竟要怎样才能沿着它预定的轨道走下去？”

“我不知道那是怎么运转的，嘉斯。它们就是那样。”

“再倒回去一些。如果布莱斯德·琼斯从来没有写过这首歌，如果她从来没走进那家酒吧，或者，她从来没有心碎过，或者——”

“嘘——”尼克说。

理智：他就要吻你了。

嘉斯汀：我想你是对的。

理智：那么，我们开心吗？

嘉斯汀：可以说是心花怒放。

“新年快乐，嘉斯汀。”尼克说。

然后，他吻了她。她也回吻了他。

交界日

在这个国度的西海岸，新年的第一个黎明刚刚到来，乔安娜·乔丹就被床头柜上响起的电话铃吵醒了。前晚零点钟声过后，她还喝了好几杯起泡酒，这会儿睡得正香。阳光透过百叶窗缝照进来，已经开始忙着将热量注入卧室。又是火辣辣的一天。

马克·乔丹躺在妻子身旁，睡意浓浓地咕哝一声，撑开一只眼睛，努力分辨时间。

“才五点，该死。”他翻了个身，把脑袋埋进了枕头底下。

这个季节不用盖被子，也不大用得上睡袍。乔穿着一件轻薄的丝裙从床上坐起来，一把抓过电话。屏幕上显示的是个东海岸号码。身为母亲的弦一下子绷紧，她马上想到了尼克。

“喂？”

电话那头是个女人的声音。“乔？是你吗？”

“你是哪位？”乔问道。

“我是曼蒂！曼蒂·卡麦可尔。亲爱的，我知道你那边还很早，对不起，可我——”

“噢，上帝啊。”乔大叫一声，引来马克又一声抱怨。她挪动身体下床，轻手轻脚走到门外，起居室里一片亮堂，刺得她眯起了眼睛。“有多久了？十年？每到新年我都告诉自己要跟你联系，就是从来没有行动，但是——”

曼蒂大笑起来，是那种亲近、兴奋、感染力十足的笑。

“我知道，我知道，我也一样。不过今天早上我一定要打电话给你。我刚才已经把珀斯的另外一对 M. 乔丹和 J. 乔丹夫妇吵醒了，可怜的家伙。可是我忍不住呀，必须打这个电话。”她的声音听起来很快活，“我一定得跟什么人说说，一定得告诉你！”

乔一头雾水，“哇噢，哇噢，等等，慢一点，告诉我什么？”

“是这样，我现在在伊登维尔的老房子里。今天早上，我推开嘉斯汀的卧室门，我只是去给她送杯茶，可上帝保佑她，没想到有人和她在一起。”

“什么？”

“尼克在这里，尼克在这里。”

“你是说……”乔问道。

“是的！”曼蒂尖叫着说。

“你真的是说……”

“是的！”

乔一只手不自觉地抬起，在脸颊边挥了一下，突然间心潮澎湃，百感交集，不知道该做些什么才好。她说：“我知道他俩有些往来，可是从来没想过，从来没敢——”她哽咽了。

“希望过。”曼蒂帮她说完。

然后，借着两个金属块的奇迹和贯通大陆两端的魔法，一对老朋友的声音彼此交会，同样高的声调，同样快乐的含泪尖叫，持续了好一会儿。

元旦当天下午，丹尼尔·格里芬坐在杰瑞米·伯恩家后院荫凉的藤萝架下，啜着盛在玻璃高脚杯里的皮姆酒，等待这位亚历山大公园星刊的名誉主编读完他带来的那个牛皮纸文件夹里的东西。杰瑞米刚刚结束为期一个月的环太平洋海岛之旅，和格雷姆（他正在花坛边浇花）两个都晒黑了，一派超然轻松的模样。

杰瑞米将鼻梁上的眼镜压得低低的，冷静地一页页翻读文件夹里的内容：里奥·索恩伯里提交给《星刊》的星座专栏稿件，高亮勾出的经过嘉斯汀窜改的《星刊》期刊剪报。这会儿，他已经读到最后一份文件，一封来自里奥的信，写在厚厚的淡蓝色信纸上，装在配套的信封里，封口是一滴银灰色的蜡。信里这样写道：

亲爱的丹尼尔：

如你所知，接受你的委托，就卡麦可尔小姐在星刊的未来发展发表意见，对我来说是勉为其难的事。要承担这样的责任，令我深感压力重大。

在我看来，卡麦可尔小姐出于个人目的修改星座专栏一事，既非出于贪婪，亦非出于恶意。说来也奇怪，她的星座见解至少在某一两处比我本人的更加清晰。这使我开始思考，是否存在某种可能，随着年龄的增长，我的洞察力已渐渐模糊。我得承认，是卡麦可尔小姐的洞见帮助我做出了决定。她准确地判断出，对于出生在射手座的人来说，本月是个终结之月。现在，我必须将这一决定与你分享：我决定辞去《星刊》星座专栏作者之职。能在过去这么多年为贵刊服务是我莫大的荣幸。尽管如此，现在也到了将这一荣幸交托他人的时候，就让另一位占星师继续在星座事宜上为贵刊读者提供指点吧。

因此，关于卡麦可尔小姐，我能给予的建议是，何不以宽宏体谅为怀。就个人的浪漫心愿而言，我也希望能有一位女士，因为爱我而做出这样莽撞冲动、不计后果的事。

诚挚的问候！

里奥·索恩伯里

杰瑞米把信放回原处，合上文件夹，任由它留在膝头。丹尼尔做好了准备，只等荣誉主编带着他专门留给重大过失事件的严肃表情抬头望向自己。可当杰瑞米抬起头时，丹尼尔惊讶地看到，他眼里盈满了笑意。

“就让我先给你讲个小故事吧。”他说，“那是很久以前了，当时我还是一家日报的助理编辑，成天浑浑噩噩，前途灰暗。那时候我非常迷恋一个年轻人，也是一个音乐家，很巧。嗯，拉低音提琴的，非常有天赋。认识他之后不久，这家报纸就举办了一场比赛，奖品是一箱品质上佳的香槟。”

杰瑞米停下来，咬了咬皮姆酒里的薄荷叶。

“后来呢？”丹尼尔催促他。

“噢，你要知道，那是很久以前的事了。那会儿做事情不像现在这样，呃，规范。等到参赛作品寄来，我只需要从一麻袋附着参赛者简介的信封里抽一份出来。我记得自己抽出来的作品是一位J.菲普斯小姐的。很奇怪，是不是？有些事就是会一直扎在你脑子里。J.菲普斯小姐应该是获胜者，可是奇怪了，当比赛结果出现在报纸上时，获胜者的名字却变成了——”杰瑞米夸张地眨了眨眼，“一位来自亚历山大公园的低音提琴手。”

丹尼尔震惊了，“可是——”

“当然，他说不定根本就没参加过那个比赛，可一整箱香槟酒是很难拒绝的。”杰瑞米说，“然后，会有某个人给他打电话，安排寄送奖品事宜。”

“那……你和他，是不是？”

“是的，是的，我的小诡计成功了。可惜事与愿违，那段关系从头到尾都是一场灾难！跟他分手后，我休了个小小的假，打算修补我伤痕累累的心。可你猜猜，在飞机上，我坐在了谁的旁边？”

杰瑞米抬眼望向格雷姆，他正在往一丛绣球花的叶子上浇水。

丹尼尔双眼紧盯杰瑞米，“你不觉得，这样做是……错的？”

“正常看来是错的，当然。可要是放在更大的框架中，丹尼尔，这种事就很难判断了。也许，失去了那个奖，菲普斯小姐就少了一两个晚上的香槟酒和浪漫激情，又或者，我们的菲普斯小姐是个无可救药的酒鬼，香槟只会使她的肝硬化更加恶化，加速她的死亡。也许我是帮了她的忙。谁知道呢？”

丹尼尔叹了口气，“那么，你觉得我该怎么做？”

“关于嘉斯汀？”杰瑞米问。

丹尼尔点点头。

杰瑞米露出宽容的笑，“再给她一次机会，丹尼尔。我想，你不会后悔的。”

水瓶篇

♒

玛吉·麦琪躺在绿叶的海洋上，被清晨第一缕阳光唤醒。她的船是个小小的木头平台，架在一棵巨大的赤桉树干上，距离地面足有六十米。今天是二月十四日，是她“坐树”的第一百三十六天。

她钻出睡袋，套上羽绒夹克，开始动手为自己泡一杯茶。尽管鼻子冻得发僵，尽管一整晚睡在窄小的垫子上让她脊背僵硬，玛吉依旧快乐地微笑着，聆听清晨的鸟儿合鸣。她有个小搪瓷缸，当热水倾注在缸底的茶叶上时，一首俳句跃进了脑海。

清晨的薄雾
托起音符向天际
粉红鸲鹟的歌

玛吉坐下来，双脚悬在平台外，好让它们在林间晃荡，如同在水中一样。没有人能在这片天堂修路。在她的眼皮底下，不行。

夏洛特·朱尼珀夹在上班高峰期的人流中，从近郊往城里赶，然后跨上几级台阶，走进绿党参议员戴夫·格雷格森的办公室。戴夫本人将于半小时后抵达，一进门就会钻进办公室附带的小厨房里泡咖啡。

虽然已经住在一起，可是戴夫和夏洛特都觉得，两个人最好还是分别上班，错开时间下班，尽一切可能在办公室其他人面前维持一个脆弱的假象，假装夏洛特和戴夫之间只存在职业的工作关系。可今天上午，办公室其他人都出去了，有外出办事的，有休假的，还有生病请假的。夏洛特知道，这是个难得的机会。

她悄悄溜进小厨房，锁上房门。虽说闩门声已经向戴夫通告了夏洛特的到来，可她的动作太快了。戴夫还站在台子前，手里还拿着咖啡罐和勺子，她的手就猛地从背后钻进他的两腿之间，如同进攻的毒蛇一般迅捷精准。

隔着裤子面料，戴夫感觉到，她的指甲卡在了自己的阴囊上。

"我只想让你知道，戴夫·格雷格森，"她说，"如果你敢对我不忠，我要做的第一件事，就是找个农夫用来阉羊的小绿圈圈，套在你的蛋蛋上。只会痛一下，然后，你的蛋蛋就咻……没了。"

"那第二件事呢？"他问。

"第二件事嘛，"夏洛特说，"我就要开始穿内衣上班了。"

中午刚过，弗恩·埃莫森放心地把"你好，花瓣"交给布莱蒂打理，自己抱着一个沉甸甸的纸箱进了杜弗伦街的拉斐罗咖啡馆。她把纸箱放在一张空桌上打开。很快，泡沫塑料膜仿佛雪花般落了满地。

"这些。"她向拉斐罗宣布。

拉斐罗怀疑地撮起嘴，搔起了脑袋。"你确定？用在你的订婚宴上？你想用戴安娜王妃和查尔斯王子的婚礼瓷器？"

弗恩乐呵呵地点点头。

拉夫烦恼地用手耙一耙他幸存的几根顺滑黑发，"可照我们之前商量的情况看，这些不够给所有人用。"

看来，找到这个理由着实让拉夫松了口气啊，弗恩心想。

“事实上，”她指了指迦勒那辆停在咖啡馆门前的小货车说，“那边还有的是。”

多罗茜·韦瑟雷尔-斯科特·尼·吉斯伯恩，前全球最大的查尔斯和戴安娜婚礼瓷器收藏家，在英国牛津郡的弗里特维尔村醒来，发现丈夫已经起床了。她觉得有点奇怪，因为鲁伯特天生就不是早起的人。但愿他没有不舒服。

楼梯脚下，边境牧羊犬弗洛西像哨兵一样坚守着岗位。弗洛西看到她，咧嘴露出一个有阴谋的笑，竖起尾巴小跑进了厨房，爪子踏在油毯上，发出欢快的轻响。

鲁伯特站在炉子前，正在煎鸡蛋。

“噢，晚上好，韦瑟雷尔 - 斯科特夫人。”鲁伯特眨眨眼说。

“早上好，韦瑟雷尔-斯科特先生。”多罗茜说。

这个玩笑，他们永远也开不腻。

多罗茜发现鲁伯特已经摆好了桌子，铺上了白色的桌布，拿出了最好的银餐具。一个信封躺在她的位子上等待着，一束十二朵红玫瑰漂亮地插在桌上的瓷花瓶里。她瞥一眼就知道，那是凯特王妃和威廉王子的婚礼款花瓶。

“噢，鲁伯特。”多罗茜叹道。

“情人节快乐，亲爱的。”鲁伯特说。

女人伸出一根手指，用涂着“精灵尘”的渐变色指甲划开大白信封，开了一半又停下，抬头看看端坐在耐美力纤维板餐桌上注视着她一举一动的姜黄色猫咪，说：“好了，笨脑瓜，开始了。”

信封里是一本杂志。她迫不及待地直接往后翻，很快就停了下来，难以置信地瞪着书页愣在那里。时钟嘀嗒嘀嗒转，猫咪的心咚咚直跳。有好一会儿，她都没有呼吸，也没有眨眼。

然后，“啊啊啊啊啊啊啊！”

是真的，印出来了，证据就在那张小小的四方头像里：侧脸，脖子修长优雅，经过城里美发师打理的鬈发张扬地从鲜艳的印花头巾下钻出来。是她，真的是。她就是达维娜·迪万，《亚历山大公园星刊》的占星大师。

丹尼尔·格里芬放下二月刊，任由它在桌面上自动合拢，满意地微笑着，往办公椅里一靠。哪怕是自己私下评断，这也完全称得上一期出色的杂志。詹娜抢先挖到一条独家丑闻，事关一位议会高级官员的旅行开支问题；马丁辛辣点评澳大利亚橄榄球运动的现状，颇有几句可能广为流传的亮眼金句。嘉斯汀也没让丹尼尔失望，复职以来从没掉过链子，这次关于一位声如银铃却口无遮拦的电台节目主持人引退的文章暗藏讥讽，精妙之处好几次都让他笑出了声。

当桌上的电话响起时，丹尼尔正在想，也该有人拍拍自己的后背，对他鼓励一番了。用一个像达维娜·迪万这样的无名之辈取代里奥·索恩伯里，无疑是有风险的，不过，只要她能在第一次的专栏里稍稍有所作为，自己押下的赌注就能收获丰厚的回报。达维娜的文章合乎时宜，笔锋辛辣，还有一点小小的性感，更棒的是，她在二月的星座指南里非常肯定地表示，狮子座将有机会得遇非凡的浪漫情事。丹尼尔靠在椅子里没有动弹，任由电话铃响第三遍、第四遍。“狮子座，”他细细品味，“自有其甜美时光以飨所需。”

“丹尼尔·格里芬。”终于，他接起电话。

“丹尼尔，你好。”一个女人的声音在电话那头响起，“我是安妮卡·卡比。”

安妮卡·卡比，安妮卡·卡比……丹尼尔在脑海里展开搜索，试图对号入座。这花了点儿时间，不过他想起来了，是一本女性杂志的副主编。这种杂志从头到尾都在谈论性和时尚，只在最后几页逼不得已地放上一两篇稍稍有点儿头脑的文章，谈谈童婚或者地雷清理之类的事。这个安妮卡·卡比找他干吗？

“我打电话来，是因为您入选了我们的全国二十大黄金单身汉榜单，排名十七。”她说，“而我很荣幸，受命写一点关于，嗯，关于你的小文字。”

十七，他琢磨着。第七更好。不过，无论如何，他上榜了。

“我明白了，”丹尼尔说，努力不让声音出卖他的喜悦，“那么，安妮卡，你想知道什么呢？”

伦恩·麦哲伦困惑地发现，自己身在天堂。要知道，他一向觉得天堂之说纯属胡扯，而且很显然，他从来都算不上一位模范公民。大多数时候，他就是个彻头彻尾的刺儿头。

可无论如何，他就在这里，坐在一把高踞云端的摇椅里，舒服极了。黛拉就在身边，她还是一头年轻时的金发，梳着格蕾丝·凯莉式发型，穿着一身温柔的柠檬黄裙装，就是他们婚礼当天穿的那身，她选中它们作为蜜月出行装。

他本以为她会很生气，气他从遗嘱名单上拿掉了三个孩子的名字。然而，仿佛真的事过了无痕，黛拉从头到尾都没提起这件事。天堂就是这样，在地面上显得再要紧的事，到这里也远远没那么重要了。她说：“看，伦恩，那是我们的卢克。”

伦恩看到亚历山大公园像地图一样铺展开去，弯弯曲曲的道路横穿绿茵草坪，点点蓝斑是散布的湖泊水塘。卢克坐在公园长椅上等人，透着一股紧张的味道，身后藏着一束绵纸包裹的郁金香，露出了一角。

一个女孩走近了，漂亮的长袖农家裙上绣着鲜艳的花。她把手偷偷背到身后，在裙子上擦掉掌心的汗。

卢克看到她，赶忙把花藏在背后，起身迎上前去。

“嗨。”卢克说。

“嗨。”女孩说。当然，女孩是菲比·温特格林。

大半个一月份，卢克都窝在一辆闷热的汽车里，跟家人进行一场可怕的公路旅行。前两周，菲比又跑去参加了一个戏剧营。如今，经过这么一段时间，他们又见面了，两个人都紧张得要命。

“情人节快乐。”卢克说着，一把抽出郁金香，猛地塞进她怀里。上帝啊，他真是个白痴，差点儿把花直接杵在她鼻子上。

“谢谢。”菲比说，“真漂亮。”

说完这句乏味至极的话，菲比开始在脑海中猛翻剧本，不料只翻到满页的空白，彻底的空白。于是，她什么也没说。卢克也没说话。一片沉默，还是尴尬的那种。事实上，菲比甚至能肯定，这是过往所有难熬的时刻里最难熬的沉默。

下一刻，两人脑海中同时闪过一个不顾一切的念头。去他的，他们想。于是，亲吻登场。

卢克吻着菲比，就像他在脑海中演练过的那样，只是更多了扑鼻而来的薄荷香水味。菲比回吻着他，就像自己想象过的那样，他的面颊摩挲着她的，有一点刺痛。这是一个长长的、甜美的吻。

“好耶！”伦恩坐在他的摇椅里，向天堂的空气挥出一拳。

回到地面上。嘉斯汀·卡麦可尔正沿着杜弗伦街往前走。尽管天色已经暗了，她还是将墨镜从头顶拉下来遮住眼睛，这才摆出悠闲的模样转进市场。她向着市场深处的水果店曲折行进，就在前面了。黑色粗体：牛由果。嘉斯汀深吸一口气，做好准备，伸手从包里掏出一支崭新的锐意笔，那是她从公司文具柜里摸出来的。这一次，是红笔。

嘉斯汀观察了一下作案环境，情况不利，市场里人很少。守在柜台后面的是店主本人，套着一件系带特别长的围裙，却也才刚好圈住他可怕的腰。不过，幸运的是，牛油果堆在果摊最左边。嘉斯汀目测，只要好好利用那些堆成金字塔的澳大利亚青苹果做掩护，她应该可以安全地潜入并撤出，不会被看见。

她迅速果断地发起进攻，边走边拔下笔帽。抵达标牌。不过，这一次她没有给“牛由果”添上漏掉的三点水，而是在“由”字下面画了一个鲜红的小爱心。完成之后她便撤退，头也不回地径直走出市场，越过马路，穿过锻铁大门，走进亚历山大公园，脸上带着微笑。

在公园区曲曲折折的小路边，一侧是一群太极练习者，穿着宽松的白色练功服，整齐划一而又行云流水般从一个姿势变换成另一个姿势。另一侧的露天舞台下面，一个女孩趴在草地上，注视着一个年轻男孩的脸，男孩仰面躺着，身旁放着一束绵纸包装的郁金香。嘉斯汀忍不住看向他们，男孩伸出双手捧着女孩的脸，温柔地拉下她，亲吻她。嘉斯汀带着微笑继续向前，心想，不知道尼克是不是已经排练完回到家里了。她已经差不多把整部《仲夏夜之梦》都给背下来了。

快到公园另一头时，道路转了个弯，伊夫林塔出现在眼前。正门低矮的台阶两侧，青春勃发的榆木兜住了最后的余晖，嫩黄的榆叶轮廓被勾勒得清晰可见。拱形大门里的两扇玻璃彩窗门上，浅粉、杏黄和绿色的玻璃流光溢彩，令人心醉。嘉斯汀加快了脚步。

如今，起居室的墙上都是刚刚挂上的戏剧海报。嘉斯汀在餐桌上发现一张字条，上面是尼克潦草的字迹，用大写字母写着：上楼来。嘉斯汀踢掉上班的鞋，光脚塞进尼克的旧人字拖，胶鞋底“吧嗒吧嗒”地敲在通往屋顶的楼梯上。她对自己说：你这疯丫头啊。

推开门，眼前的一切立刻让她笑出了声。两张沙滩躺椅挪到了升降式旋转晾衣架下，衣架上挂满了星星箔片。大概有一百颗星星，也许更多，摇摇晃晃地挂在晾衣绳上，随风旋转，银色表面熠熠闪光。照明灯也对着这个方向。

一张星条旗小桌上放了瓶起泡酒和一对当杯子用的蔬菜咸酱玻璃罐。布朗·胡迪尼-马拉尔基摇晃着尾巴尖上的一簇流苏，迈着一瘸一拐的小短腿奔上来迎接她。还有尼克·乔丹，水瓶座的爱人和朋友，此刻正斜倚在其中一张躺椅上，旧草帽压低了遮住前额。看到嘉斯汀，他拨动手中的尤克里里，弹出一段欢快的和弦。

尼克刚唱出《我不在乎太阳亮不亮》的开头，布朗就竖起耳朵，用它醇厚的呜呜吠叫加入了合唱。

嘉斯汀摘下尼克头上的帽子，拂开他的头发，吻上他的额心。尼克放下尤克里里，翻身调转位置，让她躺在了自己身旁。不过，布朗才不会错过这样的好机会。

“噢！啊——”尼克哼道，发福的街头狸犬毫不客气地整个压在他肚子上。

“坐下，你这笨狗。”嘉斯汀说。布朗大大咧咧地找到自己满意的姿势，爪子搭在尼克胸前。沙滩躺椅不算很舒服，布朗热烘烘的呼气也算不上好闻，可嘉斯汀说什么也不想动弹。

“嘿，星星们今天晚上说了什么？”尼克问。

嘉斯汀翻了个白眼。

“它们说，水瓶座，你的人生不可能更美妙了。”

“它们说得对吗？”

“对。”嘉斯汀说。

在尼克·乔丹、嘉斯汀·卡麦可尔和布朗·胡迪尼-马拉尔基的头顶上方，箔片群星闪烁旋转。在这星星点点的光亮之上，越过人为的迷雾与云朵之巅，宇宙群星亦运转不休。

「全书完」

致谢

在此将我诚挚的感谢致以：Johnny Jones 和 Morris Jones，为帮助填写《掩藏的浅滩》歌词；Wallace Beery，为就神秘的填字游戏而提出的建议；Sarah LeRoy，为提供莎士比亚相关咨询；The Picky Pen，为助力我实现优雅地掉书袋；Beverley Cousins、Hilary Teeman、Francesca Best 和Dan Lazar，为所有辛勤的工作、坚定的信心和绝妙的好主意；以及Camilla Ferrier 和 Jemma McDonagh，为他们所施展的独家妙手魔法。

如果没有以下各位，本书的写作过程将艰难得多：Freda Fairbairn，金牛座，最好的读者；Sugar B. Wolf，狮子座，开路先锋，灵魂姐妹；Jean Hunter，狮子座，文艺复兴女子；Lagertha Fraser，射手座，永远可靠的指南针；Pierre Trenchant，天蝎座，身披闪光铠甲的骑士；Marie Bonnily，巨蟹座，坚定不移的信赖者；Lou-Lou Angel，狮子座，快乐制造机；The Noo，大犬座，暖足宝和忠诚的陪伴者；Alaska Fox，双子座，我的天空中最亮的星；Dash Hawkins，摩羯座，拥抱机器；Tiki Brown，摩羯座，奇迹。此外，如果没有Jack McWaters——水瓶座，我的爱人——所有一切都不可能完成。

明妮·达克
Minnie Darke

作者，双子座，上升处女座，家住澳大利亚塔斯马尼亚州霍巴特，拼字游戏出题达人和高级玩家，书籍爱好者，喜欢在厨房餐桌上泡俄罗斯商队茶，也喜欢在后院漂亮的工作室用削尖的铅笔写东西。

杨蔚

译者，双鱼座，上升处女座，现居中国上海。一半生活在路上，背包看风土人情；一半生活宅在家，泡茶敲键盘码字；无聊时填填数独，有空时约约吃喝，永远在梦想走进健身房减出窈窕身姿。

爱在星云流转时

产品经理｜杨珊珊
执行印制｜梁拥军
媒介推广｜王维思
装帧设计｜星　野
技术编辑｜朱君君
出 品 人｜路金波
封面插画｜舒　然

图书在版编目（CIP）数据

爱在星云流转时 / (澳) 明妮·达克著；杨蔚译.
-- 成都：四川文艺出版社, 2020.4
ISBN 978-7-5411-5587-1

Ⅰ. ①爱… Ⅱ. ①明… ②杨… Ⅲ. ①长篇小说－澳大利亚－现代 Ⅳ. ①I611.45

中国版本图书馆CIP数据核字(2020)第041294号

著作权合同登记号　图进字：21-2020-63

AI ZAI XINGYUN LIUZHUAN SHI
爱在星云流转时

[澳] 明妮·达克 著
杨蔚 译

出品人	张庆宁
责任编辑	邓　敏
装帧设计	星　野
封面插画	舒　然
责任校对	汪　平
出版发行	四川文艺出版社（成都市槐树街2号）
网　址	www.scwys.com
电　话	028-86259287（发行部）　028-86259303（编辑部）
传　真	028-86259306
印　刷	河北鹏润印刷有限公司
成品尺寸	145mm×210mm
开　本	32开
字　数	280千字
印　张	11.75
版　次	2020年4月第1版
印　次	2020年4月第1次印刷
书　号	ISBN 978-7-5411-5587-1
定　价	49.80元
